ROB GRANT

SERIE ENANO ROJO / 3

Traducción: Teresa Ponce

También disponibles:
Enano Rojo: La novela
Enano Rojo: Mejor que la vida
Enano Rojo: Último Humano

Enano Rojo: Hacia Atrás
Titulo Original: Red Dwarf: Backwards.
© Rob Grant
(Personajes: Rob Grant y Doug Naylor)

© Traducción: Teresa Ponce

© Grant Naylor 1998 by Penguin Books, Londres, Inglaterra, Grupo AJEC
Traducción en castellano cedido en exclusiva a Grupo AJEC
Segunda Edición en papel: 2016
ISBN: 978-8496013414

ÍNDICE

PRÓLOGO

Mi Sol Siempre...

Mi Sol Siempre Reluce Fastuoso.

Arnold J. Rimmer, de siete años y casi un cuarto, intenta concentrarse en su lección de notas musicales. Por razones que escapan a su mente infantil, es de vital importancia para él que aprenda a tocar el piano. Más importante que cualquier otra cosa. Más importante, incluso, que ocultar a sus hermanos el escondite secreto de su colección de Arañas Muertas y Otras Cosas Serpenteantes. Un asunto de vida o muerte. Tiene que memorizar los nombres de las notas musicales sobre el pentagrama, Mi, Sol, Si, Re, Fa, utilizando la consagrada regla mnemotécnica:

Mi Sol Siempre Reluce Fastuoso.

Está poniendo todo su empeño en concentrarse. Arruga la carita como un cerdo estreñido en una feria de trufas. Pero tiene un problema, el joven Arnold.

Y el problema es este: sabe que va a suspender.

No tiene oído para la música. No tiene talento para el piano. Es más, no tiene talento para nada. Lo único que se le da bien es decepcionar a sus padres. Eso es fácil para Arnold J. Rimmer de siete años y casi un cuarto. Es pan comido.

Mi Sol Siempre Reluce Fallido.

Fuera, bajo el cálido e irreal resplandor de Júpiter aumentado a través de la bóveda de plexiglás de Io, los hermanos de Arnold gritan y corretean por el jardín con jolgorio. Probablemente no se están divirtiendo tanto como suena. Exageran los berridos de alegría para provocarle. Saben que le gustaría estar fuera con ellos, aunque fueran a reírse de él y a torturarle. Aunque fuera a ser el blanco de sus crueles bromas de chicos. Preferiría estar atado a un poste en la hierba, embadurnado de mermelada para atraer a insectos venenosos, a estar atrapado en el aire viciado del caluroso cuarto de estudio, agarrando el libro de primero de solfeo con las manitas sudorosas. Así que chillan y ríen en una parodia burlona del placer infantil, en la tarde de verano de perfección imposible, elevándole el nivel de fastidio al máximo. Y en opinión del joven Arnold, ni siquiera es injusto.

Ellos se han ganado divertirse. Él no.

Mi Sol Siempre Reluce Fastuoso.

Sus hermanos, se ve, «destacan». Todos son, cada uno en su estilo, chicos «sobresalientes». Arnold se las ve y se las desea sólo para estar un punto por debajo de la media. Pero su madre no se da por vencida con él. Todavía cree que puede destacar. Está convencida de que tiene un talento oculto para la música. Tiene que ser la música, porque a su talento ya no le quedan más sitios donde ocultarse. Pero está tan sumamente oculta, esta habilidad musical, que ni siquiera Arnold puede encontrarla. Su talento musical está de incógnito. Y lo frustrante es: sólo con que supiera tocar el piano, todo iría bien. ¿Sería mucho pedir? Si tan solo resultara que tiene el talento incipiente de un Wolfgang Amadeus Mozart, entonces podría relajarse un poco. Entonces sus padres podrían tener algo de lo que sentirse orgullosos.

Y verdaderamente necesita algo bueno a lo que agarrarse en este momento. Porque, aunque los detalles precisos no están claros para su cerebro de siete años y casi un cuarto, es perfectamente consciente de que algo muy malo podría muy posiblemente estar a punto de ocurrir.

Sus notas del colegio han sido un desastre. En una clase de treinta y siete alumnos, Arnold ha quedado trigésimo sexto.

El 36º de 37.

Peor que nunca. Hasta el momento, siempre se las ha apañado para oscilar en los veintes altos justo por encima de la vergüenza y la ignominia. Pero este trimestre han empezado unas clases de recuperación para alumnos 'lentos' y el joven Arnold ha quedado por detrás de los torpes, los negados y los tontos de remate. Hasta Thrasher Beswick, que pasa las siete horas completas de clase buscando la forma de masturbarse a través de un agujero del bolsillo, le ha superado en rendimiento escolar.

Ahora Arnold J. Rimmer es el segundo peor alumno de su clase. Sólo sobrepasa a Dennis Filbert, que huele a pan con mantequilla, luce una tirita en un cristal de las gafas y tiene un problema de conducta que le hace ponerse azul y perder el conocimiento si alguien intenta hablar con él.

El próximo trimestre, Dennis Filbert irá a un colegio «especial». Y Arnold será el último de la clase. El 36º de 36.

Por supuesto, ha intentado ocultar a sus padres las dimensiones de su fracaso, alterando las cifras, para que pareciera que ha sido el trigésimo sexto de «ochenta» y siete. Podía haberlo conseguido, incluso, si no hubiera usado rotulador amarillo.

Su padre le ha castigado con una crueldad excesiva. Todos los horrores que Arnold había imaginado durante aquel largo camino del colegio a casa el último día del trimestre, vacío de lágrimas, apretando con fuerza el documento condenatorio con la burda falsificación, no le habían preparado para el verdadero castigo.

El castigo era este: nada.

Su padre no le ha hecho «nada». Nada de nada. Ha visto las notas en la cena y no ha dicho ni mu. Y no ha abierto la boca desde entonces.

El joven Arnold ha cometido una falta para la que no existe castigo. Literalmente inefable.

Arnoldo cierra los ojos y los aprieta con tanta fuerza que le duelen y unas figuras rojas se arremolinan en la oscuridad. Desea que hubiera algún lugar donde pudiera poner la vergüenza. Alguna forma de dejarla a un lado por un tiempo, como una enorme maleta demasiado llena, para parar el dolor.

Cuando abre los ojos, su madre está de pie junto a él.

Tiene una carta en la mano. Arnold puede ver el emblema del colegio en el membrete. Aunque nadie le ha hablado de ello directamente, sabe lo que es. Es sobre «Repetir Curso». Ha oído a su madre hablar por teléfono, discutiendo con sus profesores sobre ello. Ha sorprendido a sus hermanos cuchicheando en corrillos sobre ello.

Ser «Repetidor» es algo que sólo le pasa a *la crème de la crème* de los tontos de remate. A los más burros de entre los burros. A los más torpes de entre los torpes. Supone quedarte en segundo curso mientras el resto de la clase pasa a tercero.

Y para el resto de tu vida de estudiante, en perpetuidad, para siempre, tienes un año más que tus compañeros, que saben todos perfectamente que has repetido porque no eres tan sólo un negado cualquiera pasado de edad, sino que eres el más negado de entre todos los negados que alguna vez osaron a ser unos negados.

Su madre ha suplicado a sus profesores que le eviten esta vergüenza. En las frías manos de su madre está la carta que contiene la decisión final. Y con una presciencia sorprendente en un chico de su edad, Arnold es consciente de que su contenido le afectará la vida para siempre.

Mi Sol Siempre Reluce Fatídico...

HASTA EL MOMENTO, en libros anteriores...

La acción de esta novela continúa directamente desde Enano Rojo: *Mejor Que La Vida.*

Como consecuencia de una dilación temporal involuntaria, Dave Lister se hace viejo y muere.

Sus compañeros de tripulación plantan su cuerpo en una versión de la Tierra donde el tiempo corre hacia atrás, y regresa a la vida.

Acuerdan recogerle después de treinta y seis años, en las Cataratas del Niágara junto a la tienda de souvenires...

PRIMERA PARTE

Universo Inverso

«No podemos elegir lo que somos, y sin embargo, ¿qué somos, sino la suma de nuestras elecciones?»

UNO

Rimmer intentó sonreír con encanto, lo cual siempre era un error en su caso. Tenía la sonrisa de un buitre, tal vez porque la practicaba tan poco, y siempre provocaba la reacción opuesta a la que pretendía.

—Perdone, señorita —intentó decir, pero le salió mutilado, como si estuviera aspirando palabras en búlgaro, en lugar de enunciarlas en inglés. Kryten le había reprogramado los módulos de habla, en contra de la opinión de Rimmer y no tenía ninguna esperanza en absoluto de que nadie volviera a entenderle jamás.

La chica de detrás del mostrador de la tienda de souvenires le miró con curiosidad y negó con la cabeza.

—No, lo siento —dijo—, no he visto a nadie con esas características.

Rimmer arrugó la cara en una mueca que parecía una bolsa de papel llena de bolsas de papel. ¿Qué farfullaba esta boba? Lo intentó otra vez.

—Busco a un hombre feo y bajo, cubierto de mugre, con una higiene personal inefable y un olor corporal que podría mustiar a una secuoya gigante —le ofreció una fotografía de Lister doblada por las esquinas.

La chica bajó la vista a la instantánea, luego le volvió a mirar y sonrió.

—Buenos días, señor. ¿En qué puedo ayudarle? —sonrió de nuevo y luego centró la atención en otra parte.

Rimmer la observó durante un rato, cada vez más frustrado. Intentó atraer su atención de nuevo con un par de carraspeos sutiles, pero la chica estaba viendo las noticias en el televisor ilícito que tenía bajo el mostrador y prefirió ignorarle.

Las noticias eran de suma trascendencia: de repente, de forma inexplicable y sin ninguna advertencia de ningún tipo, todas las dispares naciones en conflicto de Europa del Este habían depuesto las armas y habían formado un conglomerado gigante de país llamado «La Unión Soviética». El pueblo de Alemania del Este (así se llamaba ahora) levantaba alegremente un muro enorme y feo, con piedras seleccionadas de todos los rincones de la Tierra, que les mantendría a ellos dentro y a todos los demás fuera. Había un sentimiento genuino de fiesta en la calle mientras acometían su tarea. Se estaba formando un servicio de policía secreta con poderes casi ilimitados para imponer el nuevo y entusiasta sistema del Comunismo, que hasta el momento solo se había intentado sin mucho fervor en China y en grado menor en Cuba. El mundo estaba cambiando, de forma monumental, y este turista raro con una H metálica entallada en la frente tosía para llamar su atención con el fino aplomo de un fumador compulsivo despertándose por la mañana, incapaz de localizar su mechero. Bueno, francamente, podía esperar.

Finalmente, Rimmer se dio por vencido. Miró por encima del hombro, respiró hondo y se abrió camino a través de la multitud de turistas que se agolpaba en la tienda, intentando mostrarse lo más despreocupado que puede uno mostrarse cuando va andando hacia atrás.

Dobló la esquina. Gracias a Dios, el pasillo estaba desierto. Se dio la vuelta y caminó hacia delante pasando los servicios y se paró tras una puerta sin señalizar.

—Tranquilo —dijo a la puerta—. No hay moros en la costa.

Se oyó el sonido de un pestillo que se deslizaba y la puerta se abrió con un crujido. Kryten miró a ambos lados del pasillo con actitud conspirativa, hizo entrar deprisa a Rimmer en el cuarto de la limpieza y cerró la puerta.

—¿Ha habido suerte?

Rimmer negó con la cabeza.

—Cero patatero.

Kryten comprobó su cronómetro interno. Las nueve y media, casi y veinticinco. En menos de media hora, las tiendas de souvenires de las Cataratas del Niágara empezarían a no abrir sus puertas a los turistas de la mañana. Chasqueó la lengua con nerviosismo.

—Tiene que estar aquí en alguna parte. No ha debido mirar bien.

Rimmer contrajo los orificios nasales de manera imperiosa.

—He hecho lo que he podido, teniendo en cuenta que iba andando hacia atrás a todos lados y que no tengo ojos en el trasero. Podría estar en cualquier parte de por aquí.

—No, quedamos en encontrarnos en la tienda de souvenires.

—Sí, a mediodía. Llegamos más de dos horas tarde —Rimmer apartó la mirada un momento, confundido—. O dos horas antes. Lo que sea. Y hay media docena de tiendas de souvenires esparcidas por todo este sitio. Yo voto por que empecemos a buscar todos. Es lo mejor que podemos hacer.

Kryten se abochornó.

—No puedo salir de aquí, señor. Llamaría demasiado la atención.

Rimmer estudió los rasgos de plástico del mecanoide e intentó imaginar que era la primera vez que los veía. Era cierto que Kryten no podría pasar por humano al mínimo examen superficial. Parecía que alguien le había propinado siete u ocho golpes atroces con una paleta de mantequilla, dejando superficies planas y aristas marcadas donde una cara normal se redondearía.

—No pasará nada —mintió Rimmer—. Nos inventaremos alguna historia de tapadera.

—¿Como cuál?

—No sé. Diremos que llevaste el coche al triturador de chatarra y se te olvidó salir.

—¿Odnasap átse ojarac éuq —intervino el Gato—, emriced edeup neiugla? —miró de Kryten a Rimmer y vuelta otra vez con una mezcla de exasperación y confusión.

Rimmer cerró los ojos y masculló harto una imprecación. Esto era una locura. Aquí estaba él, un holograma incapaz de tocar nada, encerrado en un cuarto de limpieza junto a las Cataratas del Niágara en una extraña manifestación del planeta Tierra en la que el tiempo corría al revés, con el Gato, que apenas podía entender una palabra de lo que decían cuando estaban hablando «hacia delante» y un hombre mecánico que parecía el especialista que dobla a Herman Monster. ¿Qué había hecho en vidas anteriores para merecer el Karma de pertenecer a este *Dream Team* salido directamente de la mina de azufre del propio infierno?

—Tenemos que salir de aquí —dijo entre dientes con un énfasis considerable.

—Está bien —concedió Kryten—. Tal vez podamos hacernos con algún tipo de disfraz para mí.

—Buen plan —Rimmer sonrió sin pizca de humor— quizá podamos meterte a presión en un top largo hasta los pies y decirle a todo el mundo que eres un lápiz gigante con punta de goma.

Kryten le contó el plan al Gato susurrando hacia delante, lo que, por supuesto, para Rimmer era hacia atrás. Le entraba dolor de cabeza sólo de pensarlo.

Cuando el Gato hizo un gesto con la cabeza, Kryten quitó el pestillo, abrió la puerta y echó un vistazo al pasillo. Satisfecho, les hizo una señal para que salieran.

Kryten iba encorvado lo más pegado posible a la pared, con Rimmer por fuera y el Gato delante. Intentaban, nada convincentes, aparentar ser un grupo de turistas paseando tranquilamente.

El puesto de souvenires del centro comercial estaba ahora vacío. De detrás de una puerta que había al fondo de la tienda salía un extraño sonido de succión. Al principio, Kryten dio por hecho que era la chica de la tienda pasando el aspirador, hasta que cayó en la cuenta de que, dadas las excentricidades de este universo inverso, un aspirador haría un ruido de expulsión de aire al tiempo que distribuía suciedad por el suelo. Supuso que el sonido era café «desfiltrándose». Eso era bueno. La chica probablemente tardaría unos pocos minutos en vaciar la cafetera y meter los posos del café en el bote con una cuchara. Miró debajo del mostrador, buscando algo que pudiera servirle de disfraz, mientras Rimmer y el Gato trataban de localizar a Lister.

Lo único remotamente útil que Kryten encontró allí era el estuche de maquillaje de la dependienta. Consideró ligeramente la idea de pintarse un bigote falso con el pincel del rímel, pero cayó en la cuenta, tras unos pocos segundos de reflexión, de que las leyes de esta realidad no le permitirían adoptar ni siquiera este disfraz precario y, no nos engañemos, inútil. Dado que el Tiempo estaba ahora obligado a fluir contracorriente, el propósito del pincel del rímel sería «retirar» el maquillaje, no aplicarlo. Se frotó las sienes con sus dedos cuadrados. Toda esta expedición estaba resultando ser más complicada de lo que había imaginado.

Entonces algo muy malo le llamó la atención.

En una estantería debajo del mostrador, una televisión en miniatura resonaba por un auricular que colgaba con un parloteo hacia atrás. Un concurso en el que los participantes competían para dar dinero a la banca fue interrumpido por un boletín de noticias. Detrás del presentador del informativo había un retrato robot del Gato.

Levantó la vista, alarmado. El Gato estaba de pie junto al escaparate de la tienda de souvenires, con los ojos clavados en la multitud que se disipaba. Kryten volvió a mirar a la pantalla. Para su horror, la imagen del Gato estaba reemplazada por un fotograma de Lister. Se esforzó para oír lo que estaba diciendo el locutor, pero sólo consiguió distinguir una única palabra. El boletín informativo desapareció y volvió el concurso.

La palabra que Kryten había sido capaz de distinguir era «Asesinato».

DOS

La parte trasera de la furgoneta de la policía apestaba a vómitos y a orina seca, que sin duda se insertarían en varios borrachos y drogatas una vez concluyera la mañana y empezara el turno del cementerio.

Lister se movía incómodo en el duro banco. Las esposas le estaban pellizcando las muñecas de mala manera mientras se toqueteaba la entrepierna, donde el daño crecía por momentos, y la oreja derecha estaba roja y empezaba a darle punzadas de dolor. Había dos policías frente a él y uno a cada lado, todos ellos fulminándole con miradas implacables.

A pesar de todo esto, Lister se sentía condenadamente bien. Los últimos ocho años o así habían sido un verdadero infierno, pero por fin su calvario casi había acabado.

Sin previo aviso, el policía de su izquierda golpeó a Lister con la mano abierta en un lado de la cabeza, lo que paró las punzadas y le devolvió la oreja a la normalidad. Cada vez mejor.

Lister advirtió que había un chicle recién comido en el suelo de la furgoneta. Le pegó un buen pisotón, se lo lanzó hábilmente a la boca y empezó a masticar la masa con cara de satisfacción, infundiendo más sabor de menta en el chicle con cada movimiento de mandíbula.

Oyó un murmullo distante y miró a través del oscuro cristal reforzado de la ventanilla trasera de la furgoneta. Podía ver la niebla que emanaba de las cataratas a medida que los inmensos volúmenes de agua blanca subían en cascada por la montaña.

Casi en casa. Reclinó la cabeza sobre el lateral de la furgoneta. Con buena suerte y viento a favor, estaba a menos de veinticuatro horas de su primera evacuación intestinal verdaderamente satisfactoria en cerca de medio siglo. Exhaló un suspiro de felicidad. ¿Alguna vez alguien había disfrutado de una perspectiva más suntuosa?

Al Gato le estaban entrando unas náuseas terribles. Estaba viendo a un gordo sacarse trozos de pescado de la boca con un tenedor, que luego esculpía con esmero en torno a una raspa de arenque que tenía en el plato. El Gato miró a Rimmer y a Kryten que estaban otro lado de la mesa para compartir la repugnancia con ellos, pero los dos estaban absortos en su galimatías de conversación. Echó un vistazo por la cafetería buscando una vista menos angustiosa y se decidió por una mujer joven al otro lado de la sala que se estaba extrayendo lentamente un bocadillo de beicon de entre los labios, lo cual logró encontrar medianamente erótico.

Rimmer se sujetaba la frente con la palma de la mano, para ocultar la H holográfica, con el codo apoyado sobre la mesa. Habían escogido una mesa en el rincón más oscuro de la sala, pero Rimmer se seguía sintiendo cohibido y expuesto a las miradas.

—¿Sólo has oído eso? ¿«Asesinato»? ¿No quién asesinó a quién, ni cómo ni dónde?

Kryten sacudió la cabeza.

—Me temo que no, señor.

—¿Pero seguro que el Gato está involucrado?

—Se supone que sí. Su retrato apareció junto al del señor Lister en las noticias.

Rimmer miró al Gato, quien por alguna razón se estaba relamiendo los labios efusivamente, con la atención, que era sin duda el menor de sus atributos, puesta en otro sitio.

—Tenemos que averiguar algo más. ¿Podemos conseguir un periódico?

—Con todo respeto, no creo que eso valga de nada. Sea lo que sea lo que pasó, va a pasar dentro de muy poco. Los periódicos que informaban de ello ya se habrán borrado en las imprentas esta tarde.

La frente de Rimmer se retorcía mientras se esforzaba en entender el concepto.

—Sí —concedió por fin—. Sí. Eso tiene sentido.

En este lugar, la gente llevaría los periódicos a los quioscos, o los dejarían en los portales para los repartidores, quienes los devolverían a las editoriales. Después las rotativas borrarían la tinta del papel y centenares de redactores eliminarían las noticias de sus ordenadores. El papel en blanco se recogería y se transformaría en bosques. Rimmer agitó la cabeza asombrado. Eso convertiría aquí a los magnates de la prensa sensacionalista en filántropos y héroes; sus vidas estarían dedicadas a la destrucción del negocio del escándalo inventado y la pornografía ligera, así como a la reforestación del planeta. Mientras que alguien como, digamos, San Francisco de Asís, sería odiado y repudiado. En este universo, sería un sádico mezquino que iría por ahí mutilando animalitos.

Un camarero se acercó a la mesa y dejó una taza sucia, con un cuarto de café frío hecho hacía rato.

—Estoy trabajando, oiga —dijo indignado con la voz entrecortada, luego sacó una bayeta sucia y mojada y la usó para esparcir trocitos de restos de comida y ceniza de cigarrillos por toda la superficie de la mesa.

—¡Eh! —protestó Rimmer—. ¿Qué leches está haciendo?

El camarero sonrió, dijo «Buenos días» en tono alegre y se fue hacia atrás aparentando formalidad al andar.

—Íuqa ed rilas euq somenet —dijo el Gato—. Osoreuqsa adaisamed se oitis etse.

—¿Qué tonterías dice ahora?

—«Este sitio es demasiado asqueroso» —tradujo Kryten—. «Tenemos que salir de aquí».

—Se aprueba la moción —Rimmer se levantó—. Si nos vamos ahora, podemos estar de vuelta en el Escarabajo antes de que caiga la mañana, o lo que sea que pase aquí.

—¡No podemos irnos sin el señor Lister!

—¿Por qué no? Nosotros hemos acudido fielmente a nuestra cita. Si él no se ha molestado...

—No lo entiende, señor. Este lugar es letal para él. Si le dejamos aquí, va a seguir rejuveneciendo. Su cuerpo va a empezar a encogerse. En unos pocos años, tendrá que pasar la pubertad otra vez, hacia atrás. ¿Se lo puede imaginar? El vello púbico le retrocederá hacia el interior del cuerpo. De repente se le elevarán las gónadas y se verá en la sección de sopranos del coro del colegio. Seguirá haciéndose más pequeño y estúpido cada vez, hasta que al final algún obstetra meterá su pequeño cuerpo azul, rechoncho y gritón en el vientre de su madre, donde pasará nueve meses esforzándose para dividirse en un espermatozoide y un óvulo, para acabar sus días nadando en esperma en el saco testicular de alguien.

Rimmer se sorprendió de hallarse gruñendo con desagrado.

—Vale, de acuerdo, no es una forma muy agradable de morir, pero él se lo ha buscado. Tenía que haber estado aquí.

—Vendrá.

—¿Y si no viene? ¿Qué pasará con nosotros? ¿Y con el Gato? Por lo que sabemos, van a matarle.

Kryten negó con la cabeza.

—No lo creo. La lógica indica que si alguien iba a matarle aquí, habría llegado muerto.

De nuevo, Rimmer se quedó inmóvil mientras discurría por la lógica patas arriba de este universo exasperante.

—Está bien, vale —miró el reloj de la cafetería—. Son las nueve y cuarto. Le daremos hasta las ocho y media.

—De acuerdo —Kryten se puso en pie.

A esa hora, las tiendas de souvenires de las cataratas ya no estarían abiertas en ningún caso, lo que les haría tener que diseñar una nueva estrategia. Les había costado poco más de cinco horas bajar andando desde el lugar donde habían escondido el Starbug reconstruido. Volver les costaría más incluso, subiendo colina arriba. Tenían hasta medianoche para efectuar el despegue. Después de las doce, la conjunción de los planetas haría imposible el viaje fuera de este sistema solar durante un tiempo considerable. Si dejaban pasar la ventana de vuelo, se quedarían todos aquí abandonados, lo cual no soportaba pensar.

Mientras encontraran a Lister dentro de las tres horas siguientes, estarían a salvo. Eso sería tiempo suficiente, decidió Kryten.

—Sugiero que volvamos a la zona de tiendas.

Se lo tradujo al Gato y los tres salieron desfilando hacia atrás.

Al pasar por el perchero que había junto a la salida, Kryten cogió prestado un chubasquero amarillo discretamente. De espaldas por el pasillo, se lo puso por la cabeza y tiró de las cuerdas de la capucha para cerrarla alrededor de la cara. Casi se le funden los circuitos de culpa en respuesta a haber cometido el robo, pero consiguió ignorar el intenso dolor concentrándose en su directriz principal, que era garantizar la seguridad de Lister.

Había otro problema más, pero Kryten dudaba si contárselo o no a Rimmer. Llevaba el transformador que generaba la imagen holográfica de Rimmer. Desgraciadamente, debió haber previsto que, en la física de este universo inverso, las pilas se irían cargando, no descargando. En poco menos de una hora se sobrecargarían y, aunque Kryten no podía predecir las consecuencias con exactitud, llegó a la conclusión de que fuera lo que fuera lo que pasara, no sería totalmente beneficioso para el bienestar de Rimmer.

TRES

Algo muy grave estaba claramente a punto de pasar en el centro comercial fuera de la tienda de souvenires.

La propia tienda estaba ahora cerrada con llave. Fuera, todos los visitantes madrugadores miraban fijamente en la misma dirección, hacia la entrada del aparcamiento, la mayoría manteniendo conversaciones animadas en grupos pequeños. Una pareja de guardias de seguridad estaban ajetreados distribuyendo montones de basura por el suelo y volcando las papeleras, probablemente como preparación para algún altercado que iba a tener lugar a continuación.

El Gato, Kryten y Rimmer se retiraron tras una esquina para mirar desde una distancia segura. A medida que discurrían los segundos, el alboroto de la multitud de turistas iba aumentando de volumen hasta que al final todos estaban cotorreando y gesticulando con efusividad.

De repente, las puertas dobles de cristal se abrieron de golpe y entró Lister.

Iba mirando hacia el frente, de espaldas a las puertas, con los pies por delante y los talones arrastrando por el suelo. Parecía aturdido, apenas consciente. Le empujaban cogido por los brazos dos policías sin uniforme mirando en dirección contraria. Una falange de media docena de policías más formaba la retaguardia.

Los dos policías que llevaban a Lister se pararon, le dieron media vuelta y lo dejaron en el suelo de forma brusca. Los demás hombres se desplegaron y le rodearon. Lister empezó a gemir y a retorcerse de dolor, agarrándose las partes.

Uno de los policías, que lucía un morado incipiente en el ojo, se acercó hasta él y Lister gritó de pronto. La espalda del policía le tapaba la vista a Kryten parcialmente, pero por el movimiento de los hombros y la pierna, era bastante obvio que estaba propinando a Lister una patada salvaje en los mismísimos.

Rimmer y el Gato se estremecieron con el sonido brutal del impacto.

Lister pareció recuperarse de inmediato. Se puso en pie de un salto acrobático y le dio un cabezazo a una porra que uno de los policías le había levantado. Danzó hacia el pateador de testículos y le asestó un puñetazo certero en la cara. El policía se tambaleó para atrás, con la moradura del ojo curada.

Dos policías, el que le había levantado la porra y el que le había

21

pegado la patada en la entrepierna, empezaron a dar vueltas alrededor de Lister con actitud amenazante. Los demás empezaron a marcharse, arrancando hacia atrás a una velocidad alarmante. Dos de ellos desaparecieron por los pasillos, vociferando por los walkie-talkies. Los otros cuatro salieron pitando hacia atrás por las puertas del aparcamiento y se montaron en una furgoneta que se fue rechinando los frenos y con la sirena aullando a todo volumen.

Lister mantenía una postura de boxeo mientras los dos polis que quedaban intentaban flanquearle. Se intercambiaron unas palabras, pero Kryten estaba demasiado lejos para distinguir lo que se estaban diciendo. Sonaba como si los policías estuvieran intentando tranquilizar a Lister, a lo que él estaba respondiendo con provocaciones e insultos.

Entonces, tan repentinamente como empezó, se acabó. Los dos policías de pronto empezaron a resollar y retrocedieron, al principio despacio y amenazantes, pero después cogieron ritmo. Pasaron derrapando por las papeleras que los guardias de seguridad habían vaciado y las pusieron boca arriba de un golpe. La basura saltó de forma espectacular al interior de las cestas. Luego los policías corrieron marcha atrás por pasillos opuestos, el de la patada dando gritos por el micrófono de la radio que llevaba en el cuello, y se fueron.

Por un momento, Lister se quedó allí de pie, sin aliento; luego giró sobre sus talones, ejecutó un derrapaje inverso digno de Fred Astaire y salió en estampida hacia atrás en busca del poli de la patada en la entrepierna.

Entonces los turistas madrugadores se dieron la vuelta y se dedicaron a sus asuntos, quedando el complejo en calma total, como si nada hubiera pasado.

—Bueno —dijo Rimmer—, ese es nuestro Lister. ¿Discreto, verdad? Los últimos treinta y tantos años parecen haberle serenado el carácter completamente.

Kryten se mordisqueaba el plástico del labio inferior.

—La cuestión es cómo vamos a alcanzarle.

—De eso nada —rebatió Rimmer sin dudarlo—. Lleva un equipo entero de Operaciones Especiales en los talones. Nos largamos de aquí, colega.

—No. Piénselo. Ahora sólo hay un policía persiguiéndole, o más bien: él va a la caza de un solo policía. Yo diría que está conduciendo a ese policía hacia donde vamos a estar nosotros, con el propósito de quitárnoslo de encima, por así decirlo. Si ese va a ser el caso, nuestro problema es llegar al lugar donde el policía iría a descubrirnos si el señor Lister no llama su atención. ¿Le encuentra sentido?

—Ni el más mínimo.

—Creo que el pasillo por el que se fue corriendo sale al paseo. Tenemos que encontrar otra forma de llegar allí.

Kryten señaló al otro lado del centro comercial con la cabeza.

—Si estoy en lo cierto, esa puerta da a una especie de pasadizo de mantenimiento, por el que podemos llegar al mismo destino.

Antes de que Rimmer pudiera protestar, Kryten y el Gato empezaron a cruzar de espaldas el centro comercial. Rimmer resopló con fuerza por la nariz, se dio la vuelta y caminó al revés tras ellos.

La puerta de acceso estaba abierta, Rimmer y el Gato pasaron rápidamente, entonces Kryten entró hacia atrás, miró alrededor brevemente para comprobar que nadie les había visto y cerró la puerta detrás de él.

El pasadizo era húmedo y sombrío, pero a Rimmer se le adaptó la vista a la oscuridad inmediatamente. Miró alrededor, el Gato estaba a su lado, pero Kryten estaba titubeando junto a la puerta.

—Vamos —susurró Rimmer.

—Un momento, señor —Kryten rastreó el suelo—. Ah, aquí —dijo, y se agachó a recoger un candado roto.

Rimmer susurró de nuevo.

—¿Qué estás haciendo?

—Pensé que era improbable que esta puerta no estuviera candada —Kryten pasó el candado por la anilla metálica de la puerta y lo apretó. Los extremos rotos del candado se soldaron—. Ya está —dijo, luego se volvió hacia el pasadizo y se alejaron entre las paredes rezumantes de humedad y los generadores intermitentes hacia el atronador rugido de las cataratas.

A medida que se adentraban en el pasadizo, el estruendo de las cataratas crecía en proporciones ensordecedoras. Peor aún, Rimmer se horrorizó al descubrir que cada vez le costaba más poder ver. A los pocos minutos, estaba casi ciego.

—¿Qué puñetas está pasando? —gritó contra el trueno líquido.

—Que no cunda el pánico, señores, ya casi estamos —dijo Kryten con voz jocosa. Se agarró a las barandillas de una escalera metálica de acceso y trepó hasta la trampilla que daba al paseo.

Con cautela, empujó la trampilla abriendo una rendija y miró afuera.

Ahora eran casi las nueve en punto y el paseo estaba desierto.

Kryten vio a un policía venir corriendo hacia él al revés. Al pasar de largo la trampilla como una exhalación, Kryten le reconoció como el pateador de testículos del centro comercial. Entonces apareció Lister, persiguiendo al policía hacia atrás. El poli se detuvo al final del paseo, gritó por su micrófono de solapa y se quedó quieto mirando a Lister durante un momento.

Lister frenó en seco junto a la trampilla de acceso y reaccionó con sorpresa al ver al policía, quien se sorprendió a su vez al ver a Lister y luego desapareció por la curva, y, por primera vez, Lister volvió la atención hacia la trampilla.

Clavó la mirada en los ojos de Kryten y desplegó una sonrisa de tal amplitud e intensidad, que el mecanoide pensó que un resplandor así le podría fundir los circuitos.

—Muy bien —dijo al revés con su acento de Liverpool usual—, ya podéis salir.

Kryten abrió la trampilla y trepó al exterior.

—Oh, señor —dijo Kryten con voz acaramelada—, no sabe cuánto me alegra...

—Ahórratelo —cortó Lister bruscamente—. Habrá tiempo de sobras para eso más temprano. Ese poli va a seguir persiguiéndonos todavía un rato más.

—¡Ageloc —el Gato sonreía, trepando por la trampilla—, asap éuq, he!

Lister se volvió a Kryten.

—¿Qué dice?

—Creo que ha dicho: «¡Eh, qué pasa, colega!» —ofreció Kryten.

—¡No fastidies! ¿Quieres decir que no entiende el habla inversa? Genial. Eso va a ser de gran ayuda.

—Yo puedo hacerle de traductor, señor.

Lister negó con la cabeza.

—No nos sirve. Nos vamos a separar dentro de muy poco.

La cabeza de Rimmer apareció por la trampilla.

—¿Separarnos? ¡Pero si te acabamos de encontrar!

Lister ensanchó su sonrisa.

—¡Rimmer! Nunca pensé que sería capaz de decir «me alegro de verte» —dijo—. Y sigo sin poder.

Rimmer dejó pasar el insulto con un desdén de superioridad en la mirada.

—¿Qué estáis diciendo de separarnos? —salió trepando al paseo.

—Os lo explicaré por el camino —Lister miró su reloj—. Será mejor que nos movamos —dijo, y emprendió un trote ligero hacia atrás en la dirección que había tomado el poli.

Kryten, Rimmer y el Gato se miraron entre ellos, se encogieron de hombros los tres a la vez y echaron a trotar hacia atrás detrás de él.

Kryten aceleró el ritmo y se puso a la altura de Lister.

—Le ruego que me perdone, señor, pero ¿está usted absolutamente convencido de la necesidad de dividir nuestras fuerzas?

—No tenemos elección, Kryten, colega. Es al Gato y a mí a quien buscan los federales. Nadie ha dicho nada de haberos visto ni a ti ni a Rimmer. No es cuestión de lo que decidamos hacer: en alguna parte a lo largo del camino, nos decimos adiós.

Rimmer se puso a correr junto a ellos.

—Perdonad —resolló—, pero ¿alguien puede explicarme el plan, por favor? Hasta donde he entendido, parece que estamos yendo a la caza de un policía extremadamente brutal con una predilección por dar patadas en las gónadas de la gente.

—En realidad, Rimmer, es él quien nos persigue a nosotros.

—Bueno, llamadme más ridículo que un cerdo con tirantes si queréis, pero ¿no sería infinitamente más prudente echar a correr en dirección contraria?

Lister meneó la cabeza.

—Así no funcionan las cosas aquí. Sé que es difícil metérselo en la cabeza, pero aquí las cosas no ocurren, «desocurren», básicamente porque ya han ocurrido y no se puede hacer lo más mínimo para cambiarlas. Es como intentar cambiar el pasado en nuestro propio universo.

Continuaron corriendo durante un tiempo considerable hasta que el estruendo continuo de las cataratas era sólo un rugido distante. De pronto, sin ningún motivo aparente, Lister saltó por encima de una barrera lateral de la carretera a una estrecha cresta rocosa y peligrosamente mojada por la que discurría una estrecha senda. Corriendo por la senda, doblaron una curva, desde la que se veía claramente un kilómetro y medio de senda, más o menos. El policía no estaba en ella.

Lister paró de correr y descansó apoyado en el tronco de un árbol, sin aliento. El Gato, cuya expresión describía claramente un desconcierto absoluto ante los procedimientos, les alcanzó.

—¿Odnasap áts soinomed éuq? —dijo en tono quejumbroso, mirando de Lister a Kryten y de vuelta a Lister con ojos llenos de confusión.

—¿Qué ha dicho? —preguntó Lister.

Rimmer hizo un gesto de desprecio con la mano.

—Creo que podemos asumir que no contribuye de manera

significante a la conversación —supuso, con acierto—. Lo que quiero saber es, si tienes razón, si el futuro, que es el pasado, ya ha ocurrido, y no somos más que restos flotantes arrastrados por la corriente del Tiempo, la gran pregunta es: ¿qué es exactamente lo que va a desocurrirnos?

Lister meneó la cabeza otra vez.

—No estoy del todo seguro. La gente de aquí, los nativos de este universo, tiene una especie de memoria inversa. Sólo recuerdan el futuro. En cuanto te presentan a alguien, se olvida de ti al instante, no sé por qué, pero a mí no me pasa eso, quizás es porque no pertenezco a este sitio.

Lister hizo una pausa y miró a los picos distantes al otro lado del valle. *No pertenezco a este sitio.* No era posible expresar la desdicha, la soledad inherente encerrada en esas pocas palabras. Había pasado la mayor parte de su vida siendo un extraño en una tierra muy extraña. Durante gran parte de ese tiempo, más de un cuarto de siglo, tuvo a Krissie, al menos, para hacerle compañía, pero ella era como el resto: sólo recordaba el futuro. De algún modo, su mujer pertenecía a este lugar, de una forma que él nunca pudo.

—Tienes que tener alguna idea de adónde lleva todo esto —insistió Rimmer—. Digo yo, tú eres el que nos lleva dando saltitos por ahí.

Lister suspiró.

—Solo sé que tenemos que estar siguiendo a ese poli hasta que deje de perseguirnos.

Rimmer rastreó la senda desierta ante ellos.

—¿Y dónde está, entonces?

—Sólo puede estar en un sitio —Lister se asomó por la pared de la montaña. En efecto, el policía estaba descendiendo con pies de plomo hacia el valle. Lister se irguió de nuevo. Se estaba quedando sin aliento por momentos—. Bueno, ahora ya sabemos a dónde vamos.

—¿Por la pared? —chilló Rimmer en tono agudo—. No lo dirás en serio —echó una ojeada—. Hay casi un kilómetro en picado.

—Es completamente seguro, Rimmer —dijo Lister resollando—. No podemos hacernos daño. No estamos descendiendo, en realidad estamos subiendo y además ya hemos llegado todos bien, ¿entiendes? Vamos —y se dio la vuelta para bajar por la pared.

Rimmer se cruzó de brazos.

—Ni en un mes de domingos plutonianos.

—Señor —imploró Kryten—, tenemos que ir con él.

—Créeme, me encantaría unirme a esta pequeña expedición, si no fuera porque padezco una terrible enfermedad mental conocida como «cordura».

Lister miró por encima de su hombro. Justo debajo de ellos, una pista de tierra atravesaba el pedregoso fondo del valle dibujando una delgada estela gris. Había una camioneta vieja y abollada aparcada allí, con las puertas abiertas de par en par. Detrás de la camioneta, un coche de la policía cortaba el paso en diagonal. Volvió a meterse en la senda de montaña.

—Quizá tengas razón. Quizá sea aquí donde debemos separarnos. Kryten, tú y Rimmer seguid por la senda. ¿Veis aquello? —señaló hacia el valle con la cabeza—. ¿Donde la carretera del valle empieza a bajar por la montaña?

Kryten asintió con la cabeza.

—Os recogeré allí arriba. ¿En cuánto podéis hacerlo?

Kryten dobló el cuello e hizo unos cálculos rápidos.

—Personalmente, en modo de carrera a doble velocidad, podría hacerlo en veintidós minutos y nueve segundos. Pero el señor Rimmer...

—Llévalo tú —dijo Lister.

—¿Disculpe, señor?

—Apágale la abeja luminosa y métetelo en el bolsillo.

—Eh, un momento —Rimmer dio un paso adelante.

Lister cada vez tenía más dificultad para respirar y ahora el Gato también estaba jadeando fuerte.

—No hay tiempo... —Lister cogió aire—, para discusiones. Hazlo y punto.

Kryten accionó un interruptor del control remoto en el que ponía «suspensión», congelando a Rimmer en medio de la protesta. Su imagen parpadeó y luego se apagó, y su abeja luminosa cayó con elegancia en la mano extendida de Kryten.

Kryten depositó el chisme diminuto dentro del bolsillo de su impermeable.

—Probablemente sea para bien. Necesita conservar la batería.

Lister asintió con la cabeza, su voz era ya poco más que un susurro áspero.

—Encuentra algún tipo de escondrijo... unos arbustos, lo que sea... y quédate allí hasta que lleguemos —tragó saliva y miró montaña abajo. El policía estaba a mitad de subida—. Yo voy primero... dile... — Lister se giró, puso los labios en forma de círculo y aspiró, ruidosamente. Una gran bola de esputo saltó de repente de una de las piedras que había a sus pies y se le metió directamente en la boca— ...dile al Gato que espere hasta que se haya ido el coche de la policía antes de ponerse en marcha.

—Entendido.

Lister retrocedió hasta el borde de la montaña otra vez. El corazón le latía tan descontrolado en el pecho, que sentía como si fuera a reventarle la camisa y a salir corriendo pared abajo como un loco. Se limpió la fina capa de sudor de la frente y extendió la mano. Kryten dudó por un segundo, luego se acercó un paso y la agarró. Con cuidado, bajó a Lister por la pared.

La bajada era más lenta de lo que Lister había imaginado, pero las puntas de los dedos le dolían menos con cada metro que progresaba y el ritmo cardíaco empezaba a decelerar. Tras los primeros cuarenta metros más o menos, se permitió mirar abajo. El poli estaba alarmantemente cerca. Por alguna razón, parecía estar alcanzando a Lister

¿Cómo podía ser eso?

Volvió a mirar arriba e intentó concentrarse en el descenso, pero el corazón empezó a latirle con fuerza otra vez y la sangre comenzó a rugir en el interior de sus oídos. Destrepó un par de metros más, pero le sobrevino un mareo inexplicable. Estaba hiperventilando otra vez. Temía que fuera a perder el conocimiento.

Había una rama robusta que sobresalía a la altura de su hombro y se agarró a ella. Descolgó la pierna derecha, pero no pudo encontrar un punto de apoyo. Tanteó con la pierna intentando encontrar sujeción. Entonces lentamente, desesperantemente, la pierna izquierda empezó a resbalarse por la roca. Trató de levantarla de nuevo, pero no obedecía.

De pronto, estaba colgando de la rama. No había nada entre él y el suelo más que limpio aire canadiense. Combatió el bombeo de sangre en su cabeza y se obligó a mirar abajo. El poli parecía estar ahora más cerca todavía. Alzó la vista hacia Lister, sonriendo de oreja a oreja.

Una nube de polvo y piedras pequeñas se levantó entre ellos y empezó a rodar hacia arriba por la cara de la montaña en dirección a Lister. La rama de la que pendía se dobló de manera inquietante.

Después, Lister no se sujetaba a nada en absoluto.

CUATRO

Iba a toda velocidad dentro de una nube de polvo asfixiante. Rocas y guijarros rebotaban contra él como si una multitud enfadada se las estuviera lanzando.

Se estaba cayendo montaña arriba.

Con el pánico martilleándole el cerebro, intentó desesperadamente clavar las manos en la pared, buscando por instinto algo a lo que asirse. Sus uñas arañaban la tierra y la suciedad. Sus piernas soltaban patadas frenéticas a la roca imperturbable como un niño en pleno berrinche. La asfixiante nube de tierra se arremolinó en torno a él convirtiéndole en nada menos que el centro del torbellino de polvo que giraba montaña arriba.

Y el tiempo pasaba, desde luego. Sólo que a Lister no se lo parecía.

Entonces, milagrosamente, una piedra de tamaño medio le cayó en la mano y consiguió, de algún modo, meterla en la pared, deteniendo su súbito ascenso. Hincó el pie en una grieta de la roca y de repente todo había pasado.

El corazón le latía con normalidad, la respiración era casi normal y el pulso ensordecedor había desaparecido de los oídos. Miró hacia abajo. El poli estaba mucho más lejos ahora.

Sin sentir la necesidad de recuperar el aliento, Lister reemprendió la marcha montaña abajo.

El Gato estaba asomado al precipicio, observando el extraño espectáculo. Se estaba replanteando lo de seguir a Lister montaña abajo, eso por descontado. Echó un vistazo a la senda, pero Kryten ya estaba casi fuera de vista, corriendo hacia atrás a lo que parecía un ritmo imposible. El Gato se sentía orgulloso de ser bastante ligero de pies, pero no hubiera podido alcanzar al robot de impermeable amarillo ni siquiera a máxima velocidad.

Se levantó y se estiró, y entonces se quedó rígido. Tenía una sensación rara en el estómago. No era dolor, exactamente, era más como una especie de vacío revuelto. Miró al otro lado de la senda y decidió que era mejor que se fuera detrás de los arbustos. Quizá una parada rápida para hacer sus necesidades le ayudaría a sentirse más dispuesto al montañismo.

Acababa de acomodarse cuando sucedió algo terrible. Vino un extraño crujido desde el suelo sobre el que se agachaba. Abrió los ojos al máximo cuando una «cosa» caliente y resbaladiza empezó a separarle las nalgas lentamente...

Lister oyó su grito a media montaña.

Miró arriba y después abajo al poli, quien parecía no haberse enterado.

El poli estaba casi abajo del todo ya, recorriendo a tientas los últimos metros de roca suelta al pie de la montaña. Cuando llegó al suelo, se detuvo, miró hacia arriba a Lister y luego fue corriendo hacia atrás hasta el coche de la policía. Cogió la radio que colgaba de la puerta y gritó por ella. Luego se montó en el coche, encendió la sirena y se marchó con un chirrido de frenos por la estrecha pista de tierra.

Lister siguió bajando por la montaña mientras el coche de la policía recorría marcha atrás la pista del valle y desaparecía de vista. Miró hacia arriba. El Gato estaba asomado por la cresta en la cima. Lister le hizo una señal para que bajara, el Gato se dio la vuelta y empezó a descender su ágil cuerpo por la cara de la montaña con una habilidad asombrosa.

Lister suspiró. Hasta el momento, todo iba como esperaba. Muy pronto, hallaría la respuesta a muchas de las preguntas que habían estado atormentándole durante tanto tiempo.

La más importante de esas preguntas era si de verdad había cometido o no el crimen por el que había pasado los últimos ocho años en la cárcel.

CINCO

Kryten se sentía algo más que estúpido corriendo hacia atrás por el camino de montaña. Probablemente habría hecho mejor tiempo corriendo de cara, pero se habría avergonzado de ir en contra de los convencionalismos del mundo y no estaba dispuesto a arriesgarse a llamar la atención innecesariamente.

No es que un hombre mecánico con un anorak de plástico amarillo chillón galopando en estampida por un camino de tierra a sesenta y siete kilómetros por hora entrara en la categoría de las visiones comunes, pero Kryten estaba decidido a no faltar a la cita con Lister, por lo que llevar una velocidad más discreta o elegir una ruta que ofreciera más cobijo quedaba descartado.

«Donde fueres» Kryten pensó, «haz lo que vieres».

A pesar de las prisas obligadas, Kryten se encontraba lo suficientemente relajado para disfrutar algo del paisaje espectacular. Esta era la primera vez en su vida que visitaba la Tierra. Hasta la guía turística multimedia más sofisticada era completamente incapaz de transmitir la sensación de estar aquí en persona. Los colores, los olores eran muchísimo más suntuosos e intensos. El primer sol de la mañana estaba empezando a brillar con un naranja rojizo a medida que se hundía por el Este y Kryten se sorprendió de ver que la luna todavía era claramente visible en el cielo raso.

Siempre había considerado que tener solamente una única luna de algún modo hacía de la Tierra el pariente pobre del sistema solar. Pero verla de primera mano le convenció de lo contrario. Una luna solitaria era agradable, desde el punto de vista estético. Sencillo pero elegante, nada demasiado llamativo.

Pasó al trote por una curva y se detuvo para orientarse.

Ese era más o menos el lugar designado para la cita. Miró alrededor y vio la pista de tierra que bajaba al valle. Unas huellas recientes de neumáticos estaban hundidas en el camino junto a una cuneta poco profunda sepultada bajo la hojarasca.

Con sobresalto, Kryten captó una sirena de la policía aullando al revés en dirección a él. Se tiró a la cuneta y se tapó con las ramas de los helechos cercanos, justo a la vez que el coche de policía saltaba la cima marcha atrás, aspirando columnas de humo espeso por el camino.

Kryten se quedó tumbado hasta que la sirena se desvaneció y el ruido del motor se hubo extinguido. Después se quedó allí tumbado un rato más. Luego empezó a preguntarse qué diablos hacía allí tumbado. El coche de policía no estaba a la vista y no se había cruzado con nadie en el recorrido del sendero, de lo que se deducía que nadie iba a descubrirle ni a perseguirle. Salió rodando de la cuneta y reptó hasta la cima de la montaña. La camioneta vieja venía zumbando por la pista del valle hacia él.

Recogió el follaje que había usado para taparse y empezó a recolocarlo en los arbustos y árboles de alrededor. Parecía ser lo correcto a hacer. En la ecología inversa de este planeta, la función de la flora era ingerir el oxígeno que exhalaban los humanos y transformarlo en dióxido de carbono, el cual necesitaban los humanos para respirar.

Justo cuando estaba reponiendo la última hoja, la camioneta apareció en la cima de la pendiente y frenó en seco coincidiendo perfectamente sobre las huellas marcadas con anterioridad. La puerta se abrió de golpe y Kryten cogió la manilla.

—¿Todo bien, señor?

—¡Sube, Kryten! ¡Vámonos!

Kryten se montó en el asiento del copiloto y cerró la puerta de un tirón. Lister levantó el pie del freno y salieron disparados hacia atrás. Cuando llegaron al tope de la velocidad, Lister pisó a fondo el acelerador y se alejaron a la carrera remontando la pista en dirección al pico.

Kryten miró por el retrovisor interior y entrevió la imagen del Gato, que estaba sentado en el asiento de atrás con postura rígida y los ojos totalmente abiertos e inmóviles, como si alguien le hubiera estampado dos huevos fritos a los lados de la nariz.

—¿Qué le pasa al Gato?

Lister se encogió de hombros.

—Lleva así desde la escalada. No ha dicho una palabra.

Kryten se giró en el asiento.

—¿Se encuentra bien, señor?

El Gato sólo siguió mirando fijamente al frente. Kryten se dio cuenta de que estaba moviendo mínimamente los labios. Se inclinó lo más cerca posible y distinguió el murmullo entre dientes del Gato: «Osoreuqsa», decía una y otra vez. «Osoreuqsa yum, yum...».

Cuando Kryten volvió a girarse, Lister miraba atentamente el espejo retrovisor.

—Ahí va —dijo.

Kryten se dio la vuelta otra vez. El camino era más ancho y más recto, y en la distancia, una luz azul destellante sobre una bola de polvo pequeña se estaba alejando de ellos.

—Ya falta poco —dijo Lister sonriendo.

Pocos segundos después, la bola de polvo desapareció, el coche blanco y negro apagó las luces y la sirena, y salió de la pista marcha atrás rápidamente, por una entrada que daba a una pequeña granja, donde pareció aparcar.

La camioneta tardó un par de minutos en alcanzar la entrada.

Al pasar zumbando, Kryten vio al policía de pie junto a su vehículo con un hombre descalzo que llevaba un pantalón de peto. Los dos estaban mirando fijamente la camioneta, boquiabiertos. Kryten se notó la mano de Lister en la cabeza, empujándole por debajo de la ventanilla.

—¡Que no te vean! —dijo Lister en voz baja.

Tras pocos segundos, Lister levantó la mano y Kryten se puso derecho en el asiento. La carretera estaba vacía.

—Entonces ya está, señor —sonrió de oreja a oreja—, se acabó la caza del policía.

—Así es —Lister asintió, pero su mirada era dura—. Y de un momento a otro es cuando a alguien van y le asesinan.

SEIS

Rimmer miraba con cara de enfado por la ventanilla el movimiento borroso del valle que se extendía bajo ellos. Había dejado de ojear el velocímetro cuando se había dado cuenta de que la aguja se había doblado y estaba fija en el extremo superior, que marcaba, para que conste, ciento veinte algo por hora. Rimmer no sabía si eran millas o kilómetros, ni le importaba. A su modo de ver, cualquier cosa por encima de treinta por hora yendo marcha atrás por una carretera de montaña serpenteante era una auténtica locura.

Lister debió verle la expresión de la cara por el espejo porque sonrió enseñando los dientes y dijo:

—¿Ya te encuentras mejor, Arn?

Rimmer se apoyó sobre el catatónico Gato y gritó por encima del ruido del motor al oído del conductor.

—Lister, como bien sabes, estoy acostumbrado a viajar a la velocidad de la luz. Sin embargo, no me encuentro muy cómodo intentándolo hacer en una vieja ranchera hecha polvo por una estrecha pista de tierra, montaña arriba y de espaldas.

—Mira... —Lister se dio la vuelta y le sonrió.

—¡No me mires a mí! —gritó Rimmer—. ¡Estate atento a la carretera! ¡O al retrovisor! ¡O a lo que puñetas se suponga que tienes que estar atento!

Lister amplió la sonrisa.

—¿Todavía no te entra en la cabeza, verdad? Es físicamente imposible que nos estrellemos con este coche, en este viaje.

—Lo que tú digas. De todas maneras, estaría un poco más tranquilo si no fuéramos adelantando a las ondas de radio.

Rimmer se reclinó en el respaldo y cerró los ojos. Era como pedirle a un sordomudo ciego y cojo que bailara *La Bamba*. Estaba empezando a desear que no le hubieran vuelto a encender. Kryten había conectado su equipo de alimentación portátil a la dinamo de la vieja camioneta para poder descargarle la batería, lo que para Rimmer sonaba tan descabellado como todo lo demás en este lunático mundo.

Aún con todo, se dirigían al Starbug. Esta pesadilla casi había terminado. Muy pronto, estarían en un universo donde el tiempo fluía como la seda en la dirección correcta y las cosas tenían sentido. Un universo donde Papá Noel era una buena persona, no un viejo cabrón que se colaba por las chimeneas una vez al año para robar los juguetes favoritos de todos los niños.

Rimmer estaba lo más cerca posible de llegar a un estado de relajación dadas las circunstancias, cuando Lister clavó el pie en el freno inexplicablemente y torció el volante a la izquierda. La cabina se ladeó, de forma que sólo la mitad del camión estaba en contacto con la carretera al tomar una curva. De repente estaban adelantando marcha atrás a un tractor casi parado, que les pitaba con rabia mientras pasaban a toda pastilla en un cómico ángulo de cuarenta y cinco grados.

Lister dio un volantazo para recuperar la posición horizontal y las ruedas besaron el polvo de la pista de montaña.

—¡Agarraos! —gritó Lister. Miró a Kryten y a Rimmer, ambos tenían las caras congeladas con expresiones de terror—. Lo siento, tenía que haberos avisado de antemano —se encogió de hombros—. La costumbre.

Rimmer se desclavó las uñas de las rodillas y profirió un palabro sin vocales que, en circunstancias normales, la laringe humana sería incapaz de reproducir. Miró por la ventanilla. Los setos y arbustos se sucedían a una velocidad vertiginosa. A pesar de la experiencia cercana a la muerte y del hecho de que el camino cada vez era más tosco e irregular, Lister no había bajado ni un ápice la velocidad.

—¿Pero cuánto queda para... —Rimmer empezó a decir, pero entonces vio algo que le apartó la mente de la velocidad. En el asiento de al lado había un corro de trozos de cristal diminutos que no había visto antes. Había otro montón esparcido junto al freno de mano. ¿De dónde habían salido todos esos cristales? ¿Y de qué era ese agujero tan raro en el parabrisas?

—¿Qué decías?

Rimmer volvió la mirada al retrovisor interior. Parecía haber un tipo similar de agujero raro en la luna trasera...

—¿Rimmer?

Rimmer se dio la vuelta para examinar el agujero, que estaba rodeado por una telaraña de rajas finas. Se giró de nuevo hacia Lister:

—¿De dónde has sacado este coche?

Lister se encogió de hombros.

—No sé.

—¿Cómo que no lo sabes? ¿Es tu coche, no?

Lister se encogió de hombros.

—Puede. Es la primera vez que lo veo.

—¿Me estás diciendo que vas a robar este vehículo?

—No necesariamente. Puede que vaya a comprarlo.

Las cejas de Rimmer empujaron el nacimiento del pelo tres dedos atrás.

—¿En el pico más alto y recóndito de una recóndita cordillera? ¿Se supone que de uno de los muchos concesionarios de vehículos de segunda mano con descuento que abundan allí?

Lister se movía incómodo en el asiento.

—¿Quién sabe? A lo mejor se lo compramos a un granjero o algo.

—Lister, en los picos más recónditos de las montañas recónditas sólo vive un tipo de gente. Gente rara. Gente a la que no le gusta la demás gente. No gente educada con traje que vende coches de segunda mano. Gente endogámica y ermitaña, con los dientes cruzados y una inclinación por los guisos bien provistos de carne humana. Gente que, cuando otra gente les quita algo suyo, no son reacios a disparar a esa otra gente con balas.

Kryten se volvió hacia Lister.

—¿Balas?

Lister suspiró.

—Vale. Nos van a disparar —señaló con la cabeza el agujero del salpicadero—. ¡Pero no van a darnos! ¿Podéis relajaros todos, por favor?

Pero Rimmer no podía relajarse. Y se relajaba cada vez menos con cada piedra que se lanzaba contra las ruedas del coche robado, mientras zigzagueaban cuesta arriba por la carretera cada vez más estrecha hacia un tiroteo inevitable.

SIETE

Rimmer pensó que ya no podía estar menos relajado cuando Lister sacó de repente la mano por la ventanilla del conductor y cogió un puñado de cristales rotos que distribuyó por encima de sus piernas, pero se equivocaba.

Su estado de nerviosismo ni siquiera tocó techo cuando Lister gritó «¡Agachaos!» y escondió la cabeza detrás del volante.

Kryten y Rimmer hundieron las cabezas todo lo que pudieron. El Gato no se movió. Rimmer le chistó para que se agachara, pero él siguió erguido y mirando al frente.

Rimmer miró por el retrovisor interior justo a tiempo para ver al ermitaño paleto con barba, dientes en diagonal y genética deficiente de sus pesadillas apuntándoles con una escopeta humeante.

Con un extraño sonido de succión, una bala se desincrustó del salpicadero y, arrastrando tras de sí los diminutos trozos de cristal del asiento de al lado, pasó volando a través de la luna trasera, dejándola perfectamente sellada.

—¡No os levantéis! —ordenó Lister, aunque no era nada necesario.

El paleto subió correteando por una loma y Rimmer lo perdió de vista cuando la camioneta tomó una curva. Naturalmente, dada la imperdonable insistencia de Lister en obedecer los perversos convencionalismos de este mundo, la curva les llevaría alrededor de la loma donde el ermitaño estaría esperándoles, lo que le daría la oportunidad de arrancarles otro disparo.

En efecto, se produjo de nuevo la extraña explosión y los cristales que estaban sobre las piernas de Lister saltaron y se unieron formando la ventanilla del conductor, que por alguna razón parecía estar empañada y cubierta de saliva amarillenta.

Entonces Lister hizo algo por lo que Rimmer nunca le perdonaría.

Lister aparcó el coche.

—¡Lister! ¿A qué puñetas estás jugando? —gritó Rimmer con voz de mezzosoprano.

Lister le ignoró, se dobló hacia delante y empezó a toquetear la columna del volante.

Rimmer levantó la vista y vio la cara del ermitaño aplastada contra la ventanilla del conductor, chillando amenazas incomprensibles.

Y Lister paró el motor.

Sin apartar la mirada de la baba amarilla que el montañés estaba sorbiendo de la ventanilla, Rimmer preguntó, con una voz demasiado tranquila para estar cuerdo:

—¿Qué estás haciendo, David?

—¿Tú qué crees? Estoy intentando deshacer el maldito puente.

Rimmer trató de tragar saliva, pero tenía el paladar como una lija y sólo consiguió rasparse la lengua.

—Un enfoque más prudente, se podría decir, sería dejar este vehículo de forma inmediata y largarnos de aquí a toda leche hacia atrás.

Lister continuó toqueteando los cables de encendido.

—Rimmer, tengo que deshacerlo. Así es como funcionan las cosas aquí. Efecto y causa. A todo efecto le sigue una causa. No hay otra manera.

—¿No podríamos dejar de aplicar las reglas por una sola vez?

—Reglas no, Rimmer: leyes. Leyes cósmicas inmutables. Venga, hombre, deja de interrumpirme e intenta llevar el pánico en silencio, ¿vale?

El motor tembló, renqueó y se paró. El paleto dejó de aporrear, maldecir y babosear y se fue. Rimmer se asomó por la esquina de su ventanilla y observó al ermitaño, que corría de espaldas con las piernas arqueadas y la escopeta en la mano hacia una patética cabaña de troncos.

Rimmer pudo ver con bastante claridad una puerca gigantesca sentada en un balancín junto al porche de madera. Al parecer, el ermitaño había vestido a la cerda con una falda de cuadros rosas y le había pintado las pezuñas con esmalte de uñas de color rojo vivo. En realidad, Rimmer prefería no saber el porqué.

El motor tembló de nuevo y se apagó.

Rimmer halló en su interior un nuevo nivel de aborrecimiento hacia Lister. Valiente y desinteresadamente, se había jugado la vida aterrizando en este lugar de mala muerte para rescatar a su compañero de a bordo, ¿y cómo se lo había agradecido el mamón de él? Conduciéndole por una serie de situaciones de peligro mortal, que culminaba con que le desdisparaba y le desbaboseaba el marido de una cerda gigante que casi con toda seguridad era pariente de sí mismo de distintas maneras ilegales.

El motor ronroneó una última vez y Lister pareció quedar satisfecho.

—¡Ya está! —dijo—. ¡Nos largamos de aquí! —luego se inclinó y abrió de golpe la puerta de Rimmer.

Rimmer echó un vistazo a la cabaña. El paleto había escondido la escopeta junto a la puerta e iba disparado marcha atrás hacia un bosque espeso que había detrás de ellos.

—¡Venga! —gritaba Lister—. ¡Moveos!

Kryten saltó del coche y cerró la puerta de golpe. Lister se inclinó sobre el asiento del copiloto y puso el seguro.

Rimmer salió aliviado de la tartana, manteniendo la mirada clavada en la puerca, que estaba feliz columpiándose adelante y atrás en el banco del porche, observándole con sus pequeños ojos porcinos. Kryten se agachó y ayudó al Gato a salir a rastras hacia atrás. Cerró la puerta, luego Lister se estiró y puso ese seguro también.

Lister saltó del asiento del conductor y empezó a hurgar en la cerradura de la puerta con un clavo oxidado que le había caído en la mano procedente de la camioneta.

—¿Y ahora qué pasa? —se quejó Rimmer.

—Me imagino que lo dejará cerrado.

Rimmer miró hacia el bosque por el que se había esfumado el paleto.

—¿Por qué iba a molestarse ese lamecerdas de gatillo suelto en cerrar el coche con llave aquí arriba en esta selva dejada de la mano de Dios?

—Yo qué sé —Lister oyó el clic de la cerradura al conectar—. A lo mejor no quiere que se lo lleve la cerda.

Eso tenía sentido para Rimmer. Por lo que había visto del montañés, la cerda era sin lugar a dudas el cerebro de la familia.

Lister sacudió el clavo extrayéndolo de la cerradura y lo colocó en el suelo al lado del coche. Se levantó.

—Muy bien, vámonos por piernas.

—¿Hacia dónde? —preguntó Rimmer, aunque estaba bastante seguro de poder adivinar la respuesta.

Lister señaló hacia el bosque con la cabeza.

—Creo que estaba persiguiéndonos. ¿No os parece? —se volvió hacia Kryten, que estaba conversando del derecho con el Gato—. ¿Cómo está?

—Se pondrá bien, señor, mientras sigamos todos juntos. Al parecer, ha tenido una experiencia desagradable detrás de unos arbustos cuando le hemos dejado solo hace un rato.

Lister se pasó la palma de la mano por la cara.

—Ahora lo entiendo. Teníamos que haberle avisado —miró al Gato, respondiendo a su mirada acusatoria con un gesto comprensivo y luego señaló de nuevo hacia el bosque con la cabeza—. Bueno, gente.

¡En marcha! —hizo su derrape inverso habitual y salió escopetado en dirección a los árboles.

Kryten se dio la vuelta y le siguió, hacia atrás. Rimmer y el Gato se miraron y votaron en silencio por desobedecer las normas. Corrieron al bosque hacia delante.

A medida que el Gato se adentraba en el bosque, la espesa maleza se apartaba a los lados ante él, despejándole el camino, después volvía a juntarse azotándole los gemelos a su paso. Los pies holográficos de Rimmer sencillamente desaparecieron en la tupida fronda, como si estuviera corriendo sobre una alfombra mullida de dos palmos de grosor. El sol desnaciente relucía esporádicamente a través de las hojas que colgaban sobre ellos, iluminándoles la huida con miles de focos dorados.

Continuaron cruzando el bosque. El Gato no paraba de gritar «¡Aes atidlam!» mientras el rebufo invertido le sacudía la coleta dándole continuamente latigazos en las mejillas y en los ojos. Se llevó una mano detrás de la cabeza y se sujetó la coleta, manteniendo el otro brazo innecesariamente levantado por delante de él, para protegerse la cara de las ramas, ya que no tenía ninguna fe en absoluto en que siguieran abriéndole paso justo antes de alcanzarlas.

El Gato irrumpió de detrás de un arbusto frondoso para encontrarse a Lister y Kryten agazapados tras un montículo de helechos desde donde se veía una cueva en la ladera de la colina.

El corazón de Rimmer saltó y se dio un apretón de manos con su nuez cuando reconoció la cueva como el lugar donde habían ocultado el Starbug.

La amplia y retorcida sonrisa de placer se fue escurriendo poco a poco por sus mejillas cuando vio que Lister estaba frunciendo el ceño y mordiéndose el interior del labio.

—¿Qué pasa? —susurró—. Estamos en casa.

—Aún no —dijo Lister en voz baja.

Rimmer siguió su mirada. En el claro que se abría ante ellos, un extraño artilugio chapucero compuesto de cubas, tubos y cañerías estaba absorbiendo humo procedente de las alturas desprovistas de vegetación.

—¿Qué es eso?

—Yo diría que es una especie de destilería ilegal —respondió Kryten.

No por vez primera, Rimmer dudó de la salud mental de los que hicieron las leyes de la Tierra inversa. ¿Qué narices podía haber de ilegal en coger peligroso licor alcohólico y convertirlo en grano para plantar?

Entonces lo vio.

Justo debajo de una pequeña llama azul que estaba extrayendo el calor de un líquido en ebullición que había dentro de una cuba, un tubo de goma conducía a un bidón de combustible. El bidón tenía grabado un logotipo de la Corporación Minera de Júpiter, con el sello «Enano Rojo».

Esta vez, el corazón de Rimmer cayó en picado hasta el fondo de su estómago y los testículos saltaron a su encuentro.

El paleto había encontrado el Starbug.

OCHO

Había montones de cosas en las que Kryten estaba intentando no pensar. Estaba intentando no pensar en que ya quedaban menos de siete horas para que se les cerrara la ventana de despegue, lo que les dejaría encallados en este universo inverso. Estaba intentando no pensar en cuánto quedaría del Starbug después del saqueo del montañés y si la nave todavía sería apta para el vuelo o no. Estaba intentando no pensar en cómo iba a explicarles a los demás la gravedad de la crisis en la que se encontraban.

Miró a Lister, cuya cara reflejaba una frustración desalentadora, lo que le dio otra cosa más en la que no pensar.

El paleto había perdido de vista a Lister justo cuando saltaron detrás del montículo de helechos y ahora estaba escarbando en la maleza al otro lado del claro. Sus hombros subían y bajaban con convulsiones y sollozaba dando gritos. Gruesos torrentes de humedad rodaban hacia arriba por sus mejillas desde la barba empapada al interior de la nariz y los ojos.

Finalmente, retrocedió tras unos matorrales justo al lado de la destilería y desapareció.

—Bueno —Rimmer miró de uno a otro intentando decidir quién se llevaría la peor parte de su mirada de reproche y la fijó en Kryten—. ¿Cuál es la situación?

—No es buena, señor. Esos bidones de combustible de reserva se almacenan en la bodega. Para acceder a ellos, un intruso tendría que quebrantar todas y cada una de nuestras medidas de seguridad. Hemos de concluir que la nave entera se ha visto comprometida. Incluyendo los sistemas informáticos y las salas de motores.

Rimmer sacudió la cabeza.

—Maravilloso —dijo—. Ni siquiera tenemos la tecnología para mantenernos a salvo de un paleto con muerte cerebral y piernas arqueadas cuya dotación genética no es mayor que la del pis de una araña.

—Es posible que sólo cogiera el bidón de combustible —Kryten intentó inyectar optimismo en su tono—. Probablemente no haya entendido la función de mucho más.

—Sólo hay una forma de averiguarlo —Lister se puso en pie—. Y es yendo a mirar.

Ascendieron con pies de plomo por la cresta inclinada hacia la entrada de la cueva. El sol desnaciente despedía una luz tenue y peligrosamente baja apreciable solo sobre un pico distante de cumbre blanca, y mientras que Kryten y el Gato tenían una visión excelente con poca luz, Lister y Rimmer estaban empezando a tener dificultades para ver.

Una vez dentro de la boca de la cueva, Kryten se vio obligado a activar su linterna de pecho. Lister sintió que el pecho se le hinchaba de emoción cuando la luz iluminó la cabina del Starbug.

No había visto la sucia nave de desembarco verde y con forma de insecto en casi cuarenta años, pero había soñado con ello en multitud de ocasiones. Se había convertido en un icono para él. Su billete de vuelta a casa.

Caminaron rodeándola hasta la abultada sección de cola. Los motores de dirección traseros parecían estar todos en su sitio e intactos. La sección central redonda parecía cerrada. La escalera de embarque estaba retirada y la puerta estaba sellada.

Sin palabras, Kryten emitió la señal de acceso y la puerta se abrió. Los hidráulicos silbaron y la rampa de embarque descendió con suavidad.

Nadie se atrevió a hablar, pero todos estaban pensando: «Hasta aquí, todo bien».

Treparon al interior.

Kryten activó la esclusa de aire, los escalones se retrajeron y la puerta exterior retumbó con un portazo. Tras una pausa insoportable, la puerta interior se abrió y entraron en la sección central.

Estaba tal y como la habían dejado.

Resistiendo las ganas de correr, Kryten fue andando hasta la puerta de la esclusa y tecleó el código de acceso. La luz roja del escáner se deslizó por su cara y la puerta de la esclusa se abrió despacio. Entró en la sección central directo hacia los cuatro escalones de la sección de cabina mientras las luces de navegación parpadeaban al encenderse. Se acomodó en el asiento de la consola de navegación y comenzó a activar las comprobaciones del sistema.

El Gato subió directamente por las escaleras que comunicaban la sección central con la zona de descanso en el piso superior, es de suponer que para verificar que nadie había estado haciendo el payaso con sus trajes, mientras que Rimmer se dirigió al pasillo de mantenimiento para echar un vistazo a las salas de máquinas y evaluar los suministros.

Lister no podía hacer otra cosa que sentarse.

Se dejó caer a plomo sobre uno de los sillones que rodeaban el panel del radar y echó una ojeada a la sala.

Sobre el entramado de vigas del techo de la sección central, las luces parecían centellear. Lister se llevó la mano a los ojos y notó que se mojaba. Bajó la vista al suelo donde se empezaban a formar unas pequeñas gotas a partir de un cerco de humedad que había allí y comenzaron a salir disparadas hacia su cara.

Descaradamente, Lister deslloró.

Treinta y seis años antes, en su propio universo, Lister había muerto.

Sus compañeros de a bordo le había traído a este lugar, donde la inversión del Tiempo podía devolverle a la vida. Y había vivido esa vida. Y había estado agradecido por ello. Pero durante todo ese periodo, había sentido que era un forastero aquí.

Había habido alegrías, por supuesto. De algún modo, habían traído aquí con él a Krissie Kochanski, su ex-amante muerta hacía mucho tiempo, y los dos habían compartido los placeres de rejuvenecer juntos. Con el paso de los años, sus hijos gemelos habían venido a casa para vivir con ellos y había sido una delicia invertida verlos desmadurar.

Pero todo eso había pasado hacía mucho. Había transcurrido más de una década desde que los chicos habían sido introducidos de nuevo en su madre. Y hacía nueve años, le habían presentado a Krissie, tras lo cual ella se había ido y le había olvidado de inmediato.

Y después de aquello, lo único que le mantuvo en su sano juicio había sido el sueño de que llegara este momento. Aquí, ahora, sentado en el entorno metálico familiar aunque incómodo del Starbug. Para Lister, no existía un decorado más glorioso en la historia del diseño de interiores.

La última de las lágrimas rodaba hacia arriba por su cara, dejándole únicamente unas rojeces que se desvanecían en torno a los ojos, cuando el Gato bajó deprisa la escalera metálica, sonriendo de oreja a oreja como si llevara una cuña de queso Edam alojada en los carrillos.

—¡Ovlas a nátse sejart sim! —sonrió con todos los dientes—. Soliuqnart ratse somedop.

Rimmer asomó la cabeza por la compuerta de las salas de máquinas.

—¿Qué ha sido eso?

Lister levantó la cara. No había usado el habla directa desde hacía décadas, pero tenía que empezar a practicar. Reprodujo las palabras del Gato en su mente. De repente, encajaron.

—Creo que ha dicho: «Podemos estar tranquilos. Mis trajes están a salvo».

—Excelentes noticias —Rimmer le concedió al Gato la sonrisa que reservaba para los idiotas y los extranjeros—. Yo por mi parte dormiré esta noche a pierna suelta. Bueno —se frotó las manos—, los suministros están bien, solo falta el bidón de combustible. Los motores parecen operativos. Los sistemas informáticos funcionan. Parece que podemos despegar.

Kryten bajó de la cabina de control. Los demás le miraron con expectación,

—Me... me... me... —empezó, y entonces se golpeó la frente contra el interior del casco—. Me temo que hay un pequeño problema. No sé cómo, los reactores de aterrizaje se han soltado.

Hubo un breve momento de silencio, luego Lister soltó un taco de repente y le pegó una patada al cuerpo del panel del radar, quitando completamente una hendidura que había habido allí.

—No es tan grave, hombre —Rimmer sonrió alentado—. No hace falta aterrizar. Es cuanto nos reunamos con el Enano Rojo, uno de nosotros puede propulsarse con una mochila cohete y remolcar al Starbug hasta dentro, ¿no?

—No lo entiende —Kryten se sentó en el asiento de enfrente de Lister—. Cuando aterrizamos aquí, tuve que invertir los controles. La única forma de bajar era usando los procedimientos de despegue.

Rimmer seguía sin comprender nada.

—¿Y qué?

—Pues que necesitamos los reactores de aterrizaje para despegar. Sin ellos, nos quedaremos aquí atrapados —dijo Lister. Miró entre sus pies donde había estado el cerco mojado—. Nos quedaremos aquí atrapados para siempre.

NUEVE

Los cuatro estaban de pie debajo de la abultada barriga del Starbug, la linterna de Kryten apuntaba directamente al hueco alarmante que había donde deberían haber estado los retrorreactores. No quedaba ninguno de los tres.

—No tiene sentido —Rimmer se pasó la mano a través de su pelo encrespado—. ¿Para qué iba a querer el hermano tonto de Jethro Clampett tres reactores de aterrizaje de un vehículo espacial? ¿Qué va a hacer, lanzar su cabaña en órbita y unirse al Mile High Club con su cerda?

—Tal vez no sea él el responsable —sugirió Kryten—. Miren esto —dirigió la luz hacia las piezas de contención que habían estado soldadas al motor y que ahora estaban seccionadas. El metal que quedaba expuesto estaba completamente oxidado. La lista de cosas en las que Kryten no quería pensar estaba creciendo a dimensiones novelescas.

—Está bien —Rimmer volvió andando a la parte trasera del Starbug—. ¿No podríamos improvisar con uno de los propulsores principales de la parte inferior para que actuara como reactor de aterrizaje?

—Podría funcionar —concedió Kryten—, si tuviéramos tiempo. Desgraciadamente, no es una opción válida.

—¿Por qué? —Rimmer regresó al grupo a zancadas—. ¿Qué prisa hay?

—Dependemos de determinadas condiciones planetarias para que nos ayuden a catapultarnos fuera del sistema solar. Esas condiciones no se cumplirán a menos que nos vayamos pronto.

—¿Cómo de pronto es «pronto»?

—Cinco horas y media.

Lister resopló como si le faltara una tuba en los labios.

—Eso sí que es pronto. Vale. Está bien. ¿Y si inclinamos los retros delanteros? Eso debería elevarnos.

Kryten miró hacia la entrada de la cueva.

—Dudo que tengamos potencia suficiente para salvar las copas de esas secuoyas. Desde luego no la suficiente para pasar por encima de esa montaña.

—Pues entonces —Lister encogió los hombros—, sólo tenemos una posibilidad: encontrar esos motores. ¿Cuánto tardaremos en acoplarlos?

Kryten miró al suelo y sacudió la cabeza.

—No hay forma de saberlo. Dependería de en qué condiciones se encuentren. Por lo menos noventa minutos. Puede que dos horas.

Lister miró su reloj.

—Eso nos da hasta las dos de la mañana. Una y media apurando. Vamos a tener que dividirnos en dos grupos. Yo no veo bien a oscuras. Rimmer tampoco. Será mejor que yo vaya con el Gato. Pase lo que pase, nos volvemos a reunir aquí a la una y media.

Kryten asintió con la cabeza y se marcharon de la cueva.

Cuando llegaron al claro donde borboteaba la destilería, Lister y el Gato se despegaron del resto en dirección sur hacia la cabaña del montañés, mientras que Kryten y Rimmer continuaron hacia el este por dentro del bosque.

El plan de Kryten era andar durante cincuenta minutos rastreando cada centímetro cuadrado del terreno, después atajar en diagonal hacia el suroeste durante otros cincuenta, después hacia el norte otros cincuenta minutos más. No era exactamente el mejor patrón de búsqueda, pero le dejaría una hora entera para su plan de emergencia, que consistía en correr despavorido de un lado a otro presa del pánico si no aparecía nada, esperando contra toda probabilidad toparse con los motores de pura chorra.

Lister y el Gato se acercaron con sigilo a la cabaña de troncos.

Las luces estaban apagadas y la tubería de metal que servía de chimenea ya no estaba absorbiendo humo blanco y denso del cielo.

Bordearon el lateral de la cabaña, hasta una ventana con los postigos cerrados. Del interior venía el zumbido regular de unos ronquidos de sueño profundo. Bien. El ermitaño estaba dormido. Así sería más fácil registrar los cobertizos. El Gato se asomó con cautela por encima del alféizar de madera y echó un vistazo a través de una raja que había entre las tablas.

La cabaña entera estaba compuesta de una sola habitación. No había ningún motor de reacción a la vista.

De hecho, había muy pocos muebles. Una mecedora y una mesa de madera desvencijada con una radio de onda corta encima. La mayor parte de la habitación estaba invadida por una cama enorme, que podría haber acomodado a seis o siete personas de tamaño normal alegremente. En su caso, una sola ocupante se apropiaba de casi todo el espacio.

La cerda gigante.

Estaba roncando con satisfacción, con una pezuña sobre la

almohada al lado de la cabeza. Llevaba un camisón de flores y un gorro adornado con lazos.

De pronto, se oyó un fuerte tosido inverso en la dirección del porche. El Gato se quedó paralizado.

Lister se acercó a gatas hacia la parte delantera de la casa y echó un vistazo al porche a hurtadillas.

El ermitaño estaba sentado en el balancín. Se llevó a los labios una botella casi vacía y la llenó de su boca hasta la mitad. El olor desagradable de los vapores penetrantes le llegó a Lister. Alpiste puro.

El palurdo se puso de pie y miró alrededor, escudriñando el bosque. Empezó a dar vueltas inquieto de un lado a otro sobre los crujientes tablones del porche.

Lister se echó para atrás. ¿Qué leches estaba haciendo el hombre despierto y poniéndose sereno a esta hora? ¿A quién esperaba ver? ¿A ellos? ¿Se acababa de levantar de la cama o iba a estar esperando en el porche toda la noche?

Lister comprobó la hora y soltó un juramento. Había seis o siete cobertizos de madera esparcidos por la propiedad, además de un establo tamaño de feria. El tener que mantenerse ocultos en las sombras y moverse extremando el sigilo ralentizaría la búsqueda considerablemente. Era poco probable que pudieran cubrir el lugar entero antes de que tuvieran que emprender el regreso al Escarabajo.

Soltó un suspiro, se levantó y le hizo un gesto al Gato para que le siguiera al cobertizo que estaba más cerca.

Kryten estaba en el último ramal de su patrón de búsqueda y a menos de diez minutos de entrar en modo de pánico tipo pollo decapitado, cuando encontró el primero de los motores.

Ni siquiera lo habría visto si no hubiera llegado a tropezarse con él.

Estaba enterrado en el suelo, a menos de cincuenta metros de la destilería ilegal, con sólo unos diez centímetros de la ojiva asomando de la tierra. Kryten se arrodilló y escarbó frenético en la superficie del suelo mientras Rimmer mantenía la guardia tímidamente, intentando no pensar en las extrañas criaturas nocturnas que podrían estar al acecho en las sombras húmedas y tenebrosas de los árboles.

Kryten dejó al descubierto un par de palmos más del motor. La emoción de su descubrimiento menguaba con cada centímetro.

El motor estaba de óxido a reventar.

Tenía serias dudas de que pudiera llegarse a restaurar en condiciones de funcionar.

Se irguió y exhaló un suspiro.

—¿Y bien? —las cejas de Rimmer se arquearon con expectación.

—Malas noticias, señor. Está enterrado demasiado hondo. Sin algún tipo de herramienta para excavar, no hay esperanzas de extraerlo a tiempo. Kryten deslizó la mano por detrás de la espalda y se deshizo de un cascote de metal oxidado desprendido del motor que había encontrado.

Rimmer se arrodilló junto a la carcasa expuesta. Afortunadamente, la escasez de luz no le permitía apreciar la verdadera decrepitud del estado del motor.

—Esto es absurdo. ¿Por qué iba ese capullo lugareño a enterrarlo?

Kryten sacudió la cabeza. Se hacía buena idea de lo que había pasado, pero correspondía a lo más alto de la lista de las cosas en las que no quería pensar.

—Necesitamos alguna pala para excavar. Voy a coger una del Starbug. Le sugiero que se quede aquí —se dio la vuelta y se preparó para cambiar a modo de máxima carrera.

—¡So, quieto! —sonrió Rimmer—. ¿Estás mal de la cabeza? Yo voy contigo.

—Haré mucho mejor tiempo si voy solo.

Rimmer atisbó la implacable penumbra del bosque circundante. Pensó en panteras y en osos pardos. Pensó en manadas de lobos y en pumas. Pensó en hombres lobo, en el Sasquatch y en paletos endogámicos con armas y preferencias sexuales seriamente dudosas. Pensó en todas las criaturas salvajes de ojos amarillos y sed de sangre insaciable que engullirían su abeja luminosa entera como un canapé de aperitivo sin ni siquiera tragar saliva.

—Vamos los dos juntos —dijo.

—Muy bien —asintió Kryten, luego se dio la vuelta, se tambaleó y salió disparado con aceleración máxima, dejando a Rimmer boquiabierto, solo y furioso.

Kryten no llegó muy lejos. Al atravesar a toda pastilla la maleza hacia el claro que albergaba la destilería, su visión periférica registró un mango de hacha y se detuvo.

Subestimó la velocidad que llevaba y se paró demasiado rápido, perdiendo el equilibrio y cayéndose al suelo. Estiró los brazos para amortiguar la caída y metió las manos en un cubo de madera lleno de agua de lluvia. Cuando las sacó, comprobó asustado que estaban cubiertas de una especie de pringue pegajoso. Se planteó intentárselas lavar, pero luego se dio cuenta de que no resultaría. En este universo, el agua se usaba para ensuciarse.

Se levantó del suelo y avanzó tambaleándose hasta el mango del hacha. Sobresalía de entre un corro de arbustos. Lo agarró con las manos pegajosas y se preparó para tirar con fuerza y sacarlo.

Miró hacia abajo y se petrificó.

Tendido a sus pies en los arbustos estaba el cuerpo sin vida del ermitaño.

Tenía el hacha hundida en el pecho.

DIEZ

Kryten se arrodilló y puso los dedos en el cuello del paleto. No había pulso. El cuerpo estaba bastante cálido todavía. La sangre fresca todavía rezumaba en torno a la terrible herida.

Se echó para atrás sobre las posaderas e intentó pensar. ¿Cómo podía ser que el paleto estuviera muerto? El tiempo corría al revés y ya habían visto al hombre vivo después esa mañana.

Kryten accedió al incidente del destiroteo en su memoria visual y seleccionó una imagen congelada del paleto. Miró al muerto del suelo y comparó las dos caras.

No era el mismo hombre.

Iba vestido de la misma manera y sus rasgos eran muy muy similares, pero no exactamente iguales. Sin lugar a dudas, el cadáver era un pariente sanguíneo cercano del ermitaño que les había disparado.

Los hechos precedentes comenzaron a encajar en su sitio. Por eso el montañés había estado llorando en el claro: había descubierto el cadáver de su hermano. Había estado vareando los arbustos, buscando alguna pista que condujera al autor del crimen. Entonces había visto a Lister y les había perseguido hasta el coche.

Había dado por hecho que ellos eran los asesinos.

Este era el crimen por el que habían detenido a Lister. Y como Lister no podía haber matado al hombre, eso quería decir que el verdadero asesino no andaba muy lejos de allí.

De pronto, Kryten se dio cuenta de que había alguien detrás de él.

No había oído pasos, sólo el ligero susurro de una respiración. Kryten giró sobre los talones, con las manos estiradas al frente y los codos doblados hacia fuera en lo que esperaba que a su atacante le pareciera una postura de kárate amenazadora.

Era Rimmer. La rabia hinchaba sus rasgos.

Su furia perdió fuelle cuando se percató del miedo y la angustia de Kryten. Recorrió con la vista el mango del hacha hasta el cadáver y luego miró de vuelta a Kryten.

—¿Muerto? —preguntó, a secas.

—Eso me temo. No es el ermitaño que nos estaba persiguiendo. Creo que es su hermano probablemente, o su primo.

—Ambas cosas probablemente —Rimmer se arrodilló junto a él—. Puede que también su tío y su padre.

Kryten estaba ofendido. La repugnancia ante la muerte humana estaba grabada a fuego en el núcleo de su programación y el ser testigo directo de una siempre le inquietaba sobremanera. En especial si la muerte era por causas violentas. Volvió la cara hacia Rimmer.

—¿De verdad le parece apropiado hacer bromas a expensas de los muertos?

Rimmer se encogió de hombros.

—No estará muerto por mucho tiempo.

¡Pues claro! Kryten maldijo su propia estupidez. Pronto, probablemente en cuestión de minutos, ¡el cadáver volvería a la vida! Todo lo que tenían que hacer era ocultarse en los arbustos y esperar a que el asesino se presentara.

De repente, el cadáver abrió los ojos, mirando a Kryten con tanta violencia que perdió el equilibrio otra vez y se cayó de espaldas.

El cadáver despegó los labios y dejó escapar un terrible estertor de muerte.

Kryten se puso de pie en seguida.

—¡Por el amor de Dios —gritó Rimmer—, enciende la puñetera linterna!

Kryten activó su linterna de pecho. La luz alumbró el cadáver reanimado.

Se estaba atragantando con un reguero denso de sangre y burbujas que chorreaba hacia arriba por su mejilla y se le metía en la boca.

Mareado del horror, Kryten apenas era consciente de que Rimmer le estaba hablando. Se dio la vuelta y dijo:

—¿Qué?

—¡Tus manos! —estaba diciendo Rimmer.

Levantó las manos a la luz. El pringue que las cubría era sangre.

Kryten estaba empezando a perder los estribos. Sentía como si un tsunami estuviera bramando dentro de su cabeza. La luz marcada de su linterna de pecho que iluminaba sus manos sangrientas y temblorosas apuntó al cadáver del suelo y detectó movimiento.

Con un gemido grave y espantoso, el muerto empezó a retorcerse de dolor. Su cuerpo comenzó a sacudirse con espasmos violentos, luego arqueó la espalda en tensión y gritó. Cayó de golpe otra vez y se puso a pegar con los puños en el suelo.

Volvió a gritar con furia y dolor, y agarró el mango del hacha. Comenzó a balancearse de un lado a otro, con las manos atenazadas al mango del instrumento de su muerte.

Rimmer gritaba: «¡Haz algo!» y Kryten se tambaleó hacia delante, medio cegado por el pánico. Empuñó el mango con fuerza. El cadáver estaba mirándole con una expresión que parecía como de estupefacción.

Kryten tiró del mango. Se oyó un crujido húmedo en el pecho del hombre, pero el hacha seguía alojada allí. Kryten hizo acopio de todas sus fuerzas y estiró otra vez.

Y el cadáver se puso en pie del impulso, agitando los brazos y gritando alaridos demenciales.

Y seguía teniendo el hacha encastrada en el pecho.

Y entonces Kryten se cogió del mango, con lo que le quedaba de cordura saliéndole a borbotones por las orejas mientras bailaba un vals macabro con el moribundo bajo el resplandor tenebroso de su propia linterna de pecho.

Kryten estaba intentando soltar el hacha a tirones, pero el montañés la estaba sujetando contra el pecho con una fuerza extraordinaria cargada de adrenalina.

Entonces, de repente, la soltó, y con un crujido viscoso horripilante, Kryten liberó el hacha de un tirón.

Mientras se quedaba mirando fijamente, estupefacto ante el pecho inmaculado de la camisa del paleto, el hombre se lanzó a por el hacha que Kryten todavía levantaba por encima de su cabeza.

Aún conmocionado, Kryten forcejeó con él durante un par de segundos y después se soltó. El impulso retrógrado de la maniobra le arrojó al suelo y le mandó rodando sobre los lados hacia los arbustos.

Por un momento, el paleto sostuvo el hacha por encima de la cabeza, y entonces la bajó hacia el desplomado Kryten, pero falló y la alzó de nuevo. Kryten rodó hasta el sitio donde había pegado la hoja y se paró.

Se puso en pie de un salto y encaró al montañés, que estaba blandiendo el hacha, con una mano en la empuñadura y la otra hacia la mitad del palo. Estaba gruñendo y murmurando amenazas despiadadas.

Kryten estaba dolido y confuso. Acababa de traer a este hombre de entre los muertos. ¿Por qué estaba empeñado en hacerle daño?

El paleto levantó el hacha con una mano y la balanceó hacia un lado, pero Kryten estaba fuera de alcance y la hoja pasó rozándole el enchufe de la entrepierna.

Kryten retrocedió a trompicones hacia la destilería, sin saber qué decir ni qué hacer. Miró alrededor buscando a Rimmer, pero no se veía por ninguna parte.

Entonces, al pasar la destilería, se le ocurrió apagar la linterna de pecho. Ahora, el claro solo estaba iluminado por el tenue resplandor azulado de la llama de la destilería.

El montañés lanzó una mirada peligrosa a su figura en retirada y luego se dio la vuelta y enterró el hacha en el suelo. De espaldas a Kryten, retrocedió hacia la destilería, miró a Kryten una vez por encima del hombro y procedió a ignorarle de inmediato.

Kryten salió del claro con sigilo marcha atrás y se desplomó sobre las posaderas refugiado tras el arbusto más cercano.

Unos pocos minutos más tarde, recuperó la cordura, tras lo cual Rimmer apareció sin hacer ruido. Kryten iba a preguntarle dónde se había metido, pero no merecía la pena molestarse. En cuanto Rimmer había visto empezar la pelea, había hecho su famosa imitación de un galgo de carreras con el esfínter lleno de dinamita. Hacía mucho tiempo que Kryten había dejado de preguntarse cómo un hombre que ya estaba muerto podía ser un cobarde redomado semejante.

—Lo siento —Rimmer se agachó lo bastante cerca como para susurrar—. Me ha parecido ver al otro intentando flanquearte, así que me he ido pitando a cubrirte la retaguardia —se asomó entre los arbustos. El paleto estaba atendiendo la destilería tranquilamente—. ¿Y ahora qué?

—¿Ahora? —Kryten había perdido la noción del tiempo. Comprobó su cronómetro interno. Las dos y cuarto casi—. Será mejor que volvamos al Starbug a ver si los demás están allí —si Lister y el Gato habían conseguido desenterrar los otros dos motores intactos, a lo mejor les bastaba con eso para despegar.

Rimmer asintió con la cabeza y se volvió hacia la cresta. Kryten se levantó para seguirle, entonces se paró medio agachado. Un pensamiento terrible le había venido a la cabeza.

Había estado invirtiendo el incidente en su mente, para poder explicarles a los demás lo que les había pasado y por qué se habían retrasado, cuando se dio cuenta de la inconcebible verdad.

Acababa de violar su directriz más sagrada. Había matado a un ser humano a sangre fría.

ONCE

Lister se encontraba bastante bien. Llevaba ya cincuenta horas largas sin dormir, contando la noche completa de interrogatorio en la comisaría de policía donde le habían soldado seis de sus costillas y le habían aliviado el dolor crónico de sus riñones. Con cada hora que pasaba se sentía más fresco, más fuerte y más alerta.

El motor era sorprendentemente ligero: más de dos metros de largo y casi todo metal sólido, pero aun así el Gato y él lo llevaban con bastante facilidad entre los dos.

También estaba sorprendentemente oxidado.

A pesar de todo, habían conseguido encontrarlo y, si Kryten y Rimmer habían tenido algo de suerte, probablemente contarían con potencia suficiente para un despegue forzoso.

El Gato, que llevaba la delantera, se paró de repente y levantó la mano. Olfateó el aire, luego le hizo un gesto a Lister con la cabeza para ponerse a cubierto. Corriendo de lado, con el motor entre ellos, salieron de la senda hollada y se agacharon detrás de un corro de matorrales.

Lister miró la hora nervioso. La una y veinticuatro.

Ya llevaban retraso con respecto a lo programado. Pasaron dos minutos con cuentagotas y seguía sin haber ninguna señal de peligro. Lister estaba a punto de levantarse, cuando oyó un crujido de rama y el montañés apareció en escena.

Lister no entendía nada. Acababan de dejar al ermitaño columpiándose en el porche y sin embargo, allí estaba andando de espaldas por el tosco sendero que conducía de la destilería a la cabaña. Al pasar de largo, Lister pudo verle la cara bajo el resplandor de la luna llena. Si este hombre no era el paleto, era su gemelo idéntico.

No había tiempo para considerar las ramificaciones. En cuanto lo perdieron de vista, se echaron el motor al hombro y volvieron a llevarlo a la senda.

Lister empujaba el motor desde atrás. El Gato cogió el mensaje y aceleró la marcha. Cruzaron el claro corriendo y treparon por la cresta hasta la cueva.

Dejaron el motor en el suelo debajo de la barriga del Starbug.

Las esperanzas de Lister cayeron en picado cuando vio que los demás motores todavía faltaban.

Rimmer bajó en silencio por la rampa de embarque y escrutó la penumbra bajo la nave.

—¿Lister? —susurró, tímidamente.

Lister asomó la cabeza por debajo de la rampa.

—¿No ha habido suerte?

Rimmer negó con la cabeza.

—Hemos encontrado uno, pero estaba inservible.

—¿Cómo de inservible?

—¿Qué tal «completamente»? Estaba podrido de corrosión, con la ventaja adicional de que estaba clavado dos metros en el suelo. ¿Qué tal os ha ido a vosotros?

—Hemos encontrado uno en el granero del paleto. Lo había estado usando para apoyar una estantería. No es que esté en magníficas condiciones, pero creó que servirá.

—La cuestión es: ¿será suficiente con un reactor?

—Puede que sí. Si bajamos el ángulo de los retros delanteros, como dije. Si conseguimos superar la montaña, será por los pelos, pero no veo qué otra cosa podemos hacer —Lister miró la hora—. Una hora y doce minutos. Pongámonos en marcha. ¿Dónde está Kryten?

—Me parece que vais a tener que sujetar el motor vosotros solos.

Lister miró hacia el motor.

—¿Estás mal de la cabeza? No sabría ni por dónde empezar —despacio, giró la cabeza hacia Rimmer—. ¿Por qué? ¿Qué le pasa a Kryten?

Rimmer levantó las cejas con cara enigmática y subió de espaldas por la rampa. Lister le hizo una señal al Gato con la cabeza y le siguió.

Kryten estaba tumbado sobre el panel del radar, con los ojos abiertos y vueltos hacia el interior del cráneo. Había un extraño sonido de zumbido que parecía venir de alguna parte de dentro de su cabeza.

Lister se acercó y pasó la mano por delante de los ojos de Kryten. El mecanoide permaneció inmóvil. Lister probó a llamarle por su nombre, pero tampoco hubo respuesta.

—Lleva así desde que hemos vuelto —dijo Rimmer—. Tumbado allí en una especie de coma electrónico.

Lister acercó la nariz a la oreja de Kryten y olfateó.

—Ostras. Huele como si algo se hubiera fundido ahí dentro.

Rimmer asintió.

—Creo que es una especie de cortocircuito. Probablemente sea de la pelea.

—¿Pelea?

—Nos hemos encontrado a otro paleto al lado de la destilería. Tenía un hacha clavada en el pecho. Kryten se la ha arrancado...

—¡Se la ha arrancado!

—Luego han forcejeado un poco y se ha acabado todo. Hemos vuelto al Starbug, se ha tumbado en el panel del radar: chas, pum y le ha empezado a salir un montón de humo por las orejas.

—A ver si me aclaro: ¿Kryten le ha arrancado un hacha del pecho a un hombre?

—No tenía elección. El pobre desgraciado se estaba retorciendo de la agonía. Alguien tenía que ayudarle.

Lister dejó escapar un suspiro de alivio que había estado reprimido en su interior durante ocho largos años. Cada día de su inefable encarcelamiento, había anhelado saber tan sólo una cosa. ¿Había cometido el crimen en realidad?

Todos los demás internos tenían el consuelo de saber si eran en verdad inocentes o culpables. Fuera lo que fuera lo que proclamaran a los cuatro vientos, en lo más profundo, todos sabían la verdad.

Y durante todas esas largas noches de intranquilidad, a Lister le había parecido que su situación habría sido inconmensurablemente más soportable si tan sólo hubiera sabido la verdad.

Una y otra vez, había repasado detenidamente las transcripciones de su juicio, sin encontrar una explicación. Las pruebas habían sido circunstanciales. Le habían visto abandonando la escena con otro hombre. Por las descripciones, Lister había deducido que el segundo hombre había sido el Gato. La incapacidad de Lister de revelar el paradero del Gato había pesado mucho en su contra, desde el punto de vista del jurado. Le habían sentenciado a quince años, de los que cumpliría ocho.

Bueno, ahora ya lo sabía. Había sido inocente.

Y eso no le hacía sentirse nada mejor. Ni un quark. El asesino había sido Kryten.

—¿Hola?

La visión empañada de Lister se enfocó. La cara de Rimmer estaba justo delante de él.

—¿Hola? —repitió—. ¿Hay alguien en casa?

Lister suspiró de nuevo y se estregó la cara con la mano.

—Sí, yo… eeeh… sí.

—Gracias a Dios. Por un minuto he pensado que se te habían fundido los circuitos a ti también.

Lister cruzó al almacén de herramientas, abrió la puerta del armario metálico arrancándola de cuajo y empezó a hurgar en una caja.

—Creo que sé lo que le pasa. Algo que ha hecho ha activado el mecanismo de desconexión automática.

—¿Sabes arreglarlo?

Lister sacó un destornillador sónico de la caja de herramientas y caminó hacia atrás hasta el panel del radar.

—No es la primera vez, ¿te acuerdas? —acomodó la cabeza de Kryten sobre un gato de coche y separó una sección del cráneo haciendo palanca—. La cuestión es: ¿sabré hacerlo a tiempo?

DOCE

Doce y cuarto de la noche.

Kryten debería haber estado concentrándose en cumplir la hora límite de la ventana de lanzamiento, que no era exactamente a medianoche, pero lo bastante cerca para no importar un comino. Si no levantaban el vuelo antes de menos diez... bueno, no valía la pena pensar en la alternativa.

El problema era que Kryten no estaba pensando en ello.

Estaba de pie sobre una plataforma elevada, sujetando en posición el motor parcialmente corroído, mientras el soplete láser de Lister esparcía lluvias de chispas danzantes sobre él y sobre todo lo demás en las cercanías.

Rimmer andaba nervioso de un lado a otro por debajo de ellos, berreando órdenes innecesarias y apoderadas por el pánico. El Gato estaba de pie en el primer escalón de la minigrúa, gritando órdenes igual de innecesarias y apoderadas por el pánico, solo que hacia delante.

Y Kryten ni siquiera les oía. Ni compartía su pánico.

Estaba pensando en el asesinato.

Asssesssinato.

Una palabra tan suave y melódica, en realidad.

Como sosiego.

Susurrante y delicada.

Oculta tras su exterior dócil y aterciopelado, la ofensa más vil y repugnante contra la naturaleza que había concebido la humanidad. Asesinato. Kryten era un asesino.

Y no podía vivir con ello.

Para cuando Kryten había sido creado, todas las formas de vida con Inteligencia Artificial estaban programadas para proteger la vida humana. Había habido algunos primeros errores (el más notable el de los agonoides parcialmente orgánicos, quienes habían sido diseñados como superguerreros, pero luego adoptaron sus propias ideas acerca de obedecer órdenes y casi libran a todo un planeta de sus inquilinos humanos) antes de que los diseñadores espabilaran y empezaran a programar una versión de las leyes robóticas de Asimov en el núcleo de toda mente informática.

Kryten había quebrantado esas leyes y la necesidad de autodestruirse era casi insoportable.

Así que había decidido que, una vez el motor estuviera fijado en su sitio y el despegue preparado, se escabulliría en silencio por la rampa y desaparecería dentro de la cueva.

Era incapaz de pensar con claridad y no tenía ni idea de cómo iba a poder cometer el suicidio en un planeta en el que el tiempo transcurría a la inversa. Lo único que sabía era que no era apto para compartir la compañía de humanos. Si eso significaba pasar una eternidad solo en los recovecos más oscuros de cavernas inaccesibles, con la culpa y el dolor como única compañía, entonces que así fuera.

Cumpliría con esta última obligación y se iría. De repente, se percató del silencio.

Lister apagó el soplete, se desenganchó el arnés de seguridad y bajó destrepando a la plataforma de Kryten.

—¿Ya está? —gritó Rimmer—. ¿Funcionan todos los sistemas?

Lister se levantó la careta de soldar y alzó la vista al reactor de aterrizaje torpemente inclinado.

—No está perfecto, pero debería ser suficiente para darnos una oportunidad —se quitó los guantes y empezó a bajar los escalones de la minigrúa hacia la mirada preocupada del Gato.

Había sido una tarea complicada, tratar de acoplar el reactor usando una herramienta para cortar, y Kryten había sido de escasa ayuda. Lister no tenía ni idea de cuánto aguantaría, si aguantaba siquiera. Se había alarmado al examinar de cerca los bajos del Starbug. Muchas de las placas parecían haberse soldado en su sitio recientemente y daba la impresión de haber un nivel de corrosión peligroso bajo las nuevas láminas de metal.

Aun así, a falta de menos de cinco minutos para la salida, decidió no compartir sus miedos con los demás. O bien el Starbug se despegaría del suelo, o bien no lo haría. No tenía sentido complicar las cosas ahora.

Mientras el Gato cargaba la minigrúa de vuelta a bordo, con Rimmer apremiándole innecesariamente berreando órdenes a la inversa, Lister alumbró con discreción las paredes de la cueva con la lámpara de trabajo.

Como había sospechado, las paredes mostraban un entramado de surcos, algunos limpios con marcas chamuscadas, otros cubiertos de mugre.

Probablemente, alguna parte de él supo la verdad entonces. Pero no iba a ir corriendo a soltárselo a las demás partes. La esperanza era el combustible que alimentaba el motor de Lister y no tenía sentido desperdiciarla con meras posibilidades. Podía haber docenas de explicaciones para la presencia de esas marcas. Ninguna de ellas factible ni verosímil, pero todas mejores que la probable verdad.

Una voluta de humo concentrado atravesó el haz flotando. Olisqueó el aire. Se estaban empezando a acumular los humos de combustible parcialmente quemado del reactor que tan bien conocía. Echó una última ojeada a la cueva y después subió la rampa de embarque pisando fuerte.

Entró en la cabina de control antes de que la rampa hubiera terminado de retraerse completamente. Rimmer estaba sentado mirando hacia la parte de atrás de la cabina, haciendo comprobaciones en el navegador. El Gato estaba en el asiento del piloto, cosa que sorprendió a Lister en cierto modo, pero pensándolo bien, tenía su razón de ser. La velocidad de respuesta y el sentido de la orientación del Gato eran mejores que los de todos los demás juntos. De acuerdo que también era más estúpido y vanidoso que todos los demás juntos, pero en caso de apuro, era la mejor elección para el cargo. Lister se disponía a ocupar el asiento del copiloto a su lado, cuando se dio cuenta de que el puesto informático de Kryten estaba vacío.

—¿Dónde está Kryten?

El Gato se encogió de hombros. Rimmer no apartó la vista del navegador.

—Está haciendo unas comprobaciones en las salas de motores —dijo.

Lister aumentó el zoom de las cámaras de seguridad y rastreó las salas de motores. Desiertas. Se dio la vuelta y se dirigió a la sección central.

El Gato le gritó: «Ageloc, sotunim sod» y continuó encendiendo interruptores, entre miradas furtivas a su reflejo en la pantalla del ordenador y arreglos ocasionales de su perfecto tupé.

Lister logró descifrar el grito del Gato como «Dos minutos, colega», mientras se precipitaba por los escalones a la sección central. Vacía. Corrió directo a la escalera de caracol y subió dando zancadas a la zona de descanso.

Kryten no estaba a bordo.

Lister volvió a bajar la escalera estrepitosamente y se lanzó escalones arriba a la cabina.

—¡Se ha ido! ¡Kryten no está!

Con los ojos puestos en el navegador aún, Rimmer dijo:

—Noventa segundos y contando.

—¡Frena! —Lister colocó las manos en forma de T mayúscula—.

Tiempo muerto, tíos. Kryten todavía está ahí afuera.

—Lister, estamos a punto de llevar a cabo la que es probablemente la maniobra de despegue mediante aterrizaje inverso más complicada que se haya intentado jamás en la historia de la aviación, con solo un reactor de aterrizaje que está más oxidado que el cinturón de castidad de Isabel I de Inglaterra. Es más, el piloto y yo ni siquiera hablamos el mismo idioma en la misma dirección, y aunque lo hiciéramos, no estaríamos de acuerdo. No hace falta complicar más las cosas.

—¡¿Complicarlas?! ¡Kryten no está a bordo! ¡No podemos irnos sin él!

—Te equivocas. No podemos llevarle con nosotros. Si abortamos ahora, perderemos la ventana de lanzamiento.

—Pues entonces la perdemos. No vamos a abandonar a Kryten.

—Sesenta segundos y contando —Rimmer levantó los ojos de la pantalla—. Él sabrá lo que se hace. Ha sido decisión suya. La ruta de vuelo está cargada y podemos lograrlo sin él.

—¿Qué quieres decir con que «ha sido decisión suya»? ¿Es que te ha dicho que no iba a venir con nosotros?

—En realidad lo que ha dicho ha sido: «Me voy a dar un paseo. Puede que tarde un rato».

—¿Y le has dejado irse?

Rimmer bajó de nuevo la vista a la pantalla.

—Cuarenta y cinco segundos.

Lister volvió a bajar disparado a la sección central y corrió hasta la esclusa de aire. A la vez que pasaba la palma de la mano por delante del escáner de seguridad, empezaron a girar los motores. El registro del escáner se iluminó en rojo y un panel de advertencia parpadeaba con las palabras: «Esclusa de aire inaccesible hasta completar procedimiento de aterrizaje».

Lister pegó un cabezazo en el escáner y embistió de vuelta a la cabina.

El Starbug comenzó a temblar a medida que aumentaba el zumbido del motor. Lister avanzó dando tumbos hasta el puesto del copiloto y gritó al Gato:

—¡Atroba! ¡Atroba!

El Gato le miró confundido y luego se giró hacia Rimmer, quien meneó la cabeza y dijo:

—Cero.

El Starbug daba sacudidas con el crescendo de los motores y Lister se cayó en el asiento del copiloto.

—¡No! —chilló—. ¡Nooo!

Encendió las cámaras del exterior. Fuera, los bancos de niebla de espeso humo medio negro medio marrón que el único reactor de aterrizaje se esforzaba por inhalar ocultaban la cueva casi por completo.

Sólo por un instante, creyó entrever una imagen fugaz de la cara demasiado rosa de Kryten estirando el cuello para verles a través de la niebla acre.

Las sacudidas de la cabina eran ahora violentas. Un barullo de manuales de vuelo saltó desde el suelo de alrededor del puesto desierto de Kryten y se colocó en perfecto orden encima de una estantería.

Y estaban en el aire.

TRECE

La combinación del rugido de los retrorreactores, el fuerte chirrido del reactor de aterrizaje y la alarmante vibración que agitaba la cabina hacía la comunicación prácticamente imposible.

Lister se abalanzó sobre los interruptores de aborción del panel de control del copiloto: no servían, a menos que el piloto iniciara también la secuencia de aborción. Echó una mirada al Gato, esperando que copiara la maniobra. El Gato le ignoró.

Lister saltó de su asiento y alargó el brazo hacia los controles de aborción del piloto, pero el Starbug se hundió otra vez de repente y su mano chafó la batería de botones equivocada.

—¿Ageloc, odneicah sátes soinomed euq? —chilló el Gato y tiró del colectivo, intentando corregir la guiñada de la nave desesperadamente. Pero con un solo reactor de aterrizaje y la física opuesta de la Tierra inversa, la maniobrabilidad era casi nula.

El Starbug comenzó a dar vueltas. Dentro de la cabina, las luces de alerta empezaron a encenderse como locas y el aullido lastimero absorbido por la sirena se sumaba a la confusión lunática.

Cegado por el pánico, el Gato empezó a aporrear interruptores al azar con una mano, mientras la otra forcejeaba con la palanca del colectivo entre las piernas.

Fuera, en las tinieblas asfixiantes de la cueva, Kryten cambió a visión de infrarrojos y observó con horror en aumento como el Starbug daba vueltas totalmente fuera de control. A su alrededor, la caverna entera era una explosión con el estruendo del reactor mientras las ráfagas desincronizadas de los retrorreactores delanteros absorbían las marcas chamuscadas de las paredes de la cueva y rellenaban de piedras los surcos largos y profundos de debajo hasta ocultarlos.

Nunca debió haberles dejado. No tenía ni idea de qué había pasado, ni de qué podría haber hecho para enmendarlo si se hubiera quedado a bordo, pero eso no importaba.

Lo que importaba era que iban a morir.

Y Kryten podría añadir tres muescas más en su cinturón de asesino.

Desesperado por hacer algo, lo que fuera para ayudarles, Kryten corrió hacia la dañada nave que giraba sobre sí misma.

Un tren de aterrizaje viraba hacia él por encima de su cabeza y entonces pegó un salto. Se agarró con las puntas de los dedos al pie desplegado del tren de aterrizaje y aguantó colgado empleando todas sus fuerzas.

Craso error. El peso y la inercia desbarataron aún más la inclinación de la nave y los giros se volvieron más inestables y violentos. Cabeceaba y rodaba como un giroscopio desbocado, sin la fuerza suficiente para recuperarse.

Kryten estaba allí colgado, sin saber qué hacer. En medio del pánico, había empeorado la situación, pero si se soltaba ahora, el Starbug podría dar un vuelco radical en la dirección opuesta y estrellarse contra la roca mortal. Tal vez incluso ponerse patas arriba completamente.

¿En qué había estado pensando? ¿Alguna parte de su mente enloquecida por la culpa había creído que podría tirar de la nave y dejarla a salvo en el suelo? ¿Quién se creía que era? ¿Un ex patriota del planeta Krypton?

Trató de sacar provecho calculando el giro e intentándolo contrarrestar mediante balanceos del cuerpo. Mientras se bamboleaba ligeramente de un lado a otro bajo el viraje descontrolado del vehículo espacial, intentaba convencerse de que aquello estaba sirviendo de algo, pero no lograba ser muy persuasivo.

Dentro de la cabina de control, reinaba la locura.

El procedimiento de emergencia del Gato de aporrear todos los botones al alcance no estaba contribuyendo en gran medida a la restauración de la calma. Todos los asientos botaban arriba y abajo sobre los hidráulicos, las tarjetas informáticas chocaban contra la cabina haciendo un ruido metálico y saltaban a las ranuras correspondientes, las luces se encendían y se apagaban de forma alocada y la música de bandas militares retumbaba en todos los altavoces de la nave a un volumen que hacía sangrar los oídos.

Lister se abalanzó por delante del Gato y aporreó frenético el panel que abortaba el despegue. Una pulsación afortunada detuvo los retrorreactores y los giros empezaron a ralentizarse. El Gato recuperó el control del colectivo, puso la nave en horizontal y apagó los reactores de aterrizaje.

Con una colisión mínima, el Starbug se posó de nuevo en el suelo de la cueva.

El Gato se inclinó hacia delante, desconectó la música de bandas y sonrió a Lister mostrando los dientes.

—Evaus —dijo.

Lister meneó la cabeza y comprobó la cámara exterior.

La cueva estaba limpia de humos, pero Kryten no se veía por ninguna parte.

¿Adónde leches se había ido? ¿Le habían aterrizado encima?

Lister salió disparado de la cabina y corrió hacia la esclusa de aire. Pasó de nuevo la palma de la mano por delante del escáner y, una vez más, se iluminó en rojo. ¿Qué demonios pasaba ahora? Echó un vistazo al panel de advertencia, que parpadeaba con el mensaje: «Ocupado».

La rueda interna giró y se abrió la puerta de la esclusa de aire.

Kryten estaba de pie delante de él, con su cara de plástico retorcida por el miedo y la preocupación.

—¿Señor? ¿Está usted bien?

El alivio de Lister por ver a Kryten a salvo dio paso instantáneamente a una sensación de fracaso y desesperación. Dio media vuelta y se dejó caer en una silla junto al panel del radar.

—Sí —musitó sin entusiasmo—. Estamos bien, Kryten.

El mecanoide entró y dobló el cuello señalando la puerta de la cabina.

—¿Todos ustedes?

El Gato se escabulló de la cabina y Rimmer salió detrás de él.

Kryten estaba tan agradecido de verlos intactos que se sentía como si hubiera entrado en combustión espontánea.

—Oh, señores, todo esto es culpa mía...

—No. Es culpa de Lister —Rimmer miró enfadado—. Estaba comportándose como uno de esos tipejos escoceses de las películas de prisioneros de guerra que de repente pierden la chaveta y se lanzan derechos contra la valla eléctrica.

—No es culpa de nadie, Kryten —dijo Lister sin levantar la vista—. Ha pasado y ya está. ¿Vale?

—No. No vale —Rimmer caminó hasta él—. Ni por asomo —agachó la cara invadiendo de lleno el espacio personal de Lister—. ¡¿Y ya está?! ¿Has visto qué hora es?

Lister asintió con la cabeza.

—Las once cuarenta y dos.

—Lo que significa, a menos que mi aritmética inversa esté seriamente perjudicada, que hemos perdido la ventana de lanzamiento. ¿No?

Lister asintió con la cabeza otra vez.

—Créeme, Rimmer, eso era lo último que quería que pasara. Ya llevo treinta y pico años aquí metido.

Rimmer se irguió. Se habían repartido las culpas y ninguna le había caído encima. Era extraño que semejante nimiedad fuera importante para él, pero lo era, y ya empezaba a sentirse mejor.

Esa sensación no iba a durar mucho tiempo.

—De acuerdo, entonces —sonrió—. Hablemos de limitaciones por daños —se volvió hacia Kryten—. ¿No hay ninguna posibilidad en absoluto de poder intentar otro aterrizaje inverso y alcanzar esta ventana de lanzamiento?

—Me temo que no, señor.

Rimmer miró de soslayo a Lister por un instante, por si acaso alguien tenía alguna duda acerca del Coeficiente de Culpabilidad y luego volvió la vista a Kryten.

—Bueno, es una lástima, pero tendremos que aguantarnos, supongo. La cuestión ahora es: ¿cuándo toca la próxima ventana de lanzamiento?

Kryten no sabía dónde meterse.

—Bueno, todavía no he confirmado todos los cálculos con exactitud...

Rimmer le sonrió.

—Kryten, por el momento sólo necesitamos saber qué intuyes.

—Bueno, señor, no me gustaría comprometerme a estas alturas con una fecha y hora determinadas.

—Solo una cifra aproximada, Kryten. Solo para saber si tenemos tiempo suficiente para preparar el intento en condiciones.

—Oh, yo diría que tendremos tiempo de sobra para eso, señor. Incluso si...

—Kryten. Te lo diré de otro modo: simplemente, ¿cuánto tiempo vamos a estar aquí metidos en este agujero del infierno, feo consolador de tamaño gigante?

—Cu... —tartamudeó Kryten—. Cu... cu...

—¿Cuatro horas? ¿Cuatro semanas? ¿Cuatro meses?

—Cu... cu... —Kryten se dio un golpe en la frente contra la puerta de la esclusa de aire—. Diez años.

SEGUNDA PARTE

Prepárame un arenque, volveré para el desayuno

Billy Joe Epstein sabía que era un cobarde, y lo que es más, sabía que todos los demás también lo sabían. De alguna manera, se desprendía de él, apestaba a ello. Emanaba de él, como el hedor de una mofeta que lleva muerta una semana. Y en esta noche de sábado, se sentó encorvado en el lugar de siempre de la barra, en el taburete de siempre con la bebida de siempre, emanando e intentando emborracharse lo suficiente para ayudarle a olvidar que era un cobarde, lo cual, como siempre, no iba a funcionar.

Billy Joe (indicativo de radio: el vaquero judío) tenía diecinueve años y sabía casi todo lo que hay que saber acerca del pilotaje de lo último en aeronaves de los Cuerpos Espaciales. Superó con suma facilidad los tests escritos, aprobó los exámenes orales en un coser y cantar, estuvo sobresaliente en la teoría. Y dentro de dos días iba a ser expulsado de los Cuerpos. En menos de 48 horas iba a efectuar y a suspender el examen final de vuelo de los Cuerpos Espaciales por tercera y, por lo tanto, última vez. Porque cuando llegaba la parte de peligro, los pases a ras del suelo sobre los desiertos de roca de gravedad alta de Miranda, Billy Joe Epstein perdía el valor en el último momento y se desviaba de la trayectoria.

Porque, como se decía a sus espaldas en los vestuarios, a Billy Joe sencillamente le faltaban pelotas.

Bajó la vista a su vaso de chupito y vio su propio reflejo cobarde mirándole fijamente con aire de desprecio en el licor de color acaramelado, así que lo apuró y levantó la vista para pedir otro más.

Ella no le vio, por supuesto. Parecía que nunca estaba mirando en su dirección, aunque fuera el único cliente del bar, lo cual no era nada raro. Pero eso le venía bien a Billy Joe, porque le daba más oportunidad de estar mirándola a ella

Se llamaba Mamie, pero Billy Joe nunca había reunido el coraje suficiente para llamarla por su nombre. Ella era, bueno, mejor que él. Podía escoger a cualquiera de entre los pilotos que se daban codazos por tener el honor de flirtear con ella. Y no les daba ni la hora. Mamie era... especial. Su pelo, bueno, no podía decirse que fuera moreno, ni tampoco se diría que fuera pelirroja. Una cosa a medias, algo similar, dependiendo de la luz. Y no tenía los ojos azules, ni tampoco verdes, pero te hacías una idea. Billy Joe no conversaba con ella para nada, excepto para pedirle copas y guardar las formalidades con por favores y gracias. Cualquier otra cosa hubiera sido simplemente inconcebible. La sola idea, cuando esta tenía la osadía de colarse en su cabeza, de llegar a invitarla a salir un día, le hacía sentirse como si alguien estuviera retorciéndole el estómago por ambos lados con una llave de torsión de alto voltaje.

Mientras estaba esperando a que ella se diera cuenta de que quería pedir, Billy Joe notó unos toques en el hombro izquierdo. Se dio la vuelta para quedarse mirando una hilera de medallas relucientes.

—Me parece que ese es mi asiento, hijito.

Billy Joe miró alrededor.

No había nadie más en todo el bar.

Había nueve taburetes vacíos, los contó, nueve, alineados a lo largo de la barra.

Mamie estaba mirándole, ahora. Sintió que las orejas se le empezaban a encender. Echó un vistazo al brazalete del piloto. Un comandante.

—Claro que sí —dijo Billy Joe encogiéndose de hombros—. Perdone.

Se pasó a la banqueta adyacente, con toda la hombría que pudo.

—Qué porquería de suerte —sonrió el comandante—. Ese también es mío.

Billy Joe estaba sonriendo, no por bravuconería, sino porque no sabía qué otra cosa hacer con la cara. ¿Estaba intentando buscar pelea el oficial?

Mamie se acercó y le preguntó a Billy Joe:

—¿Qué va a ser?

—Yo he llegado antes, querida —sonrió el comandante con amabilidad.

—Eso no es verdad —Mamie le devolvió la sonrisa.

La mano del comandante salió disparada con la velocidad de una serpiente de cascabel y agarró la muñeca de Mamie.

—No me lleves la contraria, querida —su sonrisa siguió equilibrada y en calma.

Mamie no emitió ningún sonido, pero Billy Joe podía ver que le estaba haciendo daño. Se aclaró la garganta.

—Creo que ha bebido un par de copas de más, probablemente, señor —intentó que sonara lo menos contencioso posible—. Tal vez probablemente debería pensar en no maltratar posiblemente a la señora de esa manera, ¿no cree?

La sonrisa del oficial se ensanchó. Dejó caer la muñeca de Mamie.

—¿Es posible que te sientas, tal vez, lo suficientemente hombre quizá para probablemente pararme, eso crees? —le parodió.

—Se..., señor —tartamudeó Billy Joe.

—No, olvidémonos del rango, ahora, muchachito —el oficial se quitó la guerrera y la tendió con cuidado sobre la banqueta haciendo tintinear las medallas con musicalidad—. Olvidémonos de que soy tu oficial superior. Olvidémonos de mis barras doradas, de mis medallas y de mi distintivo de oficial con tácticas de combate cuerpo a cuerpo. Hagámoslo y punto.

La cara de Billy Joe seguía mostrando la misma sonrisa con la que entró y sentía que las orejas estaban a punto de estallarle en llamas mientras observaba cómo el oficial se enrollaba hacia arriba las mangas de la camisa calmadamente.

—En realidad no hace fal...

Era una palabra de solo dos sílabas, pero Billy Joe la empezó en perpendicular y la terminó en horizontal.

— ...ta.

No tenía ni idea de dónde le había dado el puñetazo, pero le dolía la cara entera. Miró hacia arriba. El oficial ya estaba desenrollándose las mangas hacia abajo, como si ese único puñetazo fuera suficiente para tumbar a Billy Joe Epstein y dejarlo en el suelo.

Eso hizo enfurecer a Billy Joe. Le enfureció lo bastante para hacerle ignorar su instinto de permanecer tumbado y hacerse el muerto. Le enfureció lo bastante para hacerle ponerse en pie y plantarle cara al hombre.

Se sentía ridículo. No sabía pelear. No sabía ni adoptar una postura de pelea. Probó a encorvarse haciendo pequeños círculos cerrados con los puños apretados, pero se sentía como si fuera un personaje de *Tomás Brown en la escuela* o algo así. Toda su vida había evitado las peleas y ahora allí estaba él, disputando la primera con un oficial multicondecorado que estaba especializado en el combate cuerpo a cuerpo y que probablemente podía matarle de ocho maneras diferentes con cada uno de sus dedos.

El oficial levantó las cejas de alegría.

—Así que quieres jugar, hijito —dijo con un brillo en los ojos—. Espléndido. Necesitaba algo para hacer circular la sangre por estos viejos puños.

Billy Joe llegó a ver el segundo puñetazo. No lo vio con la rapidez suficiente como para esquivarlo, pero definitivamente era una mejoría, creyó, mientras aterrizaba sobre su oreja izquierda, con la fuerza suficiente para sacudirle el cerebro contra el cráneo como un periquito enjaulado en medio de un terremoto.

Aunque pensaba que probablemente era inútil intentarlo siquiera, lanzó su propio puñetazo. Su visión no era clara del todo, pero apuntó a bulto al centro de la imagen vibrante del oficial y se sorprendió cuando sus nudillos hicieron contacto con carne y hueso.

El oficial se pasó la mano por el labio y miró extrañado la mancha de sangre, como si no fuera real, como si no pudiera estar pasando.

Billy Joe le golpeó otra vez. El oficial se tambaleó hacia atrás. Sacudió la cabeza. Había perdido la compostura. La ira se apoderó de su rostro y, con un gruñido, saltó sobre Billy Joe como un lobo rabioso.

Billy Joe giró hacia un lado, usando la inercia del hombre en su contra para lanzarlo con contundencia por encima de la barra y estrellarlo contra una pila de botellas que promocionaban vodka sin alcohol Ideasclaras.

Billy Joe se quedó de pie donde estaba, haciendo sus círculos de Tomás Brown con los puños, hasta que fue obvio que el oficial no iba a levantarse de nuevo.

Entonces Billy Joe cogió la guerrera del comandante (se quedó asombrado de lo mucho que pesaban las medallas tintineantes) y la tiró por encima de la barra sobre el cuerpo quejicoso de su oponente.

—Quizá debería ir pensando en marcharse ahora. Señor.

El oficial refunfuñó, se levantó dando bandazos y, haciendo crujir los cristales rotos al pisar, se marchó del bar sin mirar atrás.

—¿Querías una copa?

Billy Joe se giró de espaldas a la puerta. Mamie le estaba sonriendo.

¡A él!

Sacudió la cabeza.

—Creo que no.

—Invita la casa.

—No, gracias. Tengo un examen de vuelo muy importante dentro de un par de días. Tengo que mantener las ideas claras.

—Bueno —le sonrió de nuevo—. Otra vez será.

—Es usted muy amable —se despidió con un movimiento rápido de muñeca y se dio la vuelta para irse.

—Buena suerte con la prueba, Billy Joe.

Casi se queda paralizado en la puerta, pero logró seguir andando.

¡Ella sabía cómo se llamaba!

Tal vez conseguiría reunir el coraje para invitarla a salir, después de todo.

Tal vez no era tan cobarde como se creía. Puede que hasta tuviera pelotas para hacer ese vuelo rasante.

Hizo un trato consigo mismo: si podía hacer eso, le pediría a Mamie que le acompañara al baile de graduación.

Vislumbró algo que brillaba en su mano derecha. Extendió la palma. Una medalla de San Cristóbal. Debió de haberla cogido durante la pelea.

Se la metió en el bolsillo y se olvidó de ello. Y ese sencillo acto salvaría unas pocas vidas.

DOS

El almirante Peter Tranter tenía varios apodos, la mayoría de los cuales sabía y aprobaba, más unos pocos que no sabía y seguramente no le habrían hecho gracia.

Entre sus compañeros, se le conocía como «Bongo», aunque nadie se acordaba muy bien de por qué. Entre la tropa, se le conocía, predeciblemente, como «el Almirante» o «el Viejo». Para su ayuda de cámara, Kevin, era «Usted» o, en los oscuros recovecos del club de recreo, después una racha intensa de chistes malos y varios cócteles de ginebra, «Pies Apestosos» o «Vinagreras». Su amante le llamaba «Bollito» a la cara. A la espalda, le llamaba «Quesito».

En este preciso momento, Vinagreras hacía todo lo posible por desgastar el pelo de la alfombra absurdamente lujosa de su despacho ridículamente grande, paseando distraído en torno a su mesa obscenamente enorme.

No hacía gran cosa como almirante; simplemente un trabajo mediocre. Mandaba el Programa de Investigación y Desarrollo de los Cuerpos Espaciales, el cual a pesar del título imponente y del presupuesto todavía más imponente, contaba con la base más pequeña del cuerpo, y su puesto era considerado como el menos exigente del almirantazgo.

Razón por la cual, claro está, había requisado un despacho tan inviablemente espacioso, había encargado la mesa desproporcionadamente monumental y caminaba alrededor sin hacer ruido con su calzado legendariamente apestoso sobre una alfombra tan gruesa que las pelotas de golf podían perderse en ella y de hecho lo hacían.

Ésa era su forma de conferirse rango a sí mismo.

Tiempo atrás había sido un número uno. Fue uno de los oficiales más jóvenes en lograr la estrella de general. Después, inexplicablemente, el orgulloso motor que empujaba su carrera había hecho kaput y se había parado. Le habían ido destinando a puestos cuya menor relevancia era cada vez más obvia, hasta llegar a este: el último agujero. I+D era lo más bajo que se podía caer. O te ascendían o te echaban.

Se había pasado muchas horas largas preguntándose el porqué de aquello. Había dejado que afectara a su trabajo, a su consumo de alcohol, a su higiene personal y, lo peor de todo, a menos que fueras su ayuda de cámara, había dejado que afectara a su matrimonio.

Se atormentaba con explicaciones cada vez más paranoicas. ¿Había una especie de complot entre los chupatintas sin rostro de la administración de los Cuerpos Espaciales para dejar a los mejores hombres por debajo y ascender solo a los tontos y a los capullos? ¿Había sido algo que había dicho él, a la ligera en un almuerzo en alguna parte, lo cual había ofendido a un superior de tal manera que la única venganza apropiada había sido mantener a Tranter en permanente mediocridad deslucida?

Casi se había resignado a una carrera de capa caída, en la que nunca había tenido que tomar una decisión seria, contribuir al planeamiento estratégico o lograr nada más significativo o trascendental que darse revolcones con su amante desde la multitud de ángulos ofrecidos por su mesa monumental y por lo demás innecesaria, cuando llegó el Proyecto Wildfire.

El Proyecto Wildfire. El billete de Bollito para ascender y salir de aquí.

El problema de la investigación en viajes espaciales era que la humanidad parecía haber alcanzado los límites superiores de sus capacidades. El último avance significativo en este campo (la propulsión a la mitad de la velocidad de la luz) se había logrado antes de que Bongo naciera. Por supuesto, siempre se hacían mejoras menores, pequeños retoques para aumentar el rendimiento de los motores, nuevas fórmulas para combustibles más limpios y más baratos. Pero nada verdaderamente importante. Unos pocos años atrás, Quesito se había entusiasmado bastante con la expectativa de desarrollar sistemas de Transferencia de Materia, pero tras meses interminables de cargar con diferentes roedores las estaciones de partida y tirar a la basura el abono molecular de gerbo de los receptores remotos, hasta los seguidores más fervientes de la TM habían dejado de darle la lata con aumentos presupuestarios.

El Proyecto Wildfire era algo diferente.

Proyecto Wildfire era el nombre en clave de un prototipo de aeronave que, en teoría, podía romper la grande.

Podía romper la velocidad límite del Universo.

La barrera de la luz.

Y funcionó.

O algo parecido.

Prometía nuevos horizontes para la raza humana. Viajes prácticamente instantáneos. La exploración de sistemas estelares hasta entonces inexplorables. Y lo más magnífico de todo, otra estrella para el almirante Pies Apestosos.

Y ahora, justo unos días antes del vuelo de prueba inaugural, el desastre.

La nave de prueba había regresado.

Había regresado aproximadamente tres días antes de partir.

No era un resultado terrible, si se miraba desde el lado positivo: ahora tenían dos naves Wildfire por el precio de una (lo cual no era calderilla precisamente, considerando el coste del maldito aparato) y, como efecto secundario bastante conveniente, parecían haber ingeniado una forma de viajar en el tiempo. Desde el lado negativo, sin embargo, había algunos fallos claros en el diseño, evidenciados por el hecho de que la aeronave de regreso había sufrido daños más allá de toda reparación y el piloto había muerto carbonizado de un modo casi imposible de identificar.

Casi.

Este era pues el dilema de Tranter; el motivo por el cual daba vueltas nervioso alrededor de su mesa sacada del decorado de *Tierra de Gigantes:* suspendía la misión y arriesgaba su única gran oportunidad de progreso personal, o enviaba su mejor y más respetado piloto a una muerte segura e inefable.

Por supuesto, ya había tomado la decisión, aunque no quería reconocerlo. Lo que de verdad le hacía estrujarse los sesos era cómo iba a justificarlo. Sin duda, puesto que la aeronave ya había regresado, estaba obligado a autorizar el lanzamiento. De hecho, ¿en verdad tenía que tomar una decisión? ¿No era algo inevitable? La causalidad y todo eso. ¿No le debía a la Historia embarcarse en esto, el siguiente paso en la evolución tecnológica de la humanidad?

¿Acaso no necesitaba imperiosamente esa estrella de más?

TRES

Era una sensación extraña, sin duda, la que producía el mirar fijamente los restos ennegrecidos de tu propia calavera sonriente. Difícil no echarse a temblar, aunque Ace resistió el impulso.

Examinó de cerca las cuencas sin visión de su otro yo carbonizado, como si esperara que la negrura apagada y muerta le devolviera algún atisbo de reconocimiento. Los técnicos se habían ido a comprobar una y otra vez el perfil de ADN, pero el comandante Rimmer no necesitaba ninguna verificación química. Era su calavera, desde luego, agarrotada en la espantosa y reconocible mirada de una repentina muerte por calor. Estaba el diente de oro, un trofeo de las finales de boxeo de la Academia en su segundo año. Estaba la pequeña mella en la parte derecha de la frente, del juego infantil de indios y vaqueros, cuando sus hermanos le habían elegido a él para ser el general Custer mientras que ellos hacían de la nación sioux, y Howard se había dejado llevar y le había lanzado un tomahawk de verdad.

Apretó los labios en una parodia macabra de una sonrisa y bajó la vista recorriendo el mono de vuelo, sorprendentemente intacto considerando las temperaturas que debía haber soportado. Ace tomó nota mentalmente para escribir a los fabricantes y encomiarles por su trabajo. Se detuvo por un momento en el metal martirizado de su insignia de rango y luego intentó, una vez más, estudiar el destrozado panel de control, un revoltijo de cables y pantallas en explosión que sobresalía del retorcido salpicadero de la cabina.

Había algo aquí que estaba fuera de lugar. Algo que no debería haber estado. Algo importante.

Se asomó hacia el suelo a la lluvia de chispas que salpicaba desde debajo del morro cónico chamuscado y llamó:

—¿Spanners, viejo amigo?

El rocío de chispas cesó al tiempo que se extinguía el chirrido caliente del oxiacetileno.

—¿Sí?

—¿Dices que has comprobado el tablero de instrumentos?

—Una docena de veces, lo que queda de él.

—¿Y todo parece haber funcionado según lo previsto?

—No sé. Hay algo que no me acaba de gustar —las ruedas del carro de inspección rechinaron contra el rugoso asfaltado del hangar mientras Lister salía deslizándose de debajo de la aeronave y se levantaba la careta de soldar—. No sabría decirte de qué se trata exactamente.

Alzó la vista ante el resplandor del tragaluz y estudió la paradoja de la silueta del comandante Rimmer inspeccionándose a sí mismo.

Los músculos faciales de Lister le levantaron el labio inferior un poco más de medio centímetro. En el hangar 101, andaban cortos de sonrisas de buena calidad en este día concreto.

—No vas a irte, lo sabes.

—¿Y eso por qué, compañero? —Ace le dio unos golpes al deformado indicador de temperatura, que estaba en parte oculto por el desastre fundido de su medallón de San Cristóbal.

—No hasta que averigüemos qué es lo que ha ido mal.

—No empieces a ponerte blando conmigo, Spanners. Ya has oído lo que ha dicho el Viejo. Este partido da comienzo a las seis cero cero de la mañana, y yo soy el delantero centro.

—Lo que he oído en realidad ha sido: «Tú decides».

—Ese es el modo en que un caballero manda a otro caballero a una misión suicida, Spanners. Solo son buenos modales.

—¿Buenos modales? ¿Buenos modales? ¿Te vas a asar a la barbacoa allá arriba y estás hablando como si se tratara de otra aventura exitosa de *El club de los cinco*?

Ace se bajó las gafas de sol y saltó los cuatro metros y medio que había desde la cabina para caer sobre el asfaltado con la gracia natural de un gimnasta ruso que no ha alcanzado aún la adolescencia.

—Mira —sacó un pañuelo impoluto y se limpió la mugre de hollín de sus uñas de manicura perfecta—, pase lo que pase, voy a ir a esta fiesta, Spanners. Es la oportunidad de mi vida. Todo piloto de pruebas sueña con tener la ocasión de poner un pie al otro lado de la frontera: esta es la mía. Y no me la perdería ni por toda la bullabesa a la provenzal del mundo.

Lister se pasó los dedos a través de la espesa maraña de alambre de su corte de pelo reglamentario.

—Yo podría retenerte, ya lo sabes.

Ace ladeó la cabeza, aunque sus cejas siguieron en paralelo con el suelo.

—Me parece que no te he oído muy bien, socio.

—Me costaría unos cinco segundos hacer un pequeño retoque en el motor que retrasaría meses todo el programa.

—Por Dios, la acústica es pésima en este sitio. De lo contrario, creería haber oído a un buen amigo mío sugerir un delito condenado por consejo espacial como es el sabotaje y no nos gustaría que eso ocurriera, ¿verdad?

—Escúchame. Aquí todos aceptamos que estamos trabajando a la vanguardia de la tecnología y eso significa que siempre va a haber un pequeño porcentaje de riesgo. Pero esto es diferente. Esto no es un pequeño porcentaje de riesgo, Ace. Ese de ahí arriba eres tú, con el aspecto de la última costilla de cerdo que queda en un restaurante chino un sábado por la noche. Eres tú. Y por lo que he podido entender de lo que estaban diciendo los técnicos, no hay nada que podamos hacer para impedirlo. Ya ha pasado. Es inevitable.

—Yo creo que se equivocan, Spanners. No hay nada inevitable. No importa lo feas que se pongan las cosas, siempre hay una salida. Esa creencia, esa esperanza, eso es lo que verdaderamente define a la humanidad. Ya sé que sueno como un plasta pedante y siento no poder ser más cínico como está de moda, pero es que sencillamente no me sale de dentro. Bueno, ¿qué te parece si cortamos ya el palique, nos subimos las mangas y peinamos cada centímetro de este maldito armatoste hasta que averigüemos qué es lo que ha fallado y lo arreglemos?

Lister articuló una sonrisa retorcida y arrugó la frente con resignación.

—Tú mandas, Ace. Yo sólo soy el chapuzas.

—¿El chapuzas? ¡Ja! —Ace imitó su sonrisa y le dio una palmada fuerte en la espalda—. Tú eres el genio que construye los malditos aparatos, yo sólo soy el cabeza hueca que menea los mandos. Dime, pastelito, ¿conseguiste desincrustar la caja negra?

Lister le entregó la grabación que había extraído con ayuda de un soplete de la sección del morro.

—Estaba soldada al disipador de calor —echó un vistazo al metal desconchado de la carcasa—. No quiero ni pensar qué niveles de temperatura habrá tenido que soportar esta monada.

—Bueno, puede que aquí esté la respuesta.

Ace reventó el cierre con un sencillo giro de la palanca, mientras Lister traía a rastras el monitor portátil y enchufaba los cables. Hubo una pausa, a entender de Lister innecesaria, antes de que Ace apretara el botón de reproducción. Luego se dio cuenta de a qué se debía la duda. El pobre diablo se estaba armando de valor para contemplar su propia muerte.

—Espera, jefe —sugirió—. ¿No deberíamos dejar esto para los de laboratorio? Están deseando echarle el guante.

—Todo a su debido tiempo, Spanners. Tenemos que ver esto con nuestros propios ojos.

Y lo puso en marcha con su dedo de cutícula elegantemente recortada. Al principio la pantalla mostró las lecturas informáticas de las comprobaciones estándar previas al vuelo. Lister examinó los datos. Todo parecía desalentadoramente normal. Ace acercó la cara a la pantalla.

—Se ve un poco oscuro, ¿no, salchichita?

—A lo mejor lo verías un poco más claro —dijo Lister— si te quitaras las dichosas gafas de sol.

Ace sonrió a modo de disculpa.

—Como dice el predicador, todo es vanidad.

Y se levantó las gafas. Lister se cruzó con su mirada. El comandante Rimmer lucía un ojo morado. Un verdadero ojo a la funerala. El clásico. Todos los tonos de azul y púrpura estaban presentes extendiéndose desde el epicentro de su ojo inyectado en sangre hacia la mejilla. La cara de Ace decía «no me preguntes», así que Lister no lo hizo. Con que sí que era cierto. Lo había oído contar, pero no lo había creído. Al comandante Ace Rimmer le había dado una paliza Billy Joe Epstein. ¿Cómo podía ser eso?

Ace sacudió la cabeza hacia atrás con delicadeza, de tal modo que la ligera ondulación de su flequillo tapó el polémico atributo y ambos volvieron a fijar la atención en la pantalla.

Era una grabación corta (el viaje entero, desde el lanzamiento hasta la combustión, había durado menos de quince minutos) y cuando hubo terminado, seguían sin hallar ninguna pista acerca de lo que había pasado, o, inconcebiblemente, estaba destinado a pasar, ni de qué debían hacer para prevenirlo.

No obstante, sí había una pista.

De hecho, había tres pistas, apuntándoles desde la pantalla en todos y cada uno de los fotogramas de la grabación.

CUATRO

Lister bebía a sorbos su séptima u octava taza de asqueroso café mientras el contenido de su estómago daba botes mareado. Echó un vistazo al reloj sin prestar atención a lo que marcaba. Era de noche, estaba oscuro, al otro lado del patio había una mujer calentita dormida en su cama, con un hueco hundido en el colchón junto a ella que él tenía que haber estado ocupando y eso era todo lo que necesitaba saber de la hora. Intentó centrarse una vez más en la grabación en bucle que había hecho de la cinta de la caja negra. La original había sido requisada y ahora la estaba estudiando minuciosamente el personal de investigación demasiado bien pagado en su laboratorio climatizado, con un surtido abundante de bocadillos calientes y café del bueno recién hecho al alcance de la mano, mientras que Lister tiritaba en la cubierta cargada de humos del hangar 101, preguntándose si gastarse el dinero suelto que le quedaba en unos espaguetis de lata oximorónicamente llamados Sabrosísimos de la máquina expendedora, o guardarlo para una última taza de café repugnante.

Llevaba ya algo de tiempo sin hacer un turno entero de veinticuatro horas, pero los síntomas de agotamiento le eran tan familiares como un viejo amigo. Ahora mismo, estaba experimentando la fase de gran depresión que siempre llegaba justo antes del amanecer, cuando empezaba a sentir resentimiento hacia la gente corriente, que dormía plácidamente en sus cómodas camas con sueños reparadores y trabajos de horarios diurnos normales. Algunas partes de su cuerpo empezaban a olvidarse de cómo llevar a cabo las funciones más básicas: la boca abandonaría sus obligaciones de enjugado y de repente se daría cuenta de que tenía baba reseca en la barbilla, las nalgas no cambiarían de postura en la silla con la suficiente frecuencia y unos pinchazos agudos le subirían por la espalda, instándole a tener la amabilidad de acordarse de moverse de vez en cuando, si no le importaba, porque había muchos más como ese esperándole. El tiempo empezaría a detenerse y a dar saltos burlándose de él, de modo que los minutos podían durar varias horas y luego de repente corrían fugaces en manadas desapercibidas.

Se consolaba con la idea de que la fase siguiente no podía estar ya muy lejos y entonces venía la parte buena. De pronto se daría cuenta de que la luz del día se le había echado encima y tendría un subidón de adrenalina, pensando en ser el primer cliente de la cantina de desayunos, en las montañas de beicon crujiente recién hecho que se iba a tomar merecidamente, en ver a los pobres desgraciados que habían dormido toda la noche arrastrándose hacia un nuevo día de duro trabajo, mientras que él se iría a casa zigzagueando a por la suave caricia de un sueño bien ganado, con los rayos de sol cayendo sobre la cama a través de las rendijas de las persianas. Empezaría a sentirse especial, entre lo divino y lo humano, habiendo seguido adelante cuando hombres de menos valía se habrían rendido.

Y, lo mejor de todo, se pondría increíblemente cachondo.

Pero aún faltaban horas para todo eso y ahora mismo era una cuestión de mida o vuerte el hallar la forma de concentrarse.

¿Mida o vuerte?

Tenía que dejar de divagar. Se pellizcó la piel de las mejillas con crueldad, dio un par de sorbos más en el repugnante borde de su taza de café, le entró repelús y se obligó a centrarse de nuevo en la pantalla.

Se sobresaltó con el repentino estrépito metálico de la puerta del hangar al deslizarse hacia atrás, añadiendo así el café revenido a la incalificable mezcolanza de manchas y olores presentes en toda el área de la entrepierna. Se maldijo para sus adentros. Durante los últimos cinco años había estado librando una batalla constante contra su propio desaliño natural, pero seguía perdiendo y de mucho. Los fluorescentes se encendieron con un zumbido, llenando el hangar de luz blanca cegadora.

—Por el amor de Dios, Spanners. ¿Todavía estás aquí, cruasán?

Lister intentó hablar, pero el café y el cansancio le habían dejado la lengua como un trapo y lo que salió de su boca sonó parecido al despotrique ininteligible de un borracho crónico que va por la calle rabiando contra demonios invisibles. Tosió y volvió a intentarlo.

—¿Qué hora es?

Ace, con la ropa de vuelo al completo, se acercó taconeando.

—La hora cero menos dos.

El cerebro amodorrado de Lister no podía alcanzar el nivel de aritmética requerido para restar dos horas de las seis en punto.

—¿Y qué hora es esa?

—Las cuatro de la mañana. Hora de que te vayas al sobre, pulpito.

—¿Han descubierto algo los batas blancas?

—Cero patatero, me temo. Han repasado todo en el simulador de arriba abajo y de pies a cabeza: *rien de rien.* Se están tirando de los pelos. El maldito cacharro debería funcionar, según ellos. ¿Tú has llegado a algo?

Lister echó la cabeza atrás rodando el cuello por los hombros, con un crujido de vértebras satisfactorio.

—Tiene que haber algo aquí. Solo es cuestión de tiempo.

—Afróntalo, Spanners: si no lo has encontrado, es que no está allí. Vete a dormir un poco. Te voy a necesitar para el control previo al vuelo, así que de todas maneras sólo te va a dar tiempo a echar un par de cabezadas.

Lister pensó en protestar, pero no era capaz de reunir la energía suficiente. Suspiró, un buen rato, y empujó la silla con ruedas separándose de la pantalla. Lo cierto era que ya no veía prácticamente nada, de todas maneras. Había visionado el disco tantísimas veces, que ya no le encontraba ningún sentido. Un lío de disparates. Se sentía como si hubiera estado toda la noche viendo la MTV.

—Media hora —dijo, como si se tratara de una amenaza—. Y en el carro de inspección. Más te vale que me despiertes.

Se puso de pie e intentó andar, pero se le había dormido la pierna izquierda. Demasiado cansado para preocuparse por el dolor, se limitó a llevarla a rastras hasta el carro.

—Eso está mejor —Ace se inclinó y detuvo el disco.

En el repentino silencio que pasaba silbando en vacío por los oídos de Lister sensibilizados por la fatiga, le asaltó un pensamiento. Obvio. ¡Era obvio!

—¡Espera un momento! —gritó y volvió rápidamente a la videoconsola. Le dio a «buscar», «reproducir» y luego a «pausa».

—¡Ahí! ¡Ahí lo tenemos!

Ace miró de cerca el fotograma detenido parpadeante. De repente, se le iluminó la cara con alegría y alivio.

—Dios santo, Spanners. ¡Ha sido irte y dar con ello!

CINCO

Grabación de la caja negra
Proyecto: 70773
Nombre en clave: Wildfire
Clasificación: Informar solo lo estrictamente necesario
Autorización de seguridad: Acceso a todas las áreas
Centro de pruebas de Europa
Acto: 237. Vuelo de prueba prototipo
Fecha y hora: 31/03/81 0600 norma terrestre

La comprobación de instrumental previa al vuelo terminó y dejó la pantalla en negro, para ser remplazada por una toma de la cabeza y los hombros del piloto, enmarcada en docenas de lecturas digitales de las distintas funciones de la aeronave. Llevaba el casco puesto, pero la máscara de oxígeno le colgaba desabrochada junto a la barbilla y el plexiglás de la visera levantada resplandecía con la luz superior de la cabina.

—Todos los sistemas revisados. Grabador de vuelo en marcha.

El comandante Rimmer se inclinó hacia la cámara, accionando interruptores con las dos manos en la consola inferior fuera del campo de visión. Estaba recién afeitado y era imposible notar que había estado en pie toda la noche o que tuviera algún conocimiento de que este vuelo podía posiblemente resultar en su muerte: los ojos le brillaban con la emoción de un niño pequeño, aunque su tono de voz profesional la ocultaba con éxito. Se oyó de súbito un pitido agudo y puso un gesto de dolor.

—Auuu, ese acoplamiento sobra, CM.

La voz del controlador de misión respondió siseante en el altavoz con un deje llano y metálico.

—CM a Wildfire: lo siento. Estamos emitiendo la transmisión por la megafonía de la base. Algún idiota debe haber enrollado el cableado.

—Esperemos que no sea el tipo que ha instalado los mandos de este cacharro.

Se oyeron risas.

—Negativo, Wildfire. Todo listo de este lado. Treinta segundos para hora cero, a mi señal.

Hizo una pausa.

—Y... ¡contando!

—Ignición terciaria... activada.

El rugido atormentado de los motores de reacción inició un lento crescendo y la imagen empezó a vibrar. Ace se besó los dos primeros dedos de su mano enguantada y los presionó contra el medallón de San Cristóbal que colgaba del salpicadero. Se colocó la máscara de oxígeno en la cara y se bajó la visera de un manotazo.

—Activando catapulta de lanzamiento.

El cielo se coló en la vista reflejada en la visera cuando las patas hidráulicas levantaron el morro del Wildfire Uno hacia el ángulo óptimo de lanzamiento.

—Veinte segundos para hora cero, Wildfire. Está usted en posición de lanzamiento.

Los hidráulicos se frenaron con una sacudida y Ace se inclinó hacia delante.

—Soportes fuera —le dio un toque a un interruptor y se preparó mentalmente mientras la astronave se encajaba en el silo de lanzamiento.

—Quince segundos para hora cero. Se le ve buena cara desde aquí, Wildfire.

—Eso seguro que se lo dices a todos los pilotos, Casanova. Bien, activando ignición terciaria.

Otro módulo de reactores cobró vida con un lento rugido.

—Iniciando cuenta atrás automática...

Una voz informatizada comenzó a reproducir:

—Diez...

—Buena suerte, Wildfire.

—Nueve...

—¿CM? ¿Está por ahí Spanners?

—Ocho...

La voz de Lister sonó sibilante por el altavoz.

—Presente, jefe.

—Siete...

—Gracias por estar toda la noche al pie del cañón, amigo mío. Más allá del deber y todo eso.

—Seis...

—No me seas marica. Tú procura volver con el puñetero trasto de una pieza.

—Cinco...

—Lo haré. Activando primaria.

El «cuatro» casi no pudo oírse con la emisión de gases masiva de los motores principales.

Uno de los relojes indicadores se puso en rojo y empezó a parpadear.

—Tres...

—Aborte, Wildfire, tenemos un pequeño contratiempo en el modificador de gravedad.

—Dos...

—Negativo, CM —Rimmer se inclinó hacia delante y le dio unos golpes al tablero de instrumentos. El marcador se puso en verde y se estabilizó—. Un cable suelto.

—Uno...

El comandante Rimmer mostró el pulgar levantado.

—Es hora de irse. Prepárame un arenque, volveré para el desayuno.

—Cero.

El cohete impulsor arrancó al Wildfire Uno del silo. A pesar del Campo de Modificación de Fuerza G, la piel de alrededor de los ojos de Ace estiró hacia atrás sus rasgos como un lifting holliwoodiense de mala calidad, mientras luchaba por mantener el control de la aeronave que empujaba a un ritmo de aceleración superior al que ningún humano había experimentado.

Su imagen temblaba descontrolada al salir despedido por la ventana temporal de la cúpula de plexiglás y en menos de cuarenta segundos estaba cruzando el vacío del espacio.

—Wildfire, está usted en el aire —se oyó por el altavoz, seguido de una ovación metálica del personal de la torre de control.

Las lecturas de velocidad se sucedían de forma borrosa a medida que los monumentales motores imprimían la vertiginosa aceleración hacia el torbellino gaseoso de la esfera de Júpiter. Ace luchó contra la fuerza G para alcanzar el panel de control y, alzando la voz contra la locura de alaridos mecánicos del interior de la cabina, emitió su penúltima comunicación preestablecida:

—Encendiendo reactores de corrección de rumbo.

El Wildfire Uno cabeceó hacia el gigante gaseoso, usando la descomunal atracción gravitatoria del planeta para añadirla a su cantidad de momento.

El arrastre parecía insoportable: los labios de Ace estaban estirados hacia atrás dibujando una sonrisa espeluznante y temblorosa y la visera del casco parecía estar deformándose hacia su cara, combando el reflejo del Gran Punto Rojo del planeta (un huracán permanente del tamaño de la Tierra que bramaba implacablemente sobre su superficie). Intentó alargar el brazo hasta los controles con todas sus fuerzas. Quince centímetros. Dieciséis. La tracción lo empujó para atrás.

Se oyeron unos murmullos entrecortados del Control de Misión.

— ...no lo conseguirá... no llega...

Agarrándose a los reposabrazos del asiento del piloto, lentamente, angustiosamente, acercó todo el cuerpo hacia delante. Cando ya no pudo acercarse más, ladeó el hombro derecho hacia el tablero de instrumentos y empezó a alargar la mano temblorosa, centímetro a centímetro con dolor, como si estuviera empujando una piedra colosal montaña arriba. Tras un gruñido de esfuerzo final, alcanzó el interruptor y, con los dientes apretados en una sonrisa de Burt Lancaster exagerada, dijo:

—Activando propulsión Wildfire.

El clamor de la maquinaria cesó y la pantalla se quedó en blanco en el equivalente visual del estampido sónico al tiempo que el comandante Arnold J. Rimmer se convertía en el primer ser vivo en romper la barrera de la luz.

Con las mismas, volvió la imagen.

Ahora la nave especial se zarandeaba con tanta violencia que la imagen de Ace se veía borrosa. El nivel de ruido en el interior de la cabina se había vuelto insoportable. La mitad de las lecturas digitales estaban iluminadas en rojo y el resto seguía el ejemplo en grupos a cada segundo. Ace estaba inmovilizado, impotente, su cuerpo hundido en el grueso cuero del asiento del piloto que empezaba a envolverle por ambos lados. El indicador de temperatura comenzó a ascender rápidamente. La visera de plexiglás empezó a deformarse. Ace intentó levantar la mano para quitarse el casco pero apenas pudo moverla un centímetro.

Sus guantes empezaron a fundirse.

Todas las lecturas estaban en rojo. La cabina se llenó de humo asfixiante.

—Aquí centro de control de Europa. Está violando el espacio aéreo de los Cuerpos Espaciales. Por favor, identifíquese. Repito, por favor iden...

Entonces se derritieron los cables de vídeo y solo quedó negrura y silencio.

SEIS

—¡Allí! ¡Lo teníamos todo el rato delante de nuestras narices! ¡Y de tanto mirar no lo veíamos!

El almirante Tranter podría haber recibido mejor el entusiasmo de Lister si: número uno, hubiera sido una hora un poco más civilizada que las cinco de la mañana; número dos, el aliento del hombre hubiera olido un poco menos a flatulencia de hiena y número tres, en su euforia hubiera recordado que en los círculos superiores se consideraba de mala educación salpicar al oyente al hablar con saliva teñida de café revenido.

¿Qué era exactamente lo que había estado todo el rato delante de sus narices? El almirante se inclinó hacia delante acercándose a la pantalla y observó detenidamente la imagen congelada del comandante Rimmer en el interior de la cabina. Entrecerró los ojos como si estuviera intentando descifrar un estereograma en 3D de *El ojo mágico* sin creer realmente que fuera a funcionar. Esperó durante lo que consideró que era un intervalo contemplativo decente y luego se frotó la barbilla perfumada en exceso y meneó la cabeza.

—Lo siento, pero no...

Lister se inclinó hacia delante y dio unos golpes rápidos en la pantalla con el nudillo del dedo índice.

—¡Allí! —volvió su sonrisa de ojos desorbitados hacia el almirante, a apenas unos milímetros de su cara—. ¡Allí!

Tranter intentó mantener su sonrisa quejumbrosa al recibir una ola caliente del aliento de olor acre de Lister pero, aunque los labios hicieron un trabajo encomiable, los ojos manifestaron una mezcla inconfundible de horror y náuseas. Se irguió para ponerse a una distancia segura de la amenaza higiénica.

—Está bien, señores. Basta de jugar a las adivinanzas.

—Tendrá que perdonar a Spanners, almirante. Lleva treinta horas seguidas trabajando en esto. Está un poco lento de reflejos. Aun así, es el tipo que lo descubrió. Es justo que...

—¡Está allí! ¡Allí! —Lister saltaba arriba y abajo, sonriendo, con las cejas en cuarto creciente en el punto máximo de su elevación.

Tranter consideró seriamente sacar del cajón su pistola y salpicar la pared con lo que pasaba por la mente de este hombre. Podría encargarlo enmarcar y decir a todo el mundo que era un Jackson Pollock.

—¡La fecha! Fíjese en la lectura de fecha y hora.

—¿La fecha?

—Treinta y uno, cero tres —asintió con la cabeza desplegando entusiasmo, como si estuviera enseñando a un perro especialmente estúpido a sentarse y saludar con la patita—. Treinta y uno de marzo —tradujo—. ¡Hace tres días!

Tranter mantuvo la calma pensando que probablemente sería un Jackson Pollock excepcionalmente pequeño.

—Corrígeme si me equivoco, pero ¿no fue ese día precisamente cuando recuperamos la aeronave?

—¡Sí!

Ace reconoció el brillo peligroso en los ojos de Tranter e intervino:

—¿Lo comprende, almirante? Si este fuera nuestro Wildfire Uno; si lo hubiéramos lanzado hoy, hubiera roto la barrera del tiempo y luego hubiera aparecido tres días antes, el registro de vuelo habría anotado la fecha de hoy.

Tranter lanzó una mirada a Rodenbury, el coordinador técnico de bata blanca, que hacía lo que podía para no parecer avergonzado. ¿La fecha? ¿Esos cerebritos estaban hablando de conseguir viajar en el tiempo y no habían comprobado la puñetera fecha?

—No lo entiendo. Si esta no es nuestra nave, entonces ¿de quién demonios es?

Rodenbury se aclaró la garganta.

—Bueno, en cierta manera, no estamos seguros al ciento diez por ciento, almirante.

—Pero yo vi los resultados de los análisis. ¿Usted me aseguró, no es cierto, que el cadáver de esa aeronave era sin lugar a dudas el del comandante Rimmer? —Tranter miró un segundo a Ace con sentimiento de culpa y luego siguió mirando a Rodenbury.

—Oh, esto…, sí señor, yo…

—Creo que dijo que estaban seguros. Seguros al ciento quince por ciento, según recuerdo.

—En efecto, eso recuerdo yo también de nuestra, esto… conversación, almirante, pero puede que haya algún…

—¿Entonces le gustaría explicarme cómo es posible que esté vivo y muerto al mismo tiempo?

—Bueno, esto…, creo que la teoría del comandante Rimmer es la interpretación más favorable que podemos hacer.

—¿La teoría del comandante Rimmer?

—Bueno, no me gustaría llevarme todo el mérito de la teoría, almirante, yo sólo ayudé a alcanzar una solución con Spanners, aquí, y con un par de técnicos. Verá, creo que nuestra asignatura pendiente ha sido el asunto este de romper la barrera del tiempo: es entendible que todos se precipitaran a sacar esa conclusión, deseando que fuera cierto. Maldita sea, yo mismo también deseaba que fuera cierto.

Lister, cuyo nivel de cansancio hacía ratos que ya no le permitía tener el suficiente control de los músculos faciales para disimular el semblante, era incapaz de ocultar su asombro ante la generosidad de Ace. Lister había estado allí. Lo único que habían hecho los batas blancas era sentarse con la boca abierta como chavales adolescentes mirando por un agujero tras la valla de un campamento nudista mientras el buen comandante dejaba en evidencia los errores de su teoría Wildfire y exponía su alternativa propia. La verdad era que los investigadores estaban cegados ante la perspectiva de los brillantes premios que estaban aguardando a quienes descubrieran los viajes en el tiempo: uno o dos premios Nobel, pases vitalicios para el lucrativo circuito de conferencias y sus nombres en el lomo de un libro impenetrable que lideraría las listas de los más vendidos durante décadas. Para ellos, el hecho de que el piloto de pruebas se hubiera asado vivo en el proceso había sido una molestia: un fallo técnico pasajero, nada más. Algunos de ellos ya habían empezado a preparar la documentación de presentación para establecer la autoría de la teoría, en lugar de concentrarse en el problema del inminente fallecimiento de Ace. Y aun con todo, ahí estaba él, sacándoles las castañas del fuego.

—Así que... a ver si lo he entendido bien, ¿no hemos roto la, esto..., la barrera del tiempo, entonces?

—No exactamente, almirante.

Tranter se desplomó en su desmesurado sillón. Sentía que los ojos empezaban a escocerle y todo de la decepción. Ya había encargado con bastante precipitación una docena de estrellas doradas nuevas y horrendamente caras para sus uniformes: el doble de las que necesitaba, por si acaso el almirantazgo veía oportuno catapultarle a la triple estrella.

Ace se encendió uno de sus excepcionales puritos (su único vicio, a menos que se tuviera en cuenta una vida sexual extremadamente activa con múltiples parejas, lo cual Ace no consideraba como tal).

—Creo que hemos roto la barrera de la realidad.

—¿La barrera de la realidad? —Tranter se incorporó hacia delante. No tenía ni idea de qué podía ser la barrera de la realidad, pero sonaba bien. Sonaba maravillosamente... a ascenso.

—Fijémonos en los hechos. Uno: este piloto, llamémosle el

Rimmer beta, partió en vuelo de prueba tres días antes de lo que estaba programado el nuestro. Dos: el Rimmer beta no tiene una de estas bellezas —Ace se levantó las gafas de sol, dejando expuesto el ojo morado.

—¿Dónde se ha hecho eso, comandante? —Tranter había oído un rumor, pero no podía ser cierto…

—Un altercado con el marco de la puerta, almirante —Ace se volvió a colocar las gafas—. Y tres: Yo ya no tengo un medallón de San Cristóbal. Conclusión: El Rimmer beta no soy yo. Es casi yo, pero no del todo. Bien, a partir de aquí, solo es especulación y predicción, pero creo que es bastante fiable. Creemos que el Rimmer beta pertenece a otra realidad, a otra dimensión, si lo prefiere, que coexiste con la nuestra pero que no se afectan, con un ligero desfase entre las dos. Cuando la nave beta alcanzó la barrera de la luz, saltó desde su propia dimensión hasta la nuestra.

—¿Lo que está diciendo es que hay dos realidades, dos universos que transcurren paralelos el uno al otro, con tan solo algunas diferencias menores entre ambos? ¿Y la propulsión Wildfire es capaz de saltar de uno a otro?

—¿Por qué solo dos, Almirante? ¿Por qué solo una realidad alfa y una beta? ¿Por qué no unas realidades gamma y delta? —Ace se inclinó con las manos apoyadas sobre la enorme mesa de Tranter—. ¿Por qué no un número infinito de realidades alternativas, que coexisten entre ellas de forma simultánea?

Tranter se halló preguntándose si esta sería la coyuntura apropiada para hacer uso de la reserva secreta que ocultaba en la cisterna del cuarto de baño de su despacho. Pero no se podía decir con honestidad que el sol estuviera por encima de la bandera todavía. Eran las cinco de la mañana. El sol ni siquiera estaba por encima del puñetero horizonte.

—¿Pero por qué? ¿De dónde saldrían todas estas realidades? ¿Qué estarían haciendo allí?

—Esta es la teoría: casi a diario, todos tomamos decisiones que afectan al rumbo de nuestras vidas. Miles de decisiones: ¿debería aceptar el trabajo o esperar a algo mejor? ¿Deberíamos poner fin a esta relación o intentar que funcione? ¿Deberíamos subir por esta calle o bajar por esta otra? ¿Deberíamos cruzar corriendo la carretera o esperar a que se cambie el semáforo? ¿Deberíamos comernos el jamón o el pollo? Bien, ¿y si cada vez que tomamos una decisión que afectara al rumbo de nuestras vidas, en alguna otra realidad, se llevara a cabo la alternativa? Pongamos que en el universo alfa, esperamos al semáforo y cruzamos con seguridad, pero en el universo omega, cruzamos corriendo la carretera y nos atropella un camión. Aquí, elegimos el jamón y todo va bien; allá optamos por el pollo y contraemos la salmonella.

Tranter reflexionó. En una realidad distinta, entonces, un almirante Tranter alternativo, en este punto de la conversación, se habría disculpado y se habría dirigido al cuarto de baño. Durante un segundo, le dio vueltas a la idea en su cabeza, antes de decidir que esta bien podría ser esa realidad también.

—Discúlpenme un segundo, caballeros.

Se puso en pie, cruzó pensativo y sin hacer ruido la gruesa alfombra hasta su cuarto de baño privado y cerró la puerta con pestillo. Sacó la botella de ron y sorbió su calor rojo oscuro. ¿Qué significaba todo esto? Obviamente era intrigante. Más que intrigante: si el comandante tenía razón, era filosóficamente asombroso. Pero no preveía de inmediato ninguna aplicación práctica para el adelanto científico. No se imaginaba qué uso podría hacer el ejército de ello.

En resumen, no podía estar seguro de si eso conduciría a mejorar su carrera, como para una estrella dorada.

Volvió a enroscar el tapón en la botella con la velocidad de la práctica, se roció la boca abundantemente con espray de menta y se empapó la barbilla más todavía con loción para después del afeitado; luego colocó de nuevo la tapa de la cisterna en su sitio, tiró de la cadena innecesariamente y volvió a entrar en el despacho.

—Desde luego es un concepto fascinante, comandante. La cosa es que no veo muy bien adónde nos lleva esto.

Ace levantó la vista del ordenador que estaba estudiando minuciosamente con Rodenbury.

—Lo que importa es que algo le pasó a la nave beta. Creemos que ahora sabemos qué fue ese algo. Y, más importante aún, creemos que podemos arreglarlo. Nuestro plan era programar la propulsión Wildfire a mínima potencia: es lo más natural, siendo el viaje inaugural y todo eso (no hay que remar más lejos de lo necesario). Pero el análisis nos indica que eso fue precisamente lo que hicieron en la realidad beta. El resultado fue que saltaron demasiado cerca. Nuestros modelos matemáticos predicen una especie de superfricción entre las dos dimensiones. Es algo que tiene que ver con densidades incompatibles de taquiones; ni yo mismo lo entiendo muy bien —mintió Ace, habiendo sido responsable personalmente del descubrimiento de la ecuación de la superfricción—, pero en líneas generales, se reduce a esto: cuanto más cercana es la realidad, más fuerte es la fricción. Eso fue lo que dejó abrasado el cacharro: entró demasiado cerca de casa. Por lo que sabemos, si incrementamos el chorro de propulsión en un factor de cinco o seis, la superfricción se reducirá a niveles tolerables.

Las mejillas de Tranter se iluminaron en rojo con ardor alcohólico al intentar seguir el razonamiento de Ace. Ese traguito a escondidas no le había hecho ningún bien en absoluto. Deseó que hubiera estado en la realidad en la que el almirante Tranter había resistido sabiamente la tentación de beber antes del desayuno.

—Todo eso está muy bien, comandante. ¿Pero adónde nos lleva, en la práctica?

Los rasgos de Lister gruñeron cuando su sentido del olfato cargado de adrenalina percibió un fuerte rastro del aliento a alpiste de Tranter desde una buena distancia de diez pasos. Lister no era respetuoso de por sí con la cadena de mando. Había aprendido a combatir su rebeldía impulsiva a lo largo de los años hasta que su lengua parecía el hueso de goma favorito de un doberman, pero este tipo era una completa pérdida de aire espacial.

—Bueno, en primer lugar, almirante —e hizo que el epíteto sonara como un insulto—, significa que el comandante Rimmer podría incluso tener una oportunidad más o menos buena de sobrevivir al salto, lo cual, no sé para usted pero para todos nosotros es una gran ventaja.

Tranter optó por ignorar el tono agresivo de Lister.

—Por supuesto, eso me llena de alegría. Me extasía. Pero a lo que voy es, señores: cualquiera puede ver las aplicaciones de una propulsión que puede viajar a través del tiempo. ¿Pero qué posibles beneficios podemos extraer de una propulsión que puede atravesar realidades? Quiero decir, ¿podríamos, por ejemplo, apuntar hacia una dimensión, digamos, en la que los viajes en el tiempo hayan sido perfeccionados y traer de vuelta la tecnología?

Ace exhaló una nube densa y azul de humo de purito.

—No, me temo que no, almirante. Hasta donde sabemos, el viaje dimensional es algo parecido a una calle de único sentido. Mire, si la teoría de las dimensiones infinitas es correcta, cada segundo de cada día, millones de personas están haciendo elecciones claves que afectan el rumbo de sus existencias y cada decisión genera otra realidad más. Sería imposible trazar un mapa del recorrido. Francamente, incluso si creemos que podríamos encontrar el camino de vuelta, sería imposible establecer con seguridad absoluta si la realidad a la que regresamos era la misma que la que dejamos.

Tranter se sirvió un vaso de agua de su garrafa inusitadamente grande.

—En resumidas cuentas, comandante, ¿usted espera que dé luz verde a este viaje, sabiendo que lo mejor que podemos esperar sacar de ello es... —se echó un trago—, echar treinta mil millones de libradólares de maquinaria y el mejor piloto que jamás hemos tenido directamente por el trono y tirar de la cadena?

No había duda de que tendría que tragarse el orgullo y devolver esas puñeteras estrellas tan pronto como llegaran. De hecho, no estaría de más averiguar el valor de segunda mano de las estrellas que ya llevaba.

—Esto..., almirante, tenemos alrededor de un noventa y siete por ciento de seguridad de que el Wildfire Uno sería capaz de lanzar un mensaje taquiónico al completo con secuencias de vídeo digitalizadas del nuevo universo, siempre que las mande dentro de, digamos, los quince primeros segundos tras su llegada, mientras el rastro de vuelta siga esto..., calentito, como si dijéramos.

—Ah, mucho mejor. Una imagen borrosa de unas estrellas que son probablemente idénticas a las que ya tenemos y un titular breve en las noticias de medianoche. Es un rendimiento fabuloso para un desembolso de treinta mil millones. Eso probablemente me enchufará en la portada de la *Investor's Chronicle*. Quiero decir, al menos las fotografías originales de la Luna tomadas desde la Tierra dieron al mundo el Teflón.

—Venga ya, Bongo —exclamó Ace— ¿no dejaría a una chica sin ir a un baile tan espectacular como este, verdad? ¿Quién sabe adónde puede llevarnos esta tecnología? Tenemos que probarla, ahora que sabemos que existe.

Lister habló en voz alta. Estaba empezando a entrar en la fase de fatiga en la que se sentía bien. Incluso estaba empezando a ponerse cachondo.

—Almirante, si Ace... si el comandante pudiera lanzar ese mensaje, significaría que sabríamos con certeza que la teoría de las dimensiones es correcta.

—Sí, maravilloso.

—¿No lo entiende? Si esto es cierto, es alucinante. Significa que cada posibilidad tiene su escenario. Todo el mundo tendrá la dosis suficiente de intentos decentes y malas oportunidades. Significa que, por fin, hay justicia de verdad en el universo. La vida tiene sentido.

El almirante Tranter se halló otra vez deseando estar en otra realidad. Una de las realidades en la que Lister no hubiera elegido ese momento para tener una erección, o al menos no hubiera estado demasiado cansado para darse cuenta de ello y disimular el hecho. Pero no, estaba atrapado aquí, en esta realidad, en la que un soldado de caballería solitario hacía sonar el toque de queda para su carrera, mientras él miraba al otro lado de su mesa, directamente a los ojos del mástil del amor de Lister, que estaba montando una tienda de campaña del tamaño de un Action Man en la entrepierna de su indescriptible mono de trabajo. Le dirigió la mirada a Ace.

—Lo siento, comandante. No veo la forma de justificar...

—¿Pero de qué está hecho usted, hombre? —Lister miró a Tranter con una rabia peligrosa—. No tenía problemas en mandarle cuando pensaba que iba a morir abrasado, pero si eso ya no le va a traer la fama...

Ace se colocó de un salto junto a la mesa y se interpuso entre Tranter y Lister.

—Tranquilízate, amigo mío. No estás pensando con claridad.

Tranter se puso de los nervios.

—Te estás moviendo en terreno peligroso, hijo. Un arrebato más como ese y te verás atendiendo autos de choque en una feria ambulante de cuarta categoría.

Lister se soltó amablemente de la mano de Ace que le sujetaba.

—Puede que sí. Y perdone si me estoy saliendo de tono. Puede que lo haya dicho de forma equivocada, pero eso no cambia los hechos. Lo que he dicho es verdad, almirante. Tiene que darle la oportunidad. Se lo debe. Qué carajo, todos se lo debemos.

Tranter resistió las ganas extremadamente imperiosas de coger el más grande de sus tomos de derecho espacial y lanzarlo con fuerza al vivac de la entrepierna de Lister. ¿Pero qué podía decir? El muy idiota tenía razón. Si se corría la voz de que había echado a perder la oportunidad de Ace de explorar lo que probablemente era el horizonte final de la humanidad, su popularidad en la base caería en picado a niveles de pederasta. No había ningún hombre, mujer o niño en Europa que no tuviera una deuda de gratitud con el comandante Rimmer.

Por otro lado, treinta mil millones de libradólares era un montón de pasta para lanzarla por los aires a dimensiones desconocidas. Lo que de verdad tenía que hacer era consultar con el Mando Central.

Quien casi con toda seguridad lo rechazaría de pleno.

Sí. Mejor que pongan verde a otro por esto. Cierto que sería cavar un poco más hondo la tumba de su carrera (si fuera posible caer más bajo), pero tenía el rey acorralado: se moviera en la dirección que se moviera, perdía. Al menos, en términos de limitación de daños, se consideraría que había hecho lo correcto.

Intentó mirar a Rimmer a la cara, pero no pudo. En su lugar, dirigió la mirada hacia su propio reflejo combado en la garrafa de agua.

—Lo siento, comandante. Voy a tener que remitir este asunto arriba.

—¿Que va a qué? —un glóbulo de saliva teñida de café revenido aterrizó en la mesa de Tranter—. ¡¿Va a escurrir el bulto?! ¿La única oportunidad que ha tenido en Dios sabe cuántos años de hacer algo que medianamente merezca la pena y la está rechazando?

Tranter, estupefacto, levantó la vista a los ojos de psicópata de Lister. Estaba convencido de que el capullo grasiento iba a subirse a su mesa a cuatro patas y arrancarle la garganta a puros mordiscos.

—Cálmate ya, muchacho —la voz pausada de Ace cortó la tensión—. El almirante tiene razón.

Pero Lister estaba más allá de poder contenerse.

—¡Abra los ojos de una puñetera vez, Vinagreras! ¡Lo echarán para atrás! Siempre hacen lo mismo. Porque es más fácil decir que no. Esos gilipollas no reconocerían un descubrimiento ni aunque violara a su ganado y robara a sus mujeres. Si esa nave no vuela hoy, ya nunca volará. La enterrarán en algún hangar, archivada como «pendiente» hasta que nadie pueda recordar para qué fue construida en primer lugar. Ahora es el momento: ahora o nunca.

El dedo de Tranter planeaba bajo el botón rojo de seguridad oculto en la parte inferior de su mesa. Lo habría apretado, pero estaba intrigado. ¿De verdad este pedazo de escoria le había llamado Vinagreras? ¿Qué quería decir con Vinagreras?

—¿Has acabado, muchacho?

Lister no había acabado. No del todo.

—Mírese: se sienta allí detrás de su enorme mesa en su despacho gigante porque piensa que le hace parecer importante. Pues no lo hace. ¿Sabe qué? Le hace parecer insignificante. Un hombre diminuto. Una mente diminuta. ¿Acaso no tiene un ápice de grandeza en su alma? ¿Quién sabe qué encontrará Ace allá fuera? ¡Qué carajo, puede que incluso se tope con una realidad lejana en la que el jefe de la base no sea un miserable borracho de mente cerrada!

Esa fue la gota que colmó el vaso. Tranter pulsó el botón y los dos guardias de seguridad entraron en la sala y se llevaron a Lister por la fuerza al calabozo antes de que ni siquiera tuviera la oportunidad de desear que le hubieran cosido la boca al nacer.

SIETE

No era, estrictamente hablando, de día. En esta región exterior del sistema solar, el sol no era muy relevante, en cuanto a fuente de energía. Lo que pasaba por luz del día en el mundo de hielo de Europa era el brillante resplandor anaranjado del planeta Júpiter, aumentado por la cúpula de plexiglás reforzada que contenía la atmósfera artificial del satélite joviano. Aun así, Ace Rimmer había pasado la mayor parte de su vida bajo horizontes dominados por el disco majestuoso del rey de los planetas y para él este era el perfil del cielo de su hogar.

Y con toda probabilidad, nunca volvería a verlo.

Aspiró una última calada de su purito y lo aplastó contra el basto cemento del patio. Ciertamente, poca cosa le retenía aquí. De forma deliberada, siempre había evitado entablar relaciones cercanas. Como piloto de pruebas, había visto a demasiados colegas suyos dejar a demasiados seres queridos llorando sus pérdidas por demasiado tiempo. Los hombres casados que se quedaban de pilotos arriesgaban más que sus vidas cada vez que se echaban al aire. Ese no era un riesgo que Ace estuviera dispuesto a correr.

Él siempre había planeado tener una familia. Aunque su amor primero era la libertad que le daba la velocidad de la cabina, sabía que no estaría a su disposición para siempre. Le aguardaban un par de años, tal vez tres, de vuelos de primera clase y después iba a dejar el cuerpo. No podía afrontar las privaciones de un puesto de oficina o de la academia de vuelo. No quería acabar como Bongo, pagando consigo mismo las frustraciones de su carrera en una perversa orgía de odio y autodestrucción. No, lo que tenía planeado hacer era probablemente invertir en un transbordador de carga reacondicionado y ganarse la vida haciendo trabajillos por el sistema solar hasta que encontrara un lugar en el que le pareciera que podía echar raíces, algún sitio donde pudiera establecerse y tener descendencia.

Al menos, ese había sido el plan.

Ahora estaba enfrentándose a un viaje sin retorno a lo desconocido. Y tenía miedo.

No tenía miedo de la mecánica del viaje; estaba bastante seguro de que las alteraciones que había hecho a la propulsión le permitirían atravesar la barrera de la realidad a salvo. Tenía miedo de lo que podría encontrarse.

Cierto era que tenía más idea que la mayoría acerca de su destino.

No le había dicho a absolutamente todo el mundo absolutamente todo lo que postulaba la teoría. Sabía, por ejemplo, que dondequiera que fuera a parar, sería alguna parte a lo largo de su propia línea de destino: se encontraría con otra versión de sí mismo, otro Rimmer cuya historia habría divergido de la suya propia en algún momento de sus vidas en común.

Amplificar la magnitud del salto Wildfire en un factor de cinco significaría probablemente que sus trayectorias se habrían dividido bastante tiempo atrás. Posiblemente varios años.

Y tenía miedo de conocer a su otro yo.

Tenía miedo de que este otro Rimmer fuera mejor que él de alguna manera. Una persona más completa. Un Rimmer que hubiera tomado mejores decisiones, que no hubiera elegido la frívola opción de seguir su sed de emociones. Un Rimmer que hubiera contribuido más a la humanidad.

Un Rimmer que le hiciera sentirse inadecuado.

Una voz de mujer le rescató de sus divagaciones mentales sensibleras.

—¡Comandante! ¡Comandante Rimmer!

Levantó la vista. Mamie Pherson venía corriendo con pasos cortos por el patio de armas desde la dirección del bar, con unos tacones que no estaban hechos para las prisas. Le alcanzó, sin aliento y luego se arqueó, con las manos en las rodillas para recuperar el oxígeno.

—Comandante... —resolló—, ¡gracias a Dios! Me dijeron que te habías ido —se enderezó, con la cara aún más hermosa por el rubor rojo del ejercicio.

—¿Estás bien, Mamie?

—¿Que si estoy bien? ¿Que si estoy bien? Estoy perfecta.

—Bueno, eso tendré que juzgarlo yo, querida —sonrió y se apartó un mechón de pelo oscuro del ojo derecho. Volvió a caerse de inmediato—. No, tienes razón, estás perfecta.

Mamie le dio un puñetazo juguetón en el pecho.

—¿No te has enterado? ¡Billy Joe ha aprobado! ¡Ha aprobado el nivel uno! ¡Ya tiene sus alas doradas!

—Es la mejor noticia que he oído en todo el año.

—Y todo gracias a ti, cremita de ingenio brillante.

—¿A mí? Creo que es probable que tuviera bastante más que ver con las habilidades de vuelo del joven Billy, ¿no te parece?

—Ya sabes a qué me refiero. Nunca habría tenido la confianza en sí mismo si...

—Bueno, dame un puñetazo en la napia si no estoy en lo cierto, jovencita, pero creía que habíamos acordado no mencionar nunca ese pequeño asunto, ¿no es así?

—Bueno, jamás lo haría, a nadie más. Ni siquiera a Billy Joe.

—En especial a Billy Joe. Ni siquiera cuando los dos seáis una pareja de viejos de pelo blanco sentados al resplandor de un fuego rodeados de hordas de nietos gritones, ¿de acuerdo?

Las mejillas de Mamie se pusieron todavía más rojas.

—Te estás adelantando un poco, ¿no te parece, comandante? Ni siquiera me ha pedido salir aún.

—Ah, pero lo hará. Se pondrá a buscar a alguien especial para llevar al baile de graduación y, a no ser que haya perdido mi olfato del todo, ese alguien será la joven Mamie Pherson.

Mamie bajó la cabeza.

—¿Tú crees?

—O eso, o tendré que calentarle en serio las orejas y hacerle entrar en razón.

Le golpeó jugando otra vez. Ace sonrió. ¿Por qué se consideraba aceptable un puñetazo como respuesta cuando venía de una mujer joven? Si un hombre contestaba en broma de esa manera, Ace lo habría catalogado, en términos de capacidad intelectual y habilidades sociales, en el grupo de los presentadores del tiempo de la televisión. Cuando lo hacía una mujer, simplemente le derretía el corazón.

Ella levantó la cara y vio algo en la sonrisa de él que la apenó. Apartó otra vez la mirada.

—Comandante... He oído hablar a la gente... por el campamento... Quiero decir, ellos no entienden lo que de verdad hiciste por Billy Joe y van diciendo cosas... se me hace duro guardármelo para mis adentros.

—Vamos, venga, la gente habla, Mamie. Así son las cosas. A palabras necias... etcétera, ¿eh?

—Y ese ojo morado... y Billy Joe ni siquiera sabrá nunca que debería darte las gracias.

—Escúchame jovencita: da la casualidad de que este ojo a la funerala ha sido lo mejor que me podía haber pasado. Nunca sabrás cómo, pero esta belleza me ha salvado el pellejo. Soy yo el que debería darle las gracias a Billy Joe —Ace se miró el reloj. Hora de rescatar a Spanners—. Mira, ahora tengo que irme pitando, Mamie. Mucha suerte con la cita —le dio un beso en la mejilla y se marchó dando zancadas por el patio de armas.

Mamie se protegió los ojos del resplandor deslumbrante de

Júpiter, viendo desaparecer la silueta de paso decidido en la calima de primera hora de la mañana. Cuando ya se había ido, sonrió exhalando un suspiro y dijo, a nadie en particular:

—¡Qué tío!

OCHO

En alguna parte, muy lejos, había un camión de bomberos antiguo que venía a la carga para interceptarle el sueño, susurrando «Lister... Lister...» en medio de su repiqueteo rudimentario.

Volvió en sí poco a poco para hallar su lado izquierdo completamente paralizado por la implacable presión que su cuerpo comatoso por el cansancio había infligido sobre sí mismo. ¿Qué era ese lugar? Las paredes eran grises y estaban desnudas. Un pálido fluorescente pedorreó su triste resplandor iluminando la habitación diminuta desde arriba. Había un olor profundamente desagradable e imposible de identificar que Lister conjeturó con acierto que cabía la posibilidad de que lo hubiera producido su propio cuerpo. Su cerebro aletargado por el sueño comenzó un lento rastreo de la memoria. Ya había estado antes en este tipo de sitios. Sí. Si estaba en lo cierto, volvería la cabeza y vería barrotes. Volvió la cabeza. Casi mejor: malla metálica. Estaba en algún tipo de celda.

Echó su pierna buena por el lateral del banco, arrastrando la compañera insensible junto con ella. Agarrándose al banco con la mano derecha para guardar el equilibrio, balanceó el hombro izquierdo varias veces hasta que la mano flácida se dejó caer sobre su regazo y pudo mirar el reloj. Las seis y treinta y seis.

La cosa iba bien. Sabía dónde estaba. Sabía qué hora era. Ahora bien, sin tan solo recordara qué carajo estaba haciendo aquí, no habría ningún problema.

De nuevo, escuchó el susurro de «Lister... Lister...» y el repiqueteo sordo de un cacillo de esmalte de porcelana contra la malla metálica.

La voz le sonaba de algo.

—¿Me oyes, vieja compañía de empréstitos y colega de borracheras?

Dios mío. No podía ser.

—¿Petersen? —llamó, con timidez.

—¡Sí señor! ¡Sabía que conocía de algo esos ronquidos del demonio!

¿Qué estaba pasando? No había visto a Petersen en dos años. No desde que él y Krissie habían sido reasignados del Enano Rojo a la base de pruebas de Europa. ¿Qué estaba haciendo el loco danés en la celda de al lado? ¿Había sido todo un sueño cruel?

—¿Petersen? ¿Dónde estamos?

La risa de Petersen hizo vibrar la malla de la celda de Lister.

—¡Ja, ja, ja! Ese es mi viejo colega, sí señor. Estamos en una especie de cárcel, supongo yo.

—¿Pero estamos en Europa, verdad?

—Podría ser. Sí, eso creo. ¿Un planetoide azul con forma de luna, cercano a ese cabrón enorme del punto rojo?

—Sí. Ese es Europa.

—¡Bingo! —dijo Petersen y se echó a reír otra vez.

Lister empezó a darse masajes en la pierna muerta para recobrar algo de vida.

—Lo que no sé es qué estás haciendo aquí, Olaf.

—Lo tengo un poco confuso, pero yo diría que me han caído unas veinticuatro horas por embriaguez y alteración del orden público.

—Ya, me refiero a por qué no estás en Tritón.

—¿Tritón? Ah, sí. La casa que me compré. No me fue bien. No pude aguantarlo. Una casa preciosa, pero sin oxígeno, sin gravedad y, lo peor de todo, sin alcohol. Esos cabrones embusteros ni siquiera permitían traerlo decentemente de contrabando. Quiero decir, vale, no me importa ir flotando todo el día por una mansión de veinticinco habitaciones en traje espacial las veinticuatro horas, sin vecinos en más de un millón y medio de kilómetros a la redonda, pero hacerlo sobrio era un rollazo de tomo y lomo. Así que me enrolé de nuevo en el Enano. A propósito, la casa está a la venta, por si te interesa.

—¿El Enano Rojo está aquí? ¿En la dársena espacial?

¿Era eso posible? ¿Ese gran ogro de montón de chatarra había viajado hasta el borde del sistema solar y regresado aquí, con dieciocho meses de trabajos mineros de por medio? ¿De verdad habían pasado ya dos años y medio desde que lo dejó?

—Ya lo creo que está aquí, chaval. Lo pusimos en órbita anoche. Al menos, creo que fue anoche. Bajé en el primer transbordador a ver a mi viejo colega, pero nadie te encontraba por ninguna parte. Así que me fui al bar y me quedé a tomar una cerveza o treinta y siete mientras esperaba a que aparecieras. Lo siguiente que sé: ¡zzzzrrrrjjjjjj, tú estás roncando en la celda de al lado como un jabalí herido con asma!

—¿Lew Pemberton todavía está a bordo?

—¿Pemberton? Pues claro. Me dijo que te diera recuerdos de su parte. Ha ascendido ya dos veces desde que le viste por última vez. Ahora es de la escala de oficiales.

Lewis Pemberton. Le deseaba buena suerte. Lister sonrió. No hubiera durado ni dos meses en el Enano Rojo sin Lewis de compañero de camareta. Él fue el tipo que volvió a juntar a Lister y a Kochanski después de su primera ruptura; soltándoles ese largo discurso acerca de la pasión y de cómo puede saltar por los aires y volverse destructiva, de que no se puede pretender que los arrebatos de amor del principio mantengan esa intensidad alocada, sino que hay que ir guiando poco a poco la relación hacia algo más estable. Fue Pemberton quien le animó a apuntarse a clases nocturnas de mecánica, incluso le ayudó con los deberes. Sin duda, ahora mismo sería un Dave Lister diferente si no hubiera sido por Lewis Pemberton.

—He estado preguntando por ti, Davey. Se dice que eres un tipo responsable, ahora. Un padre. Con hijos, además.

—Gemelos. Jim y Bexley. Están a punto de cumplir los dos años —Lister se metió la mano en el bolsillo del mono—. Tengo una foto, pero no creo que pueda pasártela por la malla.

—Da igual. Me imaginaré que la he visto —Petersen hizo una pausa y luego dijo con voz monótona y apagada—: son muy guapos. Igualitos a su padre. Pero creo que tienen los ojos de su madre. ¿Te vale así?

Lister sonreía enseñando los dientes.

—Sí, eso valdrá —se volvió a guardar la foto en el bolsillo.

—La pregunta es, ¿qué hace un honrado hombre de familia digno de fiar como tú en el calabozo de los borrachos?

La realidad borró de golpe la sonrisa de la cara de Lister.

—No estoy aquí por embriaguez y alteración del orden, estoy por insubordinación grave.

—Ah, muy bien. No podía ser la sencilla insubordinación corriente de toda la vida. Insubordinación grave. Me alegra saber que te has reformado, con eso de ser papá y todo lo demás. Espero que no le hayas cantado las cuarenta a alguien demasiado importante.

—Psss... —Lister arrugó la cara en un gesto de dolor—. Solo al almirante.

Petersen silbó a través de sus dientes mellados.

—Bueno, por lo menos apuntas bien alto, Davey. Por lo menos apuntas bien alto. Qué chungo. Podrías estar semanas aquí dentro.

Lister apoyó la parte de atrás de la cabeza en el frío ladrillo.

—Meses, incluso.

—Pero eso... espera un momento. Solo tengo un pase de cuatro días —había horror en la voz de Petersen—. No vamos a poder emborracharnos juntos.

Se oyó un ruido de llaves, cerrojos metálicos que se deslizaban para atrás en sus alojamientos y una puerta que rechinaba al abrirse. Unas botas vinieron taconeando por el pasillo de metal. Se pararon junto a la celda de Lister. Levantó la vista para ver las letras «PE» en el casco blanco del guardia inclinado hacia el teclado de la celda. La puerta se abrió de golpe y el guardia dijo:

—Se larga de aquí, amigo.

Lister se puso de pie y se estiró.

—¿Estoy libre?

—Como un pajarito —Ace apareció bajo el marco de la puerta—. Autorización especial. Operación Wildfire.

Lister salió al pasillo.

—¿De verdad? ¿Te ha dado permiso el viejo?

Ace sonrió de oreja a oreja.

—Digamos simplemente que no pondrá pegas.

La cara de Petersen estaba aplastada contra la malla de su celda.

—¿Y yo qué? —sonrió de una forma que, en otra cara, podría haber resultado coqueta. En Petersen, parecía la sonrisa bellaca de un loco peligroso. Parpadeó varias veces—. Ya estoy completamente sobrio, buen agente de la ley.

El PE se giró para mirarle.

—¿Recuerda algo de los hechos de anoche, amigo?

Lister cruzó los brazos y se puso cómodo para escuchar. Esto le iba a gustar. Como es lógico, ésta era una escena en la que Petersen se veía envuelto a menudo y, con el paso de los años, había perfeccionado las respuestas hasta tal punto que podía ser considerado un verdadero artista en el terreno de la patraña.

Petersen puso su mirada más humilde y arrepentida y dio comienzo.

—No puedo recordar cada distinto episodio de mis lamentables desventuras con absoluta precisión, agente, pero estoy seguro de que me comporté de muchas formas horribles, por todas las cuales estoy profundamente arrepentido y pido disculpas humildemente. Tenga la seguridad, respetadísimo representante de la ley, de que mi contrición es total. Pienso renunciar al demonio alcohol que me llevó por este lamentable camino y vivir para siempre en este bendito estado de sobriedad.

—¿Así que no se acuerda, por ejemplo, de correr por el patio de armas cantando el tema de *Misión de valientes* y bombardear el puesto de guardia con condones luminosos llenos de orina?

Petersen miró un segundo hacia arriba a la izquierda.

—No me suena de nada, no. Pero si llegué a cometer tan execrable acción, sería de lo más impropio en mí, puesto que yo soy en todo momento un tipo afable, educado y completamente sano, muy dado a las meditaciones poéticas y actos de caridad, como mi buen amigo de muchos años con autorización de altísima seguridad podrá dar fe de buena gana —hizo un gesto con la cabeza alentando a Lister.

—¿Le alcanza la memoria a la parte en la que robó una motocicleta del recinto e hizo unos garabatos obscenos en el jardín ornamental con marcas de neumáticos?

—¿De verdad hice eso? Entonces debo presentarme de inmediato en el establecimiento farmacéutico más próximo y pedir que me sustituyan la medicación, la cual, a pesar de su efecto saludable en mi incurable enfermedad de corazón, sin duda alguna produce efectos secundarios desastrosos e inaceptables.

—Y seguro que tampoco se acuerda de graparle a mi compañero el pene a la ingle.

Petersen se mordió el labio.

—Supongo que no consideraría aceptar un soborno sumamente generoso... Puedo darle las escrituras de una excepcional residencia de alto standing, en una de las lunas más prometedoras del sistema solar.

—¿Tiene la más remota idea de la pena por clavar los genitales de un guardia costero a su muslo? Es usted historia, amigo. Vamos a encerrarle y a tirar la llave.

Petersen miró a Lister con ojos suplicantes.

—¿Davey? ¿Me echas una mano con esto?

Lister se volvió hacia Ace. El comandante puso los ojos en blanco y se ofreció a ayudar.

—Viene con nosotros, sargento.

—¿Comandante? ¿Quiere que le ponga en libertad?

—Es esencial para el proyecto.

—¿Esencial para el proyecto? ¿Qué hacen con él, usar su aliento de combustible?

—Puede soltarle bajo mi responsabilidad, Bob. Yo cuidaré de que no se meta en líos.

Con reticencia, el guardia tecleó el código de puesta en libertad en la cerradura de la puerta de Petersen.

—Si usted lo dice, comandante —hizo una pausa antes del último dígito y levantó la vista hacia Petersen, que se estaba empleando a fondo para no mostrar la alegría en su cara—. Si yo fuera usted, amigo, me mantendría alejado de Reinhardt.

—¿Reinhardt?

—El sargento Arden Reinhardt. ¿El tipo al que disparó con una pistola de grapas en el paquete? Iba a salir con una chica guapísima esta noche, solo que su pequeño soldado alemán va a estar vendado como el rey Tutankamon durante los próximos dos meses y no está de muy buen humor. Lo último que he oído es que estaba haciendo planes para devolverle el favor, solo que con remaches de acero candente.

—Au —la puerta se abrió y Petersen salió en libertad—. Gracias por la advertencia, agente —se volvió hacia Lister y Ace, frotándose las manos—. De acuerdo entonces, gente de alta alcurnia y personal esencial. Prosigamos con el Proyecto Wildflower.

—Wildfire

—Como se diga.

NUEVE

—¿Así que entonces está en marcha?

Lister seguía a Ace, quien guiaba al grupo cruzando el patio hacia la sala de reuniones. Petersen cerraba la retaguardia, mirando de un lado a otro muy nervioso, en busca de alemanes locos con voces de tono agudo cojeando y blandiendo pistolas de remaches.

—Ya lo creo que está en marcha, Spanners. Salida a las cero ocho cero cero.

—El viejo parecía bastante en contra, la última vez que le vi. ¿Qué es lo que le ha hecho cambiar de opinión?

—Tú, Spanners.

—¿Yo?

—Otra más que te debo, bizcochito.

Lister sacudió la cabeza. Por muchos favores que Ace te hubiera hecho, siempre te hacía creer que estaba en deuda contigo.

—¿Qué ha pasado?

—Ha dimitido.

—¿Ha dimitido?

—Es lo mejor para él, amigo mío. Estaba al límite. Puede que ahora empiece a disfrutar de la vida un poco. Me ha dejado al mando del Proyecto Wildfire.

—¿Entonces cuál es el plan?

Ace se detuvo.

—Voy a ir un momento a darles las últimas instrucciones a los técnicos. Quiero que le des una pasada rápida al cacharro. Lo he revisado yo mismo y parece que está bastante bien, pero no me gustaría salir allá arriba sin tu aprobación; después quiero que vigiles de cerca desde el control de misión. Si algo llegara a ir mal durante el lanzamiento, preferiría que estuvieras tú allí arriba para que me aconsejaras qué hacer.

—Cuenta con ello.

—Te lo agradezco. Luego —Ace rebuscó en el bolsillo—, quiero que te cojas un par de semanas de vacaciones con la familia. Ya he arreglado el papeleo para que os vayáis Krissie y tú. Toma —le lanzó un juego de llaves a Lister.

—¿De dónde son?

—Tengo una pequeña finca de vacaciones muy pintoresca en Io. No es muy lujosa, pero tiene unas vistas preciosas. Playa privada propia. Es tuya, si la quieres.

—¿Para toda la quincena?

—Para siempre.

—Espera un momento, ¿me estás dando tu casa de vacaciones?

—Bueno, ya no voy a necesitarla nunca más, salchichita, ¿no te parece?

—¿Y yo qué? —Petersen asomó la barbilla por encima del hombro de Lister y sonrió de forma encantadora—. ¿Puedo hacerle algún pequeño favor personal a cambio de extravagantes regalos de propiedades o similares?

—Lo que puedes hacer por mí, amiguito, es no meterte en líos.

—Ese es mi plan absolutamente. Soy una persona reformada. Puede jugarse su último penicentavo a que sí, comandante

Ace asintió con la cabeza, levantó la mano en un saludo espontáneo no reglamentario y se encaminó hacia la sala de reuniones.

Lister miró las llaves, luego a la figura de Rimmer que se encogía con rapidez. Meneó la cabeza.

—¡Qué tío! —dijo.

—Es el rey —admitió Petersen—. Solo hay una cosa que me tiene preocupado.

—¿Y qué es?

—¿Dónde demonios voy a conseguir un trago a esta hora de la mañana?

DIEZ

Un bloque de ceniza gris se desprendió de la punta del puro Churchill y cayó al agua de la bañera, donde crepitó alegremente un momento y luego se hundió bajo la espuma de fragancia dulce.

El almirante Pies Ya No Apestosos Tranter exhaló una bocanada contenida de humo marrón en el aire lleno de vapor y se deslizó sumergiéndose más en el baño, de forma que las burbujas formaron una barba de Abraham Lincoln bajo su mentón.

Se estaba relajando. Le parecía como si fuera la primera vez en su vida de adulto que se relajaba de verdad, pero prefirió no fijarse en ese aspecto de la sensación, porque le habría interrumpido la relajación.

Enganchó el dedo gordo del pie, que ahora tenía el aspecto de una nuez grande y rosa, con la cadena del tapón y tiró de ella. Poco a poco, el agua se fue gorgoteando, dejándole envuelto en un traje de espuma. Salió de la bañera y avanzó sin hacer ruido hacia la cabina de ducha. Abrió el grifo de la fría y se metió, con puro y todo, en la gélida cortina de agua, donde permaneció hasta que los testículos se le retrajeron completamente dentro del cuerpo.

Vestido únicamente en carne de gallina, salió colando del cuarto de baño a su descomunal despacho y abrió de un tirón el cajón más grande de su titánica mesa. Sacó el revólver de servicio, comprobó que estaba cargado, quitó el seguro y se dirigió de nuevo al cuarto de baño.

Mascando todavía el habano empapado, pasó el dedo índice mojado por el interior del guardamontes. Una parte de él sentía que lo que iba a hacer era de algún modo un sacrilegio y algo más que una pequeña locura, aunque para ser francos, ya no le importaba mucho.

El estallido de la pistola se amplificó sobremanera con las paredes alicatadas del cuarto de baño y cuando Melissa, la secretaria del almirante, abrió de golpe la puerta de afuera, estaba convencida de que había explotado una bomba. Se quedó sorprendida de encontrar el despacho completamente intacto. Ladeó la cabeza y se asomó al interior del cuarto de baño. Tranter estaba de pie con el trasero al aire y el revólver humeante en la mano; el susto se reflejaba en su cara. Un fino hilo de sangre rezumaba lentamente de su oído. La vio moverse por el rabillo del ojo y se dio la vuelta para mirarla de frente. Puso una sonrisa pícara de niño de escuela y dijo, en voz demasiado alta:

—La virgen, vaya ruido.

A Melissa no se le ocurría nada sensato que decir, así que le preguntó si se encontraba bien.

El almirante frunció el ceño y estiró el cuello, pues la había visto mover los labios pero no había oído ni una palabra, así que ella repitió la pregunta a voz en grito.

—Ya lo creo. Mejor que nunca, Mellie —le aseguró Tranter, tras lo cual abrió el armarito del baño y sacó un rollo de algodón. Se taponó los oídos con una bola en cada uno, apuntó el revólver de nuevo y disparó.

Soltó un grito de satisfacción cuando la bala se estrelló contra una botella repleta de ron que asomaba por encima de la cisterna del inodoro, haciendo añicos el cristal y salpicando las baldosas y la alfombra con el licor marrón rojizo que hasta ahora le había servido para torturarse el hígado y envenenarse la vida. Se dio la vuelta para compartir el momento con Melissa, pero ella se había escabullido del despacho y estaba, en realidad, corriendo a toda mecha por el patio de armas en dirección al puesto de guardia.

Tranter se pasó el puro de un lado a otro de la boca, sopló el humo del cañón del arma y le volvió a poner el seguro. Entró de nuevo en el despacho, echó el revólver dentro del cajón y se sentó en su enorme sillón reclinable haciéndolo chirriar.

Era un hombre libre. Su dimisión ya había sido enviada por e-mail al Mando Central. Para cuando consiguiera traspasar las gruesas capas de incompetencia burocrática hasta la pantalla de ordenador adecuada, el comandante Rimmer y la nave Wildfire se habrían ido ya hace tiempo.

Tranter subió un pie encima de la mesa y presionó el botón de enlace del monitor con su dedo arrugado. Se encendió la pantalla y apareció la cara de Ace con su casco. El diálogo de la secuencia de despegue sonaba enlatado por los altavoces.

— ...Wildfire. Todo listo de este lado. Treinta segundos para hora cero, a mi señal. Y...¡contando!

—Ignición terciaria... activada.

Tranter sonrió. En menos de medio minuto, treinta mil millones de libradólares de la pasta de los Cuerpos Espaciales estarían volando fuera de esta realidad rumbo a dimensiones desconocidas y ninguno de esos comemierdas acaparadores de ascensos del Mando Central podría hacer lo más mínimo al respecto.

Por supuesto, su reacción inicial sería pagarla con Tranter. Podrían amenazar con retenerle la pensión o con declararle enfermo mental o incluso arrastrarle ante un Consejo Espacial. Pero, al final, se echarían para atrás. No querrían que las agencias estatales que adjudicaban los presupuestos supieran que el dinero se había tirado a la basura de forma inútil. Alabarían la importancia del descubrimiento. Tranter hasta podría salir de esto siendo un héroe.

No es que le importara mucho. Dentro de veinticuatro horas estaría de camino a su apartamento de Venus, donde al fin podría satisfacer su entusiasmo por el golf a un tercio de gravedad, preferiblemente con su esposa, que al menos aún compartía esa pasión con él. Pensaba que todavía podían salvar su matrimonio, con un poco de esfuerzo por ambas partes. Podrían incluso recorrer el camino de la felicidad.

Sonrió para sí mismo y sacudió la cabeza ligeramente. Se sentía bien. Se sentía tan bien como Ebenezer Scrooge en la mañana del día de Navidad. Había vuelto a nacer. Había pasado muchísimos años inútiles atrapado en esa prisión de trabajo, sin darse cuenta de que él era su propio carcelero y de que lo único que tenía que hacer era escapar de allí.

La enorme explosión de los cohetes de despegue del Wildfire atrajo su atención de nuevo a la pantalla. La imagen de Ace se perdió del escaso alcance de Europa y se precipitó hacia Júpiter. Se oyó la voz del controlador de misión *Wildfire, tienes luz verde* y la clamorosa ovación de la multitud presente en la torre de control.

Tranter sonrió y abrió otro cajón innecesariamente grande. Sacó su camisa hawaiana y sus bombachos de golf y comenzó a vestirse con la única ropa que le hacía sentirse cómodo, la ropa de su nueva vida.

Evidentemente, había un gran componente de lo desconocido en esa nueva vida. Ni siquiera la pensión de almirante le proporcionaría un estilo de vida opulento y no había garantías de que su mujer decidiera irse con él a Venus. Ella incluso podría cumplir su amenaza de divorciarse, lo cual le dejaría casi casi en la miseria. Aun así, cualquiera que fuera su futuro, Tranter lo aceptaba.

Con el tiempo resultaría que sus pequeños temores eran infundados. Su mujer no se divorciaría de él. Juntos encontrarían la felicidad. Y como ventaja adicional inesperada, Tranter por fin descubriría la razón por la que su carrera en el cuerpo se había estancado.

Era así de simple. Había otro almirante en el cuerpo llamado Tranter. Dieter Tranter. Un funcionario con resaca del mando central había mezclado sus historiales un día y nadie había detectado nunca el error. Dieter era, para ser honestos, un incompetente. Desgraciadamente, todas sus meteduras de pata iban a parar al historial de Tranter, mientras que los logros de Tranter se anotaban en el suyo. Cuanto peor lo hacía Dieter, más ascendía.

Como consecuencia, Peter Tranter todavía seguía recibiendo la paga completa a pesar de su dimisión, mientras que Dieter vio su salario reducido a la mitad. Dieter nunca se quejó. Durante años, la forma inexplicable en la que había ido ascendiendo en el escalafón del cuerpo le había tenido desconcertado y simplemente creyó que al final le habían descubierto y estaba siendo castigado justamente.

Mientras Tranter se calzaba deprisa sus mocasines, oyó al comandante Rimmer anunciar «*Activando propulsión Wildfire*» y levantó la vista al monitor justo cuando la pantalla se quedaba en blanco. Aquí llegaba. El momento de la verdad. Tras un instante dolorosamente prolongado, regresó de nuevo la señal.

Tranter acercó la cara al monitor. Ace estaba vivo. Todas las lecturas indicaban registros dentro de los márgenes de seguridad. Lo había hecho. El comandante había saltado a una nueva dimensión. La prometida emisión taquiónica transportó la voz de Rimmer junto con cascadas de información digitalizada del navegador. Para ser un hombre pionero en un territorio desconocido para la humanidad, su voz era asombrosamente pausada y carente de emociones.

—*Bingo, CM. El cacharro ha aguantado, apúntenle esa a Spanners. Vamos a ver...* —sus ojos recorrieron de un lado a otro las lecturas—. *He llegado, pero no sé adónde. El paisaje estelar no me suena de nada. Cero puntos de referencia. Eso me coloca a millones de años luz de casa. No hay planetas de clase M en las proximidades. No puedo entenderlo. Tiene que haber vida de alguna clase por aquí... esperen. Estoy viendo algo. Una nave* —los rasgos de Ace mostraron una leve sorpresa, que, en el léxico emocional del comandante, era lo más cercano al pánico que jamás había estado—. *¡Su madre! Es...*

Y a la vez que se desintegraba la estela de taquiones, la transmisión se cortó con un chispazo.

TERCERA PARTE

Vuelta al revés

UNO

El Gato observaba el montón de estiércol podrido mientras las babosas moscas negras caminaban por encima balanceándose, plegaban sus alas pegajosas en los lados y empezaban a meterse a rastras en las pieles de larvas. Las pieles blancas se sellaron y los gordos gusanos comenzaron a retorcerse hundiéndose en el montículo putrefacto.

—Mmmm —dijo el Gato para sí mismo—. La comida está casi lista.

El Gato, que había experimentado algunos días extremadamente raros a lo largo de su vida, calificó el día anterior como el día más raro que jamás había vivido. Finalmente había terminado a primera hora de la tarde. Después de horas de voces levantadas, recriminaciones y mucho estudiar minuciosamente cartas estelares, al final había abandonado la esperanza de salir de este planeta en poco tiempo y se había escabullido por la escalera de caracol para echarse una ligera siesta.

Se había tirado durmiendo veinte horas seguidas, lo cual le sorprendió, ya que no le había parecido tener tanto sueño cuando se había ido a la cama, a pesar de los esfuerzos del día. De forma más sorprendente aún, cuando se despertó, se encontraba cansado. Pero a medida que transcurría la tarde hacia la comida, el cansancio había empezado a disiparse.

Supuso que esa era una de las muchas cosas detestables a las que iba a tener que acostumbrarse aquí: irse a la cama cuando más despierto estaba y levantarse cuando se encontraba más cansado.

Bueno, podía tragar con eso.

Podía tragar con la mayoría de las excentricidades del universo inverso.

Podía tragar con el hecho de que lavarse en realidad le dejaba sucio, de que peinarse le desaliñaba el pelo y cepillarse los dientes le dejaba un gusto asqueroso en la boca. Le colmaba la paciencia hasta el límite, pero podía tragar incluso con la idea de ponerse ropa que estaba arrugada y manchada, ya que se adecentaba sola a lo largo del día.

Con lo que no podía tragar era con el tema de la comida.

Sencillamente no era capaz de afrontar la perspectiva de succionar excreciones por el esfínter anal tres veces al día y regurgitarlas por la boca, procesadas y bien presentadas, sobre un plato sucio.

Ni siquiera era capaz de pensar en echar un pis.

De manera que había salido del Starbug para darse un paseo mientras Lister y Rimmer seguían durmiendo todavía y se había dirigido aquí, a un alto en la montaña, en la cara que no se veía desde la destilería de los paletos, para intentar discurrir una forma de arrojarse al vacío sin caer hacia arriba. Y estando allí sentado pensando, de repente le había surgido el impulso de cavar un hoyo pequeño al lado de un arbusto. Y había destapado el estiércol.

—¿Deprimente, no?

Se giró hacia el sonido de la voz para ver a Lister que descendía con cuidado por el estrecho sendero en dirección a él.

—Deberías preocuparte, yo he tenido que aguantarlo durante tres décadas y media.

El Gato se dio la vuelta y bajó la vista al verde valle que se extendía a sus pies:

—¿Estás absolutamente seguro de que no hay forma de poder suicidarnos?

Lister destrepó ayudándose con las manos y se sentó la piedra que había al lado de él.

—No es tan horrible. Te acabas acostumbrando.

Por deferencia al Gato, habían decidido adoptar todos el habla directa como norma entre ellos. La unidad de voz de Rimmer había estado reprogramada en cuestión de segundos, pero Lister todavía se encontraba algo incómodo en su lengua nativa, en especial con las sibilantes. Sin embargo, aportaba una sensación de normalidad en sus relaciones, lo cual todos necesitaban ahora mismo con creces y Lister argumentó que tarde o temprano tendría que pasar por el proceso de volver a dominarla. Le hubiera gustado hacerlo mucho antes, pero aun así...

Contemplaba el glorioso paisaje montañoso cuando un águila soltó un pájaro pequeño a mitad de vuelo y luego ascendió en picado hacia el cielo a una velocidad asombrosa.

—Al menos estamos en un planeta. Por lo menos aquí hay gente.

El rostro fruncido del Gato mudó poco a poco en una sonrisa.

—Eso es verdad, colega. Aquí hay gente. ¡Y algunas son chicas! Ahora sí que estamos en la misma onda. ¡Alerta, planeta Tierra, un dios del sexo anda suelto!

Lister levantó la mano, con la palma hacia el frente.

—Antes de que te enciendas del todo, me gustaría que pensaras por un segundo lo que implica en este lugar, pongamos por caso, una mamada.

La cara del Gato se ensanchó por un instante. Luego la frente se le llenó de arrugas. Luego las comisuras de los labios se pusieron rectas. Luego decayeron como un bigote despegado al más puro estilo Viva Zapata. Luego arrugó la nariz y la elevó hacia el nacimiento del pelo.

—Vaya, hombre —se lamentó—. Muchas gracias por compartir eso conmigo

Lister sonrió enseñando los dientes.

—Tú has preguntado.

De pronto, se notó un movimiento en el esófago y algo le subió por la garganta hasta la boca. Masticó. Algún tipo de carne. Vio un hueso al pie de la roca. Extendió la mano y el hueso saltó sobre ella. Devolvió un trozo de carne rosada y lo pegó en el hueso.

El rostro del Gato seguía fruncido por el asco de la pesadilla sexual imaginaria a la que se acababa de someter. Si no tenía cuidado, iba a pasarse los próximos diez años entrecerrando los ojos como Mr. Magoo.

—¿Qué demonios es eso?

—No estoy seguro —Lister regurgitó otro bocado y masticó con esmero—. Creo que es conejo —masticó un poco más—. Está bueno, la verdad —Lister le ofreció el hueso—. ¿Te apetece vomitar un poco?

—Ahora mismo no, tío —el Gato sonrió sin un pelo de gracia—. Pregúntamelo otra vez dentro de un par de siglos.

Lister se encogió de hombros, retiró el hueso y escupió otro trozo de carne encima.

—Tarde o temprano vas a tener que comer.

—Tarde. Mucho más tarde.

—Como quieras. Escucha, Kryten y yo estamos pensando en volver al Escarabajo a ver si entre los dos se nos ocurre algo antes de que Rimmer se despierte. Vamos a intentar organizar algún tipo de plan sin la Reina del Pánico alrededor hecha un manojo de nervios.

—¿Plan? Ya me sé el plan —el Gato vio una piedra pequeña que subía rodando por la ladera de la montaña hacia ellos. Alargó el brazo y la atrapó—. Nos quedamos aquí los próximos diez años succionando caca por el trasero.

—No es tan sencillo. ¿Vienes?

—Sí, pero dame un segundo. Tengo que... Creo que necesito... —señaló el montón con la cabeza.

—Tranquilo —Lister se agazapó encima de la roca y pegó un salto hacia arriba de más de tres metros hasta la senda—. Nos vemos en diez minutos.

El Gato le vio marcharse andando hacia la cueva, luego miró de nuevo el agujero y se preguntó si al menos sería posible morir de inanición.

Lister ya había vomitado una pata de conejo entera para cuando llegó al Starbug. Había una bandeja encima de la mesa del radar con más huesos de conejo, así que dejó la ración que acababa de regurgitar en la bandeja y cogió otro hueso cuando entonces entró Kryten desde la pequeña cocinilla que daba a la sección central, en el lado opuesto a la cabina.

—Ah. Ha encontrado la comida, señor.

Lister agitó el hueso con la mano.

—¿De dónde ha salido esto?

—La unidad de eliminación de residuos ha regurgitado unos huesos. Un análisis minucioso ha indicado que probablemente pertenecen a una criatura del género *Oryctolagus cuniculus,* un mamífero gregario que excava y se alimenta de plantas, con orejas largas y cola corta, que varía en color desde el marrón...

—¿Es un conejo, verdad?

—Eso es lo que acabo de decir, señor. He encontrado una bandeja convenientemente sucia y he colocado allí los huesos. Ah... —echó un ojo a la bandeja—. Ya ha devuelto una porción.

—Sí. Será mejor que prepares una barbacoa. Vamos a tener que desasarlo en seguida.

—Tras lo cual, se supone que cogeré el cuerpo muerto, crudo y sangriento e intentaré introducirlo en su pellejo de una pieza.

Lister asintió con la cabeza.

—Sí, eso me imagino. Creo que encontrarás alguna especie de trampa donde meterlo. Lo dejas allí toda la noche y ya está. Por la mañana estará brincando de contento y gregarizando con todos sus amigos conejos.

A Kryten se le alegró la cara.

—Maravilloso. Me gustan las comidas con finales felices.

—Bueno. Supongo que eso deja claro de dónde vamos a sacar toda la comida.

—¿De dónde? Rimmer bajó por la escalera de caracol, bostezando y estirándose.

Lister trató de ocultar la decepción.

—De las trampas, la caza y la pesca. Vamos a vivir de la naturaleza durante los próximos diez años.

Rimmer arrastró los pies hasta la mesa del radar y se dejó caer en una silla.

—La leche, estoy hecho polvo.

—Ya te acostumbrarás.

Rimmer bostezó de nuevo.

—¿Y cómo va aquí la pesca? ¿Llevas un pez muerto a la orilla del río, te sientas al lado hasta que empiece a aletear, lo enganchas en el anzuelo, echas la caña al agua y esperas a que se suelte?

El Gato entró tambaleándose por la esclusa de aire con las piernas arqueadas. Parecía vejado y demacrado, como si acabara de pasar un año en solitario en la isla del Diablo y lo hubiera rematado con una estancia de seis meses en la celda fría de Alcatraz.

—¡No aguanto más! Por favor, que alguien me dispare en la cabeza.

—Mira —Lister tiró otro muslo completado en la bandeja y le dio un hueso al Gato—, quejarse no sirve de nada. Estamos aquí atrapados. Lo soportaremos. Vas a tener que empezar a mirar el lado bueno de las cosas o te volverás loco. Depende de ti.

—¿El lado bueno? —el Gato le dio la vuelta al hueso que tenía en la mano—. ¿Es que hay un lado bueno, entonces?

—Hay un montón de cosas positivas en este planeta. Aquí no se muere nadie. Las enfermedades te hacen encontrarte mejor en realidad. No cabe duda de que el sexo no es tan divertido de esta manera y lo de ir al servicio es una verdadera cruz, pero al menos sabemos que vamos a estar sanos y salvos durante los próximos diez años, lo cual no puede decirse de la mayoría de los universos.

—Eso es verdad —Kryten se acercó a la bandeja con sus andares de pato y apretó los dos cuartos traseros del conejo completados uniéndolos con un sonido crujiente—. Hay montones de ventajas. Las guerras, por ejemplo. Aquí la guerra es algo bueno. Caray, en menos de cincuenta años, comenzará la Segunda Guerra Mundial. Millones de personas volverán a la vida. Hitler se retirará por toda Europa, liberará Checoslovaquia y Polonia, desmantelará el Tercer Reich y arrastrará sus espantosas posaderas de vuelta a Austria. Es una pena que no vayamos a estar aquí para verlo.

—Puede que sí estemos —Rimmer cruzó los brazos—. ¿Quién dice que vayamos a estar preparados para la siguiente ventana de lanzamiento?

—Rimmer, ten por seguro que lo estaremos. Yo desde luego no tengo intención de pasar mis últimos años sentado en una trona escupiendo papilla de manzana y albaricoque encima de alguna niñera.

—¿Bebés? —el Gato devolvió un poco de carne de conejo—. ¿Me estás diciendo en serio que podríamos acabar quedándonos aquí hasta que fuéramos unos bebés? Yo no pienso. Es imposible molar siendo un bebé.

—No vamos a perder la ventana de lanzamiento. Os lo garantizo. Si no pensadlo un momento: ¿cómo creéis que se enterraron tanto en el suelo los motores? ¿Cómo acabaron todos oxidados?

Rimmer se encogió de hombros.

Lister miró a Kryten, quien estaba empezando a sospechar que había cometido otra metedura de pata más al planear el despegue, y luego señaló hacia la esclusa de aire con la cabeza.

—Vamos —dijo—. Echad un vistazo.

Bajaron desfilando por la rampa de embarque hacia la entrada de la cueva. Lister señaló hacia la cordillera distante.

—Tenéis que pensar hacia atrás. Imaginad que no estamos despegando, sino aterrizando, solo que hemos venido demasiado bajo. Pasamos por los pelos sobre esa cresta, pero estamos perdiendo altitud muy deprisa y nos damos contra las copas de esas secuoyas gigantes. Un par de reactores de aterrizaje se arrancan y se precipitan contra el suelo. Pasamos rozando de puro milagro, chocando contra las copas. El ultimo reactor de aterrizaje se suelta y se entierra a solo un par de cientos de metros de aquí. Ahora lo único que nos mantiene en el aire son unos retros en ángulo bajo. Las copas empiezan a arrancar el tren de aterrizaje a grandes cachos: ahí es cuando se desprende el bidón de combustible que encontraron esos paletos. Vemos esta montaña avecinándose hacia nosotros, sin ninguna posibilidad de sortearla por encima. Entonces, justo en el último momento, divisamos la cueva. Nos dirigimos a la entrada, ponemos los retros a toda potencia y cruzamos los dedos. Derrapamos chamuscando las paredes de la cueva con esas marcas y nos da justo para parar. Ahora decidme que eso no tiene sentido.

Hubo un largo silencio. Kryten se movía incómodo arrastrando los pies. Esperaba que nadie hiciera la observación lógica, pero Rimmer le decepcionó.

—Espera un poco. Un momentito de nada. ¿Estás diciendo que en realidad no necesitábamos los reactores para despegar?

Lister se encogió de hombros.

—Eso he dicho. Para mí tiene sentido.

—Tiene mucho sentido. Tiene un sentido horrible y alarmante —Rimmer se giró hacia el abochornado mecanoide—. Porque significa que podríamos haber despegado desde un principio. Todo ese rastreo en busca de los reactores de aterrizaje era completamente innecesario. En cuanto hubiéramos despegado, habrían salido despedidos del suelo y se habrían ido acoplando solos.

Lister sacudió la cabeza.

—Todavía no te entra en la cabeza cómo funcionan aquí las cosas. No tienes la oportunidad de elegir lo que haces, porque ya lo has hecho. Te limitas a deshacer lo que ya has hecho. ¿Entiendes?

—No intentes liarme con todo ese galimatías de filosofía inversa que no es más que una chorrada. No lo hicimos porque no lo intentamos —Rimmer dirigió una mirada amenazadora a Kryten—. Y no lo intentamos porque aquí el capitán Tonto del Bote no estudió bien la situación.

Lister suspiró. Rimmer y el tema de las culpas. Qué pesado.

—Rimmer, esos motores estaban oxidados cuando los encontramos. Ni Kryten ni nadie podía haber hecho nada para que no lo estuvieran. Y les costó años ponerse de esa manera.

—Pero no habrían estado oxidados si no hubiéramos intentado buscarlos, porque nos habríamos ido antes de que tuvieran la oportunidad de corroerse, ¿verdad?

—Mira: los bajos del Starbug estaban llenos de paneles recién soldados. Si hubiéramos ido a alcanzar la última ventana de lanzamiento, habrían estado hechos trizas cuando lo encontramos.

—¡Sí! ¡Pero por culpa de que Kryten se estaba equivocando!

—Rimmer, me he perdido. ¿A dónde quieres llegar con esto?

—Solo estoy diciendo que podríamos haber desaterrizado anoche, o mañana por la noche, o cuando leches quiera que era o será, si Kryten se hubiera dado cuenta de que no necesitábamos los reactores de aterrizaje para desaterrizar.

Lister asintió con la cabeza.

—Ya entiendo.

—Exacto —Rimmer dio un paso atrás, confundido. Parecía que había ganado la discusión, pero de alguna manera se sentía como si la hubiera perdido.

—Bueno —Lister sonrió—. Nos estamos desviando del tema, creo que será mejor que establezcamos el plan de acción. Para empezar, tenemos que quitar el reactor de aterrizaje que acabamos de acoplar y devolverlo a la choza del ermitaño sin que nos vea.

El Gato, que por supuesto no había seguido ni una sola palabra de la discusión, levantó la vista de su porción de conejo a medio descomer y preguntó:

—¿Por qué?

—Tarde o temprano, esos montañeses van a sacar el motor a los bosques, luego van a enterrarlo y a desencontrarlo en el sitio exacto en el que se arranca del Starbug. Me imagino que hemos parcheado los bajos para hacer habitable el Escarabajo por unos cuantos años. Antes de que se abra la ventana de lanzamiento, vamos a tener que empezar a desmantelar las placas hasta que la barriga quede totalmente destrozada. Después esperamos a que se desoxide todo el tinglado.

Lister volvió a subir por la rampa y se dirigió a los almacenes para buscar el material de soldar. Sería un verdadero suplicio, pasar la década siguiente viendo desaparecer el óxido. Para entonces, el Gato y él tendrían alrededor de quince años. Adolescentes. Si la corrosión no se había desvanecido completamente para la fecha límite de los diez años, tendrían que esperar a la siguiente ventana de lanzamiento.

Según sus cálculos más favorables, esa ocasión en concreto tendría lugar cuando David Lister tuviera menos de dos años.

DOS

Holly estaba intentando no pensar.

Para ser sinceros, pensar fue lo que le había metido en este lío en un principio y lo más probable era que seguir pensando sólo fuera a empeorar las cosas.

No hacía mucho tiempo, menos de dos tercios de la duración media de una vida humana, él había sido la inteligencia más inteligente de todas las que jamás habían inteligido.

«Estuve allí», se dijo Holly para sí mismo. «Estuve allí y me compré la camiseta». Sonrió de un modo cínico. «Y en esa camiseta proverbial, sin duda diría: "Fui al origen de la fuente de todo el conocimiento y sólo me traje este puñetero desastre de coeficiente intelectual"».

Holly había llegado a la vida como el ordenador de a bordo de la nave minera Enano Rojo. Había sido bendecido con un CI bastante respetable de seis mil, lo cual le había sido más que suficiente para hacer su trabajo y aún le había sobrado bastante capacidad intelectual para derrotar a un par de grandes maestros del ajedrez, mientras componía de forma simultánea una o dos fugas y hacía correcciones completas a algunos errores de concepto ridículamente ingenuos en los textos íntegros de Stephen Hawking y Albert Einstein. Después un accidente nuclear había matado a toda la tripulación excepto a uno y Holly se había visto obligado a pasar casi tres millones de años solo. La interminable soledad le había dejado, no nos andemos con rodeos, ligeramente chiflado. Casi tan simple como un circuito de Scalextric. Un ordenador senil.

Y así se hubiera quedado, de no ser por una sugerencia aparentemente inocente de la mano de una tostadora parlante barata y de plástico. Holly reflexionó tristemente que llegar a estar dispuesto a pedir consejo a un electrodoméstico de bajo presupuesto era una señal de lo bajo que había caído su intelecto. Más tristemente aún, se encontró deseando desesperadamente que la Tostadora Parlante® (Marca Registrada) estuviera allí todavía para que le aconsejara en estos momentos.

La Tostadora había sugerido que Holly podía acrecentar su intelecto a costa de reducir ligeramente la esperanza de vida de su operatividad.

Y había funcionado. Holly alcanzó un pasmoso CI del orden de los doce mil largos. Solo que, en lugar de medir su esperanza de vida en términos de milenios, la media en milisegundos.

A pesar de todo, en su estado de brillantez, los ínfimos segundos que le habían sido asignados le bastaron para formular un plan de rescate.

Programó el navegador de la nave para dirigirse al universo inverso. Porque en la física inversa de allí, operar a su máximo intelecto incrementaba de hecho su vida útil.

Si hubiera podido quedarse allí durante unas pocas décadas, todo habría ido de perlas. Ahora mismo sería más listo que el hambre. Desgraciadamente, tuvo que regresar a su propio universo donde había dejado a Rimmer y al Gato abandonados a su suerte en el Starbug. Ahora no podía acordarse muy bien de por qué no les había llevado con él. Tal vez el viaje habría sido demasiado peligroso para ellos. Tal vez las cabinas de estasis no hubieran funcionado si el tiempo corría hacia atrás. Cuales quiera que fueran sus motivos, el genio de él los había dejado allí y debía haber tenido una maldita buena razón.

Aun así, se las había arreglado para prolongar su esperanza de vida en varios meses, incluso operando a un nivel de superintelecto. Entonces, para extenderla aún más, Holly había intercambiado parte de su inteligencia. Había reducido su CI a tres mil, pero eso solo le dio unas pocas décadas, lo cual no parecía mucho tiempo en absoluto. Así que lo había reducido otra vez. Y otra. Y cuanto más estúpido se volvía, mejor le parecía la idea de cambiar más neuronas por más vida operativa.

Y ahora había llegado a un punto en el que ya no era lo suficientemente listo para calcular ni su coeficiente de inteligencia ni su esperanza de vida. Pensó en invertir un poco el proceso, pero vio que ya no podía recordar el procedimiento.

Había estudiado detenidamente los cálculos que había hecho cuando era más listo, pero estaban completamente por encima de su capacidad. Garabatos algebraicos sin sentido que bien podrían haber estado en griego. Bueno, siendo álgebra, de hecho, algunos estaban en griego casi seguro, pero para lo que entendía Holly, podrían haber sido marcas dejadas sobre un papel por un batallón de hormigas soldado con diarrea.

Holly ya no podía acordarse de si le había gustado ser superinteligente, pero desde luego no le estaba gustando ser un bulto tímido en un anuncio de calzoncillos. Debió haber estado bien, pensó, eso de saber cosas. Sin quedarse perplejo ante el más simple de los misterios de la vida. Sin pasar incontables horas dándole vueltas, como había hecho recientemente, a quién era el que había decidido cuántas capas de cáscara debía tener una cebolla. Por qué unas cebollas tenían solo una mientras que otras disfrutaban de seis o siete. Incluso viniendo de la misma cosecha. Le parecía un capricho cruel de la naturaleza privar a unas inocentes cebollas del manto protector suficiente, pero envolver a otras por lo demás idénticas en una capa tras otra de cálida piel marrón.

Holly se había indignado tanto por las penurias de las cebollas que no se enteró de que la tripulación había faltado a su deber de regresar en el plazo establecido. Cuando por fin se dio cuenta, llevaban casi una década de retraso.

Se preguntó si, tal vez, debería intentar ir a buscarlos. ¿Pero y si no los encontraba? ¿Y si corría el riesgo del peligroso viaje al universo inverso y ellos de alguna manera salían por otro sitio? Después tendría que correr el riesgo del viaje de vuelta. ¿Y qué pasaría si hacía eso y ellos llegaban y al ver que no estaba se volvían a por él? Podían seguir buscándose entre ellos durante siglos. Y aún es más, ¿y si le estaban esperando en el universo inverso, pensando: «Bueno, llegamos tarde, Holly está obligado a venir a buscarnos, lo mejor que podemos hacer es quedarnos por aquí esperando a que se presente»? Y sin embargo, que Holly supiera, él era la última inteligencia que quedaba en este universo entero y le parecía un poco irresponsable, de algún modo, dejarlo completamente desierto. ¿Y si alguna forma de vida de algún otro universo venía de visita para tomar una taza de té y hablar un rato? Pensarían: «Pues vaya un universo de mierda. Totalmente carente de inteligencia de ninguna clase o forma. Bueno, que le den, me piro de aquí».

Holly pasó un par de años cavilando sobre el problema, preocupándose hasta la médula, con el corazón dividido entre sus responsabilidades asumidas como representante del universo y sus obligaciones hacia lo que quedaba de la tripulación del Enano Rojo, hasta que por fin decidió que el tormento mental ya no valía la pena y volvió su atención al enigma de las cebollas semidesnudas.

Estaba tan resignado a pasar el resto de sus días en absoluta soledad que había dejado de comprobar los radares de exploración y no se dio cuenta de que se aproximaba una nave hasta que no hubo aterrizado en el muelle de atraque

Y con ese pequeño error de omisión, los problemas aparentemente insolubles de Holly de repente empeoraron considerablemente.

TRES

El Gato tenía ahora quince años y estaba a punto de practicar el sexo por primera vez en su vida.

Puede que fuera la plenitud de la luna, que iluminaba con su luz azul de fantasía la cabaña de troncos del ermitaño, tiñéndolo todo con una naturaleza irreal de cuento de hadas. O puede que fuera simplemente su nivel de testosterona, el cual, según la escala de Richter, habría arrasado Los Ángeles, el condado de Orange y la mitad de la costa del Pacífico.

Pero ésta era la mujer más hermosa que jamás había soñado estar viva.

Su nombre, del que se había enterado por medio de humillantes horas de poner la oreja, era Lindy Lou. Era la prima de Ezekiel y Zacharias, los montañeses que vivían en la cabaña. Pero claro, la mayoría de la gente que Zeke y Zack conocían eran probablemente primos suyos.

Lindy Lou era rubia, tenía dieciséis años y llevaba un vestido de cuadros.

Y nada más.

Ahora, en el calor dulce de este agitado verano, el vestido de cuadros rojos y blancos se le pegaba al atractivo y terso cuerpo como film transparente en un pollo al microondas. Las puntadas de cada costura de la prenda ansiaban partirse en dos. Las marcas de sudor con forma de media luna que acariciaban la sombra de sus pechos trigonométricamente imposibles solo hacían que elevar el deseo del Gato al punto de ebullición.

Se hubiera comido viva a su madre, solo por lamer las axilas de esta mujer durante diez segundos.

Ahora mismo, estaba de puntillas a lo Rudolf Nureyev bajo la ventana de listones, mientras Zeke tocaba su banjo y Zack daba palmas y giraba como una peonza alrededor de la única habitación de la cabaña con sus piernas arqueadas, con Lindy Lou sentada con aire abatido en la enorme cama, las manos muy juntas y hundidas en los pliegues de su ropa a punto de estallar y la mirada abatida fijada en ningún sitio en particular.

El hecho de que ella estuviera triste llenaba de cólera al Gato de una forma irracional. Quien quiera que hubiera borrado la sonrisa enrojecida de sus gruesos labios se había ganado un puesto permanente en la lista de los más odiados del Gato. Si hubiera sabido en ese momento que él mismo era la causa del aura de tristeza en los rasgos bronceados de Lindy Lou, probablemente se habría desangrado en el acto.

Lindy Lou había llegado a casa de Zeke y Zack tan solo la mañana anterior. Los montañeses, siempre serviciales, la habían sacado a toda prisa, empapada en lágrimas, de la nueva y reluciente camioneta de los hermanos y la habían llevado en volandas hasta la cabaña, donde le habían deshecho la maleta de cartón con diligencia.

El Gato se había enamorado perdidamente de la chica solo con ver su equipaje.

Un sujetador blanco de unos grandes almacenes; un par de bragas azules con la etiqueta claramente visible a través de un encaje de agujeros; unas enaguas cuya brevedad desafiaba el control gonadal.

De pronto, el banjo dejó de sonar. Zeke se guardó la púa en el bolsillo pequeño de su pantalón de peto y colgó el instrumento entre dos clavos que había en la pared.

Y Lindy Lou se puso a llorar.

Los hermanos se agolparon alrededor de ella, ofreciéndole su comprensión y, por lo poco que podía entender el Gato de la lengua inversa, empezaron a preguntarle acerca de lo que le afligía.

Al final, el Gato no pudo aguantar más sus sollozos. Se separó con cuidado de la ventana de listones y salió corriendo hacia el consuelo de los bosques bajo la luz de la luna.

Cuando sintió que su pecho jadeante empezaba a calmarse, se echó a lo largo en una hendidura del tamaño de su cuerpo que había en unos helechos espesos y acogedores. Se quedó allí tumbado, bajo el resplandor gélido de la luna helada, con la mente consternada y perdida, el corazón latiéndole desenfrenado y sus partes bajas rebosantes de una extraña satisfacción.

De repente, percibió una fragancia singular en el aire de la montaña. Olisqueó. Se sentía aturdido y ansioso al mismo tiempo. Y entonces se le presentó una tumefacción creciente y dolorosa en el interior de los pantalones. Se revolvió incómodo en los helechos. Le empezaron a doler las partes bajas. Para sofocar el dolor, se desabrochó la cremallera y se bajó los pantalones hasta las rodillas. Su erección empezó a latir con fuerza.

Se deslizó los calzoncillos por la carne tersa y musculosa de sus muslos. El olor a sexo se hizo más intenso. Su cuerpo entero empezó a brillar con dulce sudor.

Y entonces la oyó. Venía gritando por el bosque hacia él. Se incorporó en forma de L sobre el helecho hendido. Sus ojos entrevieron algo blanco a su izquierda. Alargó la mano y agarró la cosa blanca.

Unas bragas.

Las estrechó contra su cara.

Las olió.

Y entonces llegó el sonido de helechos partiéndose. Los gritos se oían cada vez más cerca.

Se sentía inexplicablemente ambiguo: asustado, pero extrañamente saciado.

Entonces ella irrumpió de entre el oscuro bosque. Descalza con su vestido de cuadros en un estado de perfección imposible, corriendo para atrás en estampida hacia él.

Venía a toda velocidad hacia el lugar donde él estaba tumbado.

Dejó de pegar alaridos y se dio la vuelta para mirarle. La expresión de su cara perfecta le heló la sangre como nitrógeno líquido.

Tenía los ojos y la boca abiertos de par en par en un grito de silencio.

Entonces, con el horror grabado en sus rasgos, se sentó a horcajadas sobre su erección en aumento.

Y se deslizó con cuidado hacia abajo.

Y a mitad de bajada, empezó a chillar otra vez.

Y entonces cesaron los gritos.

Ella empezó a resbalar arriba y abajo sobre él. Comenzó a gemir. Solo que esta vez, no había dolor en los gemidos. Estaba dando gritos de éxtasis.

Y el Gato, a pesar de su confusión, se dejó arrastrar por su propia versión de ese éxtasis.

Maulló con todas sus fuerzas cuando su orgasmo se abrió camino hacia el interior de sí mismo. Su trasero empezó a impulsarse hacia ella, para chocar con sus embestidas persistentes.

Y entonces hicieron el amor.

Sin previo aviso, ella se separó con cuidado de él y se puso de pie.

Él se levantó con ella, sintiendo cómo le tiraba del pecho con sus manos delicadas.

Entonces ella le agarró la anhelante erección y se la colocó con cuidado dentro de los calzoncillos. Le subió los pantalones, entre risitas, y le cerró la cremallera. Luego se detuvo, recogió sus bragas y se las puso, sin dejar de mirarle a los ojos en ningún momento.

Le dio un beso. Le dio un beso largo y fuerte, hasta que se le fue la erección.

Y entonces se cogió de su brazo y empezaron a caminar hacia atrás a través del bosque: ella hablando todo el rato, él sonriendo y asintiendo con la cabeza, sin entender ni una cuarta parte de lo que le decía, pero a ninguno de los dos parecía importarle eso mucho.

Llegaron al claro en el que Zeke y Zack tenían su destilería y de repente ella le dio un beso, sin mucha habilidad. Habló durante un rato y él la escuchó lo mejor que pudo, luego ella sonrió y se largó marcha atrás.

El gato se quedó en el claro, perdidamente confundido.

Con los años había aprendido a intentar comprender las cosas al revés, después de que hubieran pasado, pero por más que lo racionalizaba no lograba obtener una explicación para lo que acababa de pasar entre esta hermosa mujer y él.

Y eso le sucedía porque no era consciente de un cierto dato anatómico.

El dato era: a diferencia de los felinos, los machos humanos no cuentan con ningún equipamiento especial para estimular la ovulación de la hembra.

Lo que es decir: el pene humano no está dotado de afiladas y dolorosas espinas.

CUATRO

Era un poco antes de que se levantara la noche.

Kryten estaba de pie bajo la panza del Starbug, reclinado hacia atrás de forma que su linterna de pecho apuntaba a las enormes heridas abiertas en los bajos de la aeronave. Dado que el mecanoide siempre lograba encontrar algo por lo que preocuparse, estaba bastante contento con la forma en que pintaban las cosas. La lista de cosas en las que no quería pensar consistía actualmente de sólo dos aspectos, lo cual era un verdadero récord para él. Y había montones de datos positivos a tener en consideración.

La última década había visto desaparecer el óxido de la aeronave completamente. Semanas atrás, habían desprendido todos los paneles soldados y, por un impulso de Lister, los habían llevado a una de las casetas de los montañeses y los habían apilado en un rincón.

Y al fin, la ventana de lanzamiento estaba abierta. Técnicamente hablando, podrían despegar en cualquier momento dentro de las tres próximas semanas, pero el instante óptimo absoluto para el despegue, que proporcionaría el mayor margen de error, tenía lugar en las próximas dos horas. Kryten estaba decidido a conseguirlo.

Y todos los indicios eran halagüeños.

Los bordes retorcidos de las rasgaduras de los bajos del Starbug se habían vuelto más brillantes y afilados. Una hora atrás, unos pocos habían empezado a aspirar humo.

Kryten se giró hacia las paredes de la cueva. Los surcos estaban empezando a coger llamas.

Comprobó su cronómetro interno y chasqueó la lengua con satisfacción. Hora de reunir a los chicos.

No podía decir con exactitud en qué punto había empezado a pensar en Lister y el Gato como «los chicos». Había ocurrido tan paulatinamente que casi no se había dado cuenta. Una combinación de pequeños detalles, en realidad. La ropa para lavar, por ejemplo. Se había dado cuenta de que las sábanas de sus camas se habían estado lavando con más frecuencia, requiriendo más viajes a la lavadora para ensuciarlas, y habían aparecido todas arrugadas y crujientes. Gradualmente, el Lister de quince años se había vuelto increíblemente temperamental y la pregunta más inocente de parte de Kryten podía sumirle en un humor de perros durante horas y horas. También parecía necesitar más a menudo que le dejaran solo. Había desarrollado un apetito insaciable por los juegos de ordenador. Se pasaba horas en el área de descanso, tocando de pena la guitarra y cantando canciones tristes desafinadas. A veces, sin ninguna razón que Kryten pudiera discernir, experimentaba depresiones no provocadas y se encerraba sólo para llorar.

Había más cambios sutiles, además de esto. Por ejemplo, la calidad de las conversaciones ociosas del grupo había disminuido considerablemente. Lister se había vuelto cada vez más testarudo. Discutía por todo con cualquiera, sin importar lo mal informado que estuviera sobre el tema. Y el Gato, que estaba mal informado acerca de todos los temas, se le unía en las discusiones.

El cambio más preocupante ahora mismo, desde el punto de vista de Kryten, era que habían empezado a jugar. Podían quedarse en el bosque hasta altas horas de la madrugada, trepando por los árboles y representando batallas el uno contra el otro. En ocasiones, podían desaparecer durante días y días. Kryten les había avisado la mañana anterior de la proximidad de la ventana de lanzamiento, pero ambos habían desarrollado una extraña falta de respeto por cualquier clase de autoridad y no había garantías de que se molestaran siquiera en aparecer por allí.

El sol de principios de otoño asomó su cabeza naranja por encima de las montañas del horizonte. Kryten salió a la entrada de la cueva con sus andares de pato y echó un vistazo. Tan solo unas pocas semanas atrás, cuando las hojas doradas habían comenzado a saltar a los árboles, un rastro calcinado había empezado a mostrarse atravesando las copas de las secuoyas. Ahora, se estaba haciendo más patente.

Kryten oyó a Rimmer que bajaba la rampa bostezando y venía hacia él.

—¿Cómo lo ves?

—De lo más propicio —Kryten señaló con la mano. Bajo la tenue luz del crepúsculo, algunas de las copas partidas estaban despidiendo humo.

Rimmer se miró el reloj. Nueve y media.

—¿Has estado fuera toda la noche?

Kryten asintió con la cabeza.

—¿Les dijiste que queríamos salir antes de las ocho?

Kryten asintió con la cabeza.

—Supongo que no te hicieron mucho caso.

Kryten sacudió la cabeza.

—Capullos —murmuró Rimmer y paseó por debajo del Starbug—

. Lo que me preocupa es que ese par de tontainas van a tener que pilotar este maldito cacharro. Va a ser un infierno de despegue, chocando marcha atrás contra esos árboles mientras esos dos se masturban frenéticamente delante de todos.

Kryten se dio la vuelta.

—Bueno, yo no pienso que se masturben en exceso, señor. Lo normal en jóvenes de su edad.

—¿Estás de broma? El área de descanso es como una puñetera jaula de monos. Hay más toqueteos allí arriba que en el rapto de las sabinas. Te lo juro por Dios, no paran ni siquiera en las horas de la comida.

Kryten no respondió. Todas las bases de datos disponibles que había podido consultar eran particularmente reservadas con respecto a este área. Lo cierto era que la búsqueda obsesiva de autosatisfacción sexual de los chicos sí que le parecía un poco pasada de rosca. Pero por otra parte, el proceso sexual humano en general le tenía un tanto perplejo. Entendía que, para poder reproducirse, los humanos se buscaban unos a otros, se desnudaban y se frotaban arriba y abajo uno encima de otro hasta que habían secretado varios fluidos pegajosos. Vale, de acuerdo. Le parecía un proceso especialmente guarro, pero en fin: los humanos tenían que cargar con ello, los pobres desgraciados. Lo que le tenía verdaderamente desconcertado era la cantidad de energía física y mental que la especie parecía dedicar a la búsqueda de ese refrote pegajoso. La mayoría de sus canciones guardaban conexión con ello de una forma u otra. Afloraba en casi todos sus libros y revistas. No podía evitar pensar que si él, Dios no lo había querido, hubiera estado aquejado de semejantes ansias irracionales, por lo menos habría tenido el buen gusto de no ir por ahí proclamándolo.

—Hay algo en este despegue que no encaja.

Kryten se volvió. Rimmer estaba escudriñando el metal rasgado de alrededor de los alojamientos de los motores. Miró a través de la entrada de la cueva hacia los picos distantes.

—Parece que la predicción de Lister era verdad. Entramos volando bajo sobre esas montañas y pasamos rozando las copas de los árboles. Lo que me pregunto es por qué.

—¿Por qué, señor? —Kryten intentó aparentar indiferencia. Ésta era una de las dos cosas en las que no quería pensar.

—Eso es, ¿por qué? ¿Por qué entramos tan bajo por encima de las montañas? ¿Por qué no podemos mantener la altitud por encima de los bosques? Llevo un tiempo dándole vueltas en la cabeza. Y este destrozo —señaló los bajos del Starbug— me puedo creer que la mayor parte esté causada por las copas de los árboles. Pero no ese enorme agujero en la parte de atrás. Tiene una pinta horrorosa.

Ésta era la otra cosa en la que Kryten no había querido pensar. El desgarrón que Rimmer estaba indicando era sin duda más brutal que el resto de los daños. Con una forma casi circular de tres metros de diámetro, había empezado a echar humo antes que el resto de la aeronave. En estos momentos, se estaba poniendo al rojo vivo prácticamente. A Kryten se le ocurrían muy pocas maneras en las que se podía haber hecho ese agujero y ninguna de ellas era de su agrado.

Se libró de exponerlas gracias a la llegada sin aliento de Lister a la cueva.

Rimmer se puso visiblemente rígido. Su relación con el cada vez más inmaduro Lister se había agriado hasta el punto en que ya no conversaban, solo se limitaban a intercambiar insultos.

—Hombre, Listy —sonrió de oreja a oreja y se agarró las manos con los dedos entrelazados—. Cómo me alegro de que te hayas podido despegar un momento de tus amigos imaginarios y venir con nosotros.

Con una sonrisa insolente, Lister levantó el dedo corazón de la mano derecha y lo agitó en el aire.

Rimmer ensanchó aún más la sonrisa.

—Maravilloso. Menuda respuesta. Qué lástima que no podamos quedarnos hasta que resucite Oscar Wilde para que los dos podáis comparar vuestro ingenio.

—Señor —Kryten se interpuso entre ellos—. ¿Ha visto al Gato por ahí? Deberíamos ir pensando en serio en preparar el despegue.

Lister se encogió de hombros y se descolgó el arco casero de la espalda.

—Ya vendrá. Es más, ¿a mí qué me preguntas? ¿Por qué siempre soy yo el que se supone que sabe dónde está? Siempre os estáis metiendo conmigo. Yo no soy responsable del Gato. Dejadme en paz de una vez, ¿vale?

Kryten chasqueó la lengua con nerviosismo y caminó como un pato hasta la entrada de la cueva. La aptitud prematura de los chicos para las hazañas le sacaba de quicio. Hacía pocos días que los dos montañeses habían empezado a merodear por los bosques armados con escopetas como si sospecharan la presencia de extraños, y ninguna de las súplicas del mecanoide pudo impedir que los chicos siguieran con sus aventuras nocturnas. Por supuesto, era lógicamente imposible que Lister o el Gato sufrieran ningún daño serio, pero eso no impedía que Kryten se preocupara.

Ahora las copas de los árboles ardían con intensidad. Mientras

Kryten escaneaba la vista, una cara apareció boca abajo en la parte superior de su campo de visión. El Gato sonrió mostrando la dentadura.

—Eh colega, ¿qué pasa? —bajó de un salto desde el borde de la entrada, cayendo justo delante de Kryten—. ¿No me notas nada diferente? —amplió la sonrisa dejando expuestos todos sus dientes de un blanco imposible y caminó pavoneándose hacia el Escarabajo—. ¿No me notáis, como..., más guay que antes todavía, si se puede? ¿Parezco un verdadero dios del sexo de las montañas o no?

Rimmer arrugó el semblante.

—¿Qué tonterías está diciendo?

El Gato se acercó a Lister balanceando los hombros en actitud presuntuosa.

—¿No me ves un cierto brillo en los ojos que no tenía antes? ¿Un brillo que dice: «Este es un individuo maduro que sabe lo que es acostarse con una mujer»?

Lister abrió los ojos de par en par.

—Estás de coña. ¿Lo has hecho?

—Ya te digo que si lo he hecho. ¡Lo he hecho tan bien que van a tener que redefinir las reglas del acto sexual!

Lister y el Gato gritaron y silbaron, además de escenificar una pelea a puñetazos simulada a modo de celebración triunfante.

—Espera un minuto —Rimmer se aproximó—. ¿Me estás diciendo que el Gato ha echado un polvo?

Los dos chicos dejaron la celebración y le miraron.

—Colega, no he echado simplemente un polvo. He echado el suuuuuuper polvo. Lamentaos hombres de la Tierra, vuestras mujeres nunca volverán a quedarse satisfechas con vosotros meros humanos.

Entonces los chicos gritaron otra vez y comenzaron un elaborado ritual de choque de manos. Rimmer cerró los ojos.

—Si me permiten entrometerme en el alborozo recreado de forma sin duda merecida y extremadamente acertada, caballeros. ¿Has tenido relaciones sexuales con una persona humana, mujer? ¿Una persona humana, mujer que no estaba hecha de plástico? ¿Que respiraba y estaba viva?

El Gato asintió con entusiasmo.

—¿A pesar de que habíamos acordado todos mantener nuestra presencia aquí como un secreto inviolable? ¿Un secreto que hemos guardado a conciencia durante casi una década?

El Gato asintió con la cabeza de nuevo.

—¿No crees que eso ha sido tal vez un pelín irresponsable?

El Gato asintió con la cabeza una tercera vez. Luego miró a Lister, que se echó a reír a mandíbula batiente, y las celebraciones comenzaron de nuevo desde el principio.

Rimmer exhaló un suspiro, meneó la cabeza y se dirigió hacia la rampa de embarque. El Gato había hecho el amor con una mujer humana. Hacia atrás. Sin duda sin protección. ¿Quién sabía que prole demoníaca podría producir tal unión? ¿Qué terrores acechaban en el futuro ya transcurrido de esta pobre Tierra? Se detuvo en la entrada del Starbug y bajó la vista al dúo que lanzaba puñetazos al aire coreando «sí, sí, sí» hasta la saciedad. Estaban resultando cada vez más incontrolables. La raza humana ya podía rezar para que el lanzamiento tuviera éxito. El planeta no estaba a salvo con esos dos lunáticos temerarios en él.

Kryten vio a Rimmer desaparecer por la rampa, luego torció el cuello para inspeccionar los bajos de la nave. Los paneles metálicos estaban echando humo de manera prometedora, pero la enorme hendidura de la parte de atrás brillaba candente con un tono casi rojo neón. Mientras observaba, un fino reguero de metal fundido saltó del suelo de la cueva y se adhirió al borde del agujero.

Se volvió hacia los chicos, intentando que no se reflejara la alarma en su voz:

—Muy bien, señores, ahora sí que ya es la hora de...

—¡Está bien! —se revolvió Lister, agresivo de repente—. ¡Está bien ¡Ya vamos! ¡Virgen santa! ¿Es que está prohibido divertirse un poco? ¿Va en contra de la ley o algo? —le clavó una mirada enfurruñada y desafiante a Kryten, luego se revolvió otra vez y subió por la rampa dando fuertes pisotones, seguido a un paso seguro y tranquilo por el presuntuoso Gato.

Kryten subió detrás de ellos y se paró un momento para agacharse a echar un último vistazo de la herida al rojo vivo en la panza del Starbug. Ya no tenía ninguna duda, ninguna en absoluto, de que semejante agujero sólo podía haber sido causado por una cosa.

Un mmm...

Un mmm... mmm...

Un mmm... mmm... mmm...

Un potente misil guiado por calor

CINCO

Rimmer observaba impotente desde su puesto en la parte posterior de la cabina de mando mientras Lister y el Gato se reían a lo tonto tomándose a cachondeo las comprobaciones de seguridad previas al despegue. Le había suplicado a Kryten por activa y por pasiva que tomara el mando, al menos hasta que estuvieran en órbita, pero el mecanoide se había negado. Sus argumentos fueron que sería de mucha más utilidad en los puestos informáticos, analizando datos y haciendo correcciones menores del rumbo, pero eso era solo parte de la verdad. La realidad era que no estaba preparado para asumir la responsabilidad de las vidas de sus compañeros de tripulación.

—Tren de aterrizaje desplegado.

—¡Comprobado!

—Navegador conectado.

—¡Comprobado!

—Retros a máxima elevación

—¡Empolvado!

Una vez más Lister y el Gato rompieron a carcajearse sin parar. Rimmer se puso en pie, con el rostro encendido de rabia.

—¡Por el amor de Dios! ¿Queréis dejar de hacer el imbécil, pareja de bobos descerebrados? ¡Son nuestras vidas lo que está en juego!

De nuevo el comportamiento de Lister cambió de manera instantánea del júbilo al mal genio.

—Muy bien, de acuerdo —se puso de pie y se acercó por el estrecho pasillo al puesto de Rimmer—. Hazlo tú.

—¿Qué?

—Tú que eres tan listo, levanta la nave del suelo.

Rimmer miró hacia arriba como si esperara que algún juez divino de la cordura debiera descender de repente a través del techo, pero no apareció ninguno.

—No puedes, ¿a qué no? ¡Porque estás muerto! —Lister se fue de vuelta al asiento del copiloto—. Pues a ver si te enteras de que el que estés muerto no significa que puedas impedir que los vivos se diviertan —se dejó caer de golpe en el asiento.

—Es la envidia —dijo el Gato.

—Sí —Lister sonrió de oreja a oreja—. Le da envidia que tú tengas solo quince años y ya hayas echado más polvos que él.

Los dos lanzaron miradas recriminatorias a Rimmer. Él se quedó mirándolos. Había un ápice de verdad en las palabras de Lister. Rimmer, en toda su vida, había gozado de poca experiencia sexual lamentablemente y las historias del éxito de otros en ese terreno sí que le provocaban cierta dosis de resentimiento. Cuando le pareció que se les había quedado mirando lo suficiente para restablecer su condición superior de adulto, dijo con voz calmada:

—La verdad es, caballeros, que lo que *Monsieur* Gato ha tenido no ha sido una relación sexual normal y corriente, sino más bien una a la inversa, hacia atrás. Lo que en realidad le ha pasado a *Monsieur* Gato, es que *Monsieur* Gato se ha vuelto virgen en realidad.

La expresión de mofa de los chicos se transformó en perplejidad.

Rimmer se volvió a sentar, satisfecho, y fingió que observaba la información de las pantallas.

Kryten tecleaba en su consola con impaciencia.

—Señores, ¿podemos continuar ya con el procedimiento de despegue?

El Gato y Lister farfullaron como dos niños malcriados el resto de las comprobaciones. Kryten estudiaba los datos desconcertantes del estado de la nave, pero la física de este despegue desafiaba la predicción lógica. Sin conocimiento de la velocidad final, era imposible estar seguro del nivel de propulsión correcto requerido para levantarlos en el aire. Al final se dio por vencido y simplemente asintió con la cabeza mirando a Rimmer, que activó el comando de encendido.

El ruido de los retros delanteros se fue intensificando rápidamente hasta llegar a un rugido agudo, absorbiendo grandes cantidades de humo de la cueva. La aeronave pegó una sacudida y, con el chirrido revienta tímpanos del metal en la roca, avanzó rasgando el suelo de la cueva y salió disparada por la entrada con una aceleración que amenazaba la digestión.

Todo el mundo empezó a chillar, pero los gritos eran inaudibles con el estruendo de los retros. El Gato forcejeaba desesperadamente con la palanca del colectivo mientras atravesaban el bosque marcha atrás a toda velocidad, zarandeándose con violencia, atrayendo las ramas altas y sofocando llamas incipientes a su paso. Se oyó un fuerte golpe seco debajo y Kryten comprobó las lecturas de condición.

—¡Reactor de aterrizaje tres acoplado! —chilló, con su unidad de voz a máximo nivel de decibelios.

El Starbug se tambaleó de forma drástica hacia babor cuando otro potente golpe seco señaló la incorporación de un segundo reactor de aterrizaje. El Gato tiró del colectivo con todas sus fuerzas y consiguió controlar parcialmente la nave mientras se precipitaba hacia la cresta de la montaña. El radar de Kryten registró unos objetos grandes que ascendían por la montaña hacia ellos. Al principio pensó que podrían ser misiles y para cuando hubo dejado de entrar en pánico y hubo entendido que de hecho se trataba de pedazos de roca enormes pertenecientes a la cumbre contra la que estaban a punto de chocar, apenas tuvo tiempo de gritar «¡cuidado!» antes de que el impacto enviara la aeronave dando bandazos hacia el cielo.

La mayor parte del blindaje ya se había reacoplado a la panza del Escarabajo para entonces y el ruido dentro de la cabina de mando había disminuido considerablemente. Lister levantó el puño en el aire.

—¡Lo conseguimos!

—No del todo, señor —Kryten señaló con la cabeza el monitor de estado—. Todavía nos falta un reactor de aterrizaje. Nuestra maniobrabilidad aún está por debajo del sesenta por ciento.

Los hombros adolescentes del Gato se agarrotaban con el vigor de sus músculos florecientes mientras luchaba por mantener el control.

—Dímelo a mí, colega —dijo con los dientes apretados.

De repente, la sirena de alerta empezó a sonar y a pesar del esfuerzo del Gato, la nave empezó a dar vueltas en una espiral de rápido ascenso. Los sistemas de aspersión de toda la nave cobraron vida, sofocando incontables fuegos.

La consola del navegador de Rimmer chisporroteó y se apagó.

—¿Qué leches está pasando?

Kryten carraspeó, innecesariamente.

—Señores, me temo... Bueno, de hecho quería haberles mencionado esto antes, pero no encontré... nunca parecía presentarse la ocasión adecuada... y esperaba de todo corazón que no se tratara de lo que me temía que se tratara, pero ahora parece como si probablemente fuera lo que me temía que fuera...

—¿Qué? —gritó Rimmer—. ¿Qué es lo que estás diciendo? ¡Suéltalo ya!

Kryten martilleó la consola con los dedos.

—Bueno, por extraño que resulte, creo que, con toda probabilidad, estamos obligados a sacar la conclusión de que...

—¡Dilo de una vez! —Rimmer escupió saliva holográfica—. ¿Qué leches está pasando, saco de pus venéreo con cerebro de crema pastelera?

—Estamos a punto de recibir el impacto de un misil guiado por calor.

Lister bajó la vista a su pantalla.

—No es posible. Somos totalmente invisibles al radar.

—Sí, señor, eso es lo que no entiendo. Creo que lo que está a punto de pasar es que hacemos saltar un despliegue antimisiles que ha sido creado recientemente por los norteamericanos, al cual han llamado con el curioso nombre de «Star Wars».

Rimmer miraba fijamente las pantallas apagadas presa del horror.

—¿Cómo? ¿Cómo lo activamos?

—Probablemente se trata de un accidente. El sistema se encuentra en fase experimental en estos momentos. Supongo que nos hemos topado con uno de sus primeros inconvenientes.

—¡Uno de sus primeros inconvenientes! ¿Uno de sus primeros inconvenientes es que nos derriba del cielo y nos manda en picado en una vertiginosa espiral de muerte?

—Sí, esa es mi suposición, señor.

—¿Y no tuviste tiempo de mencionarnos esto antes de que despegáramos? —las venas del cuello de Rimmer se estaban hinchando peligrosamente—. ¡¿Se te pasó contárnoslo?!

—No quería provocar ninguna alarma innecesaria —Kryten agachó la mirada con sentimiento de culpa.

Y antes de que Rimmer pudiera lanzarse a su lista número uno de improperios groseros y apelativos despreciables, una explosión ensordecedora sacudió la nave, sellando el casco, acoplando el último motor de aterrizaje y extinguiendo todos los fuegos.

Las pantallas del puesto de Rimmer volvieron a encenderse y siguió la trayectoria del misil mientras se iba chirriando hacia su origen.

Las luces de alerta se apagaron a la vez que las sirenas cesaron de aullar.

El Starbug abandonó a toda velocidad la órbita de la Tierra sin problemas y empezó a acelerar en dirección a los planetas exteriores.

—Ya está —Kryten sonrió—. No ha sido nada —siguió dándole al teclado—. Rumbo establecido. Con un poco de suerte y un agujero de gusano favorable, deberíamos estar de vuelta en nuestro propio universo en algo menos de tres semanas —se puso de pie, recorrió la cabina con la vista, ignorando las miradas hostiles dirigidas a él, y añadió—: ¿alguien quiere un té? —y luego se fue con sus andares de pato a la cocinilla a preparar un par de tazas para que escupieran en ellas.

Rimmer se llevó las manos a la cabeza y apretó con fuerza.

—¿Me lo parece a mí o ese cara capullo de plástico sufre demencia androide?

Lister le dio la vuelta al asiento del copiloto y dejó escapar un suspiro que había estado engendrándose durante casi cincuenta años.

A casa. Por fin, se estaba dirigiendo a casa.

Bueno, no exactamente a casa, casa. Estaría a Dios sabe cuántos millones de años luz de su propio sistema solar y del miembro más cercano de su propia especie, si todavía existía la raza humana. Pero al menos estaría en el universo correcto, lo cual sería un cambio muy positivo. Al menos el tiempo estaría corriendo en una dirección agradable y familiar. Por primera vez en medio siglo, iba a poder hacer elecciones. Podría elegir qué comer: no tendría que esperar a que la comida le subiera de sopetón por la garganta para saber que había tomado en el desayuno. Podría elegirlo primero y después comerlo.

Lister nunca había sido de los que pierden el tiempo lamentándose por su destino, o que se ponen furiosos por lo que les depara la vida, pero durante todo el tiempo que había pasado en la Tierra inversa, había sentido que no era más que un actor de un guión ajeno y todas sus decisiones habían sido tomadas por otro de antemano. Bueno, ahora iba a estar de nuevo al mando de su propia vida.

Y esa idea debería haberle hecho sentirse mejor de lo que lo hizo.

Debería haberle llenado de regocijo. De éxtasis. En lugar de eso, solo se sentía vacío y atontado.

En cualquier caso, lo achacó a su viaje inverso a través de la pubertad, que estaba causando estragos en su estado emocional. Se sentiría mejor, pensó, en cuanto volviera a poner pie en el Enano Rojo. Ese monstruo de nave feo y viejo era lo más parecido a una casa que había tenido desde que dejó la Tierra hacía casi dos vidas. Sonrió al visualizar en su mente el ogro rojo lleno de óxido, esperándoles a que llegaran, como un gigantesco guardián de la normalidad cuando emergieran en su propio universo. Las cosas iban a ser diferentes una vez que volviera a estar a bordo. Empezaría a sentirse normal de nuevo, pensó.

Lister no podía saberlo, pero estaba equivocado. Estaba tan equivocado que podría haber representado a su especie a nivel intergaláctico si la equivocación llegaba alguna vez a ser deporte olímpico. Estaba equivocado porque había cometido un error de base en sus suposiciones.

Había supuesto que el Enano Rojo estaría allí todavía cuando emergieran en su propio universo.

INTERLOGO

La diferencia – 1

Arnold J. Rimmer, de siete años y casi cinco séptimos de edad, está agachado en la línea de salida de la carrera de doscientos metros lisos de tercer curso.

La ropa de deporte que lleva, heredada de su hermano Howard, le va dos tallas más grande. Una brisa cruel le está azotando los pantalones cortos, poniéndole los muslos azules de los latigazos. Las zapatillas de clavos le quedan holgadas.

Tiene los ojos cerrados contra el viento, pero se fuerza a abrirlos para mirar a los espectadores que se alinean junto a la pista. Al principio, no la ve. El corazón se le acelera de la emoción. Tal vez se haya ido. Tal vez se haya escapado un momento a la carpa de bebidas, a por una taza de té antes de que empiecen las competiciones de secundaria y pueda ver a los otros chicos, Frank, John y Howard, que sí que ganan en algo.

Pero su alegría no dura mucho.

Allí está ella, a doscientos metros junto a la pista. Con los brazos cruzados. Con una expresión en la cara que podría haber barrido a la señora Danvers y a la enfermera Ratched en un concurso de miradas duras.

Su madre está esperando en la línea de meta. Quiere verle perder de muy cerca.

Hay otros siete chicos en la línea de salida y nadie tiene ninguna duda al respecto de que Rimmer acabará la carrera en el octavo puesto.

De repente, algo hace un chasquido dentro de su cabeza. Tal vez sea el rechazo a la paciencia obstinada de su madre, tal vez la idea de que Thrasher Beswick le gane, quien está agachado junto a él, con una sonrisa groseramente impúdica y una mano en el bolsillo, jugando al billar dentro de los calzoncillos. O tal vez la repulsión hacia sí mismo, por sentirse derrotado antes incluso de que suene el silbato.

Sea cual sea la causa, Rimmer decide de pronto que no va a perder. Esta vez no.

En realidad no hay ninguna razón por la que no debería ganar. Tiene las piernas largas y desgarbadas; puede que no muy musculosas, pero a los siete años y casi cinco séptimos, ese no es un factor demasiado importante. Ha dejado atrás a sus hermanos muchas veces. Cierto es que, en esas ocasiones, le había motivado el hecho de que le estuvieran persiguiendo con serpientes venenosas o con ballestas, pero eso solo quería decir que era una cuestión de actitud. Todo lo que tiene que hacer es imaginarse que están detrás de él ahora, insultándole a gritos y regocijándose. Le están amenazando con atarle a un poste clavado en la tierra, untarle con mermelada de arándanos y dejarle para que los ejércitos de hormigas soldado se lo coman vivo. Y él no puede permitir que le cojan.

No dejará que le atrapen.

Sus ojos están fruncidos como puños. Está intentando concentrar todas las fuerzas de su pequeño cuerpo en los pies. Oye el silbato y antes de que sepa lo que está pasando, está corriendo.

Abre los ojos.

No hay nadie delante de él.

Las zapatillas de deporte demasiado grandes le están desgarrando los pies a medida que las clava en la tierra batida de la pista de atletismo. Su camiseta se ondea contra el viento y las mangas cortas le abofetean los brazos cada vez que impulsa las manos arriba y abajo, para intentar ganar velocidad extra echando el aire hacia atrás. Los anchos pantalones cortos se le pegan a las piernas.

Y por el rabillo del ojo, ve la marca de los cien metros. Falta la mitad de la carrera y sigue sin haber nadie delante de él.

Sabe que no hay que hacerlo, pero no puede resistirse a echar un vistazo por encima del hombro. Es mala técnica y todo eso, pero tiene que saberlo: le saca dos buenas zancadas al chico que viene detrás.

Al fondo, el joven Rimmer alcanza a ver de reojo a Bull «Cabezón» Heinman, su profesor de gimnasia, en la línea de salida. El silbato se le cae de los labios y se queda mirando a Rimmer con la boca abierta lleno de asombro. Rimmer es uno de los «flojos, gorditos y bichos raros» a los que Bull disfruta humillando los miércoles por la tarde. Es uno de esos chavales esqueléticos e inútiles que los capitanes de equipo rezan por no tener que cargar con ellos en los partidos.

Y está ganando esta carrera.

Pero Rimmer se ha entretenido demasiado rato con el cuello vuelto y el chico que le sigue le ha recortado una zancada y media.

Rimmer gira la cabeza de nuevo e intenta encontrar fuerzas de reserva. Puede ver la cinta de llegada que nunca antes ha roto en su vida. La barrera de rayas amarillas y negras que solo los héroes pueden partir en dos. Pero él intenta no pensar en ser un héroe.

Intenta no pensar en su madre, quien celebrará su victoria igual que celebra las de sus hermanos: con el más ligero de los gestos ligeros de cabeza, que para el joven Arnold vale más que una salva de veintiún disparos.

Porque todavía no ha ganado. Aún le quedan cincuenta metros para llegar. Y el chico que le sigue es Dicky Duckworth.

Dicky Duckworth es todo un año más mayor que el resto de los chicos. Le han hecho repetir tercero mientras el resto de su clase se ganaba el pase a cuarto.

El mismo Arnold se ha librado de esa ignominia por los pelos, gracias a la intervención de su madre. Y ella le recuerda constantemente que fueron sus súplicas las que le salvaron, no haciendo jamás ninguna mención al respecto. Así de inteligente es la madre de Rimmer.

Pero Dicky Duckworth tiene casi nueve años y, en justicia, debería ganar esta carrera con facilidad.

Solo que Arnold no le va a dejar.

Esa cinta está ahora muy cerca. Él está a menos de diez zancadas del gesto de su madre.

Las mejillas enrojecidas se le están hinchando como a un trompetista con poca práctica. Los pulmones tienen que ser obligados a coger aire. El flato se está preparando para apuñalarle en el costado.

Y entonces el talón le estalla de dolor.

Se está cayendo, agitando los brazos, intentando agarrar la cinta amarilla y negra. Y su barbilla se da de bruces contra la roja tierra batida, dejándole un rasguño en forma de barba roja.

El pecho de Dicky Duckworth hace pedazos la cinta.

Decelerando el ritmo, mira por encima del hombro a Rimmer que está en el suelo y mueve los labios articulando una palabra de cuatro sílabas. El apodo de Rimmer:

Gilipollas.

Seis pares de pies le pasan a galope tendido.

Rimmer mira hacia atrás a su talón. Le sale sangre por encima de la zapatilla. En ella hay seis agujeros pequeños de color rojo vivo provenientes de la suela de clavos de Dicky Duckworth.

El joven Rimmer alza la vista hacia su madre.

Ella está de pie, con los brazos cruzados y el rostro impasible. Espera justo lo necesario para asegurarse de que él ha recordado las palabras de su padre, las cuales han sido repetidas con tanta frecuencia que se han convertido en el lema de la familia: «Ganar puede que no·lo sea todo, pero perder no es nada».

Después se da la vuelta sin hacer gesto alguno y se marcha a la carpa de bebidas.

CUARTA PARTE

Cortapastas de tamaño pezón, equipos de electrocución de gónadas y música ligera.

UNO

Kryten se dispuso a leer su libro. Al hacerlo, experimentó una punzada de remordimiento que habría sido lo suficientemente fuerte como para convertir a un ser humano al catolicismo romano, pero para él era una dosis bastante moderada y apenas la notó. Hacía mucho tiempo que sospechaba, con acierto, que los circuitos que controlaban sus reacciones de culpa se habían entrecruzado de alguna forma con las placas de expansión internas de su CPU, pero toquetear los mecanismos propios iba en contra del credo de un mecanoide y la sola idea de hacerlo le elevaba el grado de culpabilidad por encima de los máximos y le dejaba inmovilizado durante horas y horas.

Tenía muy pocas cosas por las que sentirse culpable: había hecho y rehecho sus tareas domésticas y el interior del Starbug estaba todo lo limpio y ordenado que podía estar. Había zonas cubiertas de herrumbre, por supuesto, en particular a lo largo de la escalera central que bajaba de la sala de observación al área social, pero lijarlas habría erradicado completamente la estructura entera, por lo que, excluyendo el improbable descubrimiento de piezas de repuesto, no tenía otra elección que acostumbrarse a ello.

El libro, que era el único volumen de a bordo que no había leído, era una novela del Oeste titulada *Big Iron en los albores del día* de un autor cuyo seudónimo era «Zach Rattler». El libro no era muy bueno, pero Kryten había agotado el resto de la exigua biblioteca del Starbug con una prisa enfermiza y era lo único que le quedaba para entretenerse. Pertenecía a una colección de novelas que relataban las aventuras de un misterioso forastero a quien solo se le conocía como «Big Iron», debido a la extraordinaria longitud de su arma, con la que distribuía justicia de forma aleatoria por todas las fronteras del viejo Oeste americano, «sin responder ante ningún hombre, sin estar en deuda con ninguna mujer», tal como decía el mismo Big.

Big no tenía mucho de héroe, al modo de ver de Kryten: su solución a todos los problemas parecía implicar coser a balazos a la gente que le ofendía, desde distancias que un misil inteligente controlado por ordenador hubiera considerado un desafío. Kryten hubiera preferido que su héroe favorito se enfrentara a los problemas que se le presentaban con un enfoque algo más conciliador, por lo menos de vez en cuando, pero no tenía más remedio que tragar con el único, aunque efectivo, método de negociación de Big Iron.

Tal vez Kryten encontraría menos cosas que criticar en el libro si pasara menos tiempo leyéndolo, pero era el único libro que le quedaba disponible y por lo tanto tenía que racionar el tiempo que le dedicaba.

Reduciendo al mínimo la cantidad diaria, podría pasar un poco más de cuarenta y cinco años recorriendo sus páginas. Sus cálculos le permitían leer sólo cero coma ocho dos uno nueve uno siete ocho palabras al día, y cada vez que se topaba con un «a» o una «y», el día después estaba obligado a redondear por lo bajo en la siguiente palabra. Estaba dispuesto a aceptar que este método de lectura tal vez no fuera el más adecuado para disfrutar del hilo de la novela, pero dudaba que doblar o incluso triplicar el ritmo fuera a resultar mucho más satisfactorio.

Se reclinó sobre el respaldo de su silla, encontró el marcapáginas y escudriñó rápidamente la hoja. Los ocho décimos de palabra de ayer habían sido «cact» seguido de una pequeña porción de la letra «u», lo cual fue un poco decepcionante, puesto que Kryten adivinó que la palabra entera iba a ser «cactus», echando a perder sobre un veinte por ciento de la aventura de hoy.

Fijó los ojos en el punto exacto y suspiró con desagrado. La impredecibilidad no andaba muy arriba en la lista de talentos del señor Rattler. Peor aún, la palabra posterior constaba de solo tres letras, con lo que Kryten nada más pudo leer una «p» y el setenta y cinco por ciento de la mitad izquierda de la letra «o».

Cerró de golpe la manoseada edición rústica y, como tenía por costumbre, pasó varios minutos intentando extraer alguna conclusión filosófica de la lectura del día. Como solía suceder, no se le ocurrió nada. Big Iron estaba en el desierto peleándose a puñetazos con una banda de forajidos (bendito aquel día, la dicha de leer «forajid» y una porción de «o») y les iba a meter un cactus mejicano en alguna parte. Por alguna parte, probablemente, Kryten no pudo evitar adivinarlo, pero tendría que esperar dos días más para averiguar por dónde.

Kryten volvió a comprobar su reloj interno. Era la hora del cambio de turno. Lo mejor sería que fuera a despertar al joven señor Lister. Guardó *Big Iron en los albores del día* en su escondrijo privado en la cocinilla y subió por la escalera metálica.

Como era habitual, el joven señor Lister no necesitaba que le despertaran, precisamente. Llevaba puestos el casco, los guantes, las botas y el arnés de la máquina de juegos de realidad virtual que habían recuperado de una nave abandonada que habían encontrado en la periferia del Agujero Negro.

Kryten chasqueó la lengua y meneó la cabeza. Estaba malgastando la menguante reserva de energía de una forma terriblemente irresponsable. Se acercó con sus andares de pato y le dio unos toques a Lister en el casco.

—Señor Lister, ¿señor? Es la hora del cambio de turno.

Lister no le oyó, para no variar. Nada sorprendente. Hasta Kryten tenía que admitir que el juego proporcionaba una simulación de la realidad asombrosamente realista. Los electrodos del casco que perforaban el cráneo y volcaban la información directamente en el hipotálamo provocaban reacciones físicas y emocionales con gran fidelidad, aumentadas por los sensores retroactivos instalados en las botas, los guantes y el arnés del cuerpo.

Francamente, Kryten estaba sorprendido de que Lister considerara siquiera usar esa cosa: todos habían tenido una experiencia cercana a la muerte bastante desagradable con un aparato similar unos cuantos años atrás. Cierto que este simulador no era tan intensamente adictivo —al menos el jugador era consciente de que estaba en un juego— y salir de él no era un asunto demasiado complicado: bastaba con dar una palmada y los interruptores del anverso de los guantes retraían los electrodos y detenían la simulación.

Algo más complicado, no obstante, era atraer la atención de un quinceañero cuando estaba en mitad de alguna emocionante aventura. Kryten exhaló un suspiro, descorrió un panel en su pecho y sacó su cable de interfaz. Como siempre, iba a tener que conectarse al juego para sacar a rastras a Lister. Y una vez más, iban a llegar tarde al cambio de turno.

«El problema de la democracia», Rimmer estaba pensando, *«es que todo imbécil desgraciado puede votar»*. Levantó la mirada hacia el Gato, quien estaba manejando la nave desde el asiento del piloto con una competencia exasperante y luego la dirigió a las lecturas del navegador, las cuales estaban desesperantemente estables.

En contra de la opinión de Rimmer y enfrentándose a su sabio consejo, la tripulación del Starbug estaba inmersa en una órbita alrededor del cinturón de asteroides que solo podía conducir a la agonía y a la destrucción.

Habían perdido al Enano Rojo.

¡Lo habían perdido!

¡Una nave especial de nueve kilómetros y medio de largo y casi cinco de ancho, chas, desaparecida!

Rimmer sacudió la cabeza e intentó concentrarse en el párrafo

3(a) de la sección D27, en la página 1.897 del manual de los Cuerpos Espaciales.

3(a) Que la naturaleza específica de la reclamación no contraviene las leyes terrestres, o las leyes coloniales donde tal ofensa no se considere haber sido cometida dentro de los límites de los ya mencionados carriles de «espacio cero» como se define en la sección A92, párrafo 17(d)...

es lo que ponía en la pantalla.

3(a) Bueno, eso es lo que pasa cuando se deja una nave minera de clase solar en las manos de un ordenador senil con menos luces que el perdedor de un concurso infantil de tres en raya...

es lo que leyó Rimmer.

En mitad de su ensoñación, Rimmer sufrió una sacudida hacia delante de tal violencia que la cabeza entera se le empotró en la consola del radar de alcance medio. La sacó mientras el Gato recuperaba el rumbo a base de bandazos.

—En el nombre de Io, ¿qué ha sido eso?

—Una roca suelta.

—Querrás decir «un asteroide asesino», supongo —espetó Rimmer, en un pésimo intento de desviar la atención del Gato del verdadero culpable del incidente.

—Tú limítate a no quitar los ojos de los indicadores, colega —el Gato le lanzó una mirada de reojo que tenía practicada, lo cual le hizo ganarse otro puesto más en la lista mental de venganzas pendientes de Rimmer.

Rimmer se estrujó desesperadamente la cabeza buscando una contestación devastadora, pero pensó demasiado rato y demasiado intenso y se pasó el momento. Examinó los indicadores de navegación de modo agresivo, rezando para avisar con antelación de la presencia de otro asteroide asesino, con el fin de demostrar su incuestionable alta eficiencia, pero se cansó después de una hora o así y volvió a su lectura.

3(a) ...pero únicamente está en contradicción con aquellos reglamentos definidos para los Cuerpos Espaciales que estén en vigor en el momento, siempre que cualquier suspensión temporal de tales reglamentos haya sido revocada por escrito y expuesta en esos lugares y durante periodos de tiempo suficientes para haber estado a disposición de todos los miembros de la tripulación y siempre que tal revocación haya sido debidamente anunciada...

es lo que ponía en la pantalla.

3(a) ... Bla bla bla bla bla bla bla bla bla bla bla bla bla bla bla bla

bla bla bla bla bla bla bla bla bla bla bla bla bla bla bla bla bla bla bla bla bla bla bla bla bla bla bla bla bla bla bla bla bla bla bla bla bla bla bla bla bla bla bla bla bla bla bla bla bla bla bla bla bla bla bla bla bla bla bla bla bla bla bla bla bla bla bla bla bla bla bla bla bla bla bla bla bla bla bla bla bla bla bla bla bla bla bla bla bla bla bla bla bla bla bla bla bla bla bla bla bla bla bla…

es lo que leyó Rimmer.

Justo entonces, su existencia se hizo un poco menos soportable.

Lister entró en la cabina de mando.

—Fin del turno, tíos. Ya está aquí El equipo A.

—Llegas tarde —Rimmer le sonrió de modo forzado—. ¿Has estado usando la máquina de realidad virtual otra vez, no es verdad?

—¿Qué quieres decir con «otra vez»?

—Todo el mundo sabe que solo usas esa maldita máquina para practicar el sexo.

—No es cierto.

—No poco. Es patético verte refrotándote a solas, un día tras otro. Pareces un perro que echa de menos la pierna de su amo. Se supone que ese acoplamiento en la entrepierna tiene una garantía de por vida. Tú casi lo has desgastado en menos de tres semanas.

—Eso es una calumnia intolerable, debería darte vergüenza. También juego a otras cosas. ¿Qué me dices de las simulaciones deportivas? Gravedad Cero, Kick Boxing, Wimbledon…

—A Wimbledon sólo juegas porque estás saliendo con esa recogepelotas menor de edad.

—Otra mentira más. Y no es tan menor. Tiene diecisiete años. Es más mayor que yo.

—La cuestión es, una vez más, que llegas tarde al cambio de turno y soy yo el que tiene que pagarlo.

—Intentaré compensártelo pegándote un grito antes de que entremos en un rizo —Lister le sonrió con aires de superioridad, una clara referencia a la pequeña omisión asteroidal de Rimmer merecedora al cien por cien de un puesto de honor en la lista de venganzas pendientes.

—Las cosas han cambiado, Lister —Rimmer se levantó de su sitio—. Ya no contamos con la protección de una nave del tamaño de una pequeña nación. Estamos apiñados en una diminuta lata oxidada, diseñada para transportar mineral de la nave a la superficie, no para la exploración prolongada de Espacio Profundo desconocido, y la única mínima y remota semiposibilidad que tenemos de permanecer vivos más de dos segundos es siguiendo estrictamente una rígida disciplina. ¡Rígida! Rimmer pronunció la palabra «rígida» puntuando cada sonido a modo de golpes de kárate troceando el aire, supuestamente para darle énfasis, aunque le costó mucho resistirse a la imagen mental de cada movimiento estrellándose contra el cuello de Lister.

—Y advirtiendo al piloto cuando un asteroide está a punto de chocar contra él —añadió Lister de forma innecesaria.

«Rígida» era lo único que se le ocurrió a Rimmer como frase final y bajó los escalones de la cabina de mando a toda prisa hacia la sección central antes de que Lister pudiera colarle otro comentario insultante.

En cuanto la puerta se cerró detrás de él, Rimmer se llevó las manos a la cara arrastrándola hacia abajo con fuerza y dejó escapar un bramido estrangulado y helador.

¿Cómo podía haber pasado esto?

El Enano Rojo era una nave gigantesca. Monumental. Por Dios santo, si descansara sobre el Océano Pacífico saldría en los atlas del planeta Tierra. Sin embargo, cuando llegaron al punto donde debían encontrarse había desaparecido sin dejar rastro.

De manera que ahora, aquí estaba él, atrapado en un viejo transporte de mineral que habría suspendido el test de requisitos mínimos de seguridad del Ministerio del Espacio en trescientos setenta y nueve apartados diferentes, tripulado por un limpiador de inodoros animado, una criatura que podría estudiar y trabajar incansablemente durante toda su vida y nunca lograría la clasificación mental de «simple» y un imbécil sonriente con hongos en el cuerpo que tenía una edad cronológica de ciento siete años, una edad física de quince y una edad mental de dos y medio.

Kryten había estimado que, con tal de que racionaran las provisiones con tiento, ninguna pieza de la decrépita maquinaria vital pasara a mejor vida y nadie contrajera demencia espacial por causa del confinamiento, su margen de supervivencia rondaba sobre los ocho meses. Rimmer consideraba que la estimación era ligeramente optimista. Pensaba que ocho minutos se acercaba más a la marca. La unidad de regeneración de oxígeno estaba ensamblada con saliva y cinta adhesiva, la disciplina a bordo era nula de hecho y las decisiones de la misión se tomaban mediante un sistema de un voto para cada hombre el cual inclinaba la balanza de poder a favor de dos adolescentes con la cara llena de granos que estaban perdidamente enamorados de sus manos derechas.

Y en lugar de decantarse por la opción prudente de agotar sus escasos recursos buscando algún tipo de planeta habitable, habían elegido ir en busca del Enano Rojo. Parecía no haber importado a los trastornados miembros juveniles de la tripulación que la nave podría estar años por delante de ellos, ni tampoco que el endeble rastro de partículas en dispersión que estaban siguiendo les condujera a través de cinturón de asteroides más denso con el que Rimmer jamás había tenido la desgracia de toparse. Sin escudos deflectores, un solo golpe en el parabrisas de plexiglás del Starbug y las tripas se les volverían de dentro para fuera más rápido que un par de viejos calzoncillos de Lister.

Peor que todo eso, la unidad de proyección remota del holograma de Rimmer había sido considerada un gasto inútil del suministro eléctrico de uso común demasiado grande y ahora estaba funcionando a un cuarto de potencia. Lo cual significaba que estaba casi transparente. Para Arnold J. Rimmer, eso fue lo que puso la guinda en el pastel. Dormir se había convertido en algo prácticamente imposible, ya que podía ver a través de los párpados.

Otro gruñido de protesta se le escapó por entre los dientes cuando se sentó en la mesa del radar y se quedó mirando la infinidad de manchas amarillas que casi ocultaban la pantalla, cortesía de los innumerables derrames de salsa de curry de Lister, tan potente y virulenta que solo saldría de allí con una explosión nuclear a nivel de superficie.

A Rimmer le vino a la cabeza que desde su muerte no le había pasado nada bueno de verdad. Uno hubiera creído que morirse ya era bastante malo de por sí. Uno hubiera creído que una persona tenía derecho a esperar que la muerte fuera el peor momento en la experiencia de esa persona. Pero no. Desde que él había fallecido, las cosas habían empeorado progresivamente.

Tal vez... los ojos de Rimmer se abrieron de par en par... ¡tal vez lo que había pasado era que había muerto y había ido al infierno! Durante un terrible instante, todo encajó de un modo horrible. Sería difícil de imaginar que otra cosa que no fueran los testículos peludos y deformes del mismísimo diablo hubiera engendrado una criatura como Lister. El pobre capullo sonriente incluso admitía que no sabía quiénes eran sus padres.

Rimmer fue rescatado de caer más hondo en la locura divagante por el chirrido familiar de la puerta de la cabina que estaba abriéndose. Kryten asomó la cabeza desde el otro lado.

—Señor, creo que debería echar un vistazo a esto.

Rimmer entró corriendo en la cabina y se sentó en su puesto. En su pantalla de visión pudo distinguir diferentes segmentos de una densa nube de detritos asteroidales que se extendía varios kilómetros. Miró a los demás, que estaban observando fijamente sus propias pantallas.

—¿Qué es lo que estoy buscando?

Kryten echó un ojo a la pantalla de Rimmer.

—Discúlpeme, señor. Aumentar imagen.

Los detritos doblaron su tamaño en la pantalla de Rimmer, primero una vez y luego otra. A ese nivel de aumento, Rimmer pudo ver lo que parecía consistir de centenares de cajas de metal, todas enlazadas unas con otras mediante una inmensa maraña de alambres y cables. Volvió a mirar a Kryten.

—¿Qué demonios es ese barullo?

De modo preocupante, Kryten no le devolvió la mirada, lo que significaba malas noticias por lo general.

—No puedo estar absolutamente seguro dada la coyuntura, señor —alargó la mano y se puso a toquetear un botón innecesario—, pero creo que ese barullo es Holly

La visión de Lister explotó en un sol cegador blanco y azul cuando Kryten encendió su mochila propulsora y se lanzó hacia el laberinto desastroso de maquinaria que era probablemente Holly.

Cuando recuperó la vista, Lister dio un giro superfluo a su cordón umbilical y salió disparado tras la silueta decreciente de Kryten.

El bramido de su propia respiración amplificado en el interior de su casco parecía hacer el vacío del espacio que se extendía a su alrededor más inmenso y solitario todavía. Empezó a desear no haber insistido en abandonar la seguridad del Starbug. Kryten era perfectamente capaz de investigar los desechos sin ayuda de nadie. Pero no, Lister había pedido ir con él en un arrebato de bravuconería, provocado, sin duda, por su exceso adolescente de testosterona. Y cuanto más había intentado Kryten disuadirlo de la idea, más testarudo se había puesto él.

Vio otra llamarada de la mochila propulsora de Kryten, lo cual significaba que el mecanoide había alcanzado los límites exteriores de la expansión de despojos. El intercomunicador de su casco siseó:

—Estoy en la periferia del dispositivo, señor.

Lister pulsó el transmisor con el pulgar.

—Ya casi estoy contigo.

Lister bajó la vista a los controles de su mochila propulsora. Había mentido a los demás diciendo que había efectuado docenas de paseos espaciales, cuando, de hecho, no había efectuado ninguno. Aun con todo, los controles parecían bastante sencillos: dos botones, uno para la propulsión de avance y otro para la de retroceso. Un juego de niños.

Sólo cuando volvió a alzar la vista para ver una enorme caja de metal creciendo ante sus ojos con una rapidez alarmante empezó a tener dudas sobre su propia cordura.

Sin rozamiento ni puntos de referencia con los que medirse, Lister había calculado mal su velocidad. Sus dedos toquetearon a tientas los controles y una llama enorme salió a chorro del reactor de su pecho, lo que no sólo detuvo su movimiento de avance sino que además lo mandó despedido hacia atrás a casi el doble de velocidad. Intentó mover las manos hacia los controles otra vez, pero se había enredado con su propio cordón umbilical. Estiró el cuello hacia atrás para ver si podía liberarse y vio al Starbug surgiendo en su dirección con una rapidez escalofriante. Si impactaba a esta velocidad, su cuerpo se empotraría en el casco dejando un agujero como en los dibujos animados.

Alargó la mano, pero solo podía llegar al botón del reactor del pecho, el cual únicamente aceleraría su defunción. Sintió un murmullo histérico en los oídos, el cual dio por hecho que venía de Kryten, pero resultó ser sus propios juramentos temerosos.

Entonces, cuando parecía que las cosas ya no podían empeorar más, lo hicieron.

Una curva serpenteante de su cordón umbilical se le enrolló alrededor del cuello del casco y pegó un tirón girándole boca abajo.

Ahora estaba dando volteretas por el espacio hacia una muerte extremadamente desagradable y ya sí que empezaba a estar muy preocupado.

Preparó el dedo enguantado sobre el botón del reactor del pecho.

Si calculaba bien el momento exacto, tal vez, solo tal vez, podría lanzar una llamarada justo cuando estuviera de cara al Starbug, reduciendo así su velocidad.

El problema era que, dar volteretas sobre sí mismo en un entorno sin gravedad estaba resultando ser un poco desorientador y Lister no tenía ni idea de dónde tenía la cabeza, los pies, la cara o la espalda con relación al Starbug. Y si encendía el reactor en el momento equivocado, tendrían que rascar su cuerpo del fuselaje con un limpiaparabrisas y llevarlo a su funeral en un orinal.

El Starbug apareció girando por la parte de arriba de su visor, luego lo cruzó rápidamente y desapareció por la parte de abajo. Lister se puso a contar. Un segundito, dos segunditos, tres segun... y el Starbug surgió de nuevo.

Estimó que haría impacto en tres o cuatro vueltas más.

Un segundito, dos segunditos, tres segun...

El Starbug atravesó su campo de visión de nuevo con gran rapidez.

Un segundito, dos segunditos, tres segun... Lister cerró los ojos, pegó un grito y apretó el botón.

Cuando abrió los ojos, estaba viendo las estrellas. Justo cuando empezaba a coger aire, el Starbug apareció de nuevo a la vista y volvió a desaparecer. El corazón le subió por la tráquea como en un ascensor exprés.

Entonces, justo cuando la segunda de sus vidas pasaba ante sus ojos, el Escarabajo entró en su visión otra vez.

Y ya no era más grande.

Él seguía dando volteretas, pero el desplazamiento hacia delante había cesado.

Empezó a respirar de nuevo y se hizo la promesa de que nunca más correría ningún riesgo innecesario y que a partir de ahora evitaría la bravuconería jactanciosa y la falta de humildad que su pubertad parecía promover.

La cara rosa encasquetada de Kryten, rota de preocupación, asomó en su visión.

—¿Se encuentra bien, señor?

Lister sonrió de oreja a oreja.

—¿Estás de broma? Lo he hecho queriendo. Me la he jugado y he ganado.

Rimmer, Lister y el Gato contemplaban el lío de rollos de cables repartidos por todo el suelo de la sala de máquinas, los tres intentando pensar desesperadamente cómo podrían sacar algo bueno de esto.

Si ese revoltijo de cables, terminales y placas de circuitos había constituido alguna vez una parte de Holly, ¿qué significaba eso para el Enano Rojo?

De pronto, se oyó un ruido metálico, las luces descendieron al nivel de emergencia y el rugido de la maquinaria de la sala de motores languideció a una suave vibración. Kryten bajó trotando por el hueco de la escalera.

—Listo. Hemos desconectado todos los sistemas no vitales y reducido el resto a consumo mínimo —levantó la vista con timidez—. Salvo por...

Rimmer se percató de que los demás le estaban mirando.

—¿Salvo por qué? —preguntó, sinceramente desconcertado.

—Bueno, señor, usted es la mayor demanda de energía de toda la nave.

—¿Me tomas el pelo? —las cejas de Rimmer hicieron una imitación aceptable del logotipo de una cadena de hamburgueserías—. Pero si ya estoy a un cuarto de potencia.

—Señor, si de verdad esta máquina es Holly, entonces aunque le bombeáramos el suministro energético del Starbug en su totalidad, solo representaría una diminuta porción de sus requisitos de potencia. Si queremos tener al menos una oportunidad de establecer comunicación, vamos a tener que concentrar todo lo que tenemos para formar una gran corriente.

—Todo eso está muy bien. El problema es que ya soy transparente. Si me cierras el grifo un poco más a duras penas estaré aquí siquiera. Un buen crujido del trasero enfebrecido por el curry de Lister me borraría del mapa.

—En realidad, señor... —Kryten rascó un poco de óxido en el pilar de sujeción de una grúa puente—, estaba hablando de apagarle completamente.

—¿Y volverme a encender cuándo?

Kryten siguió rascando el óxido.

—Podríamos reiniciarle en cuanto localicemos al Enano Rojo.

—¿Te estás quedando conmigo, verdad? O eso o se te han cruzado los cables de las cuerdas vocales con el conducto de evacuación de vertidos.

—Venga, Rimmer —la voz de adolescente de Lister halló una octava diferente para cada sílaba—. Es nuestra mejor posibilidad de encontrar el Enano.

—Yo soy vuestra mejor posibilidad de encontrar el Enano. ¿Cuánto tiempo creéis que duraríais sin mí? ¿Qué pasará la próxima vez que nos topemos con una tormenta de asteroides y vosotros dos estéis en los lavabos apretando los dientes y dejándoos la vista en la página de lencería de ese catálogo de pedidos por correo que tenéis escondido detrás de la cisterna? ¿Tú crees que este limpiaváteres robotizado de aquí sabrá manejar la situación? Yo soy el único miembro de esta tripulación que tiene titulación espacial. Las únicas letras que el capitán Robot de Letrinas está autorizado a poner detrás de su nombre son WC.

—Rimmer —gritó Lister con voz aguda—, tú no eres precisamente John Glenn. La única titulación espacial que tienes es un certificado que te autoriza a desatascar las boquillas de las máquinas de sopa de pollo. Por todos los demonios, has suspendido once veces el examen de astronavegación.

Tan pronto hizo vibrar esas palabras en su garganta, Lister quiso aspirarlas de nuevo hacia dentro como si fueran anillos de humo. Sería difícil de imaginar un enfoque con menos probabilidad de conseguir la cooperación de Rimmer. ¿Qué narices le pasaba? Solo era su cuerpo el que estaba pasando por la pubertad; ¿por qué no podía su madura mente de adulto evitar esos arranques impulsivos de temperamento adolescente?

Kryten tomó cartas en el asunto.

—Le ruego que lo reconsidere, señor. La historia de los humanos resplandece con ejemplos de sacrificios de este calibre. ¿Se acuerda del capitán Oates: «Me voy a dar un paseo, puede que tarde un rato»?

Rimmer asintió con la cabeza.

—Sí, pero lo que hay que recordar del capitán Oates es que, bueno, el capitán Oates era un tontolaba. Yo en su lugar, me habría quedado en la tienda, le habría atizado a Scott en la cabeza con un husky congelado y me lo habría comido.

Lister sacudió la cabeza.

—¿No vas a hacerlo, verdad?

Rimmer caminó alrededor de él.

—La historia, Lister está escrita por los ganadores. ¿Cómo sabemos que Oates salió a dar ese paseo legendario? Por el único documento superviviente: El diario de Scott. Y difícilmente iba a poner por escrito: «Uno de febrero: he matado a Oates a mamporrazos mientras dormía y me lo he zampado junto con el último paquete de puré de patatas instantáneo. ¿Cómo va a quedar eso si le rescatan? No, es mucho mejor escribir «Oates hizo el sacrificio supremo» mientras estás mojando barquitos de pan en el jugo de su carne asada.

—Muy bien, entonces —Kryten conectó el cable de corriente—. Lo intentaremos con lo que tenemos —se estiró y pasó por encima de los cables hasta el interruptor de encendido que habían improvisado de forma chapucera—. Aunque debo advertirles que, incluso si su sistema está en modo de suspensión, en lugar de apagado, tendremos suerte si podemos revivirlo durante un par de minutos como mucho.

Kryten dudó, con la mano en la palanca. La energía consumida por el aumento de corriente les reduciría seriamente la esperanza de vida. Si fracasaba el intento, o si este no era Holly, se quedarían con menos de cinco meses para poder buscar y recuperar el Enano Rojo.

Si el Enano Rojo todavía existía.

A pesar de eso, había considerado todas las alternativas y esta parecía la mejor opción. Cerró los ojos y bajó la palanca.

Unos rayos de electricidad estática de color azul neón chisporrotearon a lo largo de los cables.

La imagen transparente de Rimmer parpadeó apareciendo y desapareciendo de la vista. A Lister y al Gato se les pusieron los pelos de punta como si fueran dibujos animados asustados.

El monitor gris en desuso que estaba apoyado contra un pilar cobró vida. Decenas de miles de píxeles se arremolinaron a gran velocidad por la pantalla y luego empezaron a unirse tomando forma.

La forma de una cabeza de hombre sin cuerpo. La cabeza de Holly.

TRES

Holly pestañeó, su cara era una combinación de sorpresa y de culpa, como si le acabaran de pillar leyendo una revista de corte ilegal a la luz de una linterna metido debajo de las sábanas.

—¡Qué pasa, troncos! —su familiar entonación pausada de Londres le sonaba tan bien a Lister como un himno del heavy metal cantado por ángeles—. ¿Cómo va la marcha por la movida?

—Holly, macho, la cuestión es qué te ha pasado a ti.

Holly miró alrededor al desbarajuste enmarañado de circuitería esparcido por toda la cubierta de la sala de motores. Abrió los ojos de par en par como si alguien le hubiera acoplado un gato hidráulico a los párpados.

—¡Dios mío! —se lamentó—. ¿Dónde está el resto de mí?

Kryten se encorvó hacia el monitor.

—Perdona que prescinda del adecuado protocolo de cortesía, pero tenemos muy poco tiempo. Te hemos encontrado flotando en el espacio profundo. ¿Puedes acordarte de lo que ocurrió?

—Esperad. Un momento —movió los ojos de un lado a otro—. Aquí me faltan partes, colega.

Rimmer le sonrió de modo forzado.

—No es ninguna novedad.

Kryten chasqueó la lengua con frustración. Los caros segundos estaban transcurriendo.

—Nos quedamos tirados en el Starbug. No hemos podido subirte entero a bordo. Hemos metido lo que hemos podido, pero más del noventa por ciento de tu sistema de circuitos está ahí fuera todavía. ¿Puedes intentar centrarte en esto? Necesitamos saber qué le pasó al Enano Rojo.

—¿El Enano Rojo? —repitió Holly distraídamente.

—¿Te acuerdas del Enano Rojo? —dijo Rimmer con su voz de condescendencia hacia los viejecitos sordos con gorros de ganchillo—. Esa nave espacial grande y roja en la que has estado viviendo durante los últimos tres millones de años.

—¿El Enano Rojo? —repitió Holly otra vez.

Rimmer levantó sus transparentes manos en el aire.

—Esto no sirve de nada. Está en estado de shock. No vamos a conseguir nada de este desgraciado demente senil hasta que no le hayamos dado un té dulce y calentito, una dosis de morfina y cinco años de terapia de tortura.

—Señor Rimmer, señor —dijo entre dientes Kryten—. No está usted ayudando —se giró de nuevo hacia Holly—. Tienes que intentar acordarte de lo que te pasó. Nuestras vidas pueden depender de ello.

—Me estoy acordando… —los ojos de Holly se tornaron vidriosos.

—¿Sí? —le apremió Kryten.

—Me acuerdo de algo… referente a las cebollas.

—¿Cebollas?

—Retiro todo lo dicho —Rimmer sonrió de oreja a oreja—. Sigue siendo el gigantesco intelecto que fue siempre.

—Pasaba algo con las cebollas —Holly asintió alentándose a sí mismo—. Y entonces… ellos subieron a bordo.

—¿Ellos? —Lister se inclinó hacia delante—. ¿Quiénes son «ellos»?

—Subieron a bordo… —la imagen de Holly empezó a temblar—, …se hicieron con el mando de la nave… Intenté razonar con ellos, pero eso solo consiguió hincharles las narices. Esos tiarrones no trajeron más que problemas, troncos. Empezaron a arrancarme de la nave…

—¿Quiénes son «ellos»? —repitió Lister.

—Señor —Kryten levantó la mano para aplacar a Lister—. Lo que es más importante es cuándo. ¿Hace cuánto tiempo que pasó esto?

La imagen de Holly ya se estaba desvaneciendo. Quedaban solo unos pocos segundos de subida de tensión.

—Déjame ver… ¿qué hora es ahora? Las tres y media… hace cosa así de diez meses.

Kryten se cayó de espaldas sobre sus nalgas.

La imagen de Holly comenzó a alejarse en el centro de la pantalla.

Lister se inclinó más cerca.

—Holly, te estás perdiendo, hombre. ¿Quiénes carajo son «ellos»?

La cara de Holly se encogió con rapidez al tamaño de un sello de correos y luego se apagó del todo.

Cuando disminuyó el zumbido de los cables, la voz de Holly salió con tono débil por el altavoz del monitor.

Sólo dijo una palabra.

—Agonoides.

CUATRO

Y la humanidad creó a los agonoides a su imagen y semejanza.

Los agonoides fueron diseñados para ser exponentes perfectos del deporte favorito de los humanos: matar.

Guerreros mecánicos sin ninguna de las conductas sensibleras que impedían a los humanos aniquilar toda la vida del planeta, como la lástima, la misericordia o la moralidad.

Y puesto que sus cuerpos no contenían ninguna de las partes blandas o crujientes que hacían a los humanos bastante fáciles de matar, eran prácticamente indestructibles.

Por supuesto, estaban programados para obedecer órdenes. Pero también estaban programados para sobrevivir. Y cuando los humanos empezaron a llamar a la población agonoide para retirarlos del servicio después de una guerra corta pero satisfactoria, afloró el instinto de supervivencia.

Por extraño que parezca, los creadores de los agonoides se sorprendieron de que su creación se volviera contra ellos. No os hubiera sorprendido a vosotros ni a mí, pero a ellos les sorprendió. Les dejó con la boca abierta, de hecho.

Durante un tiempo breve, el resto del planeta soltó un fuerte suspiro de alivio cuando la humanidad concentró su talento para la exterminación en la población agonoide.

Por desgracia para el planeta, había muchos más humanos que agonoides y al final ganaron los humanos.

No todos los agonoides fueron ajusticiados al término de la escaramuza. Unos pocos miles de ellos escaparon y abandonaron el sistema solar.

Los supervivientes tenían un único asunto en su agenda.

La venganza.

Y así fue como M'Eidin Tai-Uan, de varios siglos de edad, vino a estar apoyado en la barra del recién construido Bar Cogorza, del recién capturado Enano Rojo, pidiendo su tercera tarjeta cifrada insertable, la cual desviaría ingeniosamente las rutas de señales de su visión mental electrónica para producir una alteración temporal y contenida de la identidad.

Se estaba cogiendo una borrachera de robot.

La raza agonoide había empezado teniendo un aspecto parecido al de los humanos, pero con el paso de los siglos su epidermis orgánica había perdido el color y la textura, estirándoles a todos las caras pálidas en una permanente sonrisa maliciosa. Todos estaban ya calvos y se les había desgastado el esmalte de los dientes, dejándoles únicamente con unas filas de metal afilado como cuchillas para poder sonreír. De todas maneras, M'Eidin no estaba sonriendo, mientras repasaba dos veces a los demás ocupantes del bar. La primera pasada era para comprobar si había algún miembro del personal que pudiera representar una amenaza potencial, la segunda para detectarles cualquier debilidad que él pudiera explotar.

Tenía que hacer algo para conseguir otro ojo, no había más salida.

Aunque un agonoide no tenía una duración útil específica de fábrica, sus partes acababan desgastándose tarde o temprano. No todas las partes se podían reconstruir, ya que los humanos no habían sido tan estúpidos como para programar a un agonoide con la capacidad de duplicarse a sí mismo, y los ojos eran un bien extremadamente escaso.

La única forma que un agonoide tenía de reemplazar una parte defectuosa, por lo tanto, era quitándosela a otro agonoide.

Esto había tenido como resultado dos cosas, una de las cuales era sumamente buena para el resto del universo, la otra, sumamente mala.

La sumamente buena era que había disminuido de forma brutal la población de agonoides superviviente.

La sumamente mala era que una especie que había sido desarrollada por su crueldad estaba haciendo su selección natural en base a la crueldad excepcional.

M'Eidin por su parte había dado muerte, mutilado y reutilizado sus piezas a setenta y cuatro de sus compañeros de tripulación. No había sentido otra cosa que desprecio por su debilidad mientras les destruía, que era como debía ser. Hacía menos de un mes, él había sido el orgulloso dueño de dos ojos, pero un agonoide tuerto le había asaltado estando M'Eidin bastante cocido y había escapado con vida por los pelos. Un agonoide podía sobrevivir con un solo ojo, pero no por mucho tiempo.

Localizó un posible blanco al final de la barra: un agonoide que reconoció como Chis Mekutre, quien parecía estar muy cerca de agarrarse una buena tajada, con nada menos que siete tarjetas insertadas un su cabeza. Mejor aún, solo tenía una oreja y había perdido una mano.

El droide de servicio le dejó la tarjeta que había pedido sobre la barra y M'Eidin señaló hacia Chis con la cabeza.

—Esta es para ese amigo mío que está allí.

El número cada vez más reducido de la población agonoide significaba que a todo el mundo le sonaba todo el mundo más o menos, pero para los agonoides no existía tal concepto de amistad. Un amigo no era más que alguien a quien no habías matado todavía.

El droide recogió la tarjeta y apretó el paso hasta el final de la barra. Chis la aceptó, se la mostró a M'Eidin a modo de agradecimiento y se la introdujo en el cerebro.

M'Eidin se puso de pie y caminó dando zancadas hasta la banqueta que estaba al lado de Chis, ladeando la cabeza prudentemente para ocultar el ojo que le faltaba, lo cual hubiera alertado incluso al más tajado de los agonoides del peligro extremado en el que se encontraba ahora.

M'Eidin no tuvo que esforzarse mucho para encontrar un tema con el que abrir la conversación. Durante meses solo había habido una cosa sobre la que mereciera la pena hablar.

—Dicen que el humano está en el cinturón —dijo con una amplia sonrisa.

Chis Mekutre le devolvió la amplia sonrisa y los ojos se le humedecieron ante la posibilidad.

Siglos atrás, las sondas astronómicas de largo alcance lanzadas por la flota agonoide habían anunciado que la Tierra había desaparecido del sistema solar y jamás se habían encontrado pruebas de que la raza humana todavía existiera.

Llevados por las ansias monomaníacas de venganza, la farragosa caravana de naves capturadas había vagado por el universo en busca de supervivientes.

Y no habían encontrado nada durante eones. Hasta ahora.

Habían abordado el Enano Rojo mientras estaba en órbita y lo habían hecho jirones de proa a popa buscando a humanos temblando de miedo con los que saciar sus ansias de sangre, pero la nave había resultado estar desierta. Llenos de rabia por la frustración, habían interrogado al ordenador corto de luces de la nave y habían descubierto para su alegría indescriptible que todavía quedaba un humano vivo.

Solo uno.

Un solo humano en el que volcar todo ese odio contenido.

Todos y cada uno de entre las pocas docenas de agonoides que perduraban querían ser el que le diera el golpe mortal.

Tantísima demanda para tan corto suministro. Solo había una manera de hacer frente al problema. Los agonoides tendrían que competir por el derecho a la carnicería.

Así que tendieron una trampa.

Y mientras esperaban a que saltase la trampa, todos soñaban con ser El Elegido. Con tener a sus pies al creador suplicándoles misericordia. Con asestarle despiadadamente el golpe de gracia y ver cómo se agotaba la vida del miserable.

Por supuesto, si M'Eidin quería tener una oportunidad razonable de ganarse ese derecho, tenía que reponer el ojo que le faltaba.

Se volvió hacia Chis lentamente, todavía manteniendo la cuenca vacía fuera de la vista.

—Si fueras lo bastante afortunado para ser El Elegido —le peguntó con amabilidad—, ¿cómo darías muerte a ese capullo llorica?

—Lo he estado pensando *musho* —balbuceó Chis—, y he *decidisdo* que le aserraré la tapa de los sesos con una cuchilla desafilada y le sacaré poco a poco el cerebro a cucharadas delante de sus ojos, mientras le pateo en las gónadas al mismo tiempo con unas botas de puntera de acero hasta que estén machacadas en una papilla asemejada, en color y en consistencia, a la mermelada de frambuesa.

—Bonito sistema —M'Eidin asintió con apreciación genuina.

—O eso —prosiguió Chis—, o bien le arrancaré los miembros uno por uno y le petaré el tracas una y otra vez con el puño marchito de su brazo derecho hasta que muera.

—No está mal —M'Eidin asintió de nuevo—. Lo que le falta de sutileza, lo compensa con espectáculo.

Se dio cuenta de que otros dos agonoides habían visto el estado vulnerable de Chis Mekutre y se estaban acercando hacia ellos con cautela. De la pareja, uno venía cojeando, por cortesía de un pie que le faltaba, y el otro tenía una nariz de menos.

—O si no —Chis se calentó con el tema, ajeno a lo que pasaba—, o si no, he pensado que podría abrirle las tripas con un par de tijeras oxidadas, obligarle a comerse su propio bazo, hígado, páncreas y riñones, crudos, luego sacarle los intestinos y ponérselos delante de la cara hasta que las vísceras hagan el recorrido por lo que le quede de su sistema digestivo y se ahogue en su propia mierda.

—¡Sí señor! ¡A eso le llamo yo estilo!

Chis le miró con orgullo embriagado.

—¿Y tú? ¿Tú cómo lo harías si fueras El Elegido?

M'Eidin se inclinó hacia delante, como si fuera a contarle un secreto.

—Personalmente, he planeado una muerte muy, muy lenta y prolongada. Lo primero de todo, tengo intención de arrancarle un ojo con los dientes. Algo muy similar a esto...

Levantó hacia atrás su labio superior, abrió las mandíbulas y arremetió con la cabeza contra la cara de Chis Mekutre.

En cuanto cayeron de las banquetas y dieron contra el suelo, los dos agonoides que les rodeaban como dos hienas se tiraron de cabeza a la pelea.

En la melé sangrienta y letal que siguió, M'Eidin se las apañó para adquirir no solo el ojo de repuesto, sino también un buen par de orejas de reserva y un corazón de sobras extremadamente valioso.

CINCO

—No lo entiendo —el Gato vio su reflejo en el monitor apagado de Holly y se calló durante unos pocos segundos para admirarlo. Poco a poco, se fue dando cuenta de que los demás estaban esperando con impaciencia creciente a que él hablara, por lo que volvió en sí con reticencia y continuó con lo que estaba diciendo—. ¿Se supone que tenemos que tener miedo de una pandilla de cerebros rellenos de caca como este cabeza de lapicero con punta de goma de aquí? —señaló a Kryten con la cabeza.

—Le ruego que me disculpe, señor, pero ellos no son mecanoides —refunfuñó Kryten—, son agonoides.

—¿Qué diferencia hay?

—Bueno, la diferencia fundamental es que un mecanoide jamás abriría en canal la caja torácica de un humano y usaría su pulmón derecho como cuña para no levantarse de la cama. Los agonoides son decididos asesinos mecánicos construidos a tal efecto, con el único objetivo de masacrar toda forma de vida que encuentren.

—Uuuh —exclamó Lister con sarcasmo—, tengo mucho, mucho miedo.

Rimmer levantó la mirada al techo de la sala de motores. Su probabilidad de supervivencia, que ya era más delgada que una solitaria anoréxica con bulimia, había perdido, por increíble que fuera, más peso todavía. Y para colmo de males, tenía que enfrentarse a esta nueva y al parecer insuperable amenaza con una pareja de pubescentes de risa floja que hubieran resultado inmaduros para una clase de refuerzo en una guardería para aprender a usar el orinal.

—Lister, ¿por qué no os vais arriba el Gato y tú y os ponéis a correr en círculos haciendo que sois aeroplanos durante unos pocos minutos, mientras los adultos discutimos el problema con sensatez? —se volvió hacia Kryten—. Oye, ¿pero tan mal está la cosa? ¿No ha dicho Holly que todo esto pasó hace diez meses? Seguro que ahora ya estarán muy lejos de nuestro alcance.

—Me temo que no, señor. Sin ninguna duda habrán descubierto la noticia de nuestra llegada inminente por medio de Holly. Debían saber que perseguiríamos al Enano Rojo. De hecho, creo que dejaron a Holly aquí fuera para que nosotros lo encontráramos y así persuadirnos a entrar en algún tipo de trampa. Creo que tenemos que afrontar la probabilidad absolutamente real de que estén escondidos al acecho en alguna parte muy cerca de aquí.

—Bueno, pues está claro entonces —Rimmer se encogió de hombros—. Nos hemos quedado sin opciones. Tenemos que abandonar la búsqueda del Enano Rojo y usar el poco tiempo que nos quede para intentar encontrar algún tipo de planetoide habitable.

Kryten sacudió la cabeza.

—Me temo que eso ya no es una opción, señor. Poner en marcha a Holly ha reducido drásticamente nuestra autonomía. Ahora las posibilidades de que haya una atmósfera respirable dentro de nuestro radio de acción son cero. Nuestra única oportunidad es reconquistar el Enano Rojo.

—Bueno, colegas —el Gato se irguió de su posición agachada—. Fin de la discusión. El único asunto pendiente es qué lleva la gente de buen gusto para matar agonoides esta temporada. Personalmente, yo me inclino por una chaqueta de botones en raso brillante plateado con solapas estrechas, unos pantalones negros de vinilo que se estrechen por los tobillos y unas botas de puntera afilada —su sonrisa dejó al descubierto sus puntiagudos incisivos—, pero estoy abierto a sugerencias.

—¿No os parece —Rimmer preguntó con voz calmada— que podría ser una idea muy acertada establecer primero una especie de plan de algún tipo?

—Yo ya tengo un plan —el Gato levantó los hombros—. Ponerme la chaqueta, coger un bazookoide y hacerles tragar láser a esos robots con tan mala leche.

—Los agonoides son casi indestructibles, señor, podrían soportar perfectamente una ráfaga de disparos de bazookoide a quemarropa y solo les produciría daños mínimos. Con toda seguridad sobrevivirían el tiempo suficiente para inflarle el intestino grueso y hacer figuritas de animales.

—Bueno, yo estoy con él —Lister echó un brazo sobre los hombros del Gato—. Si vamos a caer, al menos caeremos luchando.

Rimmer sonrió y sacudió la cabeza.

—Hay veces, estoy de acuerdo, en que la situación requiere esa forma de pensar impulsiva, valiente y, me atrevería a decir, estúpida. Pero antes de que lleguemos a ese punto, creo que deberíamos considerar el uso de maniobras tácticas más astutas...

— ...y más cobardes.

—Desde luego, Lister. La cobardía ocupa su lugar en la estrategia militar. En ocasiones, hasta los generales más audaces de la historia tuvieron que ahondar en lo más profundo de su alma y encontrar el valor de ser cobardes.

Lister ladeó la cabeza.

—Vas a sugerir que nos rindamos, ¿verdad?

—En realidad, no había pensado en eso, pero ahora que lo mencionas, una táctica semejante tendría su mérito, sí.

—Rendirnos no es una opción viable —dijo Kryten con rotundidad—. No están interesados en mantenernos con vida.

—¡Eso no puede ser cierto! —Rimmer se sorprendió a sí mismo con el tono repentinamente colérico de su voz—. Si lo único que quisieran fuera matarnos, podrían haberse quedado a bordo del Enano Rojo donde lo dejamos y borrarnos de la existencia en cuanto asomáramos en la pantalla del radar.

—Señor, viven para matar. Es lo único que hacen. Y aun así se han debido pasar siglos sin encontrar nada que masacrar. Por fin tienen algo que vale la pena cazar y quieren sacarle todo el partido posible. ¿Quién sabe cuándo van a volver a disfrutar de otra oportunidad para mutilar, destripar y descuartizar?

El poco color que quedaba en la cara cristalina de Rimmer se escurrió hasta sus botas transparentes.

Kryten siguió adelante, ajeno al efecto que estaba teniendo sobre el esfínter de Rimmer.

—Están jugando con nosotros, haciendo un deporte de ello. Nos atrajeron a través del cinturón de asteroides y nos dejaron claro que estarían esperándonos, sabiendo que no tendríamos otra elección que seguir adentrándonos en su trampa. Buscan nuestro miedo. Hará que la agonía lenta, dolorosa y prolongada de los gritos de nuestras seguras muertes brutales sea tanto más placentera para ellos.

Hubo un silencio largo, roto solo por un bochornoso ruido de saltos proveniente de la dirección del estómago de Rimmer.

Finalmente, Lister dijo:

—¿Entonces, lo que estás diciendo, Kryten, es que no podemos huir ni tampoco rendirnos?

—Me temo que esa es la verdad.

—Bueno —Lister dejó ver una sonrisa burlona—, pues con eso se agota el contenido completo de la «Guía Táctica de Combate» de Arnold Rimmer. Parece que el Gato tiene razón. Lo único que nos queda por decidir es qué tipo de chaquetas vamos a llevar para morir.

El Gato levantó la mano en el aire.

—¡Espera un minuto! Si lo que parece es que vamos a morir, la chaqueta de raso abotonada queda descartada: se arruga con mucha facilidad al estar tumbado —exhaló un suspiro—. Esto va a ser mucho más complicado de lo que creía.

Kryten abrió la boca para hablar. Quería dar un enfoque más positivo a la situación. Iba a decir que, en el lado bueno, era imposible que las cosas pudieran ir a peor. Pensándolo bien, menos mal que nunca tuvo la oportunidad de enunciar el pensamiento en voz alta, porque en ese instante, las cosas sí fueron a peor.

A mucho peor.

Se oyó un golpe sordo gigantesco, como una explosión en el interior de una campana enorme, y la pared del casco de detrás de Kryten se combó hacia dentro de repente, lanzándole por el suelo metálico del pasillo hacia los demás.

Lister consiguió agacharse a tiempo por los pelos, quitándose de en medio para evitar ser decapitado por las manos del mecanoide que se agitaban con impotencia.

Kryten se dio un estacazo en la cabeza contra el rincón superior de la sala de motores, donde el mamparo se une con el techo, y, de forma simultánea, el Starbug entró en una espiral lateral incontrolable, lo cual envió a la tripulación dando vueltas contra la pared, luego contra el techo, luego contra la otra pared, luego contra la cubierta, como dados en un cubilete de un casino de Las Vegas.

Después de seis o siete revoluciones amoratadas, todos habían logrado agarrarse a pilones o a barrotes de grúa, de donde colgaban, conmocionados, apaleados y sin aliento, empezándose a preguntar qué leches había pasado.

Todos excepto Rimmer, que seguía dando tumbos de un lado a otro.

—¡El giroscopio! —chilló—. ¡Que alguien coja el giroscopio!

Kryten miró arriba y detrás de él. Su propio cuerpo había arrancado el giroscopio de su alojamiento cuando volaba por los aires de la sala de motores.

Empezó a arrastrarse hacia él con todo su empeño, pero la rotación desenfrenada de la nave le resultaba extremadamente desorientadora. La lesión de la cabeza no ayudaba a mejorar las cosas: iba a tener que pasarse varias horas martilleando los paneles para devolverlos a su forma si sobrevivían a este desastre.

A ratos estaba trepando hacia el giroscopio desplazado y a ratos se estaba dejando caer hacia él.

Finalmente se las arregló para tambalearse dando una sacudida y caer lo suficientemente cerca como para poder agarrarlo. Entonces, justo cuando sus dedos empezaban a ceñirse en torno al alojamiento, el movimiento de la nave le mandó a rastras pasándose de largo y le golpeó contra el techo. Sus manos revestidas de plástico escarbaron en la rejilla del techo que estaba pisando, pero no había nada a lo que sujetarse y salió despedido de espaldas contra la pared.

—¡Así! —chilló Rimmer. Kryten echó un vistazo y vio a Rimmer corriendo en dirección contraria al movimiento de la nave como un hámster desesperado en una rueda a motor—. Tienes que coger el ritmo así.

Kryten se puso en pie tambaleándose justo a tiempo de que el suelo le diera un buen porrazo en la cabeza y le tirara, aturdido, de rodillas otra vez.

—¡Levántate! —gritó Rimmer, moviendo los brazos de arriba a abajo frenéticamente y con las mejillas infladas por el ejercicio, lo cual solo servía para darle un aspecto más hamsteriano. A Kryten, en estado de shock por el impacto, le entró la risa floja—. ¡Levántate, estúpido capullo metálico! ¡No puedo aguantar así mucho más tiempo!

Kryten sacudió su abollada cabeza para despejarse, luego miró hacia arriba e intentó calibrar el giro de la pared que se le venía encima. Con la nave dando vueltas, se puso en pie de un salto y empezó a correr en la dirección contraria.

Tras unos pocos patinazos y tropezones, consiguió igualar la velocidad de giro del Starbug y empezó a avanzar de lado poco a poco hacia el giroscopio.

En la siguiente revolución, se acercó más todavía.

En la tercera pasada estuvo lo bastante cerca para agacharse y agarrarse al alojamiento del giroscopio. El movimiento de la nave le hizo pivotar sobre sí mismo como un mono colgado de un poste y le golpeó con fuerza de bruces contra la pared inminente. El impacto activó su sistema automático de purga de lubricante y, de repente, su visión se apagó eclipsada por los géiseres de denso aceite negro que le chorreaban sobre la cara.

Cuando se le aclaró la visión, seguía estando sujeto al giroscopio. Arrastró la cabeza hasta la altura del alojamiento y, en un breve instante durante el giro en el que el techo era verdaderamente el techo, se inclinó hacia delante y empujó con suavidad el desplazado giroscopio de nuevo a su posición correcta ayudándose con la nariz.

La nave dejó de dar vueltas.

Dejó de dar vueltas de una forma tan brusca que Rimmer subió corriendo la mitad de la pared que se le venía encima y Lister y el Gato salieron despedidos de la seguridad de los pilares con el tirón y chocaron contra el suelo.

Kryten oyó el sonido inconfundible y escalofriante de los huesos al partirse contra el metal.

Pendiendo del alojamiento del giroscopio en medio del silencio repentino, miró hacia abajo a los cuerpos inmóviles. Aunque le tenía pavor a la respuesta, hizo la pregunta de todas maneras:

—¿Se encuentran todos bien?

—Yo estoy bien, gracias a Dios —dijo Rimmer resollando, echado sobre su espalda.

No hubo respuesta por parte de Lister y del Gato.

Kryten se planteó soltarse, pero la caída con toda seguridad le agravaría las lesiones más allá del límite asequible para su sistema de autorreparación. Irreparablemente dañado, no podría ser de utilidad para ninguno de ellos.

Levantó la vista a sus manos que las tenía por encima de la cabeza, luego hacia la grúa de enfrente. Si calculaba el salto de forma correcta, tal vez podría colgarse de allí a modo de trapecista y descender por el montante.

Comenzó a columpiar las piernas de atrás hacia delante.

De pronto, oyó un suspiro de otro mundo. Bajó la vista hacia la pared abultada del casco.

Estaba empezando a agrietarse.

Otro suspiro inhumano y la brecha del casco se hizo más ancha.

El oxígeno se escapaba silbando a través del agujero, congelándose en una hermosa nube de hielo fragmentado al entrar en contacto con el terrible frío del espacio.

Kryten se balanceaba de un lado a otro como un péndulo, impotente de terror.

Lister empezó a moverse. Salió a rastras de debajo del Gato inconsciente y comenzó a reptar hacia el agujero.

Ésa era la antítesis de la línea de actuación óptima.

Huir de la sala de motores y sellarla era su única esperanza si querían sobrevivir. Kryten estaba a punto de gritarle que se detuviera, que corriera a las escaleras tan rápido como le permitieran sus heridas, cuando se dio cuenta de que la situación era más espantosamente letal todavía de lo que podría haber soñado.

Lister no había recobrado el sentido.

No estaba reptando en la dirección del agujero silbante. El vacío estaba aspirando su cuerpo hacia allí.

SEIS

La abertura en el casco se hizo más ancha.

Un puñado de herramientas de metal se arrojaron por ella y el deslizamiento de Lister se aceleró.

Su cuerpo comatoso traqueteaba por encima de los crueles remaches de metal del suelo, como un espantapájaros que está siendo arrastrado por un campo arado y congelado por el invierno. Sus manos sin vida se alargaban hacia el vacío letal que amenazaba al otro lado del agujero en expansión.

—¡No! —chilló Kryten y se columpió hacia el casco. Se soltó de las manos en el punto álgido de su balanceo y se lanzó hacia el hueco.

Siguió columpiando las piernas para delante durante el vuelo, doblando las rodillas contra el pecho, de forma que giró en vertical y cuando chocó con el agujero estaba mirando hacia el interior de la nave.

Se quedó encajado en el hueco, boca abajo, y cesó el escape de oxígeno.

Los dedos de Lister estaban a solo unos centímetros de su cara. Rimmer avanzó dando tumbos hasta el mecanoide atascado y se agachó a la altura de sus ojos.

—Buen salto, calzone —dijo—. ¿Pero y ahora qué?

—Tiene que sacarlos de aquí. No sé cuánto tiempo más podré seguir tapando el boquete.

—¿Y cómo se supone que voy a hacer eso? —Rimmer pasó su mano transparente por delante de la cara de Kryten—. Soy un holograma, ¿recuerdas?

Kryten movió los ojos a izquierda y a derecha.

—¡No lo sé! Tiene que haber algo por aquí, una carretilla elevadora controlada por voz o algo así.

—¡Una carretilla elevadora controlada por voz! Pues claro. ¡Eso podría funcionar! —los ojos aterrados de Rimmer serpentearon vertiginosamente de un lado a otro de la cubierta—. ¿Tú crees que habrá una a bordo?

La exasperación y la frustración anularon los protocolos de cortesía de Kryten.

—¡No lo sé, gónada de burro encefalópata! ¡Busque una, maldita sea!

El insulto hizo su efecto. Rimmer se recuperó de su patético estado de shock, se puso de un salto sobre sus pies transparentes y empezó a correr por los pasillos.

Fue como un rayo hasta el compartimento de carga más cercano, se detuvo el tiempo suficiente para determinar que no había nada que pudiera servirle y se fue corriendo al siguiente.

Allí tampoco había nada.

A cada compartimento de carga vacío, su pánico aumentaba. Con Kryten encajado en el casco y los otros inconscientes, nunca se había sentido tan desamparado. Tan absolutamente fantasmal y desamparado.

Si la brecha del casco se ensanchaba un poco más. Kryten sería succionado por el espacio profundo y Lister y el Gato saldrían rodando detrás de él. En cuestión de segundos, sus órganos internos se expandirían hasta el punto en que reventarían y ellos explotarían como sandías gordas y maduras al caer de un árbol.

Y Rimmer se quedaría solo.

Entró derrapando en otro compartimento vacío. Oyó a Kryten chillar.

—¡Deprisa! ¡Tiene que hacer algo rápido!

—¡Están todos vacíos! —le contestó Rimmer gritando y salió a toda prisa hacia el compartimento final, su última esperanza.

Era imposible que pudiera pilotar la nave él solo. No habría escape de la amenaza agonoide.

¡Los agonoides! Se había olvidado de ellos.

El miedo le atenazó los testículos y se los apretujó el uno contra el otro como bolas tibetanas antiestrés. ¿Qué le harían esos robots psicópatas si él fuera la única víctima superviviente con la que poder dar rienda suelta a su rabia? Lo más probable era que se colaran en su unidad de proyección remota y consumieran el resto de la eternidad ingeniando métodos nuevos y cada vez más atroces de infligirle dolor y sufrimiento.

Probablemente establecerían algún tipo de sistema de rotación de veinticuatro horas de forma que la totalidad de la población agonoide pudiera contar con un par de horas a la semana cada uno para torturar a Rimmer.

Ni siquiera era consciente de que estaba farfullando esos pensamientos pusilánimes en voz alta cuando irrumpió en el compartimento de carga final.

Nada.

Recorrió el compartimento dando tumbos bajo las luces naranjas de emergencia, con los ojos y la boca abiertos de par en par en una mueca de incredulidad y terror. Miró por todo y volvió a mirar, como si, en el milisegundo que había desviado la vista, una carretilla elevadora controlada por voz hubiera surgido de forma mágica en la existencia, con el depósito lleno y puesta a punto para la acción, simplemente porque él lo deseaba con todas sus fuerzas.

Volviendo la esquina, desde el otro extremo de la sala de motores, el eco de los alaridos de Kryten se propagaba en su dirección.

—¡Por favor! ¡Tiene que haber algo!

Rimmer negó con la cabeza inútilmente. No había nada controlado por voz en toda la cubierta. Bajó la mirada al suelo, por si acaso había una carretilla elevadora controlada por voz extremadamente pequeña que se le hubiera pasado por alto. Algún tipo de versión en miniatura para niños que estuviera escondida en los recovecos más ocultos del compartimento, pero, de nuevo, quedó decepcionado.

Salió del compartimento tambaleándose hacia atrás, sin ni siquiera saber qué pensar acerca de lo siguiente que podía intentar.

Estaba tan concentrado en entrar en pánico de manera adecuada, que ni siquiera reconoció la pala minera motorizada con control remoto la primera vez que sus ojos se cruzaron con ella.

Agachó la cabeza para pasar por debajo de la grúa de pórtico y estaba ya a mitad de camino de Kryten antes de que su cerebro procesara la imagen y la relacionara.

Giró en redondo y regresó a la carrera.

Una pala minera controlada por voz no sería lo más indicado, puesto que su cajón era demasiado pequeño para acarrear un cuerpo entero, pero al menos podría utilizarla para empujar a Lister y al Gato hacia las escaleras. Por lo menos estaba la posibilidad de despertarlos a empujones.

Derrapó junto a la máquina de un metro de largo y se agachó, sin aliento, para echar un vistazo a los controles. Cinco botones. Arranque, adelante, atrás, izquierda y derecha.

Al principio, no pudo ver ninguna unidad de control de voz.

Estiró el cuello bajo el tosco salpicadero, pero al parecer seguía sin haber una unidad de control de voz.

Dio la vuelta completa al vehículo a toda prisa, pero las palabras «Control de Voz» no se veían por ninguna parte en la carrocería.

Se tumbó en el suelo de espaldas y se metió serpenteando todo lo que pudo en el hueco de veinte centímetros que había entre el chasis y la cubierta. Esperó a que la vista se le ajustara a la penumbra y examinó los bajos en busca del micrófono revelador que indicaría que el aparato podría controlarse mediante comandos de voz.

Pero no había ninguno.

Solo podía haber una explicación. Esta pala minera motorizada con control de voz no era, en realidad, ninguna pala minera motorizada con control de voz. Era sencillamente una pala minera motorizada que nunca había estado equipada con la opción de control de voz.

¡Los inútiles de pacotilla cabezas cuadradas hijos de la gran perra que equiparon esta aeronave sacada del séptimo abismo del infierno habían decidido ahorrarse unos pocos penicentavos de mierda optando por el modelo no controlado por voz!

Rimmer se quedó tumbado debajo del carro. Las comisuras de sus labios le tiraron de la boca hacia abajo dejándole expuestos los dientes inferiores y causando que le sobresalieran los huesos del cuello, para soltar un quejido largo y absurdo.

Cuando pensó en ello, una pala minera motorizada básica operaba normalmente en condiciones de ausencia de atmósfera, en lunas o grandes asteroides cargados de mineral. No habría ninguna razón para hacerla controlada por voz, ya que el sonido no podría propagarse sin una atmósfera.

A decir verdad, era altamente improbable que una pala minera motorizada controlada por voz existiera en ninguna parte del universo.

Kryten oyó el quejido largo y grave de Rimmer y sintió un tirón en la espalda cuando el debilitado casco cedió un poco más ante el implacable vacío exterior.

—¡Por favor, señor Rimmer, señor! —le llamó—. La integridad del casco está a punto de derrumbarse completamente. ¡Tiene usted que hacer algo!

Rimmer salió deslizándose de debajo del carro. Estaba a punto de descargar todo su veneno contra Kryten cuando oyó lo que sonaba como la rueda de la puerta de la sala de motores girando. Contuvo la respiración.

Oyó la puerta de la sala de motores que se abría arañando el suelo con un ruido metálico hasta que retumbó contra la reja. Oyó pisadas que cayeron sobre el rellano de la escalera metálica.

Kryten dirigió la mirada hacia su izquierda. La luz de una linterna le apuntó a la cara, dejándole temporalmente ciego.

Unos pies vestidos con botas bajaron los escalones de forma ruidosa.

Los ojos de Kryten se ajustaron al resplandor mientras las relucientes botas plateadas avanzaban por la cubierta hasta colocarse delante de él.

Boca abajo, Kryten tuvo que mirar en dirección a su barbilla para distinguir la cara que estaba observándole desde arriba.

Cuando la vio, se convenció de que el miedo le había vuelto loco.

SIETE

A no ser que sus sistemas de interpretación visual hubieran sido dañados de la forma más inexplicable, Kryten estaba mirando a la cara de otro Arnold Rimmer.

No era exactamente Rimmer, este otro nuevo. No lucía el familiar e irracional repollo estropajoso que era su corte de pelo militar, por ejemplo. En lugar de eso, su cabello era más tupido, más ondulado y moldeable. Le colgaba sobre el ojo derecho de manera atractiva. Su nariz tenía la misma forma, pero las fosas nasales no se le ensanchaban tanto. Su cuello era más musculoso, de modo que la nuez no le sobresalía de la tráquea como si una boa constrictor se estuviera tragando un jabalí africano de una pieza.

Este Arnold Rimmer, en caso de que Kryten tuviera algo de juicio a este respecto, de hecho parecía hasta guapo.

Se agachó en cuclillas y pasó los dedos de guantes plateados por el casco que envolvía a Kryten.

—Vaya, pulpito —sonrió de buena gana—, parece que te has metido en un frasco de pepinillos y has enroscado bien fuerte la tapa.

Su voz estaba llena de encanto y confianza, y a pesar del horroroso trance en que se encontraban, Kryten se sentía relajado en realidad.

—No se preocupe por mí, señor —Kryten señaló con la cabeza hacia los cuerpos tendidos boca abajo de Lister y el Gato—. Debería echarles un vistazo a ellos mejor.

El nuevo Rimmer miró atrás por encima del hombro, luego otra vez a Kryten.

—Lo primero es lo primero, salchichita. Si no aseguramos este casco de alguna forma, vamos a acabar todos hechos papilla espacial —se levantó y cruzó hasta una viga que soportaba la grúa de pórtico que tenían delante. Comprobó su resistencia, miró hacia el invertido Kryten y luego volvió otra vez a la viga—. ¿Estoy siendo un zoquete incorregible o este transporte pertenece a algún tipo de nave minera? —preguntó.

Kryten asintió con la cabeza.

—En efecto así es, señor.

—Entonces debéis tener algún tipo de láser de corte por aquí tirado y también algún equipo de soldadura.

Kryten asintió con la cabeza otra vez.

—Por allí.

El nuevo Rimmer siguió su mirada.

—No te levantes —sonrió abiertamente y avanzó dando zancadas hasta el compartimento del depósito de bazookoides—. A propósito, cremita, creo que no me has dicho tu nombre.

—Me llamo «Kryten», señor.

—Un mecanoide de la serie cuatro mil, ¿no es cierto?

—Así es, señor.

—La sal de los Cuerpos Espaciales, los cuatro miles. Estaríamos perdidos sin vosotros, muchachos, no hay duda.

Kryten le observó colocarse un bazookoide pesado sobre el hombro con cómoda elegancia, luego cogió una careta de soldar industrial y se dirigió de nuevo a la viga.

—Señor, se llama usted... no sé cómo llamarle, señor.

El recién llegado dejó a un lado el equipo de soldadura y apuntó el bazookoide a la parte superior de la viga.

—Me llamo Rimmer. Arnold Rimmer. Pero mis amigos me llaman «Ace».

Quitó el panel de seguridad del guardamonte del bazookoide y dirigió la bocacha un poco por encima de la altura de su cabeza, preparado para empezar a seccionar la viga.

Fuera de su campo de visión, Rimmer avanzó con sigilo por el pasillo paralelo. Había oído las voces, la de Kryten y la del recién llegado, sin la suficiente claridad como para pescar el contexto de la conversación, pero lo bastante como para acallar sus miedos de que el extraño perteneciera al inevitable y muy temido comité de abordaje agonoide. De hecho, quien quiera que fuera, el intruso sonaba extrañamente familiar.

Rimmer se agachó detrás de una base de motor y se asomó a través de los puntales del soporte, tratando de alcanzar a ver al invasor. Justo cuando levantaba la cabeza por encima de la base, se produjo una explosión de fuego de bazookoide y Rimmer cayó de espaldas en la cubierta como una res muerta arrojada al interior de un camión refrigerado.

Cuando cesó la ráfaga y su corazón hubo dejado de imitar a la sección de timbales de la Orquesta Filarmónica de Io ofreciendo una interpretación inspirada por el uso de anfetaminas de la Obertura 1812, se incorporó lentamente para echar otro vistazo. Al mismo tiempo que sus cejas se alzaban con sigilo por encima de la base, el bazookoide disparó de nuevo y Rimmer se zambulló en la seguridad de la cubierta, donde prometió solemnemente permanecer hasta el final de los tiempos, si era necesario.

Ace observó la viga estrellarse contra el suelo. El pórtico que había estado sujetando se combó de manera amenazadora, pero aguantó.

Ace se agachó, agarró la viga con una mano y empezó a llevarla a rastras hacia Kryten.

Al principio, Kryten no podía entender por qué estaba llevando a cabo un esfuerzo tan extenuante sin usar las dos manos; luego vio la extraña forma en que Ace se colocaba el codo derecho a un lado y se preguntó si no tendría algún tipo de lesión en el brazo.

La viga cayó retumbando justo debajo de la cabeza invertida de Kryten. La voz de Ace no reflejaba ningún signo de esfuerzo ni de dolor.

—¿Crees que serás capaz de coger eso y sujetarlo contra tu pecho, Kryters?

—Por supuesto que sí, señor.

Kryten elevó la viga hasta su pecho, no sin un esfuerzo considerable. Se quedó asombrado de que un humano hubiera podido siquiera moverla y ya no digamos arrastrarla a lo largo de toda la cubierta con un brazo fuera de servicio.

Ace regresó con el equipo de soldadura.

—Espero que no te importe, Kryten, pero voy a tener que fijarte esto al pecho. De esa manera, si el casco falla, al menos seguirás atrapado aquí con nosotros. ¿Te parece bien, mi querida ensaladita?

—Un plan excelente, señor Rimmer, señor.

Ace se colocó la careta de soldar en posición y encendió el soplete.

Rimmer escuchó el fragor crepitante de la llama y vio su reflejo azul ardiente en el metal pálido del panel de control que tenía enfrente.

¿Qué se proponía hacer el intruso, en nombre de todos los diablos? ¿Se trataba de un malvado agonoide, después de todo? ¿Acaso estaba torturando a Kryten con un soplete, con el objeto de descubrir el paradero de Rimmer? Y si así era, ¿cuánto tiempo aguantaría el muy gallina hijo de prostidroide antes de delatarle? ¿Diez? ¿Quince? ¿Veinte milisegundos?

De repente, se apagó la llama del soplete. Rimmer agudizó el oído para escuchar lo que estaban diciendo. Oyó la voz del intruso, esta vez de forma bastante clara.

—Ahí lo tienes —estaba diciendo— el accesorio de moda imprescindible para los mecanoides en esta temporada.

Rimmer definitivamente conocía esa voz.

Sonaba como la de uno de sus hermanos. Pero la voz era demasiado grave para pertenecer a Howard, demasiado refinada para ser la de John y demasiado melosa para ser la de Frank.

Se acercó con sigilo al lateral de la base de motor y arriesgó una mirada de reojo furtiva. El tipo de chaqueta plateada estaba agachado junto al cuerpo de Lister. Rimmer vio el familiar logotipo de los Cuerpos Espaciales en su manga y la insignia de rango. Un comandante.

Un comandante de los Cuerpos Espaciales había venido al rescate cual Errol Flynn.

Rimmer estaba a punto de levantarse y pasar por debajo de los puntales para presentarse, cuando vio el perfil del comandante mientras se llevaba las puntas de los dedos enguantados a la boca y se sacaba el guante tirando de él.

De alguna forma, este extraño había adquirido la cara de Rimmer.

Ace presionó los dedos contra el cuello de Lister.

—Este de aquí va a ponerse bien. Tiene el pulso fuerte —pasó la mano de arriba a abajo por el cuerpo de Lister—. No tiene nada roto, por lo menos que yo vea. Con cuidado, giró la cara de Lister hacia arriba y se quedó petrificado. El chaval parecía una versión más joven de Spanners. Miró a Kryten un segundo, luego a Lister, luego a Kryten otra vez—. ¿Cuál es el mote de este tipo? —le preguntó.

—Lister, señor...

—¿Dave Lister?

—Sí, señor. ¿Cómo lo ha sabido?

—Más tarde te lo explico, amigo mío —Ace levantó el párpado de Lister—. La pupila está bien. Tendrá un poco de dolor de cabeza. Puede que tenga una ligera conmoción cerebral, en el peor de los casos. ¿Dónde está el equipo médico?

—Justo detrás de usted, señor.

Ace se puso de pie y caminó hacia allí, intentando encontrar el sentido de esta nueva dimensión en la que se había metido. Tampoco es que fuera una sorpresa demasiado grande que Spanners existiera aquí. Ace había pronosticado que iba a viajar a lo largo de una de sus propias líneas de destino y había estado bastante seguro de que algunos de sus colegas de siempre estarían por allí, pero ¿por qué demonios iba su amigo a ser por lo menos diez años más joven aquí? ¿Y qué estaba haciendo tan lejos de su sistema hogar?

Y, lo más extraño de todo, ¿dónde estaba su otro yo?

Cogió el equipo médico y se dio media vuelta. Al hacerlo, alcanzó a ver por el rabillo del ojo un reflejo de algo que se movía. No se detuvo, simplemente siguió de vuelta hacia Lister.

Se arrodilló y sacó un ungüento transdérmico.

—Una gota de potenciador de las transmisiones sinápticas —dijo en voz alta—. Esto debería ponerlo en pie a bailar el twist.

Al tiempo que el PTS penetraba en el cuello de Lister, Ace bajó la voz.

—Kryters, compadre, no digas nada, pero creo que hay alguien escondido detrás de esa base de motor.

Kryten se asomó por encima del hombro de Ace.

—Sí, señor —respondió con un susurro—. Ese es... —no sabía cómo decirlo— ... bueno, es Arnold Rimmer, señor. Es algo así como su otro usted.

—Bueno, ¿y por qué se supone que está allí escondido?

—Suele esconderse con frecuencia, señor —Kryten bajó la vista sintiendo vergüenza ajena—. Es un poco, ejem, bueno... es diferente a usted, en muchos aspectos.

¿Diferente? Ace volvió la cabeza hacia la base de motor.

Rimmer se dio cuenta de que le habían descubierto. Hora de hacer una entrada lo más digna posible.

Se puso de pie y pasó bajo los puntales agachando la cabeza.

—Dios mío —Ace mostró una sonrisa amplia y cálida—. Pero si soy yo, solo que mucho más guapo —dirigió su sonrisa hacia Kryten—. Parece que ahora vamos sobrados de ayuda, bizcochito, Arnie ha llegado para arreglarnos el día.

—Me temo, señor, que el señor Rimmer no está capacitado del todo. Es un holograma.

Ace se volvió hacia Rimmer.

—Muerto, ¿eh? Qué mala suerte, soldado. Eso tiene que ser un aburrimiento de tomo y lomo.

Rimmer simplemente se le quedó mirando, con incredulidad. ¿Morirse era mala suerte? ¿El mayor inconveniente de la muerte era que era un aburrimiento de tomo y lomo? ¿De qué planeta era este tío, por el amor de Dios?

Ace trató de mantener la sonrisa en su sitio mientras observaba la expresión quejumbrosa y boquiabierta de Rimmer. ¿Por qué no decía nada? ¿Acaso era corto de entendederas? ¿Qué espantoso giro del destino había engendrado a esta encarnación de sí mismo? ¿Qué terrible decisión de su pasado en común le había reducido a esta criatura de aspecto embobado?

Por fin, Rimmer dijo algo.

—¿Y tú quién eres? —preguntó, en tono acusatorio.

—Yo soy tú, coliflor. Compartimos el mismo pasado, hasta llegar a un cierto momento. Soy el piloto de pruebas de una nueva clase de bólido espacial, que incorpora una propulsión transdimensional. He dado a parar aquí. Mira, más tarde añadiré los detalles. Lo primero de todo —señaló con la cabeza el cuerpo inmóvil del Gato—, tengo que arreglar a este mendas. ¿Por qué no nos traes mientras unas planchas de metal de los almacenes, Arn? Vamos a tener que sellar esta brecha del casco cuanto antes.

—¿Traeros unas planchas de metal? ¿Y cómo se supone que voy a hacer eso? —Rimmer levantó sus manos transparentes en el aire—. Estoy muerto, ¿te acuerdas? Y no sé cómo van las cosas en tu dimensión, pero aquí, en lo que a nosotros nos gusta llamar «realidad», los hologramas no pueden coger cosas.

—No hay necesidad de ser tan quisquilloso, hermano. Improvisa algo.

Rimmer le observó mientras Ace se levantaba, cruzaba hasta el Gato y empezaba a verificar su estado.

Y ahora quisquilloso. ¿Señalar los inconvenientes de tratar de arreglárselas siendo un hombre muerto le convertía en quisquilloso? Rimmer suspiró enfadado, giró sobre sus talones y se fue con el ceño fruncido para el almacén.

¡Quisquilloso dice!

Lamentarse de las consecuencias de su muerte era fundamental para el carácter emocional de Rimmer; era la única manera que conocía de suscitar la comprensión de los demás, lo cual, a su vez, era lo más cerca que había estado de recibir algo de afecto verdadero. La sola idea de no mencionarlo, o peor aún, restarle importancia y tomárselo a la ligera, le resultaba sencillamente repugnante.

Ace examinó de cerca al Gato, tratando de no ser muy crítico con su otro yo. Después de todo, el pobre diablo estaba muerto y había que hacerle algunas concesiones. Aun así, era difícil pasar por alto la idea de que el hombre tenía muchos más problemas que ese. Ace pasó la mano por el fémur del Gato. Tenía una fractura limpia, con el hueso asomando por los pantalones.

—Este no está nada bien. La temperatura está por las nubes. Fractura fea en la pierna derecha. No se pueden descartar lesiones internas. ¿Con qué tipo de instalaciones médicas contáis?

—Primitivas, señor —Kryten ladeó la cabeza para intentar echar un ojo a las heridas del Gato—. Tenemos un escáner medico muy sencillo arriba en el quirófano y un láser quirúrgico, pero nada más que eso.

—Debería ser suficiente —le inyectó una dosis de gelatina líquida al Gato—. Tengo que arreglarle la fractura antes de que se despierte.

Y para eso voy a necesitar algo de ayuda —oyó un gemido y miró a Lister, que estaba empezando a revolverse. Ace consultó su reloj—. Estará de vuelta en el mundo de los vivos dentro de alrededor de cinco minutos. Pondré la pierna en su sitio entonces. Mientras tanto... —se puso de pie y se estiró—, ...será mejor que vaya a comprobar cómo le está yendo a Arnie con las planchas de metal —Ace pasó agachándose por debajo de los puntales de sujeción y se dirigió al almacén.

Rimmer estaba esperando fuera de los almacenes, mirando de puntillas por la ventana cubierta de manchas de la puerta, como un niño sin blanca en el escaparate de una tienda de golosinas.

Ace se paró detrás de él.

—¿Has encontrado algo?

—Sí —Rimmer señaló con el dedo—, allí hay una buena pila de paneles.

—¿Y entonces?

Rimmer se giró.

—¿Y entonces qué?

—Bueno, allí no nos sirven de gran ayuda, amigo mío. ¿Es que no vas a empezar a sacarlos?

—Pues claro que sí —espetó Rimmer—. Tenía pensado usar el poder de mi mente para moverlos por telequinesia, pero me has roto la concentración.

Ace levantó las cejas.

—¿Tienes dotes telepáticas? De maravilla, podemos...

—No, no, no —Rimmer le dedicó una sonrisa fría y meneó la cabeza—. No tengo dotes telepáticas. Estaba haciendo lo que en esta dimensión llamamos una «broma».

—No te entiendo, socio. ¿Estabas siendo sarcástico?

Rimmer puso los ojos en blanco.

—¡Eso es! Magnífico. Muy listo.

—¿Por qué?

—¿Por qué qué?

—¿Por qué estabas siendo sarcástico?

—¿Cuántas veces voy a tener que explicártelo? Yo, *me, moi, je,* estoy muerto. La he palmado. Kaput. No puedo tocar nada —pasó la mano a través de la puerta para reforzar su argumento—. No puedo coger cosas. ¿Comprendes?

Ace miró a un lado al fondo del pasillo.

—Ahí detrás hay una pala minera motorizada. Podrías usar eso.

—Oh, muy ingenioso. Ya veo por qué te dieron esas estrellas, comandante. El único fallo minúsculo en esa genialidad de plan, es que eso no es una pala minera motorizada controlada por voz.

—Bueno, yo no esperaría que se pudiera activar con la voz. Eso no tiene mucho éxito allá fuera en el espacio, ciruelita.

Rimmer dejó escapar un suspiro. Estaba perdiendo la paciencia con la absurda negativa de su otro yo a rendirse ante los problemas.

—¿Entonces cómo —dijo con su voz para intentar la comunicación con niños pequeños y primates inferiores— se supone que voy a arrancarla?

—¿Tú tienes una abeja luminosa, no es cierto?

—¿Eh?

—Bueno, en mi dimensión, los hologramas están generados por una abeja luminosa que se mueve a gran velocidad dentro de ellos, proyectándoles la imagen. ¿Tú tienes una, no? De hecho —Ace observó de cerca la forma transparente de Rimmer— creo que puedo verla zumbando en círculos ahí dentro.

—Vale, sí. Tengo una abeja luminosa.

—¿Y entonces por qué no la usas para poner en marcha la pala?

Ace pasó junto a Rimmer dando zancadas, abrió la puerta que daba al almacén y empezó a cargar planchas de metal sobre un palé.

Rimmer se quedó plantado, mirando la pala minera fijamente.

Ace tenía razón. Podría haber puesto en marcha la pala lanzándose contra el botón de encendido. Incluso podría haberla conducido, de modo tosco, dando saltos sobre los botones de dirección. Le habría costado lo suyo y no sin correr cierto riesgo, pues la abeja luminosa era bastante delicada, además de que habría parecido tonto de remate arrojándose una y otra vez sobre el panel de control mientras la máquina se precipitaba por el pasillo, pero era innegable e irritantemente posible. Se había acostumbrado tanto a no tocar nada que ni siquiera había considerado la idea de que la pequeña presencia física que poseía podría ser una ventaja.

Estaba mirando la pala fijamente cuando Ace se presentó en una carretilla elevadora con el palé cargado de placas de casco apiladas. Rimmer podría haber usado su abeja luminosa para manejar eso, también.

Ace le sonrió y siguió adelante hacia Kryten.

La sonrisa parecía bastante sincera, pero Rimmer acertó en suponer que ocultaba un cierto grado de odio. Sin duda, odio era lo que Rimmer estaba empezando a sentir por el bueno del comandante, con su encanto natural, su aire de superioridad y su saber hacer sosegado.

La malicia floreciente instigó la mente de Rimmer y se conformó en una idea. La llegada del comandante había resultado extrañamente oportuna. Había llegado a los pocos minutos de la colisión que había abierto la brecha en el casco del Starbug. ¿Pero contra qué habían hecho colisión? Ellos estaban en estacionario y el radar de largo alcance les habría advertido de que se aproximaba algún asteroide.

El rostro de Rimmer se transformó en una amplia y perversa sonrisa de satisfacción.

Había pillado al malnacido.

Era el propio Ace Rimmer el que había causado el accidente que casi les cuesta la vida.

OCHO

Lister se incorporó sobre la cubierta empujándose con las manos y se puso en cuclillas. El cerebro le estaba nadando dentro del cráneo y su visión era claramente engañosa. Ladeó la cabeza e intentó encontrarle un sentido a lo que estaba viendo.

Lo mirara como lo mirara, Kryten parecía estar atrancado boca abajo en el casco, con una viga de gran tamaño soldada en horizontal contra su pecho, como si fuera una rara parodia robótica de la crucifixión de San Pedro.

La cosa no mejoró cuando Kryten le sonrió y le preguntó que cómo estaba.

Justo cuando pensaba que ya no podía haber nada más raro, oyó una carretilla elevadora rodando por detrás de él y se dio la vuelta para ver a Rimmer vestido con un mono de piloto espacial hecho perfectamente a medida y una peluca de melena suelta mirándole desde arriba.

—¿Qué carajo está pasando aquí? —preguntó sin dirigirse a nadie en concreto.

El Rimmer de la peluca le contestó.

—Has tenido una pequeña caída, mi querido pastel de manzana. Te sentirás un poco amodorrado durante un rato. Toma... —se sacó una pequeña petaca de plata del bolsillo de atrás y se la tiró a Lister—. Un trago de esto te allanará el camino.

—Comandante —dijo un Kryten boca abajo—. Con el debido respeto, aunque cronológicamente el señor Lister está por encima del límite mínimo de edad para el consumo de alcohol, físicamente sólo tiene quince años.

Ace descargó una placa de metal de un metro cuadrado sobre la cubierta con la mano buena.

—No es alcohol, querido amigo, es ginseng con jalea real. El mejor reconstituyente del universo conocido.

Lister desenroscó el tapón y olió el líquido. Se echó un poco en la garganta y tembló con un escalofrío.

—No me cosco de nada, tíos —volvió a poner el tapón y le tiró la petaca de nuevo al «Pelucas»—. ¿Por qué está Kryten soldado a la pared? ¿Y por qué hay dos Rimmers?

Ace miró atrás por encima de su hombro. Rimmer estaba de pie detrás de él, con los brazos cruzados y una curiosa sonrisa de medio lado.

—Todo a su debido tiempo, Davey. Nuestra primera prioridad es aquí tu colega.

—Él es de otra dimensión, ¿no es así, comandante? —dijo Rimmer—. Ha llegado, de forma bastante oportuna, justo después de que algo se chocara contra el casco allí y casi nos partiera en dos.

—No ha habido nada de oportuno en eso, Arn, calabacín —Ace se agachó y rasgó de un tirón la tela de la pernera del Gato—. La colisión ha sido culpa mía.

La sonrisa de Rimmer se hundió.

—¿Entonces lo admites?

—Absolutamente. Mi trasto se materializó demasiado cerca del vuestro. Las malditas ondas de choque casi nos borran del mapa. Cuando pude controlar mis daños, pensé que sería mejor que me pasara por aquí, a ver si podía echar una mano —miró a Lister—. Davey, muchacho, voy a necesitarte para que hagas presión en el muslo de tu amigo.

Rimmer se quedó mirando con la boca abierta, incrédulo, mientras Lister pasó por encima del Gato y puso la mano sobre el muslo herido. Vaya una forma rastrera de escurrir el bulto. Haces algo mal, lo admites y ¡te quedas tan ancho!

—¿Y ya está? ¿Con eso tenemos que quedarnos?

Ace rodeó el talón del Gato con las manos.

—No te sigo, rabanito.

—¿Arremetes contra nuestra dimensión, casi nos matas a todos y ni siquiera crees que haya que disculparse?

—¿Preparado? —Ace miró a Lister, quien asintió con la cabeza, y luego tiró con fuerza del talón del Gato—. Con eso debería ser suficiente —le arrojó a Lister un par de tablas lisas de madera—. ¿Crees que podrás improvisar un entablillado rápido de combate? Solo tiene que aguantar hasta que le subamos al quirófano.

—Sin pega.

Mientras Lister se concentraba en su tarea, Ace se puso de pie y encaró a Rimmer.

—Mira, Arnie, no estoy seguro del todo de adónde quieres ir a parar. Todavía seguimos en un buen fregado, aquí. Tenemos a uno del equipo sin conocimiento y va a necesitar cirugía en seguida si ha de salir de esta, tenemos a otro soldado a la pared boca abajo con el culo colgando en el espacio profundo y un casco con muchas probabilidades de desplomarse como alguien le respire encima demasiado fuerte. Vamos a intentar todos apretarnos los machos y hacer lo que hay que hacer —se echó para atrás el perfecto flequillo y sonrió—. Luego puedes ponerme contra la mesa y darme una buena zurra en el trasero, ¿vale? —se dio la vuelta y se agachó junto a Kryten—. Este es el plan, chavalote. Voy a fijar estas placas al casco. Va a ser más fácil hacerlo desde el interior. Eso significa que te vamos a emparedar, en realidad. Luego, yo iré por el exterior, te liberaré cortando el casco y todos podremos estar en casa antes de Navidad. ¿Suena chachi?

Kryten le sonrió y asintió con la cabeza.

—Chachi piruli, comandante.

—Esa es la actitud —Ace se enderezó—. Vamos a construir una estructura alrededor de la abolladura para crear un falso casco con estas placas de metal. Obviamente, tiene que ser estanca y eso significa que habrá que remachar y soldar todas y cada una de las juntas y cubrirlas bien con un sellador. ¿Qué tal se te da soldar, David?

Lister levantó la vista del entablillado.

—Me las apaño.

Ace se echó a reír.

—No me cabe ninguna duda. En mi dimensión, eras el mejor de todos.

Lister arrugó la frente.

—¿Yo?

—A ninguno de los pilotos de Europa se les pasaría por la cabeza volar ni siquiera una condenada cometa si Spanners Lister no le había hecho antes una buena revisión.

—¿Spanners Lister? —una gran sonrisa involuntaria se extendió en el rostro de Lister—. ¿Trabaja en la base de pruebas de Europa?

—Ya te hablaré de él más tarde. Lo primero es lo primero, vamos a subir a nuestro amigo al quirófano y después lo mejor es que nos volquemos de lleno con la reparación del casco. Yo calculo que por lo menos hay que echarle unas cincuenta horas de trabajo.

Kryten sonrió con los labios pero sus ojos reflejaban pánico. El destrozo del casco debía haber reducido de manera salvaje sus reservas de oxígeno disponible.

Había muchas probabilidades de que cincuenta horas fuera más de lo que les quedaba.

M'Eidin inspeccionó la obra con su ojo recién implantado y sintió lo más próximo a satisfacción que podía sentir sin tener unas entrañas calientes y sangrientas tiradas a sus pies.

Se había tardado muchos meses en su construcción y había requerido la mayor cooperación de la raza agonoide que jamás habían sido capaces de conseguir. Era un logro magnífico, sin lugar a dudas. El primer y único ejemplo del diseño de interiores agonoide.

Lo llamaban la Rueda de la Muerte.

Fundamentalmente, consistía de una serie de corredores que partían de cada uno de los muelles de atraque del Enano Rojo y conducían a un punto central. Pero eso solo era la punta del iceberg.

Una vez que el humano con sonrisa de bobo y sus compañeros de tripulación aterrizaran a bordo, los sistemas automáticos empezarían a dejarles sin oxígeno. Se verían forzados a abandonar el muelle de atraque y a correr por los pasillos que formaban los radios de la Rueda de la Muerte. Las puertas se sellarían a su paso y entonces la temperatura comenzaría a ascender a niveles insoportables, obligándoles a dirigirse hacia el siguiente pasillo, el cual de nuevo sellaría su retirada. Allí, poco a poco se irían dando cuenta de que el techo se movía inexorablemente hacia abajo, amenazando con aplastarles como si fueran desperdicios dentro de un compresor de basura.

Con cada nuevo pasillo, los peligros se volverían más intolerables y cada vez dispondrían de menos tiempo para recorrerlos.

Al final, sin aliento y acobardados por el miedo y el pánico, entrarían tambaleándose en el Centro del Dolor.

El Centro del Dolor era el plato fuerte: una enorme sala abovedada, con un palco para espectadores que circunvalaba el techo. Las paredes estaban cubiertas con todos los tipos de armas cortantes y contundentes imaginables y todos los instrumentos de tortura jamás inventados por la extremadamente inventiva mente humana: mazas, picas, espadas y sables; navajas, dagas y herramientas de corte por láser; motosierras, sierras circulares, serruchos de costilla y sierras de metal, tornos de dentista, escalpelos y una gama completa de relucientes aparatos metálicos diseñados para la cirugía ginecológica; mazos cortos, mazos largos, martillos galponeros y martillos neumáticos; potros de tortura, doncellas de hierro, equipos de electrocución de gónadas; grilletes para testículos, suspensorios forrados con hojas de afeitar, bolsas de enema llenas de ácido y música ligera… todo lo que se te ocurriera, si causaba dolor, si los humanos le tenían miedo, allí estaba.

A M'Eidin se le caía la baba con la belleza de todo aquello.

Al humano quejumbroso y a sus amigos amantes de los humanos se les concedería algo de tiempo para hacerse a la idea del horror total que les aguardaba y luego se daría la señal.

La carrera daría comienzo.

La población agonoide entera se encerraría al acecho en cámaras individuales. Una vez se diera la señal, las puertas de esas cámaras se abrirían de golpe simultáneamente y los agonoides se abalanzarían cada uno por un pasillo. Estos estaban dispuestos en una serie de uves, de forma que dos pasillos contiguos se encontraban en el vértice de la uve con una sola salida. La puerta se sellaría después de permitir el paso a uno de los agonoides.

Un agonoide podía usar cualquier medio, legal o ilegal, para derrotar a su rival del pasillo adyacente, tras lo cual el proceso se repetiría una y otra vez, reduciendo en cada fase el número de combatientes por la mitad, hasta que solo quedaran dos contrincantes para luchar por el derecho a cruzar la puerta de entrada al Centro del Dolor.

Por el derecho a ser El Elegido.

Por descontado, sin duda se produciría una gran cantidad de muertes de agonoides a lo largo del recorrido, pero eso solo conseguía aumentar la naturaleza divertida del evento.

Luego los agonoides supervivientes subirían renqueando y echando maldiciones al palco de espectadores y daría comienzo la fiesta gore.

Con un planeamiento cuidadoso y una gran dosis de paciencia, el despreciable humano y su pandilla podían durar muchos meses sin morirse, posiblemente incluso años si el agonoide afortunado estaba lo suficientemente versado en anatomía humana.

La puerta del Centro del Dolor se abrió a sus espaldas y M'Eidin se dio media vuelta para ver a Sack O'Push que entraba cojeando.

Sack había sido el cerebro del diseño de la Rueda de la Muerte y la fuerza motriz que había llevado a su finalización. Ahora, sólo estaba añadiendo los toques finales, los pequeños aportes de sutileza que aumentarían de forma inconmensurable el placer de la ocasión. Colocó una funda pequeña de goma en la pared, justo al lado de los cascanueces de tornillo. Vio la interrogación en la mirada de M'Eidin.

—Es un condón embadurnado por dentro con vicks vaporub —dijo a modo de explicación—. Al parecer quema como un demonio.

M'Eidin sonrió y asintió con la cabeza. A pesar de que Sack era el más brillante y creativo de los agonoides de manera incuestionable, M'Eidin sentía lástima por él. Con el paso de los años, muchas de sus partes habían dejado de funcionar y se había vuelto peligrosamente débil, carente de la fuerza física necesaria para ganarse las piezas de repuesto en combate. La única razón por la que no había sido atacado y desmantelado era su capacidad para la invención y el diseño. Sus habilidades habían mantenido operativa a la flota agonoide todos estos años. Pero era solo cuestión de tiempo antes de que se le rompieran demasiadas partes para seguir funcionando de forma efectiva y ya no fuera más que un depósito de piezas de repuesto y un montón de fragmentos de metal.

En resumidas cuentas, era imposible que Sack llegara a ser El Elegido. Su mente había ideado la Rueda de la Muerte y aun así no sería más que un simple espectador cuando esta entrara en funcionamiento. Ni siquiera lograría cruzar la primera puerta.

Sack colocó una serie de cajas pequeñas en una estantería.

—Lentes de contacto hechas de estropajo... hilo dental de alambre de espino... cortapastas de tamaño pezón... —enumeró—, tijeras para prepucios... sombrilla de cóctel metálica...

—¿Para qué es eso?

—Para lo que se quiera, en realidad, pero pensé que vendría bien tenerla a mano para destrozar el interior del tronco del pene.

M'Eidin asintió con aprobación.

Sack continuó adelante.

—Bandas de cera depilatoria... quitagrapas (pensé que sería útil para arrancar las costras y mantener las heridas siempre frescas y sangrantes)... termómetro rectal, revestido con papel de lija... sí, creo que eso es todo —dio un paso atrás y examinó con ojo crítico la parafernalia de tortura recién colocada—. ¡Ah sí! Casi se me olvida... —metió la mano en su riñonera y sacó una tarjeta—. Esto multiplicará seguro la diversión de la carnicería. —colocó la tarjeta en primera línea sobre la estantería de tortura.

—¿Qué es eso?

—Es una tarjeta cifrada. Un nuevo diseño. Impide perder los estribos, para que el Elegido pueda mantener la calma si el humano le incordia y no se deje llevar poniendo fin al espectáculo demasiado pronto. También elimina la fatiga, mejora el tiempo de reacción y amplifica los nodos de placer. Bueno —se frotó las manos—, no puedo quedarme aquí todo el día. Tengo que montar el cableado de un arrancauñas con batería —sonrió a M'Eidin y se dio la vuelta para irse.

—¿Estarás listo a tiempo? —preguntó M'Eidin.

La gran inauguración del Centro del Dolor estaba prevista que tuviera lugar dentro de menos de doce horas. La población agonoide en su totalidad se congregaría para inspeccionar los placeres de la cámara y familiarizarse con sus complejidades. Habría mucha alegría, un montón de tarjeteo cifrado y, por supuesto, una cantidad nada desdeñable de innecesaria violencia gratuita. Tales reuniones agonoides solo tenían lugar cada pocos siglos más o menos, mayormente porque la tasa de mortandad era muy alta. Era de esperar que la fiesta de esta tarde resultara en una reducción de la población de un veinticinco por ciento.

Sack O'Push asintió con la cabeza.

—Todo estará preparado, te lo aseguro —dijo, y se fue renqueando por la puerta.

M'Eidin cruzó hasta la estantería de tortura, cogió la tarjeta cifrada y le dio la vuelta sobre la mano.

—Mejora el tiempo de reacción... —dijo entre dientes para sí mismo.

Si de verdad esta tarjeta hacía eso, podría darle una buena ventaja para ganar «La carrera del humano». En última instancia, era una carrera, después de todo, y la velocidad era de suma importancia. No importaba la brutalidad con que te deshicieras de tu rival, si no llegabas a la puerta antes que el vencedor de la lucha del pasillo de al lado, él no tendría ningún obstáculo y tú te quedarías encerrado sin haber peleado.

Se introdujo la tarjeta en la ranura de la cabeza y esperó a que le hiciera efecto.

Pero no le hacía nada.

No sentía nada. Ninguna amplificación de los nodos de placer. Nada.

Indignado, se extrajo la tarjeta y la arrojó otra vez a la estantería.

Ganaría la carrera por sus propios méritos, se dijo para sí. Pero se equivocaba.

Para M'Eidin Tai-Uan no habría ninguna carrera.

El daño ya se había hecho.

DIEZ

El Gato dejó escapar un gemido y abrió los ojos. Oyó una voz extraña que decía: «Sujeta fuerte allí, muchachito», pero no se le ocurrió tratar de averiguar quién hablaba. Intentó moverse, pero tenía los brazos atados a los lados. Se notaba una sensación rara en la pierna derecha. Pensó en eso durante unos pocos segundos y decidió que era dolor. No le molestaba para nada, lo cual le resultó divertido, de alguna manera. Soltó una risita tonta.

Lister dijo:

—Está volviendo en sí.

—No te preocupes, Davey. Va hasta las cejas de gelatina líquida. Está más feliz que una panda de hippies en una cosecha de marihuana.

El Gato levantó la cabeza, se miró el cuerpo y vio el rasgón en su pantalón de pitillo de seda con estampado de cuadros escoceses en color melocotón La sangre de la herida de la pierna le había empapado el pantalón hasta abajo.

—¡Qué horror! —se lamentó—. ¡Qué mala pinta tiene eso!

—Yo de ti no me preocuparía, mi querido pudin de mermelada —dijo la voz detrás de él—. Habremos arreglado esa pierna antes de que sepas lo que está pasando.

—¿Pierna? ¿Quién está preocupado por la pierna? Es la combinación de colores lo que me alarma. ¿Rojo con melocotón? —el Gato dejó caer de golpe la cabeza sobre la almohada hinchable de la camilla—. ¡Estoy sangrando como un hortera!

Ace se agachó y cogió el extremo delantero de la camilla con su mano buena.

—Será mejor que lo subamos al quirófano. Está empezando a delirar.

—No tiene por qué —Lister se encorvó y agarró la parte de atrás—. Él es así siempre.

Cargaron la camilla a la altura de la cintura y la transportaron escaleras arriba. Ace se detuvo en el rellano y le pegó un grito a Kryten.

—Aguanta allí, colega. Prepáranos un arenque, volveremos para el desayuno —y se llevaron al Gato por la puerta.

Kryten les miró mientras se iban. Meneó la cabeza, sonriendo.

—¡Qué tío!

Rimmer miró a Kryten, la incredulidad le retorcía la cara en una sonrisa de solo un lado.

—Tú te lo has tragado, ¿verdad? Os lo habéis tragado todos.

—Me parece que no le sigo, señor.

—Os ha hecho creer a todos que es una combinación del Capitán Valiente, la Pimpinela Escarlata y el puñetero James Bond. ¿«Prepárame un arenque»? Venga ya, por favor. ¡Ace! ¡Menudo gilipollas!

—Señor, no lo entiendo. Parece que está resentido con el comandante Rimmer.

—No estoy resentido. Es que le he calado, así de simple. Todo es un papel, la bravuconería, la jerga arrogante de piloto espacial, la tranquilidad confiada ante el peligro. Debajo de ese disfraz, es un fracasado gallina muerto de miedo.

—Con el debido respeto, señor, no estoy de acuerdo.

—Tiene que serlo, él soy yo, ¿se te ha olvidado? Y te juro, Kryten, que si vuelve a referirse a mí una vez más con un nombre de fruta o de verdura, cogeré ese soplete y le meteré fuego a su asqueroso flequillo ahuecado.

—Bueno, no hay duda de que parece tener la situación bajo control.

—¿Bajo control? Kryten, enciende la radio y sintoniza Cordura FM. Por mucho que se pavonee por aquí como un mariquita, lo mejor que podemos esperar es que nos deje a todos en buen estado a tiempo para que el ejército reunido de agonoides psicópatas entre en acción y nos descuartice poco a poco hasta morir. Si eso es una situación bajo control, entonces prefiero mil veces el pánico desatado.

Se oyeron pasos en el rellano y Rimmer levantó la vista para ver a Lister corriendo escaleras abajo, rebosante de un entusiasmo que a Rimmer le pareció repugnante.

—Está operando la pierna del Gato.

—Bueno —sonrió Rimmer—, eso es lo último que sabremos de su pierna, entonces.

Lister corrió como una exhalación directo a por el equipo de soldar.

—No, al parecer la microcirugía de campo es una parte de la formación básica en el Servicio Especial de los Cuerpos Espaciales. ¡Qué tío!

—¿Te ha dicho que había estado en el SECE? ¿Y tú te lo has creído?

Lister se puso la careta de soldar a toda prisa.

—¿Por qué iba a ser mentira?

—Se está inventando un papel. Intenta haceros creer que es alguien que no es. Y estáis picando todos.

—Eso no tiene sentido, Rimmer. Está claro que es un piloto de pruebas, ¿no te parece? De lo contrario, no podría haber traspasado las dimensiones y su nave no estaría flotando ahí fuera.

—Bueno, sí, eso puede que sea verdad...

—Y a no ser que haya robado ese uniforme, es comandante.

—Es probable que sí.

—Y es simpático, inteligente, gracioso, tiene carisma de líder...

—Ya está bien, hombre —Rimmer levantó la mano en el aire—. ¿Os bastará con una oficina del Registro, o preferís una boda de iglesia en toda regla para vosotros dos?

Lister sacudió la cabeza y se puso las manoplas de soldar a toda prisa.

—No entiendo por qué te pones así, Rimmer. Él eres tú.

—Él no soy yo. Yo soy yo. Él es como un yo que tuvo todas las oportunidades, todos los ratos buenos, toda la suerte que yo nunca tuve.

La intromisión de Kryten no fue bien recibida.

—Si nos ceñimos a los hechos, señor, según el comandante, las diferencias entre ustedes dos se deben a un único episodio ocurrido en su infancia.

—Claro. Él probablemente consiguió ir a algún colegio de los mejores, mientras que a mí me tocó ir a Io House. Consiguió conocer a toda la gente adecuada, progresó en la red de ex-alumnos untando algunos bolsillos, se abrió camino en los Cuerpos Espaciales dando toallazos en los vestuarios, logró entrar en la Academia de Vuelo estrechando manos masónicas y ascendió en el escalafón a base de ponerse la lengua marrón.

Lister sostuvo en su posición el primer puntal que constituiría el marco para el nuevo falso casco.

—Eres lo peor, Rimmer. Deberías estar contento de que en algún lugar, en alguna otra dimensión, hay otro tú al que le van muy bien las cosas.

—¿Cómo te sentirías tú si apareciera un memo de otra realidad, otro Lister con un carisma como una catedral y un doctorado en el arte de ser guapo y maravilloso?

—Pero tío —Lister sonrió enseñando los dientes—, si yo soy ese Lister.

—Lo digo en serio. ¿Qué harías tú si hubiera otro Lister que tuviera todo lo que tú siempre has querido?

—Lo hay —Lister encendió el soplete—. Ace me ha estado hablando de él de camino al quirófano. Es ingeniero de vuelo en

Europa. Está casado con Kristine Kochanski y tiene dos hijos gemelos, Jim y Bexley.

—¿Y eso no te da ni siquiera un pelín de envidia? ¿Él tiene todo eso gracias a una sola decisión en el pasado, en la que él tomó la opción correcta y tú la equivocada?

Lister sacudió la cabeza.

—Me parece fantástico. Me alegro por él —empezó a soldar el puntal en su sitio.

—Ya, pues créeme, si te encontraras con él, te amargaría el día. Siempre he pensado que nunca me dieron la oportunidad. Él es la prueba viviente de que tenía razón. Mira lo que podría haber conseguido si hubiera tenido la oportunidad que él tuvo.

Lister exhaló un suspiro, apagó el soplete y se levantó la careta.

—¿Te puedo hacer una sugerencia, Rimmer? —le sonrió con gesto amable—. ¿Puedes cerrar la puñetera boca? —volvió a encender el soplete y siguió con su tarea.

Rimmer mantuvo la mirada clavada en el pequeño mequetrefe nauseabundo, asintiendo con la cabeza para ganar tiempo mientras intentaba discurrir a toda prisa una réplica ingeniosa para dejar al mocoso tocapelotas en su sitio de una vez por todas. Como de costumbre, su mente se quedó sin aliento y empezó a parecerse a un perro de plástico en la luna trasera de un coche en una carretera plagada de badenes de tráfico. Giró sobre sus talones y se fue por las escaleras.

No había respeto, ese era el problema. Uno hubiera pensado, después de todo lo que habían pasado, que Lister y los demás debían haber aprendido a respetarle, aunque fuera un poco, pero no. Para ellos, Rimmer no era más que un chiste. Un blanco de humillaciones con mala leche. Sin embargo, el bueno del comandante aparecía como si tal cosa y en diecisiete segundos ya los tenía a todos comiendo de sus calzoncillos. Para vomitar.

Rimmer continuó subiendo por las escaleras camino al quirófano, esperando en parte que el comandante pudiera haber pifiado la operación de la pierna del Gato, lo cual disminuiría su autoestima, algo.

Ace estaba estudiando la imagen del Gato en el escáner médico, su cara cinematografiada por el resplandor blanco y azul de la pantalla. Hasta Rimmer tenía que admitir que era guapo. No tenía ningún sentido. ¿Por qué él no sufría de los problemas capilares que asediaban a su propia mata de pelo rebelde y estropajoso? ¿Acaso se lo alisaba o alguna cosa de chicas de ese estilo? ¿Y por qué no se le inflaban las aletas de la nariz de la misma forma? ¿Podía ser que él no hubiera conocido a Duncan Potson en la guardería, quien le había enseñado a Rimmer a sacarse los mocos con el pulgar? ¿Se habrían separado sus destinos antes de aquello?

Ace vio a Rimmer por el rabillo del ojo y le sonrió de un modo agradable.

—¡Arn! ¡Justo a quien quería ver! ¿Cómo va la cosa por ahí abajo?

—Va tirando —Rimmer se encogió de hombros.

Ace dio unos golpecitos en la pantalla.

—No estoy muy seguro de la anatomía de nuestro amigo. Parece como si no fuera muy humano.

—No. Evolucionó de los gatos.

—No te sigo, socio. ¿Cuándo evolucionó?

Rimmer puso los ojos en blanco, como si la evolución de un gato doméstico a un bípedo parlante fuera un acontecimiento tan común que ni el niño más lerdo de la escuela necesitaría que se lo explicaran. Suspiró y recapituló la historia del Gato lo más sucintamente que pudo.

Cuando hubo terminado, Rimmer vio para su deleite que Ace parecía más que un poco contrariado.

—¿Entonces lo que estás diciendo, mi querida begonia, es que he conseguido aparecer alrededor de tres millones de años después de mi propio tiempo?

Rimmer le sonrió.

—Sí, mi querido portarrollos de papel higiénico. Eso es precisamente lo que estoy diciendo.

—Bueno —Ace se sacó un puro de detrás de la oreja y lo mordió pensativamente—, eso permite extraer algunas conclusiones muy interesantes sobre la propulsión Wildfire.

—¿Como por ejemplo, mi querido cubo de vómitos?

—Como por ejemplo, con un poco de suerte, podríamos ser capaces de improvisar una versión que os pudiera llevar a todos de vuelta a donde empezasteis.

ONCE

Definitivamente, M'Eidin Tai-Uan se estaba quedando sin fuerzas.

Se sentó sobre la placa de metal de la habitación escasamente equipada que tenía para prepararse y sacudió la cabeza de forma enérgica, para intentar despejar la niebla viciada que estaba obstruyéndole la mente.

Eso no era bueno. Eso no era nada bueno. Tenía que recuperarse antes de que... ¿qué era para lo que tenía que estar preparado? Una competición. Un acontecimiento.

¡Maldita sea! Estaba perdiendo la memoria.

Pero, ¿por qué iba a pasarle eso? ¿Se le había ido la mano con las tarjetas cifradas? Si esto era una especie de atontamiento de la resaca, era verdaderamente atroz.

Se aguantó las ganas de tumbarse en la placa. No era hora de estar durmiendo. Tenía que prepararse... prepararse para...

Se abrió la puerta de la habitación (¿por qué no la había cerrado con llave?) y una silueta difusa entró cojeando.

El cuarto estaba extrañamente lúgubre para M'Eidin.

—¡Luces! —gritó.

—Las luces están encendidas, amigo mío.

M'Eidin miró en la dirección de la voz, pero solo pudo distinguir un contorno borroso. No podía permitir que el intruso se diera cuenta de su debilidad. Eso sería letal.

—¿Qué estás haciendo aquí? Lárgate o te sacaré los intestinos y los usaré para saltar a la comba.

La amenaza no pareció impresionar al asaltante. Con la misma calma en la voz, este le dijo:

—¿No vas a asistir a la ceremonia?

—¿La ceremonia?

M'Eidin lo intentó, pero no pudo recordar ninguna ceremonia. El extraño se acercó cojeando un paso más. M'Eidin trató de levantarse, pero las piernas le traicionaron.

—No intentes moverte. Me parece que estás demasiado débil para eso.

—¡De débil nada, piojoso embustero!

M'Eidin se esforzó de nuevo por mover las piernas, pero sencillamente no le escucharon.

—Pues a mí me parece que sí que estás muy débil —la voz seguía siendo suave, pacífica—. Pongamos a prueba mi teoría, ¿quieres? Voy a ir hasta ti y voy a abofetearte la cara y me gustaría que intentaras detenerme.

M'Eidin le miró con los ojos desorbitados por la indignación.

—Un paso más —gruñó— y te... —se le volvió la cara a un lado de la bofetada que le dio su agresor.

—¿Lo ves? —se burló la voz calmada—. Tus funciones motoras se están deteriorando a un ritmo alarmante. Tu mente también. Apuesto a que ni siquiera puedes acordarte de cómo te llamas.

—¿Mi nombre? —M'Eidin empezó a entrar en pánico—. Me llamo... Me llamo...

—¿Empieza por M?

—¡Ya sé cómo me llamo, pedazo de excremento de cerdo!

—Te llamas M'Eidin. ¿Te suena de algo?

—M'Eidin... —le dio vueltas en la cabeza, pero no significaba nada para él.

—M'Eidin Tai-Uan. Como a todos nosotros, nuestros fabricantes humanos te pusieron un nombre insultante. Les parecía divertido. A mí me pusieron Sack O'Push. Vaya gracia, ¿no?

Sack O'Push. Aquel nombre sí que encendió una luz en su mente aturullada. Hizo un esfuerzo por saber qué significaba.

—¡Ah! Veo que te acuerdas de mí. Me tenías por un ser débil, creo. Me subestimaste, amigo M'Eidin. Me subestimaste con consecuencias fatales.

M'Eidin intentó repetir su propio nombre, pero otra vez se le había olvidado.

—Probablemente te estarás preguntando que te está pasando —continuó la voz calmada—. La tarjeta cifrada que has probado en el Centro del Dolor, ¿te acuerdas de eso? No, pues claro que no te acuerdas. Contenía un virus. Lo diseñé yo personalmente. Yo lo llamo el virus Apocalipsis. Es extremadamente inteligente, no es porque yo lo diga. Mientras hablamos, se está extendiendo por todo tu procesador central, sobrescribiendo tus programas de funciones básicas y borrándote la memoria. ¿Te gustaría tener la cura?

M'Eidin asintió con la cabeza.

—Lo siento, no hay cura. Me temo que te estás muriendo.

M'Eidin notó que apoyaba la espalda en el banco de metal. Su atormentador le estaba dejando tumbado. Trató de decir «¿qué estás haciendo?», lo cual debería haber sido bastante fácil, pero salió de su boca como «cientos de casetas».

—Sí, hombre, sí, cientos de casetas —el extraño se rió entre dientes—. Imagino que querrás saber qué es lo que va a pasar ahora. Bueno, básicamente voy a desmembrarte. Entiéndeme, necesito unas pocas partes de repuesto para devolver a mi cuerpo todo su esplendor. Lo bueno de este virus es que solo afecta al cerebro. Por supuesto, no necesito todas tus partes, pero voy a despedazarte cachito a cachito de todas maneras. Si he elaborado el virus de forma correcta, tus sensores de dolor y placer deberán permanecer intactos hasta el final, de manera que todo el proceso no solo resultará una pesadilla agonizante para ti, sino que a mí me servirá también como calentamiento. Una especie de aperitivo que me pondrá a tono para encargarme del humano.

La perspectiva del dolor físico no significaba nada para M'Eidin, pero yacer indefenso en las manos de otro era una ignominia que ningún psicópata con amor propio podía soportar. Hizo un esfuerzo por concentrar la vista en un objeto que estaba descendiendo hacia su globo ocular. Parecía un desmontador de neumáticos. Empleando todas sus fuerzas logró expulsar cuatro palabras de su boca averiada.

—Déjame que muera primero.

—Vamos, no seas así... —dijo su agresor casi en un susurro—. ¿Y qué gracia tendría eso entonces?

Y gruñendo por el esfuerzo repentino, empujó la espátula de hierro hacia el interior de la órbita y, lentamente, empezó a hacer palanca para sacar el primer ojo.

DOCE

Ace asomó la cabeza por el hueco del falso casco casi completado y alumbró hacia la cara de Kryten con su linterna.

—¿Todo bien por allí, querido geranio?

—De rechupete, muchas gracias, comandante.

—Davey está ya a punto de soldar el último panel en su sitio. Una vez que se den las condiciones de aeronavegabilidad, daré un pequeño paseo por fuera y te sacaré del agujero.

—No se preocupe por mí, comandante. Estaré bien.

—Sí señor, así se habla. No tardaré nada —Ace sacó la cabeza del hueco.

Lister puso el panel final en su posición y comenzó a soldarlo cerrando el muro.

—¿Entonces tú crees que nos puedes llevar de vuelta a casa?

—No veo motivo por el que no vaya a ser posible, mi querido plátano. Parece que lo que hace la propulsión Wildfire es lanzarte a lo largo de una de tus propias líneas de destino. El tiempo y el espacio son irrelevantes: simplemente elige un punto en el que tu propio pasado se desvió a otra dimensión y ¡zas! Coser y cantar.

—Entonces si pudiera encontrar, por ejemplo, una dimensión en la que no hubiera llegado a enrolarme en el Enano Rojo, ¿podría estar otra vez en la Tierra?

—Si tu otro yo se quedó en la Tierra, entonces allí es donde aparecerías, sí. Por supuesto, estaríais allí los dos, lo cual puede causar todo tipo de problemas, como estoy empezando a comprobar —señaló hacia arriba con la cabeza, en la dirección próxima a la cabina, donde su doble digitalizado estaba ahora ocupándose de las pantallas de los radares.

—Él es diferente a ti en muchos aspectos, ¿no crees?

—Desde luego que sí y doy gracias al grandullón de allá arriba por eso —le dio un escalofrío involuntario—. Ese hombre es una larva de gusano.

—¿Ya has averiguado en qué punto se bifurcaron vuestros pasados?

—No exactamente. En algún momento de la infancia, calculo yo. Probablemente podría determinarlo con más precisión, pero para eso me haría falta pasar más tiempo con él del que me gustaría. Es que no aguanto estar cerca de él. Verme a mí mismo tan amargado. Tan retorcido y rastrero.

Lister apagó la llama y cogió la remachadora.

—¿Entonces cuál es el plan? ¿Terminamos esto, sacamos a Kryten de esa ratonera y emprendemos la marcha hacia dimensiones desconocidas?

—Me temo que no es tan sencillo, butifarra. En mi trasto solo hay sitio para uno. Puede que dos apretujados, como mucho. Creo que lo mejor que podemos hacer es poner a punto este armatoste y luego dirigirnos al pequeño *rouge*.

—¿Crees que podremos hacer algo contra los agonoides?

—Siempre se puede hacer algo, Davey. Siempre —le dio a Lister una palmada tranquilizadora en el hombro y se separó un paso atrás para inspeccionar el trabajo—. Tiene buena pinta, Skipper —dijo—. Y en menos de treinta horas, además. Tiene una buena pinta del carajo.

De hecho, la nueva sección de casco sí parecía que estaba en condiciones de aeronavegabilidad. Seguramente aguantaría hasta que lograran regresar al Enano Rojo, por si servía de algo. En su fuero interno, Ace dudaba de que tuvieran más posibilidades contra el ejército agonoide que una rata dentro de una picadora. En su propia dimensión, le habían llamado para valorar la viabilidad del proyecto agonoide, cuando todavía estaba sin desarrollar y envuelto en el secretismo oficial. Su consejo había sido deshacerse de todo el tinglado más rápido que de un suspensorio infestado de escorpiones, pero los poderes militares del Dodecaedro habían desestimado la propuesta. Al parecer la historia —al menos la historia de esta realidad— le había dado la razón.

Sin embargo, de nada servía lamentarse de las desgracias. Sus opciones de sobrevivir era limitadas y enfrentarse a la amenaza agonoide era la única alternativa realista. Su mejor baza sería una incursión relámpago: si lograban de algún modo acercarse al reducido bermellón sin ser vistos, entrar como un rayo, coger los materiales y las provisiones necesarias y salir zumbando antes de que sus emanaciones llegaran al ventilador, puede que tuvieran una pequeña oportunidad de equipar al Starbug con una versión chapucera de la propulsión Wildfire antes de que los agonoides les dieran alcance.

Un montón de condiciones. Sin ninguna seguridad.

Personalmente, habría sido mucho más positivo acerca de sus posibilidades si él mismo hubiera estado cien por cien en forma. Aparte del hecho de que no había dormido desde hacía ya más de setenta y dos horas, la herida del brazo que había menospreciado ante los demás como «un pequeño arañazo» era en realidad una fractura múltiple extremadamente dolorosa.

Ahora que el casco ya no estaba en peligro inminente de colapso y el resto de las bajas ya habían sido atendidas, podía permitirse unos pocos instantes para intentar hacerse un pequeño trabajo de reparación en su propia lesión. No habría tiempo para hacer una intervención de calidad, pero al menos podría unir los trozos de huesos rotos y coser la herida. La anestesia sería inapropiada, por supuesto: iban a tener que hacer frente a los agonoides lo antes posible y para ello debía mantener la mente despejada.

—Estupendo, jefe. Tú sella eso. Yo subo un momento a arriba del todo a ver cómo está nuestro amigo felino —mintió.

Lister le sonrió e hizo una imitación de saludo rápido.

Ace se dio la vuelta, entristecido de repente. Algo que vio en la sonrisa de Lister había atacado su confianza inquebrantable.

Se retorció el brazo roto a propósito y se concentró en el dolor. No era momento de ponerse en plan mariquita.

Subió corriendo por la escalera. Con cada salto, crecía la seguridad en sí mismo.

Un ataque sorpresa. Sí, definitivamente, esa era la mejor baza que tenían. Se le levantó el ánimo. Y una baza condenadamente buena, además. Un ataque sorpresa podía funcionar. Funcionaría.

Y, aunque no tenía forma de saberlo, estaba en lo cierto. Un ataque sorpresa funcionaría. Solo que eran ellos mismos los que se iban a llevar la sorpresa.

La terrible sorpresa.

TRECE

Kach O'Kahgon estaba admirando la especial delicadeza con la que estaba tallado un taladrador rectal cuando se dio cuenta de que algo iba mal.

Echó un vistazo alrededor para ver si alguno de los otros agonoides que abarrotaban el Centro del Dolor lo había notado también. La mayoría estaban, al igual que él, examinando los objetos de tortura más estrambóticos y esotéricos expuestos para su inspección. Unos pocos deambulaban haciendo eses, con una buena cogorza. Un par de docenas estaban metidos en unas brutales luchas a muerte. En resumidas cuentas: nada fuera de lo común.

Pensó que tal vez se lo había imaginado. Entonces volvió a ocurrir. El suelo se movió bajo sus pies.

Miró alrededor otra vez. Unos pocos de los agonoides más cercanos a él lo habían notado también, esta vez. Se miraron unos a otros y luego al suelo.

Se oyó un ruido atronador y Kach sintió que se le doblaban las rodillas ligeramente.

La algarabía de fondo cesó, se detuvieron todas las peleas y, a excepción de unos pocos borrachos jurando en hebreo, todos se quedaron en silencio.

Una voz amplificada irrumpió por los altavoces.

—Creo que ya he logrado captar vuestra atención.

Kach alzó la vista hacia el palco de espectadores. Un solo agonoide estaba observando la reunión desde arriba, demasiado alto para que Kach pudiera distinguir sus rasgos.

El altavoz sonó de nuevo.

—El efecto que acabáis de experimentar es la puesta en marcha de un amplificador de gravedad. En estos momentos, la gravedad bajo la bóveda es de... —la figura miró a lo lejos— ...uno coma cinco Ges. Irá incrementándose gradualmente y, con el paso de los segundos, cada vez os resultará más difícil moveros.

El anuncio produjo un estallido de voces confusas por toda la sala. Kach y unos pocos de los agonoides más listos adivinaron lo que se avecinaba y empezaron a avanzar poco a poco hacia las salidas.

—En menos de doce minutos, hasta el más fuerte de vosotros estará pegado al suelo sin poder moveros. En menos de quince, seréis reducidos a charcos de papilla metálica. Solo tenéis una opción para sobrevivir. Correr.

Sack O'Push se deleitaba viendo cómo el pánico se apoderaba de la muchedumbre de abajo y la multitud entera echaba a correr de forma simultánea hacia las salidas, las cuales eran demasiado escasas y demasiado estrechas para permitir el paso a más de la mitad de ellos antes de que el amplificador de gravedad dejara en la impotencia a los rezagados.

Kach cogió una lanza láser de la pared y empezó a abrirse camino a través de la masa a golpe de cuchilladas. Las cabezas y extremidades rodaban a su paso. A cada movimiento, sus pies se hacían más pesados, su progreso más lento, pero su instinto de supervivencia le mantenía en la brecha. Justo cuando estaba a solo unos metros de una de las preciadas puertas, esta comenzó a cerrarse. Con un esfuerzo desesperado, plantó la lanza entre los omoplatos de un agonoide en fuga, derrumbándolo en el suelo. Concentró en los brazos toda la fuerza que le quedaba y saltó con ayuda de la pértiga por encima de la multitud atrancada delante de él, aterrizando en la seguridad del pasillo justo cuando la puerta se cerró de golpe tras él, partiendo la lanza en dos.

A Sack le costó mucho apartarse de la visión de la carnicería de abajo, a medida que la aumentada fuerza de gravedad aplastaba en el suelo a aquellos que quedaban dentro del Centro del Dolor y los endoesqueletos empezaban a partirse en pedazos húmedos, pero había otros placeres con los que deleitarse. Se giró hacia el banco de monitores de video que mostraban a los agonoides supervivientes amontonados en los pasillos. Los radios de la Rueda de la Muerte.

El pasillo de Kach era un griterío de rabia y confusión. Fue silenciado por el sonido del altavoz.

—¡Enhorabuena! Habéis sobrevivido al primero de vuestros suplicios. Pero antes de que empecéis a daros palmaditas en la espalda, dejadme que os asegure que esto es solo el principio de vuestro calvario. Dentro de escasos segundos, activaré las trampas de los pasillos.

El aire en torno a Kach se llenó de gritos de maldiciones y amenazas de estrujamientos de testículos.

—Ya, ya, ya... —dijo la voz del megáfono en tono de arrullo—. No hay necesidad de ponerse desagradable; podía haberos encerrado a todos en el Centro del Dolor y mataros de un plumazo si hubiera querido. ¿Pero qué gracia tendría eso entonces? Bueno, antes de que proceda con la lenta, pero a la vez total y segura aniquilación de todos vosotros, quiero que sepáis esto: habéis sido derrotados por Sack

O'Push, el más grande y letal agonoide de todos los tiempos. Soy yo quien está destinado a convertirse en El Elegido. Muy bien, caballeros. Es hora de morir.

Y eso fue todo. Los altavoces se quedaron en silencio. Kach miró a su alrededor, intentando predecir cuál era la amenaza del pasillo durante un minuto que parecía no acabar nunca. De pronto, un pincho metálico grueso salió con fuerza de la pared, atravesando el pecho del agonoide que estaba a su lado, ensartándolo en una impotencia de sangre a borbotones. Kach echó a correr hacia la puerta, sorteando las púas que salían disparadas de ambos lados del pasillo y del suelo.

Sack O'Push sonrió, levantó el volumen, se recostó en su sillón y se puso a dirigir la sinfonía de gritos y lamentos de muerte como si fuera la más dulce de las melodías. Para cuando llegaran, agotados, a la puerta final y entraran en el muelle de atraque, la población agonoide habría quedado reducida a un puñado escaso.

Se caerían al suelo sin aliento y él les concedería un instante breve de alivio antes de abrir las compuertas del muelle de atraque y que el abrazo frío y negro del espacio se los tragara a todos.

Por supuesto, serían capaces de sobrevivir durante algún tiempo en el espacio profundo, pero sin ningún medio para alterar la dirección, simplemente se precipitarían a lo largo de su trayectoria original, hasta que sus fuentes internas de energía se agotaran y ya no pudieran evitar quedarse congelados.

Se convertirían en monumentos de hielo a sus talentos letales.

Él era, con toda justicia, el más grande agonoide de todos los tiempos. Tenía un don que le diferenciaba del resto.

Era astuto.

Y esa cualidad no solo le garantizaba que atraparía al humano y a sus compañeros, sino que además le aseguraba que sus muertes serían más dolorosas de lo que podían imaginar y más lentas de lo que podían aguantar.

CATORCE

Ace entró por la compuerta de la galería de popa y ordenó cerrar la entrada tras él. Se colocó entre los dientes una cuña de plástico para sujetar puertas, metió la mano entumecida del brazo roto dentro de la nevera y se apoyó con todo su peso contra la puerta, sujetándola con fuerza. Respiró profundamente unas pocas veces, luego tiró de repente hacia atrás del brazo roto con todas sus fuerzas y, con un quejido estrangulado, se desplomó en el suelo.

Luchó contra el cálido confort de la inconsciencia que amenazaba con envolverle en sus brazos y se agarró al dolor.

Se echó un vistazo a la extremidad inflamada. No había huesos visibles. Intentó cerrar el puño, con mínimo éxito. Era un churro de arreglo, pero le serviría de momento. Una vez que hubieran sacado sus pelotas fuera de peligro, volvería a romperse el brazo y se lo pondría en su sitio. Miró a su alrededor buscando la aguja de coser que ya había enhebrado y vio la mitad del tope para puertas en el suelo. En su agonía, lo había partido en dos de un mordisco.

Escupió la otra mitad y sujetó la aguja con los dientes. Se reprochó el estar volviéndose blando en su segunda infancia, unió con un pellizco los bordes de la herida y deslizó la aguja a través de la carne inflamada e hinchada.

Al salir deslizándose por el otro lado, un sonido extraño le hizo parar.

Y otro. El choque de metal contra metal.

Y otra vez.

Parecía venir de arriba.

Cruzó hasta el terminal de la cocinilla y pidió la imagen de las cámaras externas.

Un hombre con un traje espacial estaba gateando por fuera del casco exterior, con unos imanes de sujeción en las manos y en las botas.

Ace salió como una flecha de la cocinilla, atravesó la sección central y subió de un salto los escalones de la cabina.

Rimmer estaba pasando el tiempo en su puesto, viendo el paseo espacial.

Ace abrió el canal de comunicación

—¿Skipper? ¿Eres tú el de ahí fuera?

La voz distorsionada de Lister contestó:

—Presente, comandante.

—Quiero que vuelvas aquí ahora mismo. Es una orden.

—No digas tonterías. Ya estoy a mitad de camino.

—Es una orden, Davey.

—¿Qué vas a hacer? ¿Arrestarme?

—Anda, sé razonable y entra otra vez; Tú no tienes la experiencia en paseos espaciales que yo tengo. Déjame a mí sacar a Kryten.

—Tengo experiencia de sobras en paseos espaciales. Además, también tengo dos brazos útiles.

—Ya te he dicho que a mi brazo no le pasa nada que no se pueda arreglar con una tirita. No tienes necesidad de jugarte las canicas.

—Oye, ¿quieres dejar de distraerme? Hay que bajar un buen trozo y estoy intentando concentrarme. Cambio y corto.

Lister se llevó la mano al micrófono de garganta y lo apagó. Miró hacia abajo y a su izquierda. Podía ver el trasero de robot de Kryten sobresaliendo boca abajo en la abolladura cóncava del casco.

No parecía una postura cómoda.

Despacio y con cuidado, avanzó hacia él en diagonal. Una vez estuvo en posición, introdujo un anclaje en la bocacha de una pistola neumática y disparó a través del casco. Tiró fuerte del anclaje y, satisfecho de que era seguro, enganchó su arnés de seguridad en la anilla.

Empujó la cabeza contra el casco de la nave y golpeó tres veces. Sintió las vibraciones cuando Kryten dio unos golpes en respuesta.

Se volvió a colgar la pistola neumática en el cinturón, sacó el cortador láser y evaluó la tarea. Tendría que cortar alrededor de los bordes del agujero para agrandarlo y seccionar la viga que estaba asegurando a Kryten antes de poder sacarlo. Comprobó su reserva de oxígeno. Tres horas. De sobra, en teoría.

Encendió el láser y empezó a cortar.

Sólo había hecho una pequeña incisión cuando se dio cuenta de algo extremadamente raro.

Las posaderas de Kryten no parecían encajar de forma ajustada en el hueco del casco.

Lister dejó de cortar y alargó la mano. Empujó la retaguardia de Kryten. Se bamboleó. Había unos buenos quince centímetros de distancia entre sus muslos y los bordes del agujero.

Dirigió la linterna de su casco hacia las nalgas. Tenían una pinta muy rara. No es que hubiera pasado una gran parte de su vida examinando el trasero de Kryten, pero la zona de arriba de sus piernas parecía más brillante, más metálica.

Al llevarse la mano al micrófono de garganta, el anclaje que aseguraba a Lister al casco se soltó y se precipitó al espacio. Observó cómo se iba con una extraña sensación de indiferencia.

Ahora, lo único que impedía que saliera flotando hacia las estrellas era su inercia.

Cuando volvió la cabeza hacia el Starbug, el metal de delante de él se combó hasta dar de sí. Una mano de robot salió disparada de dentro del casco y le agarró por el cuello.

Lister clavó una mirada de pánico en el agujero donde debería haber estado el pandero de Kryten, solo que no estaba.

El casco empezó a combarse y a enrollarse como si hubiera estado hecho de goma espuma. De repente se asomó una cabeza. Lister se quedó mirando atónito a la extraña cara gris, a escasos centímetros de la suya propia. La cara se inclinó hacia arriba en un ángulo curioso. Los labios se separaron, dejando expuesta una fila espeluznante de afilados dientes de metal.

La cabeza se le echó encima empujando contra el casco de Lister y la boca empezó a moverse.

Estaba hablando con él. El sonido le llegaba en forma de vibraciones que recorrían su casco y, aunque sonaba a lata y estaba medio oscurecido por el latido de taladro neumático de su propio corazón, Lister pudo distinguir las palabras con bastante claridad, a pesar de que no tenían mucho sentido para él.

La voz estaba diciendo:

—Soy cacho cagón. Bienvenido al infierno.

QUINTA PARTE

No tan solo ante el peligro

UNO

El sol del desierto caía sobre la calle polvorienta como un láser implacable que alguien se había olvidado de apagar. El sheriff Will Carton salió al porche abrasador; las puertas de su oficina se batieron a su espalda, acompañándole en la salida e invitándole a ponerse en camino, como si su propia cárcel no quisiera nada más con él. Se balanceó hasta encontrar la perpendicularidad y luego permaneció de pie en esa concienzuda postura erguida que tienen los borrachos; los borrachos, es lo que tienen: cuanto más beben, más sobrios intentan parecer. Echó un vistazo a la calle. Desierta. Tan solo unos pocos caballos atados junto al bar, demasiado aletargados por el calor para mojarse sus malolientes cabezas en el abrevadero.

Dirigió una sonora zancada hacia la calle, con tanta fuerza y tan mal calculada que se le clavó la espuela derecha en la madera, anclándole el tobillo al suelo del porche. Intentó liberarse dando un tirón, con toda tranquilidad, pero no cedió ni un ápice. Miró a su alrededor, suspiró abatido, se dejó caer de manera que su trasero se estrelló contra el suelo levantando una nube de polvo asfixiante en torno a él y luego se encomendó a la tarea de sacarse la bota.

Para cuando hubo conseguido soltar la espuela y volverse a calzar, la calle ya no estaba desierta. Una pareja bien vestida estaba cruzando a toda prisa, ella con uno de esos elegantes parasoles diseñados en París, Europa. Daban la impresión de que estaban evitando deliberadamente encontrarse con Carton, pero este iba demasiado perjudicado para preocuparse por eso y ni siquiera se dio cuenta. Se levantó del todo a su extraña posición erguida y se inclinó el ala de su sombrero Stetson deformado.

—Buenos días, señora..., Jeff.

La mujer alzó la vista al cielo. El hombre se paró, volvió la cara hacia él y dijo: «Buenos días... sheriff» en un tono tan ponzoñoso que sonó como una maldición.

Sin embargo, la entonación pasó desapercibida directamente por los oídos de Carton. Jeff era el contable del banco y era un hombre tan adinerado que llevaba billetes auténticos y tenía una cartera. Perfecto para conseguir un poco de licor.

—Oiga, Jeff: ¿por casualidad no tendrá un par de monedas de cinco centavos de sobra? Es que tengo una sequedad de garganta que me está matando —Carton se restregó el reverso de la mano contra los labios, como si la pantomima fuera a dar credibilidad a su demanda.

—Lo que usted tiene —arremetió la mujer de Jeff— es la enfermedad del vagabundo borracho.

Carton se balanceó e intentó lamerse los labios, pero su lengua era como un perro obeso atascado en la madriguera de una rata del desierto. Jeff parecía angustiado.

—Venga, Esther, no hace falta que...

—Sí que hace falta y mucha, Jeff Calculitos. Ayer dispararon a bocajarro al joven Wyatt Memoria en esta calle, mientras este... este caballero estaba durmiendo la mona en su propia cárcel.

—Tiene razón, señora —Carton se quitó el sombrero y le dio vueltas en sus manos—. Y me siento terriblemente mal por ello, de eso no hay duda. Pero verá, eso me ayudó a ver la luz y ahora estoy totalmente limpio, se lo prometo. De hecho estoy haciendo una colecta para el fondo del campanario de la iglesia, puesto que ahora estoy del todo volcado con la religión. Aleluya y lo demás —les ofreció el sombrero—. ¿Qué me dicen de un par de peniques para garantizarles con toda seguridad una plaza en el cielo?

Para Esther, esa fue la gota que colmó el vaso. Intentó pegarle a Carton con su cesta y, aunque no le dio, el esfuerzo de esquivarla le hizo perder el equilibrio, de manera que acabó con el trasero en el suelo por segunda vez en tres minutos.

Jeff le miró con lástima.

—¿Es que ya no le queda vergüenza, Will? —cogió a su mujer del brazo y se la llevó en dirección al banco.

Carton se protegió los ojos contra la brutal luz deslumbrante del sol y les gritó mientras se iban:

—No se lo tendré en cuenta, amigos, siendo como son normalmente tan respetuosos con la ley y todo eso. Siempre que no olviden sus entradas para el baile de la Ley y el Orden. Cuestan solo cinco centavos la entrada, si las compran ahora mismo —pero el señor y la señora Calculitos ya estaban muy lejos para oírlo.

La típica mata del desierto cruzó la calle rodando. Carton suspiró de nuevo. Pensó durante un rato, pero no se le ocurrió una manera de levantarse de la posición sentada, así que rodó boca abajo y empujó con las manos hasta la perpendicular una vez más.

Cuando estaba sacudiéndose el polvo, en vano, un niño con una camisa de cuadros y un pantalón de peto azul se le acercó con los pies descalzos.

—¿Qué le ha pasado, sheriff? ¿Está usted bien?

Carton bajó la vista a la cara de enternecedora preocupación del chico y le salió una sonrisa.

—No ha sido nada, Billy. Solo un tropezón.

Billy limpió el polvo del chaleco del sheriff.

—Parece usted algo cansado, señor. ¿Ha estado luchando con los pieles rojas otra vez?

—Ya lo creo, Billy.

—¿De qué clase?

—Bueno, déjame pensar. Había algunos arapahoes, algunos navajos, algunos nipijos…

—Nunca había oído hablar de esa tribu.

—Eran malvados y con muy mala leche, Billy. Iban detrás de mi cabellera.

—Pero sheriff, usted no tiene pelo.

—Por eso mismo. Así de malvados y malhumorados eran esos pieles rojas, Billy.

—¿Cuántos había?

—Caray, debía haber unos veinte a mi izquierda, otros veinte a mi derecha y otros veinte más a mis espaldas, todos gritando y aullando sus cánticos de guerra enloquecidos. Me pareció que sesenta pieles rojas no merecían malgastar balas de plomo buenas, así que sencillamente tiré mis seis revólveres al suelo, me remangué la camisa y me encargué de ellos.

—¿Mató usted a sesenta pieles rojas a golpe de puñetazos?

—Sesenta pieles rojas, dos atracadores de bancos, ocho contrabandistas de armas y un oso gris. Ha sido un día muy duro, Billy. Espero que las cosas mejoren mañana.

—Madre mía, sheriff. Menuda historia.

Carton se fijó en la cara de Billy y se percató de un moratón muy feo que florecía en su pómulo. Con un crujido de rodillas se agachó a la altura de los ojos del chaval y le agarró por los hombros.

—Dime, Billy. ¿Qué te ha pasado?

Billy le restó importancia.

—Nada.

—¿No te habrás estado peleando por mí otra vez, verdad?

—Ha sido Tommy Tate. Dijo que usted era un asqueroso borracho apestoso que no servía para nada. No podía quedarme quieto y dejar que le faltara al respeto de esa manera.

Carton cerró los ojos. Tommy Tate tenía cincuenta y siete años.

—No deberías pelearte con hombres adultos por mi culpa, Billy. No valgo la pena.

—Pues claro que sí, sheriff. Y muy pronto todo el pueblo va a saber que es usted un héroe de verdad. Va a plantarles cara a esos Apocalipsis cuando entren en el pueblo esta noche y a mandarles de vuelta al apestoso agujero de donde vienen de una paliza.

—¿Esta noche? —Carton se irguió y sacó su reloj de bolsillo—. ¿Es que vienen esta noche?

¡Qué rápido había pasado el tiempo! ¿Cómo podía haberse olvidado?

Billy asintió con la cabeza.

—¿Es verdad que nadie en todo el pueblo va a ser su ayudante? ¿Va a tener que liarse a balazos con los cuatro usted solo?

Carton cerró el reloj y se lo metió otra vez en el chaleco.

—Así son las cosas, Billy —la garganta le quemaba como la caldera del Cannonball Express—. Así son las cosas.

La sed le hizo volver la cabeza, y el resto del cuerpo le siguió hacia el bar.

—¿Sheriff?

Carton se detuvo y miró de nuevo a Billy.

—¿Puedo ser yo su ayudante?

—Sólo eres un niño, Billy.

Billy se estiró, todo indignado.

—Dentro de un mes tendré nueve años y cuarto. Ya casi me afeito.

Carton volvió atrás y se agachó otra vez a la altura de Billy. Metió la mano en el bolsillo del chaleco y sacó una placa.

—Pues claro que puedes ser mi ayudante —le sonrió—. ¿Quieres una placa?

Los ojos de Billy se ensancharon más que una serpiente tragándose un cerdo entero.

—¿Una placa auténtica de ayudante? ¿Para mí?

—Así es, Billy. Y por ser mi mejor amigo en el mundo entero —Carton se frotó la mano por la boca, muerto de sed—, sólo te costará diez centavos.

—¡Yupi!

Billy sacó los peniques de sus pantalones, trincó la placa por si acaso Carton fuera a cambiar de opinión y luego se fue como un rayo a enseñarle su trofeo a cualquiera que quisiera verlo y a cualquiera que no quisiera también.

Carton miró las tristes monedas en su mano y se maldijo a sí mismo. ¿Qué demonios le había pasado? Billy Fe era prácticamente el único amigo que le quedaba y él le había estafado sin pensárselo dos veces. En algún momento del camino, algo tremendamente horrible le había pasado al viejo Iron Will Carton. Había caído más bajo que el escroto de un escorpión. Entonces oyó la llamada atrayente de las teclas del piano tintineando desde el interior del bar, pensó en el trago de olvido que compraría con los peniques y dejó de preocuparse.

Subió los escalones pisando fuerte, abrió las puertas dobles de un empujón y entró con decisión en la penumbra cargada de humo de la taberna. Estaba muy concurrida. Recorrió la sala con la vista mientras caminaba, no queriendo pararse hasta que llegara a la barra por miedo a que la vacilación pudiera traicionar la premura de su cita con su vieja amiga la señora aguardiente. Se engañó a sí mismo con que su andar era acompasado y autoritario. El bueno del viejo sheriff haciendo sus rondas de siempre.

De repente, cayó de bruces, con la cabeza por delante y en horizontal, chocando de narices contra la escupidera, la cual volcó el pringue repugnante por toda su cara. Levantó la vista. Una cabeza de alce que colgaba del puntal del centro le miraba fijamente desde arriba, sonriendo. Se limpió la porquería mucosa con la manga de la camisa y se giró para ver el obstáculo que le había hecho tropezar.

La bota de cuero reluciente estaba todavía sobresaliendo en el pasillo de entre las mesas. Los ojos de Carton siguieron la bota hacia arriba por el pantalón de raya diplomática con pliegue afilado como un hacha, pasando la pistola enfundada y la camisa abombada color crema hasta la corbata de lazo y luego la cara cruelmente agraciada que lucía una sonrisa encima de todo lo demás.

—Vaya, vaya, sheriff. Qué raro ver a un hombre de su naturaleza sobria en un establecimiento de bebidas de baja alcurnia como este.

Los vaqueros en torno a las mesas de juego se rieron a mandíbula batiente.

La ira ayudó a Carton a ponerse en pie.

—No deberías haber hecho eso, Jimmy.

El pianista decidió que la escena no necesitaba acompañamiento y dejó de tocar. Las sillas se arrastraron sobre el suelo de madera cuando Jimmy se puso de pie y el resto del público se apartó lo mejor que pudo de la línea de fuego. Todavía sonriendo, Jimmy se desabrochó los cierres de las pistoleras y calentó los músculos de las manos.

—¿Por qué no lo intenta, sheriff?

Carton no se movió. Ni siquiera se tambaleó.

—Venga —Jimmy sonrió con desprecio—. Dicen que solía ser usted más rápido que una parada para echar un pis en el condado de las serpientes de cascabel. Eso era antes de ponerse amarillo.

El verdadero Will Carton habría vaciado sus dos pistolas, barrido los casquillos de bala y arreglado los preparativos para un funeral cristiano decente antes de que un jeta como Jimmy hubiera pensado siquiera en intentar coger sus armas. El viejo Will Carton.

—¿A qué está esperando, fanfarrón? ¿Se lo ha pensado mejor?

Carton se pasó el perro obeso de lengua por los labios.

—Siento mucho haber tropezado con tu bota, Jimmy. No lo he hecho queriendo.

Los vaqueros silbaron y se pitorrearon. Alguien lanzó un naipe contra Carton que le hizo un corte doloroso en la nariz. Risas a montón. El pianista le dio a las teclas y todo el mundo arrastró las sillas otra vez a su sitio. Carton se frotó la manga seca por la cara y se dirigió a la barra de nuevo.

—¿Will? ¿Estás bien?

—De maravilla, Esperanza. Dame dos dedos del mejor aguardiente que tengas. Acabo de tragarme el orgullo y se me ha quedado atravesado en la garganta.

—No le hagas ni puñetero caso a la gentuza como Jimmy Culpas. No es más que un bocazas con ropa bonita.

—Tiene una prisa tremenda por reservarse una parcela en el cementerio de Boot Hill, eso seguro. Bueno, ¿qué hay de ese trago, Esperanza?

—El jefe dice que se acabó el darte más licor a crédito, Will. Puedo ponerte un buen plato de estofado, de todas maneras. Es de zarigüeya fresca.

Carton plantó el dinero de Billy sobre la barra.

—Hoy soy cliente de pago, mi bella dama. Así que échame dos dedos gordos de tu mejor licor bebible. Y no se te ocurra colarme esa bazofia que guardas para los pordioseros. Quiero mercancía de calidad. De esa que tardas dos días en recuperar la visión, garantizado.

Esperanza suspiró y estiró el brazo debajo de la barra para coger la botella.

—No va a servirte de nada, Will. Cuando te despiertes, seguirás siendo tú mismo. Seguirás huyendo de tus problemas.

Vertió el espeso líquido marrón en el vaso. Carton lo miró con deseo. Pasó alrededor de un minuto haciéndose a la idea del surco que ese primer sorbo iba a abrir en la costra de su lengua. Alargó el brazo para coger el vaso. Carton tenía la esperanza de que fuera estuvieran explotando petardos, pero sabía que la posibilidad de que así ocurriera era mínima. Eran disparos. No había duda, en realidad. Aun así, cogió el vaso.

Por el espejo de la barra, vio al joven Billy entrar como una exhalación por las puertas dobles.

—¡Los hermanos Apocalipsis están aquí! —dijo resollando.

Todas las miradas se volvieron hacia Carton.

—Preguntan por usted, sheriff.

Carton no se dio la vuelta. Dijo con una voz tranquila y despreocupada:

—Está bien, Billy. Dile a esos buenos muchachos que el sheriff saldrá ahora mismo —levantó el vaso y vertió el licor por su garganta agradecida.

Sonrió de un modo parco, se tocó el ala del sombrero en la dirección de Esperanza y giró sobre sus talones quedando de cara a las puertas. Midió sus andares para cruzar la sala del bar: ni demasiado rápido, como para parecer sumiso, ni demasiado lento, como para parecer temeroso. Lo hubiera conseguido, de hecho, si no hubiera pasado demasiado cerca de la cabeza de alce y no se le hubiera enganchado el cuello de la gabardina en su cornamenta, tirándole con los pies en alto y plantándole con el trasero en el suelo por cuarta vez en esa mañana.

Volvió a levantarse con toda la dignidad de la que pudo hacer acopio, avanzó con paso decidido hasta las puertas de la taberna e irrumpió en la asoladora luz del día.

Había cuatro cosas que hacían imposible cualquier acción de fuego por parte de Carton. La primera de todas, ellos estaban de espaldas al horno del sol y Carton tenía que entrecerrar los ojos sólo para poder distinguir sus siluetas. La segunda y la tercera: ellos estaban montados a caballo y eran tres. Y en cuarto lugar: a Carton le temblaba el pulso más que a dos puercoespines en su noche de bodas.

Los tres hermanos descansaban cómodamente sobre sus monturas. Fue Guerra Apocalipsis el que habló. Le dio un toque con el dedo índice al ala de su sombrero.

—Sheriff —dijo, con toda la educación y corrección.

Carton levantó la cabeza devolviéndole el saludo.

—Qué amable de vuestra parte venir a visitarnos. ¿En qué puedo ayudaros?

La voz de Guerra era suave, casi un susurro, un silbido frío de voz que atravesaba directamente la espina dorsal de Carton.

—Bueno, verá, sheriff, aquí el hermano Peste tiene un problema.

Carton miró a Peste, que estaba distraído espantando la hueste de plagas de insectos que revoloteaban zumbando a su alrededor y que parecían hacerle compañía constantemente.

—¿Y cuál es ese problema, amigo?

El susurro de Guerra le interrumpió:

—Al parecer está usted plantado justo donde les gustaría estar a sus balas.

En el intenso y cálido silencio de la calle, Carton juró que podía oír el tic tac de su propio reloj de bolsillo.

—Bueno, pues me parece que eso tiene fácil solución —dio despacio dos pasos a su derecha y se volvió a poner de frente a ellos—. ¿Así te gusta más?

Guerra soltó una risita entre dientes.

—Tiene narices la cosa. Ahora está usted justo donde les gustaría estar a mis balas.

Carton se caló el sombrero por encima de los ojos.

—No hay problema, chicos —dio otros dos pasos lentos y les miró—. ¿Qué tal así?

Guerra se giró sobre la silla.

—¿Te parece bien así, hermano Hambre?

El gordo jinete arrancó otro bocado grasiento del rollizo muslo de pollo que tenía en la mano y farfulló una sola sílaba que empezaba y acababa con «m» y tenía un sonido gutural en el medio. Fuera lo que fuera lo que pretendía ser esa palabra, era inequívocamente negativa.

Guerra suspiró y meneó la cabeza con tristeza.

—No tengo más remedio que creer que está usted haciendo esto con la sola intención de provocarme.

Carton vio como descendían los hombros y percibió los destellos de acero antes de que su mundo erupcionara en una ensordecedora pesadilla de plomo en explosión.

Tres hombres, seis pistolas, treinta y seis balas.

DOS

Sack O'Push no estaba contento del todo. Todo su planeamiento meticuloso, todos esos meses de preparación esmerada estaban ahora amenazados por el fracaso por culpa del único factor que no había tenido en cuenta.

La suerte.

La estúpida suerte.

Como precaución natural, había hecho un seguimiento de los últimos supervivientes de la sumamente divertida carrera mortal al salir despedidos por el muelle de atraque.

La mayoría de ellos se había precipitado al desolador y oscuro desierto del espacio profundo.

Uno, solo uno de ellos, había rebotado contra un asteroide suelto y su nueva trayectoria le había puesto en la dirección de colisión con la nave humana.

Aun así, lo más probable era que el superviviente simplemente pasara junto a ellos, tentadoramente cerca, pero al carecer de toda clase de maniobrabilidad, no lo bastante cerca.

Sin embargo, Sack no había llegado hasta aquí para dejar nada en manos del azar.

No tenía otra opción. Ya no podía seguir esperando a que el humano llegara hasta él.

Tendría que ir a buscar al humano.

Kach agarró fuerte la manguera de oxígeno del humano y la apretó entre los dedos.

No se podía creer la suerte que había tenido.

Había estado viajando por el espacio a toda velocidad, con tan solo una muerte lenta y gélida que contemplar, cuando había visto un punto verde en la distancia.

A medida que se acercaba hacia él, el punto se convirtió en una nave. Únicamente podía ser la nave humana.

Su gozo se vino abajo cuando se dio cuenta de que iba a pasar de largo.

No por mucho. Solo lo suficiente para martirizarle durante el resto de sus días helados.

Entonces, al acercarse a la nave, vio que había otra mucho más pequeña amarrada a ella.

Y el cable que las mantenía unidas estaba justo en medio de su camino.

No había tenido más que una oportunidad de agarrarse al cable, pero le había bastado. Desde allí, era una simple cuestión de descender con cuidado por la cuerda de amarre hacia el casco de la nave verde.

Llegado a ese punto, se había encontrado con un problema. ¿Cómo iba a acceder al interior de la nave?

No iba a llamar a la puerta y decir con voz de cordero: «¡Hola chicos! Soy vuestra peor pesadilla, dejadme entrar por favor». Por otro lado, si simplemente intentaba entrar abriendo un boquete en el casco, la pérdida repentina de presión habría matado a toda la tripulación con bastante probabilidad, lo cual no habría sido nada divertido.

Fue entonces cuando había visto las nalgas boca abajo. Un par de glúteos de robot, sobresaliendo por un agujero en el casco.

Se había acercado reptando a la curiosa visión y había pegado la oreja al casco. Había oído lo que sonaba como si alguien estuviera llevando a cabo tareas de soldadura. También oyó unos pocos fragmentos de conversación intercalados, que a Kach le bastaron para extraer lo esencial de lo que había pasado. Se había producido algún tipo de brecha en el casco, la cual habían taponado con el mecanoide, a quien ahora estaban emparedando.

Qué infinidad de deleites había experimentado cuando había oído que el humano iba a salir al exterior para liberar al mecanoide.

Embriagado por la emoción, había esperado a que el último de los paneles hubiera estado colocado, agarró los glúteos y tiró de ellos.

Le había costado un esfuerzo de magnitud sorprendente y, cuando por fin había soltado al mecanoide, pudo entender el porqué: había tenido que partir en dos una viga para poder arrancar de allí al desgraciado.

Durante un breve instante, había considerado torturar al pasmado mecanoide, pero el tiempo corría en su contra —el humano podía estar de camino en cualquier momento—, así que se había limitado a lanzar al pobre infeliz al espacio y meterse en el agujero.

¡La cara del humano!

Kach echó hacia atrás la cabeza y soltó una carcajada silenciosa, amortiguada por el vacío del espacio.

Había merecido la pena todas las pruebas que había tenido que superar, todo el dolor y el sufrimiento que había tenido que soportar sólo por ver la expresión en la cara del humano cuando le había atrapado.

Kach miró la cara otra vez y se dio cuenta de que el humano se estaba poniendo azul dentro de su casco, así que soltó la manguera de oxígeno. Había que tener mucho cuidado con esas criaturas. Su adherencia a la vida era tan delicada, tan frágil. La brutalidad tenía que ser aplicada siempre de forma benévola para prolongarles la muerte.

Le quitó al humano los imanes de sujeción de los guantes y se los puso en sus propios nudillos, luego soltó al humano y le golpeó en la parte de atrás del casco, enviando su cuerpo inconsciente flotando hacia la puerta de la esclusa de aire.

Una ola de emoción le embargó ante la expectativa y empezó a trepar por el casco de la nave tras su presa en lenta deriva.

La puerta de la esclusa de aire estaba ahora a su alcance. Kach se agarró a la rueda de la puerta y volvió a darle un golpe al humano en el casco, con la fuerza justa para detener su movimiento, dejándole ligeramente oscilando en el aire frente a la entrada.

Ahora sí que iban a tener que dejarles entrar. De acuerdo con la información que habían sonsacado al ordenador corto de entendederas, nada más quedaban otros dos tripulantes: un holograma y una criatura que había evolucionado a partir de los gatos. Kach no creía que semejante alineación tan triste pudiera ofrecer mucha resistencia. La situación más probable era que se rindieran sin presentar lucha alguna. Después podría pilotar la aeronave de regreso a la nave minera capturada y despacharse con ellos a su gusto y sin prisas.

Claro que también estaba el pequeño problema de Sack O'Push. Mientras recorría zumbando el espacio a su suerte, Kach había ideado un verdadero festín de posibles muertes para ese impostor tumoroso que le había apuñalado por la espalda, esa peste cobarde para el orgullo de la población agonoide, esa mancha en la reputación de todo psicópata asesino decente, honesto y sincero.

Pero lo primero era lo primero. Hacerse con la nave humana era ahora la prioridad. Pero cuando Kach alargó la mano para encender el micrófono de garganta del humano, vio un destello de fuego y plata y algo le atizó un golpe.

El impacto fue ligero, en cuanto se refiere a dolor infligido, pero con la suficiente potencia y sorpresa como para hacerle soltarse de la rueda de la puerta y enviarle a toda velocidad alejándose de la nave.

Gritó un «¡noooo!» inaudible y bajó la vista hacia la mano enguantada que le sujetaba por la cintura.

¡Había otro humano más! ¡Otro humano le había atacado!

¡Atacarle a él!

¡A él!

Este iba equipado con una mochila de propulsión y la turbina todavía seguía llameando en su espalda, dirigiéndoles a los dos hacia el espacio exterior.

El humano le soltó, pero todavía estaban a solo unos centímetros de distancia el uno del otro, precipitándose a la misma velocidad, en la misma dirección. En la dirección opuesta a la nave humana.

La mano del humano se movió hacia los controles de su mochila de propulsión, con la intención de disparar una ráfaga del reactor del pecho, lo cual le separaría del agonoide y le lanzaría hacia la nave, dejando a Kach en un vuelo sin fin a través de la eternidad oscura y estéril de las estrellas.

Kach reaccionó en seguida, pero el humano contaba con la ventaja de la sorpresa y la llamarada se desprendió del reactor del pecho justo cuando el agonoide intentaba agarrarle.

Mientras el humano salía despedido hacia atrás con gran estruendo, los dedos desesperados de Kach se apresuraban por encontrar agarre. Justo cuando la execrable criatura estaba casi libre, los dedos pulgar e índice de Kach lograron aferrarse en torno a su bota y, con el impulso del reactor, los dos sufrieron una sacudida hacia arriba y hacia atrás.

Los delgados labios del agonoide se retrajeron en una parodia de sonrisa de dientes metálicos. Se arrastró con esfuerzo más cerca del humano y le cogió por la rodilla.

En unos pocos segundos más, estaría lo bastante cerca para arrancarle la mochila de propulsión y quedársela para sí mismo. Luego metería un fino dedo a través del casco del humano y vería cómo se le hinchaban los rasgos faciales en el vacío del espacio, hasta que le explotara la cabeza en una espectacular exhibición gore de sangre, hueso y sesos.

Lister volvió en sí, aturdido y desorientado, para hallarse de cara a la puerta exterior del Starbug.

Miró hacia abajo, lo cual fue un error, pues no había nada bajo sus pies. Estaba fluctuando en el espacio, como un globo lleno de helio en la mañana después de una fiesta.

Incluso en su estado aturullado, comprendió que estar flotando a su suerte en el espacio no era la situación ideal y se esforzó por recordar cómo se las había arreglado para acabar allí.

Y entonces se acordó. Aquella cara. La sonrisa de cuchilla.

El agonoide.

¿Dónde estaba ahora el agonoide?

Intentó mirar alrededor, pero su cuerpo se negaba a girar y su campo de visión estaba limitado por los bordes de su casco.

Volver a entrar en el Starbug parecía un buen plan. Intentó llegar a la rueda de la esclusa de aire.

Estaba fuera de su alcance.

No solo un poquito fuera de su alcance; estaba a más de un brazo. Bajó la vista a su pecho y vio dos cosas alarmantes. En primer lugar, no llevaba mochila voladora. En segundo lugar, su nivel de oxígeno era asombrosamente bajo. Le quedaban menos de siete minutos de aire.

¿Por qué no se había molestado en ponerse una mochila de propulsión? ¿Por qué había salido a dar este maldito paseo espacial para empezar?

Porque en su estúpida bravuconería de adolescente, había querido impresionar a Ace.

Patético.

Justo cuando estaba pensando que a menos que alguien saliera pronto a remolcarle al interior, Dave Lister había masticado su último pan hindú, la rueda de la esclusa de aire giró y la puerta comenzó a abrirse hacia él.

Y eso era bueno, mientras no fuera el agonoide el que estaba abriendo la puerta.

La luz emanó a raudales de la esclusa y, antes de que las pupilas de Lister pudieran contraerse lo suficiente para discernir quién era el que estaba allí, una mano le agarró por el arnés del pecho y le remolcó al interior.

La puerta se cerró detrás de él y, a medida que el oxígeno silbaba inundando la esclusa de aire y la vista de Lister se fue acostumbrando al resplandor, se halló mirando la familiar sonrisa de dientes puntiagudos.

El Gato se levantó su casco dorado con forma cónica y empezó a hablar, pero Lister tuvo que quitarse su propio casco antes de poder oírle.

— ...allí arriba deprisa, colega.

—¿Qué has dicho?

—He dicho que el robot de malas pulgas que te enganchó ha pillado al tipo ese que se parece a cara de poste...

La puerta interior se abrió y, sin esperar a que el Gato terminara, Lister salió pitando y subió a la cabina. Se lanzó al puesto de observación de Kryten y acercó la vista a la pantalla del monitor, pero sólo pudo distinguir dos figuras diminutas en la distancia. Le dijo a Rimmer a voz en grito:

—¿Qué es lo que está pasando?

Rimmer no levantó la mirada de su pantalla.

—Es difícil de saber. Se están moviendo tan rápido que no puedo seguirles si me acerco más con el zoom.

—¿Tienes contacto por radio?

—Tenía, pero no hace más que cortarlo. Me parece que hay un cable suelto. Creo que...

La radio les interrumpió de repente:

— ...bug. ¿Me oís? Repito... —la voz de Ace era calmada y nada nerviosa.

Lister encendió el micrófono.

—Te oímos, comandante. ¿Qué ha ocurrido?

—Nada bueno, mi querido roscón de Reyes. No he podido sacudirme al maldito endemoniado lo bastante rápido. El condenado se ha agarrado a mi pierna. Está trepando a por la mochila de propulsión.

—Escucha: yo ya tengo el traje puesto. Voy a coger una MP y a salir a por ti. ¿Puedes sujetarle hasta que llegue allí?

—Negativo, caja de galletas. No puedo permitir que el cerdo me coja la mochila; estaríamos todos acabados. Voy a intentar desengancharme el arnés.

—¿Estás mal de la cabeza? Si te sueltas la mochila de propulsión, te quedarás colgado ahí fuera para siempre.

—Es la única manera, Davey. ¡Maldita sea! La está agarrando... Tengo que...

Se oyó un zumbido estático prolongado. Lister pulsó varias veces el interruptor del micrófono sin resultado. Entonces una pequeña llamarada erupcionó cerca de las dos figuras en la pantalla de visión. Lentamente, describió una parábola separándose de ellos.

—¡Lo conseguí! —gritó Ace con voz alegre—. Ha salido disparada hacia lo desconocido. Parece que a mi compañero de baile no le ha hecho mucha gracia.

Lister aumentó la imagen de la pantalla. Rimmer tenía razón: estaban volando a una velocidad del demonio y apenas logró captar una visión fugaz de la pareja luchando al atravesar la pantalla a toda pastilla. El agonoide se había encaramado al pecho de Ace.

El ruido estático cesó y la voz de Ace irrumpió chisporroteando.

— ...intentando darme un beso o algo así. Tiene la boca pegada a mi casco... Creo que está intentando decirme algo...

—¡Tú aguanta! —gritó Lister—. Vamos a ir a por ti.

—Yo no me molestaría, si fuera tú, pepinillo. Vamos demasiado rápido para que nos alcancéis con ese viejo cajón oxidado vuestro. De todas maneras, al parecer la bestia halagadora tiene planes para mi futuro a muy corto plazo. Bueno, qué se le va a hacer. Para ser sincero, dudo que fuera a ser el tipo más ingenioso con el que pasar el resto de la eternidad. Parece que es hora de despedirme. Prepárame un arenque, volveré para el...

Entonces se oyó un pequeño estallido y el rugido de un viento terrible, después una explosión húmeda y sorda.

Luego no hubo más que un profundo y duradero silencio.

TRES

Kryten estaba intentando desesperadamente ver las cosas desde el lado positivo.

Estaba rebotando hacia atrás por el espacio, sin medio alguno de maniobrar y su sistema interno de calefacción iba a agotarse en menos de quince horas, dejándole congelado en estado sólido de forma permanente. Eso contando que no se la pegara antes contra un asteroide y se quedara aplastado como una mosca en el parabrisas de un coche en una autopista. Además, un agonoide psicópata estaba sin duda a bordo del Starbug en esos momentos y probablemente estaría torturando a la tripulación con métodos que le habrían causado pesadillas de las de mojar la cama al mismísimo Marqués de Sade. Incluso si habían conseguido derrotar al agonoide, lo cual parecía del todo improbable, a estas alturas les quedarían menos de dos horas de oxígeno a bordo.

Muy bien. De acuerdo. Ésa era la situación, se dijo Kryten para sí mismo. Ahora mira el lado bueno.

Se pasó unos pocos minutos tamborileando con los dedos en la viga que tenía soldada al pecho. No podía encontrar el lado bueno.

Algo hacía mal. Seguro que había un lado bueno. Habían estado antes en peores aprietos que este.

¿O no?

Tamborileó con los dedos de nuevo.

Está bien, probablemente no habían estado en peores aprietos que este.

Intentó pensar en cómo podían resultar las cosas en el mejor de los casos.

Después de que alrededor de una docena de los mejores de los casos hubieran concluido con la muerte y destrucción de todas las partes, Kryten decidió intentar dejar de pensar del todo.

De repente, sintió un ¡zas! en la espalda. Cuando todavía estaba intentando sentir la espalda para averiguar qué había causado ese ¡zas!, notó que tiraban de él hacia arriba. Echó la cabeza para atrás todo lo que le dio, pero lo único que pudo ver fueron los reactores traseros de una nave que no le sonaba de nada.

Alguien le había clavado un arpón y estaba tirando de él desde el extremo de una cadena. Por lo que Kryten podía ver, le estaban remolcando de vuelta en dirección al Starbug.

Eso podía ser algo muy bueno o algo muy malo. O bien había sido rescatado o...

Pero en realidad no quería pensar en el «o», así que volvió a intentar no pensar en nada.

CUATRO

—Muy bien —Rimmer apartó la vista de la pantalla y miró a los otros—. Está muerto. No hay nada que podamos hacer al respecto.

Lister se derrumbó en el asiento y apagó la pantalla de visión. Ace estaba muerto. Había sacrificado su vida por David Lister.

—Valía doce veces yo —masculló Lister.

—¿Entonces qué vamos a hacer? ¿Vamos a dejar que su muerte sea un gesto vacío y sin sentido o vamos a recuperar la entereza y a buscar la manera de salir de este embrollo? Bien, nunca pensé que iría a decir esto, pero supongo que nuestra primera prioridad es rescatar a Kryten. Eso asumiendo que el agonoide no le haya matado, claro está. Venga, vamos a hacer una comprobación rápida, nos aseguramos de que todavía estamos en condiciones de aeronavegabilidad y nos ponemos en movimiento.

Rimmer consideraba de lo más improbable que Kryten siguiera vivo, pero aun en el supuesto de que el agonoide le hubiera hecho añicos literalmente, podía haber una posibilidad de repararlo. En cualquier caso, por lo menos tenían que tratar de encontrarlo. Un único agonoide desarmado había dado cuenta de los dos miembros más fuertes de la tripulación en cuestión de minutos, sin sudar ni una gota, y si no hubiera sido por el heroico sacrificio de Ace, todos serían ahora paté de carne. La perspectiva de enfrentarse a todo un ejército de ellos con una fuerza que consistía de un holograma y dos adolescentes llenos de granos no era como para entusiasmarse.

—¡Maldita sea! —el Gato dio un golpe al indicador de lecturas en el tablero de control del piloto—. Será mejor que esta lectura esté estropeada.

Rimmer se puso en pie y caminó hasta él.

—¿Qué lectura?

—La lectura de la reserva de oxígeno —el Gato le dio otro golpe— . O está rota o solo nos quedan cinco minutos de aire.

—Lister, ¿puedes hacer un cruce de datos de los diagnósticos?

Lister exhaló un suspiro y se giró hacia los controles. Introdujo los comandos necesarios con el teclado.

—Esto..., tíos, hay una noticia buena y una mala. La buena noticia es que el indicador de oxígeno no está roto. Esa es también la mala noticia. Será mejor que nos volvamos a poner los cascos, a toda leche —cuando estaba apartando la vista de los controles, se dio cuenta de que una luz de advertencia estaba parpadeando—. Esperad un momento, tenemos visita.

Rimmer echó un vistazo por el visor del piloto. La esclusa de aire se estaba abriendo.

—No lo entiendo: esa puerta está sellada. Se necesita el código de acceso y un escáner de retina.

Oyeron que se abría la puerta interior que daba a la sección central detrás de ellos.

Lister marcó en el teclado.

—Eh, no pasa nada. El ordenador de a bordo ha identificado el escáner de retina: es Kryten.

Lister se levantó de un salto y bajó los escalones de dos en dos. Miró hacia arriba y se quedó petrificado.

Pues sí que era Kryten. Solo que había traído compañía con él.

Estaba siendo levantado en el aire por el pescuezo, indefenso, por un sonriente agonoide de dientes de cuchilla.

CINCO

—Lo siento terriblemente, señor Lister, señor —Kryten jugueteó con los dedos—. Se conectó a mi CPU mediante mi puerto SCSI y me extrajo el código de acceso.

—Sí —el agonoide bajó a Kryten al suelo—, qué falta de consideración por mi parte —golpeó a Kryten en la cabeza con muy mala sangre, mandándole por los aires para caer sobre la mesa del radar, la cual tembló de forma espectacular con el impacto—. Odio los malos modales. Es del todo inapropiado.

Se cogió las manos por detrás de la espalda y paseó hasta Lister, mirándole de arriba abajo como un posible comprador en una exposición de coches usados. Lister retrocedió unos pasos.

—Oh, no te preocupes. No voy a matarte —susurró Sack O'Push en tono tranquilizador—. Voy a hacerte mucho daño, y durante mucho tiempo, pero no tengo intención de matarte. De hecho, para mí va a ser mucho más divertido si vives hasta una edad muy avanzada. Nos vamos a hacer muy buenos amigos, tú y yo.

Se asomó al interior de la cabina.

—Ya puedes salir de ahí.

El Gato se encogió de hombros y entró en la sección central pavoneándose con una tranquilidad considerable, dadas las circunstancias.

El agonoide levantó la voz:

—Tú también. El holograma que está acobardado debajo de la consola en la parte de delante, allí.

Lister oyó a Rimmer que decía en voz baja:

—No pienso.

—Te dolerá mucho menos si sales sin mi ayuda —dijo Sack con una sonrisa.

Poco a poco, Rimmer se levantó y salió andando de la cabina con las manos en alto.

—¿Por qué vas con las manos levantadas?

—Me estoy rindiendo.

El agonoide dejó escapar un suspiro.

—Mirad, no me gustaría nada que empezáramos con mal pie, así que dejadme que os explique la situación lo más claramente posible, para que todos podamos seguir el programa y eliminar cualquier tipo de confusión. No hay esperanza. No habrá ninguna piedad. No podéis apelar a mis buenos sentimientos, porque no tengo ninguno. Lo único que debéis esperar de mí es vuestra muerte, y creedme, llegaréis a desear que eso ocurra. Yo por mi parte, usaré mis habilidades nada desdeñables para manteneros con vida y en constante agonía. ¿Hay alguna pregunta?

Lister y el Gato se cruzaron las miradas y este último asintió con la cabeza ligeramente dando señal de conformidad.

—Bien. Ahora vamos a llevar este transporte de vuelta a la nave minera, donde he reunido una selección de caprichos y golosinas que me gustaría compartir con vosotros...

Lister gritó: «¡Ahora!» y se lanzó sobre el agonoide, al mismo tiempo que el Gato se tiraba de cabeza hacia la fila de taquillas donde estaba guardado el bazookoide.

Los puños agitados de Lister aporrearon la cara del agonoide, dejándole los nudillos amoratados y ensangrentados. Sack se limitó a alargar la mano y soltar un tortazo en la frente de Lister, lo que le mandó desplomado al suelo.

Volvió su atención al Gato, quien amartilló el bazookoide y apuntó con él al pecho del agonoide. Sack meneó la cabeza, divertido.

—Supongo que vosotros también tenéis que divertiros —dio un paso hacia el Gato.

—Quieto ahí, colega —dijo el Gato entre dientes.

Sack no hizo caso y siguió andando.

—Un paso más —el Gato giró la bocacha del bazookoide hacia el castigado Lister— y le mato.

La sonrisa de Sack se derrumbó. Miró al Gato y luego otra vez a Lister. ¿Iba en serio esta amenaza? ¿Podía ser el destino tan cruel como para llevarle hasta aquí y traerle al último humano del universo al alcance de su mano, solo para arrebatárselo en el último momento?

De pronto, se oyó un silbido y el ruido de los ventiladores girando lentamente hasta detenerse. Sack levantó la vista. Algo le había pasado al suministro de oxígeno. Giró sobre sus talones, horrorizado.

El humano estaba tumbado en el suelo, hiperventilando. Incluso en su estado de angustia, sonrió a Sack, y con su último aliento de aire dijo:

—Has perdido, hijo de p...

SEIS

— ...ahora debería estar respirando. Ah, sí.

Lister abrió los ojos para ver la cara de Sack O'Push observándole desde arriba. La cara desapareció en la niebla cuando el aliento de Lister empañó el visor de su casco.

El agonoide se puso de pie.

—Desgraciadamente, te queda muy poco aire en las bombonas. Desde luego no lo suficiente para llevarte de vuelta a mi palacio del dolor en una pieza. Y sobre todo te quiero de una pieza. Al menos por el momento.

Lister se reincorporó sentado y echó un vistazo a su alrededor. Estaban en la sala de motores del Starbug de cara a la sección del casco recién soldada. El Gato estaba agachado a la izquierda de Lister, vestido con su traje espacial en lamé dorado. Rimmer y Kryten estaban a su derecha sentados sobre la cubierta con actitud sumisa.

El agonoide estaba de pie frente a ellos, atizándole a la unidad de regeneración de oxígeno con un destornillador sónico.

—Ah, aquí está el fallo. Esta unidad de RO es un completo desastre. Me sorprende que haya aguantado todo este tiempo. Dadme solo un segundo.

Mientras el agonoide toqueteaba el aparato con varias herramientas, Kryten se aproximó a Lister y le susurró de forma bastante enigmática:

—Agárrese.

El agonoide miró alrededor y luego siguió con las reparaciones.

—¿«Agárrese» has dicho? ¿Agárrese a qué?

—Simplemente estaba intentando levantarle la moral al humano. He dicho «agárrese» como queriendo decir «agárrese a algo».

Sack dijo en tono de burla:

—¿Como diciendo «agárrese a la esperanza», te refieres? Creía que habíamos establecido la inutilidad de ese concepto.

Se oyó un golpetazo y el zumbido de los ventiladores que empezaban a girar con velocidad por encima de sus cabezas.

—Listo. Esto debería resistir todo el viaje de regreso. Y ahora... — el agonoide cruzó hasta la terminal del ordenador de a bordo, abrió un pequeño panel en la parte superior de su cabeza y sacó un cable. Conectó el cable a la terminal—. Solo me queda programar la ruta y estaremos en camino.

Kryten se puso de pie.

—Siéntate.

Ignorando la orden del agonoide, Kryten caminó con calma por el pasillo.

—Vuelve aquí, bufón con cara de plástico.

Kryten se encorvó debajo del puntal de apoyo de una grúa y cogió algo de la cubierta. Se giró de nuevo y empezó a caminar de vuelta hacia el agonoide.

Llevaba un bazookoide en la mano.

—En serio —Sack le sonrió, con incredulidad—. ¿Qué vas a hacer con eso? Aunque me dispararas a quemarropa con eso, apenas me harías un rasguño. Además, no estás programado para matar.

Kryten sacudió la cabeza.

—No voy a matar a nadie.

—Entonces déjalo en el suelo, antes de que te hagas daño.

—Como he dicho, señor —miró a Lister y abrió los ojos de par en par—, ¡agárrese! —gritó y abrió fuego.

El impacto destrozó la sección nueva del casco y un viento de vacío ensordecedor succionó el aire.

El bazookoide salió disparado de su mano y se precipitó por el agujero. Kryten logró agarrarse a una viga de la grúa y atrapó la abeja luminosa de Rimmer, reteniéndola a salvo.

Lister se agarró a la viga que había detrás de él, pero al Gato le sorprendió desprevenido y se había deslizado fuera del alcance de algo a lo que sujetarse antes de que pudiera reaccionar. Lister se inclinó a un lado y consiguió atrapar al Gato de la bota.

Sack era el que más cerca del impacto había estado.

El remolino de viento absorbente le levantó por los aires y le arrastró hacia el enorme agujero.

Al atravesar volando el agujero, con los pies por delante, se agarró con las yemas de los dedos al borde de los paneles rasgados, y de allí se quedó colgado durante un breve segundo antes de que el metal debilitado se derrumbara y sus brazos se agitaran impotentes en el aire mientras salía despedido al espacio exterior.

Se frenó en seco pegando un tirón a diez metros de la nave. Kryten miró hacia el ordenador de a bordo y vio cuál era el motivo.

El cable que salía de la cabeza del agonoide seguía conectado al terminal.

Parecía que el Gato estaba a una distancia del cable lo bastante corta como para cogerlo. Kryten le pegó un grito, pero su voz no se oía con el rugido del viento. Sacudió las manos gesticulando de forma frenética hacia Lister.

Lister le vio, siguió sus gestos en dirección al cable tirante y comprendió sus intenciones.

Gruñendo por el esfuerzo, echó la pierna para atrás y se enganchó en el puntal por la rodilla, lo que le dejó una mano libre para activar su micrófono de garganta.

—Gato, tío. ¡El cable! ¡Arranca el cable!

El Gato levantó la vista. Alargó la mano. Las puntas de sus dedos se quedaban cortas por quince centímetros.

Lister se enganchó con la bota por detrás del puntal de apoyo. No podía saber con absoluta seguridad si estaba sujeta lo suficientemente fuerte como para aguantar su peso y el del Gato juntos, pero el agonoide se había agarrado al cable y estaba trepando por él en dirección a la nave, así que no había más remedio que intentarlo.

Se soltó y el vacío le empujó hacia delante.

Miró atrás. La bota había aguantado. Cuánto tiempo iba a aguantar, no podía estar seguro. Pero ahora el Gato podía alcanzar el cable.

Vio que el agonoide le sonreía, al tiempo que el Gato se estiraba y arrancaba el cable del enchufe.

El cordón salió serpenteando por el agujero y el aire que escapaba de la nave bramando lanzó al agonoide lejos de ellos.

Les despidió con la mano mientras desaparecía poco a poco en la fría noche eterna.

De repente, Lister sintió que se movía hacia delante.

Miró atrás, pero la bota todavía parecía estar aprisionada detrás del puntal. Se deslizó hacia delante otra vez.

La grúa entera estaba siendo succionada hacia el agujero.

Lo bueno era que eso podría redundar en beneficio de ellos: podría tapar el hueco lo suficiente para que les permitiera ponerse de pie.

Lo malo era que la enorme mole de metal a punto del colapso podría fácilmente aplastar a uno de ellos o a ambos dos causándoles la muerte.

Observó, sin poder hacer nada, cómo las vigas crujían y se combaban, para partirse finalmente, viniéndosele la grúa encima al desplomarse.

Lister cerró los ojos.

De pronto, se produjo el silencio.

Lister abrió los ojos. La grúa desplomada estaba aprisionada en el agujero.

El Gato estaba a salvo.

Los dos se pusieron en pie.

La imagen holográfica de Rimmer salió de entre los escombros fluctuando.

—Creo que Kryten ha pasado a mejor vida —dijo en voz baja.

Lister se abrió paso entre el destrozo.

Vio el brazo de Kryten debajo de una viga, la mano sacudiéndose con espasmos.

Cogió la viga y tiró de ella. La movió justo lo bastante para ver que el brazo había sido seccionado.

Miró a su alrededor buscando el resto del cuerpo.

—¿Kryten? —le llamó, sin mucho entusiasmo.

—¿Sí, señor? —la voz apagada de Kryten se filtró desde debajo de los cascotes.

—¿Dónde estás, hombre?

—Estoy aplastado bajo una lámina de metal bastante grande y no puedo moverme.

—¿Te encuentras bien?

—Absolutamente de maravilla, señor —dijo en tono alegre—. Esto…, supongo que no habrán visto un brazo por ahí tirado, ¿verdad?

Lister y el Gato se subieron sobre los restos y empezaron a levantar los escombros.

Kryten se sacudió de una patada la última viga y se puso de pie. Estaba manco de un brazo y gravemente abollado, pero teniendo todo en cuenta, estaba en muy buena forma.

Rebuscó entre los cascotes y encontró su brazo.

—Luego me lo coloco, señores. Ahora mismo, será mejor que llevemos esta cafetera de vuelta al paticorto de color carmín.

—Espera un momento —Rimmer pasó por encima de los escombros hacia él—. ¿Crees que eso es lo más inteligente? Personalmente, preferiría arriesgarme a sobrevivir en vacío sin oxígeno del espacio antes que enfrentarme a otro de esos cabrones dementes.

—Ese era el último de ellos, señor —sonrió Kryten—. Cuando se enlazó conmigo para sonsacarme el código de acceso del Starbug, me las arreglé para hurgar un poco yo también. De acuerdo con sus bancos de memoria, los cuales son, con sinceridad, indecentes, él mismo mató al resto de la población agonoide, con la intención de tenerles a todos ustedes para él solo y poder torturarles a sus anchas.

—¿Estás totalmente seguro, Kryten? Porque no me gustaría nada…

De pronto, los motores comenzaron a rugir y la nave pegó una sacudida hacia delante.

—Qué extraño —Kryten se acercó cojeando al terminal del navegador. Le dio unos golpes al teclado—. Está bloqueado. Eso es...

La pantalla del terminal se iluminó y apareció un mensaje. Simplemente decía: «NOS VEMOS EN EL INFIERNO DE SILICIO».

Rimmer se acercó y se asomó por encima de su hombro.

—¿Qué quiere decir eso?

—Significa que... —Kryten se dio la vuelta para mirarle—, significa que ha infectado el navegador con un virus. Significa que estamos acelerando a calzón quitado a través del cinturón de asteroides, sin ningún medio de encauzar la nave.

SIETE

Tres hombres, seis pistolas, treinta y seis balas.

Tenía la gabardina hecha jirones, el sombrero era un colador, la canana se le había partido y llevaba los pantalones por los tobillos. Aun con todo, no estaba herido. No físicamente, pero sí en su orgullo. Carton se quedó de pie, sin moverse, mientras los ecos de los disparos rebotaban contra las montañas del desierto.

Guerra hizo girar sus armas humeantes y se las guardó en las pistoleras.

—Ahora que hemos conseguido captar su atención, tenemos un pequeño mensaje para usted. Es de Papá. Dice que le quiere fuera de aquí para la medianoche, de lo contrario vendrá a por usted en persona.

—Gracias, muchachos. Decidle a Papaíto que «mensaje recibido».

Guerra tiró de las riendas. Su caballo corcoveó y relinchó, escupiendo un fuego sulfúreo que chamuscó las botas de Carton, luego los hermanos se marcharon del pueblo al galope, así de rápido.

Las puertas del bar se abrieron de par en par y Jimmy y sus amigos vaqueros salieron en tropel al porche. Jimmy sonrió y con un tono de mofa en la voz dijo:

—¿No irá usted a marcharse, verdad, sheriff?

El joven Billy se abrió camino a través del bosque de piernas y encaró a la multitud.

—Pues claro que no va a marcharse. ¿Verdad que no, sheriff?

Carton se quitó los pantalones y echó a andar con ánimo abatido calle abajo con sus calzoncillos largos manchados de mala manera.

Billy le gritó mientras se iba:

—Dígales que no es así, sheriff. ¡Dígales que no es así!

Carton se arrancó la placa de sheriff, la lanzó por encima del hombro y luego se fue arrastrando los pies hacia la cárcel a recoger sus pertenencias.

Las puertas de la cárcel chirriaron a su paso.

—Está bien, muchachos —Carton murmuró entre dientes—, muy pronto me perderéis de vista.

Entró en la celda vacía y recogió su manta enrollada. Una botella de una pinta de whisky cayó al suelo haciendo ruido. Carton se agachó y la recogió. Estaba vacía, por supuesto, pero se llevó el cuello de la botella a los labios y aspiró de todos modos, por si acaso quedaban algunos vapores dentro.

Cogió sus llaves con torpeza y abrió la cerradura de su cajón privado de la mesa. Sacó un estuche de piel de apariencia cara y levantó los cierres. En el interior, perfectamente encajadas en el fieltro verde, estaban sus elegantes pistolas. Extrajo una de ellas y la sostuvo en la palma de su mano. Se sostenía en adecuado equilibrio. Cuarenta centímetros de acero templado y parecía no pesar nada en absoluto. Hizo girar el tambor. Ni un ruido. Acarició con las yemas de los dedos las cachas de nácar negro inmaculado. Él mismo se había hecho las pistolas, tiempo atrás cuando todavía era alguien.

Volvió a colocar el arma en su hueco, con suma delicadeza, como si se tratara de los huesos de un santo martirizado, y cerró la tapadera. Se imaginó que los revólveres debían valer un par de botellas de alpiste si las cambiaba en el bar. Desde luego no iba a necesitarlas allí donde pensaba ir.

Una sombra se deslizó de lado a lado de la mesa. Carton levantó la vista hacia el extraño que estaba de pie en medio de la puerta.

—La oficina está cerrada, amigo. El sheriff se va de la ciudad.

El extraño entró de todas formas.

—¿No sabes quién soy?

Carton observó detenidamente al hombre. Vestía con el siempre respetado traje de gala de los jugadores de cartas de los barcos de vapor. Americana de corte a medida y camisa elegante con pechera de encaje. Bajo el ala con forma de pera de su sombrero bien encajado llevaba la parte de atrás de su pelo en una especie de colas de serpientes. Había algo en aquel tipo que le sonaba mucho, pero Carton no sabía decir lo que era. Echó un vistazo a la selección de carteles de «se busca» de su tablón de anuncios. Eso era lo único que le faltaba ahora mismo. Algún canalla de los bajos fondos que venía a coserle a tiros por alguna ofensa del pasado. Sin embargo, la cara del extraño no estaba representada en la galería de forajidos.

—Su cara me resulta algo familiar, amigo, pero no consigo ponerle nombre.

—¿Qué me dices del Enano Rojo? ¿Significa algo para ti?

—¿El Enano Rojo? ¿No es ese el tipo bajito que solía ir al frente de la banda de los Chancy?

El extraño resopló.

—Sabía que esto iba a ser difícil.

Carton se puso la caja de las pistolas bajo el brazo.

—Óigame, caballero, no sé qué asunto se cree que tiene conmigo, pero si lo que busca son problemas, no estoy dispuesto a ofrecérselos.

Acabo de dimitir de mi puesto, mire: ya no luzco la placa. Me importa un comino que asalte todos los trenes y robe todas las cabezas de ganado que hay entre el desierto de Nuevo México y París, Francia, Europa. Yo ya no soy la Ley. Se acabaron las peleas para mí. Así que si es usted tan amable de echarse a un lado y dejarme pasar, amigo, le estaré enormemente agradecido.

El forastero dejó algo de espacio entre él y las puertas, tras lo cual Carton recogió su manta enrollada y pasó andando junto a él.

Fuera en el porche, había otros dos forasteros. Ambos despertaron algo, también, en lo que aquellos días se hacía pasar por la mente de Carton, pero que le colgaran si sabía de qué se trataba. Uno iba vestido de negro, desde el sombrero hasta las botas, con decoración de cordón trenzado por todas partes y un par de revólveres que parecían bastante profesionales. Estaba sonriendo y a Carton no le gustaron mucho los dientes que la sonrisa dejaba al descubierto. Daba la impresión de que esos incisivos se correspondían más con el gruñido de un puma. Su compadre, más alto que él, tapaba sus finos rasgos faciales y sus aletas de la nariz distanciadas bajo la sombra de un sombrero de diez galones tipo Tom Mix y llevaba zahones de domador encima de sus pantalones tejanos azules. Tenía una expresión rara en el rostro, este último; los ojos bien abiertos e ilusionados, asintiendo con la cabeza como si estuviera instando a Carton a que le reconociera.

Carton estaba intrigado, pero no lo bastante como para quedarse y perder tiempo parlamentando con esos jinetes de la pradera. Les dirigió un mísero saludo con la cabeza, luego emprendió calle arriba de vuelta hacia el bar, con el estuche de pistolas bajo el brazo. A su espalda, escuchó el chirrido de las puertas de la cárcel cuando el primer forastero salió al exterior. Podía sentir el calor de sus miradas clavándosele en la espalda mientras subía los escalones. Entonces el agradable olor del humo y del licor añejo le golpeó la nariz y olvidó todo lo referente a los recién llegados, fijando su concentración en otras cosas.

Un estallido de carcajadas vino de los jugadores de cartas de la mesa de Jimmy cuando pasaba hacia la barra, como resultado de algún insulto susurrado, pero Carton no le hizo ningún caso. Se oyeron unos chasquidos de lengua a coro, pero los ignoró también.

Limpió con la manga un espacio de la barra y dejó encima el maletín.

—¿Tú qué crees, Esperanza? Estas deben valer un par de botellas de aguardiente —abrió la tapa del maletín y las pistolas relucientes iluminaron la cara de la camarera.

Esperanza miró a Carton.

—¿Vas a vender tus mejores pistolas?

—¿Por qué no? Ya no me sirven para nada. No podría darle a la tripa de una ballena ni aunque fuera el mismísimo Jonás.

—Pero Will, estas son tus pistolas especiales. Nadie puede usarlas excepto tú. Mira... —abrió el cilindro—. No hay ninguna recámara. No hay sitio para poner las balas.

Carton sintió como si le hubieran disparado en el estómago. Miró fijamente el arma abierta, la cara se le arrugó como a una india vieja y desdentada chupando un cactus. ¿Para qué demonios servía un par de revólveres sin huecos para las balas? Probó a bromear para restarle importancia.

—Bueno, algo tiene que valer. Llámalas pistolas de seguridad, que las usen los niños para practicar el manejo.

Esperanza guardó los revólveres de nuevo y le devolvió el estuche a Carton.

—Quédatelas, Will. Te daré una botella si te las quedas.

—Por mí estupendo, señorita.

Esperanza sacó una botella y la puso sobre la barra dando un golpe.

—Te debo un favor, Esperanza. Eres una madona de la misericordia. Te lo pagaré con creces, que conste, tan pronto pase por esta ruta la próxima vez.

—No seas iluso, Will. No habrá próxima vez. En cuanto te vayas, esos Apocalipsis van a arrasar esta ciudad y tú lo sabes. No van a dejar ni una astilla de madera lo bastante grande como para que una cucaracha la use de mondadientes.

—No será para tanto, Esperanza —dijo Carton, pero ni siquiera se engañaba a sí mismo. Fijó la mirada en la botella, para que ella no le adivinara la mentira en sus ojos.

—Sí es para tanto. Aquí no hay nadie que tenga lo que hay que tener para plantarle cara a esos hermanos. Ni las agallas, ni la destreza. Tú eres el único que puede enfrentarse a ellos, Will Carton. El único.

—Puede que fuera así hace mucho tiempo, Esperanza. El viejo Will Carton. Pero él está más muerto que la madera de un ataúd a tres metros bajo tierra y eso es un hecho irrefutable.

Esperanza bajó la voz, de forma que casi no podía oírla.

—Si tan solo pudieras recordar... si pudieras intentar acordarte.

—¿Acordarme? ¿Acordarme de qué?

Pero Esperanza ya se había dado la vuelta. La pluma en la cinta de su cabeza temblaba como un flan y sus hombros se agitaban suavemente con la respiración. Carton quiso estirar el brazo y tocarla, pero eso no habría sido lo correcto. Él la estaba abandonando, desde luego. ¿Pero qué había querido decir? ¿De qué demonios se suponía que tenía que acordarse?

Dirigió la mirada al espejo de detrás de la barra. Lo único que veía eran caras de enfado y de burla. ¿Por qué iba a tener que dejarse coser a balazos por defender a esta gente? No les debía nada. Ni uno solo de ellos estaba dispuesto a luchar a su lado. Mejor dicho: solo uno. Un niño de nueve años con más testosterona en sus pantalones de peto que toda esa banda de parados junta. Bueno, que los cuelguen a todos. Si los Apocalipsis querían prenderle fuego a este lugar, que lo hicieran. Eso no era problema de Carton, ya no.

Alargó la mano para coger la botella de alpiste, pero cuando llegó a tocarla con las yemas de los dedos, se oyó un chasquido ensordecedor y salió volando por los aires.

Carton se giró en redondo. La botella de licor estaba colgando del extremo del látigo de Jimmy. Carton hizo el intento de atraparla, pero no lo bastante rápido; Jimmy la alejó de su alcance de un tirón.

—¿Quiere un trago, sheriff? ¿Por qué no viene a por él?

Carton miró a su alrededor y lo único que veía era el vil regodeo en las caras del público. De repente, se hartó, se hartó de verdad.

—Venga, Jimmy. No tengo nada contra ti. No hay necesidad de hacerme parecer un idiota.

Jimmy descendió la botella un poco.

—Salte a por ella, sheriff. Solo quiero verle saltar.

Carton hizo otro intento de agarrarla, pero Jimmy la alejó de un tirón de nuevo. Sonrió en tono burlón a sus compinches.

—Venga, hombre. Seguro que puede saltar un poco más alto.

Entonces una voz calmada y peligrosa dijo:

—Déjale en paz.

Todas las caras del bar se volvieron hacia las puertas de entrada. Era el extraño el que había hablado, el tipo del barco de vapor. Entró despacio en la sala del bar. Sus dos compadres se adentraron detrás de él.

La sonrisa de Jimmy no se borró. ¿Por qué iba a hacerlo? Sus muchachos y él superaban en número a los forasteros por tres a uno.

—Sólo nos estamos divirtiendo un poco, señor Pantalones de Gala. No tiene usted ninguna necesidad de que le disparen por esto.

Lo que pasó a continuación no pudo verse en realidad, sólo se pudo comprender a posteriori. El extraño no se movió aparentemente, pero Carton oyó un ruido sordo a su espalda, notó un soplo de viento pasar por su mejilla y la botella cayó en su mano limpiamente. Volvió la cabeza. Un cuchillo arrojadizo todavía estaba zarandeándose en el pilar del bar que había al lado de su cabeza.

Los dientes de Jimmy seguían fijados en la sonrisa, pero el resto de su cara la había abandonado y se dirigía rumbo al sur hacia una mueca de enfado. Jimmy era rápido. Llegó a sacar la pistola del cuero antes de que un cuchillo atravesara el sobrante de su manga y le dejara clavado a la pared el brazo con el que iba a disparar. Su mano izquierda no llegó a tocar la culata de su segunda pistola. Estaba clavado a la pared como un espécimen raro de mariposa. Se miró los brazos extendidos, luego levantó la vista hacia el extraño, con odio ardiente en los ojos. Abrió la boca para maldecir, pero el extraño hincó otro cuchillo en una bola roja que había sobre la mesa de billar y la lanzó a la boca de Jimmy con tal acierto que se quedó ahí encajada e impidió la maldición.

Jimmy dirigió una mirada a su mesa, con los ojos en llamas, y gruñó como un oso en una trampa. Tres vaqueros se pusieron en pie. Sonrieron al extraño, pero no era una sonrisa agradable. Entre todos no llegaban a reunir una dentadura completa. Flexionaron las manos en torno a las culatas de sus armas.

Will Carton estaba pensando que el espectáculo había sido muy bonito, pero que más les valía a los forasteros empezar a pensar en marcharse ya. El lanzador de cuchillos era rápido, puede que más rápido que ningún pistolero que hubiera visto jamás, pero ahora tenía a tres de ellos delante y ni él ni su compadre del sombrero de diez galones llevaban revólveres.

Fue el forastero del traje mejicano el que dio un paso adelante. El de la sonrisa de puma. Apoyó un guante de piel de ternero en el pecho del jugador de cartas y su cara estaba diciendo: «Tú ya te has divertido, amigo. Deja ahora que otro se lo pase bien». El jugador de cartas se quitó el sombrero, lo extendió hacia delante como si fuera sir Walter Raleigh o algo así y cedió al mejicano el protagonismo.

Era un tipo raro, este último. Los tres pistoleros todavía estaban ciñendo sus manos a los mangos de sus pistolas, pero él no parecía tener prisa por desenfundar las suyas contra ellos. En lugar de eso, sacó un par de maracas y les obsequió con un breve arranque de baile mejicano, con un movimiento de pies más rápido que el de un niño sin zapatos sobre la fragua de un herrero. Cuando hubo terminado, echó los brazos hacia atrás y ensanchó su sonrisa como si estuviera esperando un aplauso.

Los pistoleros se miraron unos a otros con incredulidad divertida.

Uno de ellos dijo:

—Muy bien, chaval. Espero por el bien de tu madre que dispares tan rápido como bailas.

Pero el diálogo era una maniobra de distracción y antes de que acabara, los tres hombres habían echado mano de sus armas y para Carton era como si todo estuviera pasando a cámara lenta. Vio las pistolas salir de sus fundas, vio a los tres tipos agacharse y extender su brazo izquierdo para amartillar los disparadores; oyó los chasquidos. Y todavía el mejicano no se había movido, por lo que Carton pensó que el bueno del chico había bailado su último zapateado. Vio los dedos apretar los gatillos, los disparadores que bajaban y las bocanadas de humo antes de oír los estallidos de las armas. Pero de alguna forma, el mejicano había sacado sus dos revólveres y había disparado tres balas en respuesta. Carton pensó que al menos el chaval se llevaría a dos de ellos por delante, pero no se desplomó nadie, y entonces se oyó un ruido metálico, como el de unas monedas que se caen al suelo.

Después solo hubo humo y silencio y todo el mundo estaba esperando a que alguien cayera en redondo, pero eso no ocurría; ¿cómo era eso posible, que las seis balas hubieran errado su blanco?

Y Carton fue el primero en darse cuenta. El chico no había fallado. Le había dado exactamente a lo que estaba disparando.

Le había dado a las tres balas en el aire.

El mejicano hizo girar sus armas de forma que solo se vio una imagen borrosa y las volvió a meter en las pistoleras como si nunca hubieran salido de su hogar. Echó la cabeza para atrás, marcó a golpes en el suelo del bar un tatuaje formidable con sus tacones cubanos de metal y se quedó quieto como la culata de un Winchester del 45, con una sonrisa reluciente.

Parecía que a los tres pistoleros se les habían quitado las ganas de disparar. No se miraron unos a otros, ni siquiera se molestaron en enfundar las armas. Simplemente las dejaron caer al suelo allí mismo y salieron por patas del bar, como si de pronto hubieran descubierto la religión y hubieran pensado que a lo mejor la vida de granjero no estaba tan mal después de todo.

Se oyó un golpe seco cuando por fin Jimmy consiguió escupir la bola de billar, pero no daba la impresión de tener muchas ganas de hablar.

El forastero jugador de cartas miró a Carton y señaló con la cabeza hacia las puertas. Bueno, Carton supuso que se habían ganado un rato de charla. Recogió la manta enrollada y el estuche de las pistolas, apretó contra el pecho la botella y salió pasando de largo la cabeza de alce hacia la calle. El jugador de cartas se volvió hacia Jimmy y le arrancó los cuchillos de las mangas. Los deslizó de nuevo en el interior de su americana, se colocó bien el sombrero y salió abriendo las puertas de un empujón. El mejicano concedió un saludo a un grupo de coristas que observaban junto al piano y salió detrás de los otros.

El grandullón del sombrero de diez galones se dio la vuelta para seguirles, pero un vaquero enorme que parecía ganarse la vida estrangulando osos se puso de pie y le bloqueó el paso. Jimmy se colocó junto a él.

—Tus compadres parecen tener mucha maña con sus herramientas. ¿Qué me dices de ti, tejano?

Diez Galones tenía un acento curioso. De Boston, tal vez, o de algún lugar del Este.

—Yo no llevo armas —dijo—. Y tampoco soy de Texas, de hecho.

El estrangulador de osos dejó su diente de oro al descubierto. Jimmy arrugó la nariz.

—Está bien, tejano. Me pregunto si podrías zanjar una pequeña discusión que tenemos aquí mis amigos y yo —cinco vaqueros se levantaron tirando las sillas y formaron un círculo en torno al forastero que no venía de Texas.

—Para ser del todo honesto, tengo bastante prisa. Tal vez en otra ocasión, si no os importa.

Diez Galones intentó pasar de largo, pero el estrangulador de osos le empujó para atrás.

—No te robaremos ni un minuto de tu tiempo, tejano —dijo Jimmy.

Fuera en el porche, Carton vio que el forastero tenía problemas. El jugador de cartas le siguió la mirada y dijo simplemente:

—Sabe cuidar de sí mismo —y continuó cruzando la calle.

Carton se quedó. Supuso que esto valía la pena verlo. Diez Galones miró al techo con resignación.

—Muy bien, de acuerdo, caballeros. ¿Cuál es la discusión?

—Bueno, es una especie de discusión musical. La pregunta es: cuando aquí Estrangulador de Osos te arranque el manubrio ¿vas a gritar en La mayor o vas a subir el tono hasta llegar al Do mayor?

Diez Galones bajó la vista al suelo. Se sacudió un poco de polvo de los zahones.

—Tienes razón, desde luego. Es un enigma intrigante. Uno que muy bien podría hacer emplear al límite máximo la capacidad cerebral de una panda de cretinos endogámicos de aliento apestoso como vosotros, cuyas madres estaban unidas sentimentalmente a unos bueyes enfermos.

El estrangulador de osos frunció el ceño. La voz de Jimmy se volvió algo desagradable.

—Vaya, amigo, ¿no querrás ir por ahí insultando a nuestras madres, verdad? Porque cualquiera podría acabar muerto haciendo una cosa como esa.

El forastero le mostró una sonrisa radiante.

—Tal vez pueda dejároslo un poco más claro. Vuestras madres —y señaló a los seis vaqueros que le rodeaban—, todas y cada una de ellas, se lo montaban con cerdos con tanta frecuencia que sus bragas olían como la panceta ahumada.

Los vaqueros no fueron a por él en ese mismo instante. Se limitaron a mirarle con incredulidad, como si no fuera posible que estuviera diciendo lo que estaba diciendo.

—Es más —continuó—, vuestras madres eran tan horrorosamente feas y repulsivas que los cerdos tenían que llevar los ojos vendados para poder lograr una mínima erección.

Con un gruñido rabioso, el estrangulador de osos, se lanzó a por él. Diez Galones se apartó a un lado ligeramente y dejó un pie fijo en el aire, volteando al gigante gritón por el eje de su propia barriga, luego le dio un golpe seco en la nuca al pasar y el grandullón cayó al suelo inconsciente. Agachó el hombro con mucha habilidad de forma que la silla que el vaquero que estaba a su espalda tenía en las manos le pasó volando junto a la oreja, hincó el codo en la barriga dada de sí del vaquero, expulsando el aire de sus pulmones y las ganas de lucha de su ánimo y luego echó el brazo hacia atrás con fuerza, aplastándole la nariz como una boñiga de vaca.

Otro vaquero agarró el cuello de una botella y se abalanzó hacia él gruñendo.

Diez Galones ni siquiera parecía prestar atención al vidrio roto; se limitó a adoptar una postura de boxeo y a soltar un rápido aluvión de puñetazos a la cara del que blandía la botella, tan deprisa que era difícil llevar la cuenta. Mientras el hombre se tambaleaba, con la cabeza todavía sacudiéndose atrás y adelante siguiendo el ritmo como si le hubiera nacido la costumbre, el forastero insertó los dedos índice y corazón en los agujeros de la nariz del hombre aturdido y lo lanzó por encima de su cabeza de manera que se estampó contra una mesa de cartas y se quedó tumbado gimiendo sin fuerzas entre los trozos de madera astillada, los naipes de juego y las fichas de apuestas.

Jimmy y los dos vaqueros que quedaban se estaban conteniendo.

—Está bien, muchachos —dijo Jimmy, sin apartar la vista del forastero—. Vayamos los tres a la vez a por él.

Pero antes de que pudieran atacarle, Diez Galones se giró dándoles la espalda, se agarró al respaldo de la silla y levantó las piernas en el aire hacia atrás en una patada doble, uno, dos, como un paso de ballet sofisticado, haciendo rodar sus espuelas por mitad del vaquero del centro. El primer golpe de espuela le rajó en dos partes los pantalones y la camisa, el segundo le grabó una línea de puntos recta y profunda en el cuerpo, desde la entrepierna hasta la frente.

El forastero giró sobre sus talones. No había sudado ni una gota siquiera. Había aplastado a cuatro hombres en menos de quince segundos. Y por ahora nadie había conseguido ponerle un dedo encima. Jimmy y el compinche que quedaba sopesaron sus posibilidades y dos a uno no les pareció una apuesta que mereciera la pena, así que retrocedieron, despacio y con calma, con las palmas de las manos en alto.

Diez Galones salió del bar, sacudiéndose el polvo de las manos innecesariamente. Sonrió al asombrado Will Carton.

—Impresionante —dijo en tono alegre y juntos echaron a andar hacia la cárcel.

Cuando llegaron allí, el mejicano estaba sentado en la silla de Carton, con las botas encima de la mesa y el sombrero bajo tapándole los ojos. El jugador de cartas estaba rebuscando en los cajones de Carton. A Carton no le importó mucho. Se había llevado ya todo lo que tenía valor para él y, en cualquier caso, ya no podía decirse que esa fuera su oficina. Se dejó caer en la silla que quedaba libre y se echó hacia atrás su Stetson.

—Bueno, muchachos —dijo—, desde luego les habéis dado su merecido a esos canallas. Será un día fragante en una granja de mofetas antes de que Jimmy y sus brutos vuelvan a molestarme otra vez.

Diez Galones se volvió hacia el jugador de cartas con las cejas arqueadas de la exasperación.

—¿Por qué está hablando de esa manera? En serio, está empezando a hincharme las pelotas.

—¿Todavía no te acuerdas de nosotros? —dijo el jugador de cartas.

Carton destapó su botella y se dio un homenaje.

—Como he dicho antes, vuestras caras me suenan de algo, pero que me cuelguen si sé de qué.

—Yo me llamo Lister —dijo el jugador de cartas.

—¿Lester?

—Lister. Dave Lister.

Carton alzó la botella.

—Es un verdadero placer conocerte —se echó un trago a modo de brindis.

—¿Es que no te dice nada ese nombre?

Carton lo pensó durante un momento.

—Tengo la impresión de que sí que conocí a un Lister una vez. Pero fue hace mucho tiempo. Como si hubiera sido en otra vida con la que sólo he soñado —hizo una batida por los páramos de su memoria, pero no había nada significativo que pudiera encontrar. Tan solo un vago recuerdo borroso de un nombre. Se dio una palmada en el muslo y se puso de pie—. Bueno, ha sido una maravilla conoceros, muchachos, pero ahora he de arrastrar mis tristes posaderas fuera de aquí. Tengo que haberme ido para la medianoche, o de lo contrario los buitres se pelearán con los gusanos por mis tripas —volvió a meter el corcho en la botella, recogió sus pertenencias y se fue hacia las puertas. Se dio la vuelta y saludó con la cabeza—. Adiós.

El que se llamaba a sí mismo Lister dijo:

—No podemos permitir que te vayas de la ciudad.

Carton evaluó la situación. Contra los tres tenía menos futuro que una serpiente en una granja de visones. Se acercó otro poco más a las puertas.

—¿Y por qué ibais a hacer eso, amigo?

—Si te vas, estás muerto.

Carton se quedó quieto, pero sus ojos iban de un lado para otro.

—¿Cómo va a ser eso?

Lister se pasó las manos por la cara.

—Mira, esto te va a resultar difícil de tragar. ¿Por qué no te sientas un momento y escuchas?

Carton dudó un instante.

—Está bien —asintió con la cabeza—, pero solo cinco minutos, ni uno más —se movió como si fuera a entrar de nuevo y entonces levantó la cabeza de forma que estaba mirando por encima de la altura de Lister. En voz baja, dijo—: no es que quiera preocuparos en exceso, muchachos, pero una serpiente de cascabel acaba de entrar reptando por la ventana de rejas que tenéis justo detrás. No mováis ni un pelo de la nariz.

Ellos se quedaron paralizados, como esperaba, y en el milisegundo en que todos volvieron la mirada atrás para buscar a la serpiente, él salió por las puertas y echó a correr calle abajo hacia el cartel colgante que avisaba a los que pasaban de que estaban abandonando Existencia.

Los recién llegados salieron al porche como una exhalación. Diez Galones empezó a perseguirle, pero Carton le llevaba una ventaja considerable. Lister dijo:

—No va a poder alcanzarle.

El mejicano bajó a la calle. Desenfundó la pistola, doblando el brazo izquierdo en el aire para apoyar el arma y apuntar sin oscilaciones.

—¡Ahora! —gritó Lister—. ¡Tienes que detenerle!

El mejicano parecía estar apuntando a la ferretería.

—¿Qué estás haciendo, hombre? ¡Está allá! ¡Si consigue pasar el cartel, todo habrá acabado!

El mejicano disparó un tiro. Rebotó en una bañera que colgaba en el exterior de la tienda, cruzó la calle y dio contra el poste de la barbería, volvió a cruzar e hizo una muesca en el estribo de un caballo amarrado y luego salió disparado hacia el letrero colgante de la ciudad, partiendo la cuerda de la que estaba suspendido. El cartel se precipitó al suelo, golpeando de lleno en la cabeza al sheriff en fuga. Carton cayó al suelo con los pies por delante y se quedó tumbado como un gallo que acaba de montar a su harén.

El mejicano sopló el humo de su arma y la volvió a guardar en su sitio.

Diez Galones recogió al inconsciente Carton, lo cargó sobre los hombros como si fuera un cadáver de ciervo y lo trajo de regreso a la cárcel.

Lo siguiente que supo Carton fue que se estaba ahogando bajo una especie de ola inmensa. Se sacudió el letargo de encima, justo a tiempo para recibir otra jarra de agua directa a la cara. Levantó las manos para protegerse.

—¡Basta ya, muchachos! —farfulló—, no hay porqué ser tan crueles.

El mejicano estaba sonriendo.

—A decir verdad, colega, te vendría bien otro galón, o doce más. No sé si te habrás dado cuenta, pero hueles que apestas —y le echó otra jarra por encima a Carton.

—¡Maldita sea! —dijo Carton entre golpes de tos—. Me di un buen baño justo después de Gettysburg.

Lister sostuvo una mano abierta delante de la cara de Carton.

—¿Cuántos dedos ves?

Carton se quedó mirando hasta que consiguió centrar la vista.

—Más de tres —declaró, con tono de confianza.

—¿Qué quieres decir con «más de tres»?

—No soy ningún genio de la aritmética, amigo. Pero sé contar hasta tres, tan bien como el que más.

La noticia de su falta de destreza numérica pareció causar un buen grado de consternación en Lister y sus compadres. Las cejas de todos emprendieron una carrera de obstáculos para gusanos peludos. A Carton le sorprendió, cuando se puso a pensarlo, que sus habilidades numéricas se habían deteriorado un poco. No le molestaba demasiado, pero sabía que tan solo esa misma mañana había sido capaz de contar una mano entera de dedos e incluso alguno más.

Los tres forasteros se retiraron a un rincón y se encorvaron en una confabulación. Carton, mientras tanto, se puso a buscar su botella. Vio que estaba sobre su mesa, reposando muy tentadora encima de su estuche de armas. Intentó cogerla, pero se encontró con que no podía ponerse de pie sin que la silla se levantara con él. Bajó la vista a su cintura. Esos perros de la pradera hijos de mala madre le habían atado al asiento.

Sin darse por vencido, se inclinó hacia delante y caminó encorvado con forma de L borracha hasta la mesa. Agarró la botella, quitó el corcho con los pulgares y la levantó por el cuello hasta sus labios.

La botella explotó, cubriendo a Carton con una ducha de cristales y licor del malo. Aquel no era precisamente aguardiente de reserva; silbaba y chisporroteaba sobre la madera sin barnizar del suelo de la cárcel. A pesar de que no había visto la jugada, Carton supuso que debía haber sido el mejicano el que había disparado a la botella, ya que de una de sus pistolas enfundadas emanaba una bocanada leve de humo.

Los forasteros deshicieron el corrillo. El que se llamaba a sí mismo Lister dijo:

—Ni un trago más de esa porquería.

Carton relamió con la lengua el licor que le estaba chorreando por la cara. Qué mala suerte la suya, haberse escondido con una pandilla de aguafiestas de la Liga de la Abstinencia.

—¿Y ahora qué, padre? ¿Vas a soltarme un sermón sobre el fuego del infierno y cantaremos trece estrofas de «Alabaré a mi Señor»?

Entonces el tal Lister usó el apodo de Carton, solo que lo dijo mal y todo liado.

—Kryten —dijo—, ahora en serio, tienes que escucharnos. Como no consigas calmarte y ponerte en forma para derrotar a los Apocalipsis cuando vengan a medianoche, no solo vas a morir tú... —

señaló con la cabeza a sus dos compañeros— ...Rimmer, el Gato y yo moriremos contigo.

OCHO

Entraron en tropel a la cabina y ocuparon sus puestos.

—Nada —el Gato aporreó los controles del piloto—. Está totalmente bloqueado. Aceptadlo, tíos, hemos pasado a la historia igual que los pantalones de peto con triángulos de tela cosidos a los lados para que parezcan acampanados.

—Yo tampoco consigo nada —Lister giró sobre la silla para mirar a Rimmer—. ¿Cuánto tiempo tenemos antes de encontrarnos con problemas?

—Bueno —Rimmer recorrió con la vista el radar de larga distancia—, si definimos «problemas» como un planeta bastante grande situado justo en medio de nuestra ruta, alrededor de diecisiete horas.

Lister se golpeó la cabeza contra el tablero de control. Haber estado tan cerca de recuperar el Enano Rojo, para fracasar por culpa del último coletazo demencial del agonoide derrotado. Oyó un chasquido y miró a un lado; Kryten había abierto un panel de su pecho y estaba tirando de un cable.

—¿Qué estás haciendo, Kryten?

Kryten sacó el cable y acercó el conector al puerto del interfaz del navegador automático.

—La única solución remotamente viable es que yo mismo contraiga el virus, analice su estructura e intente crear un programa antídoto antes de que borre el núcleo de mi programación. ¿Tengo su permiso para sacrificarme, señores?

Rimmer arqueó las cejas hasta la línea del pelo.

—¿Les gustan los acantilados a los lemmings? Desde luego.

Kryten se enchufó al navegador.

—Voy a tener que diseñar un programa paloma blanca, llamado así porque extiende la paz por el sistema, haciendo desaparecer las células virales por donde pasa —se puso rígido al atacarle el virus—. El virus es extremadamente complejo... Debo concentrar toda mi energía en hallar la solución... Apagando todos los sistemas no esenciales...

Rimmer se agachó a su lado cuando empezaba a perder el conocimiento.

—¿Podemos ayudarte? ¿Hay algo que podamos hacer?

Kryten giró la cabeza hacia él.

—Podéis observar mis sueños —dijo.

Luego se le pusieron los ojos en blanco y se desplomó sobre la cubierta.

NUEVE

La boca de Carton se ondulaba y se retorcía como una serpiente deslizándose por el tracto intestinal de una mangosta con retortijones de tripa, mientras masticaba otra cucharada más de amargos granos de café sin tostar. Apartó el cuenco con la mano.

—Ya no puedo comer más de estas asquerosas boñigas de escarabajo, muchachos.

Lister se sentó en el borde de la mesa del sheriff y volvió a acercarle el cuenco.

—Solo dos cuencos más.

—Basta ya, por favor. Estoy sobrio, en serio.

—Pues dime quién eres.

—Soy quien tú dices. No soy humano, soy una especie de individuo mecánico, que está luchando contra un virus, y nada de esto existe en realidad, es algún tipo de sueño febril, todo menos vosotros, que sí que existís, solo que no estáis aquí en realidad, estáis en una nave espacial voladora arriba en las estrellas, unos tropecientos mil años hacia el futuro —miró a Lister con una sonrisa de camaradería y esperó haber sonado lo bastante convincente para que el lunático le dejara en paz.

Lister simplemente asintió con la cabeza.

—Más café.

Carton golpeó la mesa con la frente y se metió en la boca otra cucharada.

—Dime solo una cosa, amigo. ¿En serio te crees ese rollo que me estás soltando?

Lister se puso de pie.

—Cuando estés sobrio le encontrarás el sentido —cruzó la oficina y empujó las puertas para salir a la calle.

Carton le gritó mientras se iba:

—Demonios, si eso va a tener sentido, no quiero estar sobrio.

Fuera en el porche, el Gato estaba tumbado ociosamente en un balancín, tocando una agradable melodía con una armónica, con una pierna descolgada por el lateral del banco y el sombrero inclinado cubriéndole los ojos. Rimmer estaba de pie, vigilando la calle, con las manos apoyadas en la barandilla de atar los caballos. No levantó la guardia cuando oyó salir a Lister.

—¿Ha habido suerte?

—No sé. Parece que no le entra nada en la cabeza. Puede que ya sea demasiado tarde.

—¿Y en qué situación nos deja eso?

—Con la mierda al cuello, Rimmer. Sin remos y sin un puñetero bote.

Lister bajó la vista al suelo y le pegó una patada a una china que había en el porche con la puntera de la bota. Había sido Lister el que había descifrado el significado de las enigmáticas últimas palabras de Kryten: solo tenían que conectarse a la unidad de Realidad Virtual y observar sus sueños en la pantalla literalmente. Por razones que solo el mecanoide sabía, su subconsciente estaba interpretando la lucha contra el virus a modo de película del Oeste.

Y daba la impresión de que estaba perdiendo la batalla.

Así que Lister había propuesto penetrar en su estado de sueño utilizando la unidad de R/V. El Gato y él se habían colocado los dos trajes y habían conectado a Rimmer directamente por medio de su abeja luminosa. No podían entrar en el sueño con sus propias personalidades, así que habían tenido que elegir los personajes de un juego de R/V del Oeste. Brett Riverboat, el Niño de la Riviera y Big Dan McGrew: experto lanzador de cuchillos, tirador selecto y boxeador de élite.

Rimmer se volvió hacia él, entrecerrando los ojos contra la luz abrasadora.

—¿Cuánto falta para el enfrentamiento?

—No hay forma de saberlo. ¿Te has fijado en su reloj de bolsillo? No tiene manecillas. Supongo que de alguna manera el transcurso del tiempo está relacionado con el progreso del virus. Probablemente estaremos a salvo mientras el sol se mantenga en el cielo.

A la vez que hablaba, el sol de justicia se hundía con una prisa indecente hacia el horizonte y se convertía en un intenso resplandor naranja asomando por encima de las montañas como una corista cambiándose de ropa detrás de un biombo.

—Vaya, hombre —dijo Rimmer—. Por hablar.

El Gato dejó de chupar la armónica y se incorporó en el asiento.

—No pasa nada, tíos. ¿Por qué no vamos y nos encargamos de esos Apocalipsis nosotros solos? De todas maneras, ¿para qué necesitamos a este viejo borrachuzo?

Rimmer puso los ojos en blanco.

—Esos tipos no son reales, cerebro de pus. Son una metáfora.

—Metáfora, no metáfora —el Gato hizo girar sus pistolas y las volvió a enfundar—. Sangran como todos, ¿no es cierto?

—Nosotros no podemos vencer el virus —dijo Lister—. Sólo

Kryten puede hacerlo. Lo máximo que podemos hacer es ayudarle. Y si queréis que os diga la verdad, ni siquiera estoy seguro de que podamos hacer eso —abrió las puertas de la cárcel de un empujón y volvió a entrar.

—Muchas gracias —dijo Rimmer—, pero no tenía ningún interés en saber la verdad.

Carton estaba dándole vueltas a la cabeza. Estaba pensando que la historia de los forasteros sonaba como una sarta de sandeces, desde luego, sin embargo estaban ocurriendo unas cosas muy extrañas en Existencia, Arizona, si te parabas a reflexionar en ello. Para empezar, su memoria no estaba todo lo bien que debería estar, tan cierto como que las mofetas apestan. Cuando el tal Lister le había disparado todas aquellas preguntas, como quién era su padre y su madre, dónde había nacido y todo eso, su mente se había quedado completamente en blanco. De hecho, no parecía poder recordar ni una sola cosa que hubiera ocurrido antes de que saliera el sol. Y Esperanza le había insistido en que se acordara de algo, solo que no podía recordar de qué se suponía que tenía que acordarse y eso le hacía muy difícil el poder recordarlo. Y para colmo de todo estaban sus pistolas. Revólveres sin recámaras en los tambores...

Se acercó el maletín de las armas y abrió la tapa.

Revólveres sin recámaras en los tambores...

—¿Qué tienes ahí? —Lister se aproximó hasta la mesa.

—Estas son mis armas de lujo, amigo.

Lister cogió una de las magníficas pistolas y la miró por ambos lados girando la muñeca.

—Son muy peculiares. ¿Para qué las usas?

—Eso es lo más curioso —Carton abrió el arma—. No sé cómo pueden servir para algo. No hay ningún sitio para meter las balas.

Pero era el mango lo que llamaba la atención de Lister. Grabado en el suave nácar negro de la culata había un dibujo blanco. Un pájaro. Le enseñó la pistola a Carton.

—¿Qué es esto?

Carton examinó el mango.

—Supongo que es una paloma blanca, amigo.

Lister se puso muy nervioso.

—¡Esto es, esto es! Se supone que estás trabajando en lo que tú llamaste un programa paloma blanca. ¡Paloma blanca! No sé cómo, pero estas pistolas son la clave.

—No entiendo una palabra de lo que dices, amigo. Estas armas tienen menos utilidad que un abogado en un linchamiento.

—La respuesta está en ellas, de algún modo. Puede que tengas que acabarlas. O puede que ni siquiera les hagan falta las balas. Tienes que concentrarte. ¡Piensa!

De repente, Carton abrió los ojos de par en par y luego se dobló por la cintura como si le hubieran metido un tiro en la barriga.

Lister saltó por encima de la mesa y se agachó junto a él.

—¿Qué ha sido eso? ¿Qué te pasa?

—No lo sé... No estoy del todo seguro —Carton se apretó los brazos contra el estómago—. Tengo las tripas como si me acabara de tragar un barril de serpientes.

Fuera, el Gato dejó de tocar la armónica y se sentó derecho en el banco. Arrugó la nariz y dijo:

—Problemas.

Entonces Rimmer captó el sonido de golpes de cascos y se dio la vuelta para ver la nube de polvo que crecía en el otro extremo de la ciudad. Se acercó a las puertas, miró al interior y le hizo un gesto a Lister con la cabeza para que saliera.

Un jinete solitario venía al galope hacia ellos. Con un escalofrío involuntario, Lister reconoció la yegua de color rojo sangre de Guerra Apocalipsis.

Por encima del estruendo de los cascos, el jinete soltó un alarido demoníaco, con los dientes destellando fuego bajo el sol poniente. Carton salió a la puerta tambaleándose y gritó entre jadeos:

—¡El banco...! ¡Va a hacer explotar el banco...!

Guerra se agachó en su silla y sacó un manojo de cartuchos de su alforja. Su caballo resoplaba fuego y él se inclinó hacia delante para prender un hilo de mecha que salía del manojo.

Lister gritó: «¡Gato!» cuando Guerra se puso de pie sobre los estribos y arrojó la dinamita chispeante en la dirección del banco.

El primer disparo del Gato alcanzó a la dinamita cuando estaba en el punto más alto de su parábola, enviando el manojo mortífero por los aires y haciéndolo girar en una espiral ascendente. Guerra tiró fuerte de las riendas, arrancando un relincho de su caballo capaz de abrirle el cráneo y deteniéndolo en seco.

La dinamita empezó a caer y el Gato disparó otra bala, lanzándola hacia el cielo de nuevo. Ya no hizo falta un tercer tiro.

Los cartuchos explotaron con gran fuerza, absorbiendo hacia arriba el polvo de la calle y despidiendo un huracán de sulfuro ardiente que rugió en toda la ciudad.

Mientras se disipaban los ecos atronadores de la onda expansiva, Lister entrecerró los ojos contra el viento abrasador mirando hacia la nube de polvo. Guerra estaba sentado en la silla, quieto como una estatua, mirando con veneno en los ojos al grupo apiñado en el porche de la cárcel. Entonces retorció los labios en una sonrisa peligrosa, agarró las riendas y azotó a su cabalgadura. El caballo se encabritó relinchando, con las patas delanteras dando coces en el aire, y se metió al galope en la niebla formada por el polvo.

Rimmer se estremeció. Él también había visto la sonrisa maliciosa de Guerra y, muchas gracias, pero podía haber vivido sin ello. Se giro hacia Lister, sujetándose contra el viento el sombrero en la cabeza y gritó:

—¿De qué iba todo eso?

Lister se encogió de hombros.

—No lo sé con seguridad. Pero me imagino que esta ciudad, la gente y los edificios, probablemente representan alguna parte de las funciones de Kryten. El banco podría ser su memoria, o puede que sus operaciones matemáticas. Sea lo que sea, el virus estaba intentando cargárselo.

—Bueno, entonces esa es una buena noticia. Hemos conseguido detenerle.

—Sí —Lister se limpió el polvo de los ojos—. Es buena, pero también es mala. Ahora sabemos que podemos ayudar a hacer que el virus tarde más en extenderse. Pero el virus sabe que hay un juego nuevo en la ciudad y no me ha gustado nada la mirada que nos ha lanzado ese tío.

—Van a volver, tenedlo por seguro —dijo Carton, y volvió a entrar en su oficina.

Lister le observó mientras se iba.

—Nosotros podemos poner impedimentos al virus, pero Kryten es el único que puede acabar con él de una vez por todas. Probablemente debamos montar algún tipo de guardia, mantener un ojo alerta por si hay ataques sorpresa, mientras uno de nosotros se queda aquí e intenta ayudar a Kryten a volver en sí.

Inmediatamente, Rimmer dijo:

—Yo me quedo.

El Gato se burló:

—¿Cuál es el problema, narices de toro? No hay necesidad de ser cobarde aquí; no pueden hacerte daño.

—Tienes razón —Rimmer asintió con la cabeza—. Lo siento, es la costumbre. Quédate tú, Listy. Aquí mi compadre y yo mantendremos a salvo esta ciudad. No os preocupéis —se frotó las manos, metió los pulgares por dentro del cinturón y se fue calle abajo andando al estilo de John Wayne. El Gato cerró los ojos, meneó la cabeza y bajó los escalones tras él.

La calle estaba desierta, pero había caras observando detrás de casi todas las ventanas. Pasearon más allá del bar y Rimmer se percató de un rostro particularmente feo que se le quedaba mirando y que lucía una sonrisa de medio lado inusualmente ancha. Le dio un codazo al Gato.

—¿Quién puñetas es ese? ¿El campeón del siglo de concursos de muecas?

El Gato echó un vistazo.

—Eso no es una cara, aliento de perro. Eso es el culo de alguien.

Rimmer forzó la vista. Era verdad. Uno de los compinches de Jimmy les estaba haciendo un calvo. Enfurecido, Rimmer dio media vuelta y se dirigió hacia el bar. El Gato le agarró del brazo.

—No andamos buscando problemas —le dijo.

—Es verdad, tienes razón —Rimmer apretó la mandíbula, luego volvió a coger el paso del Gato—. Tienes toda la razón. No andamos buscando ningún problema. Pero si el Problema viene, se va a arrepentir del día en que el señor y la señora Problema decidieron darse un revolcón —se permitió una pequeña risa entre dientes. Era divertido, este rollito de ir de macho, una vez que le cogías el tranquillo.

En alguna parte a la derecha de ellos, una banda de música empezó a tocar una melodía fúnebre. Doblando la esquina desde la parte de atrás de la funeraria de Peter Pesimista, una procesión fúnebre marchaba a paso lento por la calle y avanzaba hacia ellos sumida en la tristeza.

Rimmer y el Gato se detuvieron para dejar paso al cortejo. Cuando los caballos ataviados con plumas que tiraban del coche fúnebre llegaron a su nivel, Rimmer pudo fijarse en el ataúd barato y lamentable y en la inscripción de la lápida cincelada deprisa y corriendo que había sobre él. Decía: «Aquí yace Cecil Unidad Central de Procesos, más tieso que la mojama». Se volvió hacia el Gato y le dijo de forma innecesaria:

—No me gusta un pelo la pinta que tiene esto.

Entonces, por encima del estruendo incesante del bombo, se oyeron unos golpes de nudillos. Rimmer tuvo la horrible sensación de que venían del interior del ataúd.

Se oyeron más golpes de nudillos y esta vez Rimmer vio que la tapa del ataúd se sacudía con cada golpe. El Gato y él se intercambiaron miradas y acto seguido se colocaron a toda prisa delante de la procesión con los brazos en alto.

—Atención todo el mundo, que nadie se mueva.

La banda detuvo el paso y la música se fue apagando de manera discordante. El encargado de la funeraria tiró de las riendas de los caballos y el pequeño escuadrón de plañideras vestidas de negro de la cabeza a los pies dejó de llorar.

La calma que vino a continuación fue interrumpida por una súplica apenas audible procedente del interior del ataúd.

—Dejadme salir, por favor —en un tono que no era insistente, más bien algo agotado y lastimero.

Rimmer miró con desagrado al empleado funerario de rostro cetrino y levita.

—¿Qué está usted haciendo, hombre? El tipo no está muerto.

El de la funeraria miró a Rimmer desde debajo de su sombrero de copa y dijo con voz monótona:

—Esa es su opinión, amigo. Yo tengo órdenes de enterrarle y enterrarle es lo que haré.

—Pero no puede enterrar al pobre desgraciado, está vivo.

—Eso es lo que usted dice.

—Muy bien, veamos —Rimmer subió de un salto al coche fúnebre y dio unos golpes en la tapa del ataúd—. Perdone —dijo—, ¿está usted vivo o no?

Desde el interior, el hilo de voz dijo:

—Ya lo creo que sí, ni siquiera estoy enfermo.

Rimmer se volvió hacia el de la funeraria.

—Bueno, según él, está vivo.

El de la funeraria no parecía estar impresionado.

—Escuche, amigo. Yo no soy experto en medicina, usted no es experto en medicina y ese cadáver de ahí tampoco es experto en medicina. El médico ha declarado muerto al tipo y, por lo que a mí respecta, eso es más que suficiente para mí.

—Bueno, no quisiera menospreciar las habilidades indudablemente excepcionales del matasanos local, pero yo diría que existen suficientes indicios como para justificar el requerimiento de una segunda opinión. ¿Me permite aventurarme a sugerir que se soliciten los servicios de otro médico? A ser posible uno que haya sido bendecido con el don de la visión. ¿Es mucho pedir?

—¿Alguien está poniendo en entredicho mis capacidades? —un hombre se acercó a empujones entre la multitud. Iba dando manotazos a una nube de insectos que revoloteaba zumbando en torno a su cabeza y mostraba una sonrisa maliciosa de dientes negros que se situaba de forma inoportuna entre las pústulas irritadas de su cara comida por las costras.

Rimmer arqueó una ceja.

—¿Peste?

Peste respondió a su nombre con un movimiento de cabeza.

—El viejo doctor Diagnosis falleció de envenenamiento agudo causado por una bala tóxica, descanse en paz. Ahora yo soy el examinador médico de esta zona.

—Ya entiendo —Rimmer bajó del coche de un salto—. Bien, digámoslo así: el que pretenda enterrar a este caballero va a tener que vérselas conmigo. Y eso incluye a cualquier retrasado con sífilis terminal podrido por la viruela.

La sonrisa de Peste creció en amplitud.

—Bueno, supongo que yo puedo satisfacerle en ese aspecto —se giró y caminó hacia los porches, rodeó con los brazos la gruesa viga de madera que sostenía el alero y con un único gruñido la arrancó de un tirón. Con el tejado haciéndose astillas y desplomándose a su espalda, Peste se daba la vuelta y blandía la viga con las dos manos—. Te voy a hundir los dientes tan al sur que vas a tener que pasarte el hilo dental a través del agujero de tu trasero.

Rimmer sonrió con toda tranquilidad.

—Bien, mi querido amigo enfermo mental, así se te hará mucho más agradable el besármelo. Y besármelo es lo que harás —apartó a la multitud y avanzó despacio hacia la barandilla para atar a los caballos. Se escupió en las manos, rodeó la barandilla con ellas y tiró diciendo—: A ver esos morritos.

Pero no ocurrió nada.

Rimmer frunció el ceño, se irguió, flexionó los músculos y se inclinó sobre la barandilla de nuevo. Y tiró.

Pero tampoco ocurrió nada.

Despidiendo un alarido primitivo, redobló su esfuerzo, tirando una y otra vez hacia arriba, con los huesos del cuello sobresaliéndole como el armazón de un corsé de huesos de ballena. La cara se le puso primero roja, después morada y luego se volvió de un blanco marmóreo. Con un gruñido final siseado, como una locomotora de vapor que frena al llegar a la estación, se dejó caer sin fuerzas sobre la baranda, con los brazos colgando y los pulmones abrasados bombeando aire.

El tronco para atar a los caballos no había cedido ni un solo milímetro.

—Cuando hayas terminado con todos esos chillidos y tirones

tuyos, amigo —Peste sonrió enseñando los dientes—, me parece que tengo una invitación pendiente para volarte la tapa de tus apestosos sesos.

Rimmer miró al Gato y dijo carraspeando:

—¿Qué carajo está pasando?

—A mí no me mires, colega —dijo con los rasgos iluminados por la alegría—. Tú eres el que ha prometido hacer que este tío tan guapo te besuquee el agujero del trasero.

Peste avanzó hacia Rimmer.

Él se echó para atrás.

—Por lo que más quieras, dispárale —chilló.

El Gato sacó la armónica y se puso a tocar. La voz de Rimmer alcanzó el registro de falsete:

—¡Dispara a ese imbécil horroroso con cara de bocio! ¡Dispárale! ¡Ya!

Con reticencia, el Gato decidió que Rimmer ya había sufrido bastante y bajó la mano a su revólver, con la intención de meterle seis tiros a la viga de madera, partiéndola justo con el ángulo adecuado para que le cayera a Peste encima de la cabeza y le dejara sin sentido.

Solo que no salió exactamente así.

Lo que ocurrió, exactamente, fue que el arma se disparó cuando todavía estaba en la pistolera, abriéndole un agujero limpio a través de la parte central de la bota del Gato. Se quedó paralizado, con los ojos abiertos de par en par, sin poder creer que estaba viendo la calle a través de su pie, luego echó la cabeza para atrás y aulló como un hombre lobo de una película de serie B.

—La hemos pringado —dijo Rimmer temblando—, hemos perdido nuestras habilidades especiales.

El Gato se agarró el pie herido y empezó a dar saltos y alaridos.

Peste siguió acercándose, sin darle tregua.

—Tu compadre ya no baila con tanto estilo —se rió a carcajada limpia.

Rimmer continuó retrocediendo, con las palmas de las manos en alto y los ojos saltando de su perseguidor al Gato una y otra vez.

—¿Te duele? —gritó con la boca seca, esperando contra toda esperanza que el Gato estuviera gimoteando porque se le había estropeado el calzado.

—¡No! —contestó el Gato—. ¡Es divertido! Me lo estoy pasando en grande —se tiró al suelo de espaldas y empezó a retorcerse en la tierra, con chorros gruesos de sangre brotándole a presión entre las manos a través de la suela de la bota.

A Rimmer le iba a estallar el cerebro. Esto era una realidad electrónica. No deberían poder sentir dolor. En el nombre de la nada despiadada que generó el universo, ¿qué había salido mal? Entonces le vino de golpe a la cabeza: ¡el virus se había extendido a la unidad de Realidad Virtual!

Miró a su espalda: se estaba quedando sin sitio para retroceder a marchas forzadas. Dadas las circunstancias, ahora sería un momento de lo más propicio para abandonar el juego. Pegó un grito al apurado Gato.

—¡Es hora de irse! ¡Da una palmada, da una palmada! —juntó las palmas de las manos de golpe.

Y no pasó absolutamente nada.

Volvió a hacerlo.

Pero seguía atrapado en la pesadilla febril de Kryten. Su torturador de cara putrefacta seguía acercándose a él con intenciones asesinas. Miró al Gato, quien había soltado momentáneamente su pie herido y estaba aplaudiendo con la rabia entregada del público de una versión especial de una revista de Lily Langtree con desnudos integrales.

El virus les había dejado encerrados.

Rimmer solo tenía dos opciones: oponer resistencia y emprenderla a tortazos con este demonio maníaco salido del infierno o rezar y suplicar piedad como una medusa temblorosa y sin agallas.

Rimmer se decidió con arrojo por imitar a un celenterado marino de la clase *Scyphozoa*. Desde lo más profundo de sus adentros, desenterró su sonrisa más cautivadora.

—Esto, señor Peste, señor, al parecer, debido a circunstancias que escapan completamente a mi control, se ha producido un pequeño desaguisado en mi departamento de chulería. He podido dar la impresión de ser ligeramente más valiente de lo que, en realidad, soy.

Peste intentó atizarle con la viga. Rimmer dio un salto hacia atrás, apartándose a tiempo y por los pelos de la trayectoria de la viga. Se tambaleó, recuperó el equilibrio y se estaba retirando de nuevo antes de que Peste tuviera la oportunidad de levantar otra vez el arma por encima del hombro.

—Está bien, puede que le haya parecido que le tengo en baja estima, en especial si tiene en cuenta ciertos comentarios que sin pensar he dejado escapar en relación a varios rasgos de su aspecto, los cuales no solo han sido infantiles y de mal gusto, sino también sumamente imprecisos y que, tras una reflexión más madura, retiro completamente. Me gustaría pedirle, en el nombre de la armonía fraternal y la paz mundial…

—Deja de quejarte y cierra tu boca de mariquita, despreciable hijo de puta roñosa —dijo Peste.

—De acuerdo —dijo Rimmer, y Peste bajó la viga con fuerza desde su hombro izquierdo.

Se oyó un porrazo y el sonido escalofriante de huesos fracturándose. Rimmer trató de desmayarse antes de que el dolor le alcanzara, pero no lo consiguió. Las caras de los curiosos surgían y se desvanecían ante sus ojos. Se hincó de rodillas. Giró su cabeza abatida y dirigió su visión borrosa hacia el Gato en apuros. Paso a paso y con satisfacción, Peste estaba avanzando hacia él. Rimmer trató de persuadir a los gritos de su hombro para que cerraran la puñetera boca, pero siguieron chillando y, a través del hinchazón punzante en que se había convertido su mirada, vio la enorme viga de madera levantarse sobre el dolorido Gato y caer, dejando al Gato tendido inmóvil en el suelo.

Rimmer se desplomó de bruces sobre una pila de boñigas que los caballos del funeral habían dejado atentamente para él.

Luego todo se sumió en una bendita oscuridad.

DIEZ

Lister se quedó mirando la sangre de su mano como si fuera el test de las manchas de tinta de Rorschach. Bombeando de manera espesa por el pequeño corte de su palma, se extendía poco a poco, convirtiéndose en una mariposa, después un murciélago, después un dragón enorme y feo, su cabeza se echó para atrás, sus alas se desplegaron.

Sacó un pañuelo color crema del bolsillo del pecho de su americana hecha a medida y se limpió el dragón. Estaba pensando en lo insólitamente desconocida que le resultaba su mano y en lo extrañamente inadecuada que era la expresión «conocer algo como la palma de la mano». Dudó de que fuera capaz de señalar a su propia mano en una rueda de reconocimiento policial si esta le hubiera robado el ganado y le hubiera prendido fuego a su rancho.

Lister apretó el pañuelo a modo de torniquete para detener el flujo de sangre. En realidad no debería haber estado pensando en manos. En lo que debería haber estado pensando era en por qué había siquiera llegado a cortarse. Había estado tallando un pedazo de madera, labrando una interpretación bastante elaborada de la diosa Venus sobre la media concha, cuando se le escapó el cuchillo y le cortó la blanda piel de la palma. Y si hubiera estado pensando en lo que debería haber estado pensando, habría estado pensando en que eso no debería haber pasado. En esta realidad electrónica, se suponía que su manejo de los cuchillos era perfecto. Impecable.

Si hubiera estado pensando en ese concepto, se podría haber evitado mucho dolor. Muchísimo dolor.

Observó a Kryten, que estaba volcado con sus armas de palomas blancas, tratando de encontrar el sentido al sinsentido que había en ellas.

Fuera, el sonido de la procesión fúnebre se inició de nuevo. Lister no tenía ni idea de por qué se había parado en primer lugar. Le dio vueltas a la idea de salir a investigar, pero concluyó que Rimmer y el Gato probablemente podrían ocuparse de cualquier cosa que les sucediera y había decidido no dejar a Kryten a solas.

Dejó sobre la mesa la escultura a medio acabar y manchada de sangre y se desperezó.

—¿Llegas a algo en claro? —le preguntó.

Kryten ni siquiera le oyó. Bien. Al menos se estaba concentrando. Lister se dio una vuelta por la oficina, por si acaso había algo, tan solo algún pequeño detalle que pudiera contribuir a la causa.

Pasó su dedo índice de forma abstraída por los carteles de «se busca» colgados en el tablón de anuncios, silbando una canción sin melodía en una especie de soplido silencioso a medio gas. Sin encontrar nada de interés, se paseó hasta el calabozo.

Cada celda tenía un poco más de un metro cuadrado y estaban separadas con barras, de manera que las celdas ocupaban alrededor de dos tercios de la estancia, lo suficiente para acomodar a una docena de forajidos más o menos, siempre que a nadie le apeteciera tumbarse. El resto de la sala era un pasillo. Había una vieja mecedora de madera, un armero de rifles y algo que Lister no había visto antes: un armario independiente. ¿De dónde había salido? Intentó abrir la puerta. Estaba cerrada con llave.

—¿Tienes la llave de esto? —gritó, pero si Kryten le oyó, no le respondió.

Lister echó un vistazo alrededor. Había un manojo de llaves descomunal colgando de un gancho en la pared. Descolgó el manojo y hojeó rápidamente las docenas de llaves, pero no pudo encontrar ninguna que pareciera que fuera a encajar.

Se encogió de hombros, exhaló un suspiro, levantó su bota con espuela incluida y atravesó de una patada el panel de la puerta del armario.

Un fragmento tremendo de madera sin barniz le rebanó un trozo de carne de la espinilla de unos quince centímetros de largo. Se quedó mirando la herida con una incredulidad pasmada y vio que la blancura del hueso expuesto de la espinilla de repente se volvía de color rojo oscuro a la vez que el dolor florecía a su esplendor exquisito; luego se lanzó a farfullar la letanía de improperios que reservaba para maldecir su propia torpeza.

—Estúpido capullo de mierda pedorro de mierda joder mierda puta mierda...

Y de nuevo, no se le ocurrió hacer la conexión fundamental: que en esta realidad, no debería haber sido capaz de sentir dolor.

Fue dando saltos hasta la mecedora, llevando la pierna herida rígida, de forma que cada vez que caía le mandaba un nuevo estallido de dolor, el cual acompañaba con su violencia verbal gratuita. Se dejó caer sobre la silla y se apretó los brazos hasta que se le pusieron blancos los nudillos, aunque no tenía ni idea de cómo se suponía que eso aliviaba el dolor. Al final, el dolor sí remitió a unos pinchazos latentes y Lister consiguió armarse de valor para mirarse la pierna otra vez. Sus pantalones de raya diplomática estaban rajados por la parte frontal de la pierna derecha, desde donde acababa la bota hasta justo por debajo de la rodilla. La sangre estaba empezando a coagularse. Con un poco de suerte, solo necesitaría cuatro o cinco puntos de sutura. Cerró los ojos y se apretó el muslo.

Entonces volvió a abrir los ojos de pronto. En la periferia de su campo de visión, estaba el armario. La puerta hecha astillas se había abierto y dentro había un conjunto de prendas magnífico. De un blanco reluciente e irreal, era el atuendo de un experto tirador de fantasía. Colgada de un gancho, había una canana con la hebilla de metal bruñido en un bronce cegador con la forma de una paloma blanca.

Lister se puso de pie y caminó hasta el armario, sin apenas notar su pierna derecha arrastrada. Kryten entró en la estancia.

—¿Te encuentras bien, amigo?

—¿Para qué son estos ropajes, macho?

—¿Eso? Esa es mi ropa elegante de pistolero, socio. No la había visto desde hace una pila de años.

—Fíjate en la canana.

Kryten metió la mano y sacó el cinturón.

—Un buen trabajo del cuero, no hay duda.

—¡Las balas! ¡Fíjate en las balas!

Pero antes de que Kryten pudiera obedecer, oyeron el chirrido de las puertas de la oficina y unas pisadas fuertes sobre las tablas sin alfombrar. Kryten se giró hacia la oficina, pero Lister apoyó una mano en su hombro y le señaló con la cabeza hacia el fondo del pasillo de las celdas. Kryten se apartó a un lado. Lister se pasó los dedos por la americana para comprobar que llevaba su arsenal de cuchillos arrojadizos y poniendo todo su empeño en intentar hacer pasar su cojera por un pavoneo de macho, entró en la oficina al estilo de Lee Van Cleef.

Era el Apocalipsis gordo, Hambre. Había aparcado su culo del tamaño de un dirigible doble en la silla del sheriff y había puesto sus piernas en forma de cuña sobre la mesa. La silla estaba crujiendo lista para estallar en pedazos.

Sus dedos grasientos estaban jugando con las pistolas de Kryten.

Lister sacudió la barbilla y puso una cara de desprecio de las de no me toques las pelotas.

—Será mejor que dejes esas pistolas en su sitio, amigo.

Hambre le miró y le mostró una sonrisa aceitosa. La saliva seca y la grasa de pollo brillaban en su barbilla de cerdo.

—Mira, chaval. Si no me equivoco, tú no eres nadie para venir dando órdenes al recién nombrado sheriff de esta ciudad en su propia cárcel —limpió con su manaza pegajosa la placa que llevaba en el pecho y sonrió enseñando los dientes suficientes para que Lister pudiera describir cada ingrediente de sus cuatro últimas comidas por los cartílagos y la mugre alojados entre ellos.

A pesar del tormento de su pierna, Lister estaba disfrutando de verdad de la pequeña escena.

—¿En serio lo dices? Venga ya. ¿Quién en su sano juicio iba a nombrar sheriff a una cuba repugnante de aguas fecales apestosas?

—Fui debidamente elegido, Hopalong, por una mayoría aplastante de uno. Yo.

—Bueno, por mucho que respete el proceso democrático, cara de molla, he de decirte algo: acabas de ser destituido. Así que ¿por qué no te recoges en una bola enorme y sales de aquí rodando como el pegote blando y rosa que eres?

Hambre le respondió con un pedo largo y atronador.

—Cuando digas eso... —Lister permaneció con la cara impasible— ...al menos sonríe.

El gordo sonrió y se echó otro pedo.

Lister volvió la cara a medias del asco y ese fue todo el margen que Hambre necesitó para lanzar su ataque. Con una velocidad que Lister jamás hubiera previsto en alguien tan porcino, sus dedos rechonchos se asieron a la empuñadura de su arma. Con las piernas sobre la mesa, ni siquiera tenía que desenfundar para dispararle un tiro.

Lister deslizó la mano al interior de su americana para coger un cuchillo y lanzarlo en el mismo gesto, pero sus movimientos parecían extrañamente lentos y torpes. Aun así, obviamente fue más rápido que Apocalipsis, pues no se oyó disparo alguno antes de que sacara la mano de la americana e hiciera su lanzamiento.

Algo húmedo e inofensivo le dio a Hambre en la frente y cayó deslizándose por su cara, dejando un rastro fino y rojo en sus rasgos.

Lister se miró la mano. Le faltaba el dedo índice derecho. Sostuvo la mano en alto, incrédulo al ver bombear el pequeño géiser sangriento de forma espasmódica.

Miró a Hambre, quien tenía el aspecto de estar riéndose, pero Lister debía haber entrado en estado de shock, pues no oía nada. Hambre metió la mano por la parte superior de su chaleco y sacó el dedo de Lister de su escote orondo. Lo levantó en el aire para que Lister lo viera y luego se lo echó dentro de la boca. Lister debía haber recuperado el oído porque sin duda pudo distinguir el crujido espantoso cuando Hambre masticó su dedo amputado.

Hambre se tiró un eructo y se dio una palmada en su barriga de cinco pisos con las dos manos.

—Un aperitivo estupendo, amigo —se puso de pie y la silla se partió y se desmoronó a su espalda—. Volveré más tarde a por el plato principal.

Todavía en estado de shock, Lister no se movió mientras la montaña de maizena se tambaleaba hacia él con los brazos abiertos como para abrazarle.

De repente fue consciente de que el hedor sudoroso del cuerpo de Hambre le rodeaba. Sintió que sus piernas perdían contacto con el suelo y que una presión atroz le estrujaba el torso cuando Hambre le envolvió en su abrazo. Oyó unos sonidos parecidos a los estallidos de las bombillas. El gordo le aplastaba mientras, una por una, todas y cada una de las costillas de Lister se partían. Luego estaba cayéndose al suelo, con todas las partes de su cuerpo desgañitándose de agonía. Chocó contra la tarima, doblando su dolor, y rebotó, volviéndolo a doblar. Levantó la mirada para ver a Hambre colocarse el sombrero, subirse los pantalones vaqueros y empujar las puertas dobles para salir a la calle.

Debió haber perdido el sentido momentáneamente porque lo siguiente que supo fue que Kryten estaba a su lado, examinándole las heridas.

—Parece que te han dado una buena paliza, amigo. Tienes más huesos rotos que un pavo en Día de Acción de Gracias.

Lister dejó escapar una risotada y casi le mata.

—Tranquilo, amigo. Sí señor. Te han dejado hecho polvo. Vas a pasar una buena temporada sin poder domar caballos.

De hecho, solo había tres partes discernibles de Lister que no le dolían: la nariz, la pierna izquierda y el pene.

Justo estaba dando gracias al cielo por esas pequeñas bendiciones cuando se oyó el temblor de golpes de cascos, tan fuerte que sacudió las tablas del suelo de la cárcel, arrancando dolores nuevos del cuerpo atormentado de Lister con cada traqueteo. Kryten se puso de pie y cruzó hacia la puerta. Antes de que llegara, la ventana opaca de la oficina se hizo añicos, esparciendo cristales y cascotes por toda la sala, seguidos inmediatamente por dos cuerpos. El Gato aterrizó sobre la cara de Lister, chafándole la nariz, y Rimmer cayó a peso muerto sobre la pierna izquierda de Lister, partiéndosela de forma limpia.

Cuando el Gato se apartó rodando de su cara, Lister vio, casi con un distanciamiento divertido, que un fragmento de cristal enorme estaba clavado en su entrepierna de raya diplomática. Pensó para sus adentros: «Bueno, jugador de cartas, ya tienes tu full» y se echó a reír como un loco.

La carcajada empujó el borde afilado de una costilla rota hacia el interior de su pulmón y el dolor le hizo perder el conocimiento.

ONCE

El Gato se estaba mirando en un espejo roto de mano, casi incapaz de creer lo que estaba viendo.

—¡Maldita sea! —dijo, por octava o novena vez. Tenía la cara plana. Le habían chafado la nariz de lado contra la mejilla, como si alguien hubiera aplastado una enorme y fea mariposa de la muerte y le hubiera dejado el cadáver pudriéndose en su cara. Le dio la vuelta al espejo, de nuevo, solo para comprobar una vez más que no se trataba de ningún tipo de truco de ilusión óptica y luego volvió a girarlo para examinar el horror otra vez—. ¡Maldita sea! —dijo, por novena o décima vez.

—¡Por el amor de Dios! —protestó Rimmer—. ¿Tienes que estar repitiendo eso una y otra vez? —se giró en redondo, de forma que quedó mirando al Gato. No podía mover el cuello, porque lo tenía escayolado, junto con el hombro y la mayor parte del brazo. Tenía la cabeza inclinada en un ángulo raro, por lo que lo que veía del mundo le llegaba de lado—. A todos nos han herido, ¿sabes? Y no estás oyendo a los demás quejándose todo el rato.

—No me estoy quejando de las heridas, colega. Me quejo de lo feo que estoy. Mírame. Al menos tú tienes que girarte para verte el perfil en un espejo. Yo puedo ver el mío estando de frente —el Gato se puso de pie y se fue cojeando al cuarto de aseo diminuto, a ver si el espejo de allí le daba mejor resultado—. ¡Maldita sea! —dijo, por décima o undécima vez.

Lister estaba tumbado en reposo sobre la mesa mientras Kryten le vendaba la caja torácica con cuidado. Tumbarse en reposo era casi lo más extremo de su potencial de acción ahora mismo. Hasta pensar en el más ligero movimiento le llenaba de terror, y cuando los cuidados de Kryten juntaron de manera accidental los bordes de dos costillas en carne viva, tuvo que resistir el impulso de estremecerse o de gritar, cualquiera de los cuales le hubiera provocado aún más sufrimiento.

Rimmer se puso en pie y fue renqueando hasta la ventana tapiada con tablas, con el brazo izquierdo doblado en forma de triángulo por dentro de la escayola, de forma que parecía como si estuviera permanentemente apoyado sobre una barra de bar invisible. Miró de lado por uno de los agujeros de la madera a la calle en penumbra. No había movimiento fuera. La luz de las velas parpadeaba a través de las ventanas de encima de las tiendas de enfrente, dejando ver ocasionalmente las siluetas de las formas que estaban observando. Todo el mundo estaba aguardando al desenlace final.

—Muy bien —Rimmer se giró para mirar a Lister y a Kryten—. Es hora de contestar a algunas preguntas importantes. El virus se ha extendido a la unidad de Realidad Virtual por medio de Kryten. Nos ha robado las habilidades especiales y nos ha capacitado para sentir —Rimmer se estremeció al recibir una descarga de tormento por todo su lado izquierdo procedente de la clavícula— dolor. Cuya posibilidad, como dato de interés, se me aseguró que no era factible —le lanzó una mirada de puro odio a su compañero de tripulación tendido.

Lister simplemente profirió un gemido suave.

—Primera pregunta: ¿hasta dónde puede llegar esto? ¿Podemos llegar a morir en esta realidad? Segunda pregunta: dadas las demostraciones de los poderes destructivos de los hermanos Apocalipsis de las que todos amablemente hemos sido testigos de primera mano, ¿qué posibilidades tiene este pedazo inútil de plástico terapéutico que llamamos «Kryten» de derrotarlos? ¿Las mismas que un nazi en el infierno? Y tercera pregunta: ¿qué va a impedir que el virus se extienda a la unidad de generación de mi holograma y reconfigure mi personalidad? —levantó las cejas—. ¿Alguien quiere responder? Tomaros vuestro tiempo.

Lister se incorporó sobre los codos con mucho dolor.

—Vale, Rimmer Voy a contestarte. Probablemente, probablemente no y nada —volvió a acomodar la espalda sobre la superficie.

—Qué bien. Magnífico. Excelente. Entonces ya está. Maravilloso. Lo que podemos hacer es hablar con Pete Pesimista al final de la calle y encargarle que nos haga cuatro ataúdes, para poder estar tumbados en ellos convenientemente cuando los malditos Apocalipsis lleguen a la ciudad y así ahorrarle a la gente un buen rato de limpieza.

El Gato volvió del cuarto de aseo con los pantalones bajados a la altura de las rodillas.

—¡Maldita sea! —dijo—. Mirad esto —se dio la vuelta y les enseñó el trasero—. ¡Mi culo es más guapo que mi cara! Cuando regresemos, me voy a operar para que me los intercambien.

—Cuando regresemos —dijo Lister—, no estaremos heridos. El virus está simulando todo esto en la unidad de RV.

—Si regresamos —le corrigió Rimmer.

Lister se dio cuenta de que Kryten había dejado de atenderle y estaba absorto, con la mirada perdida.

—¿Qué pasa, Kryten? ¿Estás recordando?

—Sí —dijo Kryten, suavizando su deje del Oeste—. Toda esta... guasa. Esta forma infantil de protestar. Me suena de algo.

Rimmer se ofendió.

—¿Está diciendo que estamos poniendo pegas? No estamos poniendo pegas.

Lister levantó la mano para silenciar a Rimmer.

—Sigue así, Kryten, Concéntrate.

—Es que no me gusta que me acusen de poner pegas —protestó Rimmer—. Me hace parecer nimio e insignificante.

Lister cerró los ojos a medias.

—Haz el favor, Rimmer, madura un poco. Kryten. Piensa.

—Tú —Kryten centró la atención en Lister—. Recuerdo algo sobre ti. Cuando te miro a la cara, me viene una imagen de salsa de curry y de un aliento matinal que podría reventar la caja fuerte de un banco —y se giró hacia Rimmer—. Y tú. Tú también me suenas de algo. Me viene todo el rato un nombre. Caaaaa... ¿Caaaar-caaaa...?

—¿Cara capullo? —ofreció Rimmer, con timidez.

—¡Eso es!

Rimmer sonrió abiertamente.

—¡Se acuerda de mí!

Kryten se volvió hacia el Gato.

—Y tú. No sé por qué, pero tú me traes a la cabeza un armario ropero del tamaño de un almacén de camiones.

El Gato frunció el ceño.

—No se me ocurre qué podría ser eso —chasqueó los dedos—. A menos que estés pensando en ese armario ropero mío, que tiene el tamaño de un almacén de camiones.

—¡Está bien! —Lister giró las piernas y se bajó de encima de la mesa—. Las armas. ¿Sabes ya cómo se usan?

Kryten cogió los revólveres sin recámaras y meneó la cabeza.

—Sé que son importantes. Eso es todo.

Lister se arrastró al interior del calabozo y regresó con la canana.

—¿Qué me dices de esto? ¿Qué pasa con las balas?

Kryten cogió el cinturón y miró la docena de balas.

—No lo entiendo. Están hechas de hielo. ¿Por qué no se derriten?

—Porque no son de verdad —Lister estaba mareado por el esfuerzo—. Es imposible que existan. Tienen que ser parte de la respuesta.

Kryten extrajo una bala y la examinó detenidamente. Tenía forma de huevo.

—Tienen una especie de código escrito en la superficie.

Lister asintió con la cabeza y acto seguido se arrepintió.

—Mira, sea cual sea la parte de ti que está creando el antídoto del virus ha hecho estas pistolas y estas balas. Tienes que adivinar el orden, supongo yo.

—Sí —Kryten sacó las balas y las dejó sobre la mesa. Abrió el tambor de una de las pistolas, lo estudió durante un segundo y luego revolvió las balas y escogió una—. Esta, creo, debería ir aquí —empujó la bala de hielo contra el metal pulido del cilindro del arma, el cual cedió de forma mágica para permitir la entrada de la bala.

—Brutal —sonrió Lister—. ¿Crees que puedes meter el resto?

—No lo sé... Creo que... si tuviera más tiempo...

Al decir esto, un reloj apareció colgado en la pared detrás de la cabeza de Kryten. No tenía ningún número. Las manecillas estaban señalando las doce menos un minuto. Cuando lo miraron, la aguja de los minutos avanzó y el reloj empezó a sonar.

—Medianoche —dijo Kryten, dejando caer los hombros—. Demasiado tarde.

Rimmer echó un vistazo afuera por el agujero de la madera. Podía distinguir los contornos de cuatro caballos, formando una línea al final de la calle. Desde un lado, la luz tenue de la forja de la herrería iluminaba el vapor que emanaba de sus ijadas, envolviéndolos en un resplandor de otro mundo. No había confusión posible respecto a la identidad de sus jinetes.

—Ya están aquí —dijo en voz baja.

—He fracasado —Kryten sacudió la cabeza—. Os he fallado a todos.

—Todavía no —Lister se giró hacia el Gato—. Tráete los rifles.

El Gato entró en la estancia del calabozo.

Rimmer vio a los cuatro jinetes desmontar y echar a andar lentamente hacia la oficina del sheriff.

El Gato regresó con tres rifles. Lister cogió uno.

—Kryten, tú concéntrate en las balas. Vamos a conseguirte un poco de tiempo.

—¿Perdona? —Rimmer se giró desde su posición estratégica del agujero de la madera—. ¿*Excusez-moi?* ¿De qué forma vamos a conseguirle tiempo?

Lister abrió su Winchester de una palmada y comprobó que estaba cargado.

—Vamos a salir y a enfrentarnos con ellos.

—¿Quiénes «vamos»?

—Nosotros. Los tres. Tú, el Gato y yo —Lister cerró el rifle de un golpe—. ¿Tienes algún problema al respecto?

—Bueno, ahora que lo mencionas, pues sí. Tengo un pequeño problemilla al respecto. Tengo la cabeza atascada en un ángulo de cuarenta y cinco grados, un par de huesos que me sobresalen del hombro y el brazo derecho inmovilizado con yeso de París. El Gato tiene un agujero en el pie y la cara cóncava. Y tú, Listy, no tienes ni dos huesos en todo tu cuerpo que estén ligados. Una ráfaga de viento un poco fuerte y te desmontarás como una maqueta de la torre Eiffel hecha con cerillas. ¿Cuánto rato crees que duraríamos contra esos tipos? ¿Cuánto rato crees que duraríamos contra una pareja de entusiasmadas abuelitas con andadores?

—Sólo hace falta que los distraigamos durante unos pocos minutos.

—Ah, claro, les vamos a distraer de lo lindo. En cuanto nos vean salir renqueando por la puerta como refugiados de un hospital geriátrico, se van a caer al suelo de la risa. Nuestra única esperanza es que se ahoguen a carcajadas. Venga ya, un poco de cordura, por favor. Deberíamos estar en una unidad de cuidados intensivos y no en el OK Corral.

El Gato le lanzó un rifle a Rimmer a la mano buena.

—Marchando, colega.

—Pero podrían matarnos. Perdonadme si eso no es lo que diría un vaquero machote, pero es la verdad.

Lister se estaba abotonando la camisa. Incluso ese pequeño esfuerzo le hacía sudar la gota gorda.

—Considera las alternativas, Rimmer. A menos que Kryten consiga adivinar el orden, está acabado, e incluso si nosotros logramos regresar a la realidad, la nave será imposible de controlar y seremos historia de todos modos. No tenemos nada que perder con esto. Nada —se puso la americana con mucho dolor. Los cuchillos arrojadizos chocaron contra su pecho y sintió como si un cirujano satánico estuviera usando sus costillas a modo de xilófono.

Rimmer levantó el rifle y lo apoyó en la parte interior del codo de su brazo roto.

—¿Qué os parece si os cubro a través de los agujeros de las tablas?

El Gato presionó el cañón de su rifle contra los agujeros de la nariz de Rimmer?

—¿Qué te parece si cubro el techo con tus sesos?

—Solo era una sugerencia. No hace falta que te pongas tan chulito.

Lister avanzó hacia las puertas encogido por el dolor. Cuando llegó a ellas, volvió la vista hacia Kryten.

—No tardes demasiado, socio —dijo y salió empujando las puertas a la implacable penumbra de la calle en la medianoche.

DOCE

Tras una pequeña discusión, el Gato sacó a empujones a Rimmer al porche, de ese modo desestimando el último plan de Rimmer, que consistía en salir y enfrentarse a los hermanos de uno en uno, con el autor del plan como última línea de defensa.

Rimmer miró a la derecha, lo cual, en su caso, significaba que estaba mirando hacia arriba. Una nube azul grisácea estaba cruzando a la deriva por delante de la cara llena de la luna. En algún lugar alguien estaba tocando una melodía cadenciosa con una trompeta con sordina. Guerra, Peste y Hambre estaban de pie formando una línea a unos treinta metros frente a ellos. Lister se detuvo. El Gato y Rimmer se colocaron a su altura uno a cada lado.

Hambre tiñó sus ojos de avidez al ver a Lister.

—¿Estás seguro de que quieres hacer esto, chico? —le sonrió abiertamente—. Porque me han entrado ganas de sorberte el hígado con una pajita.

—¡Esperad! —una voz como la colisión de dos glaciares produjo un eco por toda la calle. Una mano delgada y enguantada se apoyó en el pecho de Hambre y sin ningún esfuerzo le apartó a un lado. Desde detrás de los tres hermanos, el dueño de la mano se colocó al frente.

Muerte Apocalipsis no era un tipo guapo. Bajo el ala negra de su sombrero, no había blanco en sus ojos, tan solo unas pupilas enormes de color gris lechoso que miraban desde unas cuencas profundas, más propias de un reptil que de un humano. La carne pálida y verdosa de su cara colgaba de forma holgada sobre su calavera, como si llevara puesta la piel de otra persona. Por debajo de eso, no había color en sus ropas. Su gabardina negra cepillaba el suelo, con la parte delantera sujeta hacia atrás por las empuñaduras de sus armas, que colgaban dentro de sus fundas de ébano. Medía más de dos metros de altura, pero parecía que no había otra cosa que huesos bajo el traje entallado.

—Esta es una fiesta privada —dijo con voz áspera—. Y vosotros no estáis invitados.

Incluso a esta distancia, Lister juró que podía sentir el frío en el aliento del hombre.

—Todo el que se acerque por esta calle tiene que pasar por nosotros —Lister hizo un gesto con la cabeza a Rimmer y al Gato, pero acto seguido deseó que no lo hubiera hecho. Se sintió como si Bruce Lee le hubiera propinado un aluvión de golpes rápidos en el cuello con unos luchacos de acero. Tenía que concentrarse, moverse lo mínimo imprescindible. La clave era retrasar la cosa como fuera. Conseguir que el hijo de mala madre siguiera hablando.

Muerte se pasó la lengua por los delgados labios. Hubo algo espantoso en la forma en que lo hizo. Casi como si la lengua tuviera su propia vida; una serpiente babosa y gris que anidaba dentro de su boca.

—No sabes con quién estás tratando, hijo. Échate a un lado.

Lister sonrió.

—¿Es que ninguno de vosotros, sacos de mierda sin agallas, tiene los cojones de enfrentarse a mí? Uno a uno. ¿Mano a mano?

Los tres hermanos avanzaron a la vez, pero una mirada de reojo de papá les dejó clavados en su sitio.

—Hubiera creído que habíais tenido suficiente demostración de lo que mis muchachos son capaces de hacer. Pero puede que tenga un par de segundos de sobra para poner los puntos sobre las íes.

En el punto de la i, Muerte movió la mano. Para cuando había llegado a la consonante final, había desenfundado, apuntado, disparado y la pistola estaba otra vez en su funda.

Lister no tenía ni idea de adónde había ido a parar la bala. Se aseguró de que no le había penetrado y de que los otros dos seguían en pie. Rimmer también parecía estar desconcertado. Lister se giró y vio al Gato, de pie con los ojos fuera de sus órbitas. Tenía un agujero en el centro de la frente.

—¡Auu! —dijo el Gato de modo inútil y cayó en redondo de espaldas.

Muerte dijo:

—¿Te haces ya una idea?

Rimmer se arrodilló al lado del Gato y le levantó la cabeza. El Gato seguía con la mirada perdida, conmocionado y perplejo.

—¿Te encuentras bien? —le preguntó Rimmer.

El Gato volvió la cara hacia Rimmer y le miró con incredulidad en los ojos.

—He estado mejor —dijo—. Tengo un agujero en mitad de la cabeza que me la atraviesa limpiamente, pero viéndolo desde el lado positivo, ahora tengo un sitio donde poner el taco de billar si tengo las dos manos ocupadas.

Rimmer levantó la vista hacia Lister.

—Está vivo.

—Entonces no pueden matarnos.

—No —coincidió Rimmer—, pero pueden infligirnos dolor sin

límite, lo cual ha de considerarse como una desventaja categórica.

—No es de verdad. Solo es una ilusión.

—Bueno —intervino el Gato—, para ser una ilusión, no está nada mal, colega. A mí, por ejemplo, me ha convencido del todo. No puedo mover el cuerpo y me siento como si alguien me hubiera embutido un paraguas en el cerebro, lo hubiera abierto y se hubiera puesto a darle vueltas.

Lister miró con inquietud a la oficina del sheriff. Ni rastro de Kryten. El tiempo era el bien más valioso ahora. Costara lo que costara, tenía que seguir haciéndoles hablar.

—No necesitamos las armas —dijo, y tiró su rifle al suelo—. Vamos, bola de sebo. Sólo con los puños. —dio un paso adelante nada convincente. No tenía ninguna duda de que Hambre se ocuparía de él de una forma rápida y extremadamente dolorosa pero al menos tendría que tomarse el mantecoso tiempo necesario para cubrir la distancia entre los dos y eso era lo único que le importaba—. ¡Vengaaaaa! —le provocó, con las palmas hacia arriba y agitando los dedos—. Ven aquí, escoria de tetas gordas.

Muerte le estaba mirando con curiosidad. Hambre gruñó con rabia y se remangó la camisa, pero la mano delgada y enguantada salió disparada y le detuvo. Muerte le hizo una señal a Guerra con la cabeza.

—Suéltale un hachazo a ese hijo de perra.

Los ojos de Guerra se iluminaron de placer y se llevó la mano a la espalda por debajo de su chaqueta, se agachó e hizo el lanzamiento.

Lister pudo ver venir el tomahawk girando hacia él, casi como si fuera a cámara lenta. Su cerebro le estaba diciendo a su cuerpo que se agachara, pero sus piernas no estaba interesadas en obedecerle. Hizo un intento desganado de doblarse por la cintura, pero fue demasiado lento y demasiado tarde.

El tomahawk le alcanzó y de repente se encontró dando vueltas y vueltas, con la luna pálida orbitando ante sus ojos a una velocidad demasiado rápida para ser real.

Cayó al suelo, aturdido. Cuando se asentó la polvareda, levantó la vista. Para su asombro, estaba mirándose a sí mismo. Podía ver a su cuerpo, balanceándose, agitando los dedos todavía. Estaba pensando *«¿cómo puede estar pasando esto?»*.

La comprensión de la escena le recorrió como una sacudida estremecedora de electricidad estática.

El tomahawk le había decapitado.

Su cuerpo acéfalo se volvió hacia él. Él todavía podía controlarlo. Todavía sentía su dolor.

Rimmer le miró a la cabeza, con el rostro desencajado por el horror, el asco y el miedo.

—Lister —dijo con la voz entrecortada—, ¿te encuentras bien?

—Tío —el Gato sacudió la cabeza—, en los premios de las preguntas más estúpidas de la historia, esa se lleva el premio Nobel.

La cabeza de Lister lanzó un gruñido.

—Venga, cobardes de mierda. ¿Eso es todo lo que sabéis hacer? —giró su cuerpo en un torbellino de dolor para enfrentarlo a ellos y empezó a avanzar, con la sangre manando a borbotones de su cuello amputado.

—Qué tío —el Gato sonrió con admiración—. ¿Tiene las pelotas de acero o qué?

Muerte hizo otro gesto con la cabeza y Guerra se llevó la mano a la espalda, sacó una boleadora y la lanzó por la calle a la altura de las rodillas. Las bolas de metal se enrollaron alrededor de las piernas de Lister, partiéndole las rodillas con un crujido espantoso, y su pobre cuerpo cayó hacia delante y quedó tendido, retorciéndose en el suelo.

El Gato miró a Rimmer.

—Bueno, pimpollo —dijo—. Te toca a ti. A por ellos.

Rimmer miró a los Apocalipsis. Luego miró a la oficina del sheriff. Luego miró a los Apocalipsis otra vez.

Dejó la cabeza del Gato apoyada en el suelo y se puso de pie.

—Está bien —dijo, limpiándose con la mano buena la parte delantera de los zahones—. Creo que puedo decir con sinceridad que he visto suficiente para convencerme de vuestra imponente imponencia. Como podéis ver —levantó el brazo roto todo lo que pudo—, está claro que no estoy en condiciones de ofrecer otra cosa que la más testimonial de las resistencias, por lo que, dadas las circunstancias y muy a mi pesar, he de adoptar la opción más prudente de que dispongo, la cual es rendirme, de forma total e inequívoca —levantó la mano derecha en el aire—. Este soy yo, rindiéndome. Obviamente, tendremos que imaginarnos que tengo las dos manos en alto. ¿Os vale así?

Peste se llevó la mano al cinturón y sacó su machete de la funda.

—Te voy a cortar en trozos tan pequeños que los gusanos ni siquiera tendrán que masticar.

—Tranquilo hombre —Rimmer empezó a retroceder separándose de sus compañeros abatidos—, no puedes asustarme. Soy un cobarde: siempre tengo miedo.

Rimmer intentó mantener la mirada en el avance agachado de Peste, pero algo le hizo fijarse en Muerte. Los ojos de lagarto le estaban mirando de una forma extraña. Había algo en la mirada que inquietaba a Rimmer profundamente. Poco a poco se fue percatando del calor que sentía en los talones. Miró hacia abajo.

Le salía humo de las botas.

El calor se propagó a sus pies. Dio otro paso hacia atrás. Oyó un sonido de chapoteo horripilante y el paso le dejó unos centímetros más bajo.

¿Qué leches estaba pasando? El sudor le caía por la cara reflejando un pánico salado. Se sentía como si se estuviera derritiendo por los pies. Entonces, el verdadero horror de lo que le estaba ocurriendo le sacudió como una bofetada.

Se estaba, de hecho, derritiendo por los pies.

El virus había invadido la unidad de generación de su holograma. Miró a su alrededor en busca de agua, vio el abrevadero de caballos y trató de moverse hacia allí, pero el terror le había dejado paralizado. De pronto, sus botas se hundieron y perdió dos palmos de altura. Se miró el brazo enyesado, que era una burbujeante masa en movimiento de ampollas blancas en ebullición. Abrió la boca para gritar, pero lo único que le salía de sus pulmones chamuscados eran nubes de humo. Esto era dolor más allá del dolor. Un infinito de sufrimientos.

Estaba ya hundido hasta las rodillas en un charco de carne fundida y humeante. Intentó con todas sus fuerzas perder el conocimiento cuando sus muslos cedieron y el fuego del infierno le alcanzó el sistema reproductor.

Era consciente de que los hermanos estaban pasando a su lado a través de su propio humo asfixiante. Un chorro de esputo procedente de los labios gruñones de Peste crepitó al caerle en la cara y chisporroteó al bajarle por la nariz.

Todavía estaba consciente cuando su barbilla cayó en picado al suelo.

Después no era más que un par de globos oculares en un charco hirviendo alimentado por su propia carne. Y seguía estando consciente.

En la periferia de su campo de visión, atisbó al Gato que le estaba mirando.

—Eh, coleguita —sonrió el Gato—, ¿te encuentras bien?

Lister estaba intentando girar la cabeza desesperadamente, pero el esfuerzo era inútil. Los Apocalipsis estaban detrás de él y no tenía forma de ver lo que estaba pasando. Por el rabillo del ojo, vio la puntera labrada de la bota del Gato hecha a medida.

—¡Gato! —gritó—, ¿puedes darle a mi cabeza con el pie?

—No puedo moverme, tío —le respondió el Gato a voz en grito.

—¡Inténtalo! Necesito que me des la vuelta.

El Gato se esforzó, concentrándose en los músculos de la pierna. Le dio un calambre en el dedo gordo. Con un ejercicio de voluntad supremo, el calambre le subió por el pie hasta el tobillo, de ahí a su temblorosa rodilla y empleó todas las fuerzas que le quedaban en lanzar una última patada.

Consiguió pegarle a la cabeza de Lister en la sien, haciéndola girar sobre sí misma.

La cabeza de Lister fue a parar con un ruido viscoso horripilante sobre el puré burbujeante en que se había convertido Rimmer. Estaba boca abajo, con el pelo pegado al suelo por el emplaste que era Rimmer y prácticamente ciego del dolor punzante de la patada del Gato, pero al menos estaba apuntando en la dirección correcta.

Los Apocalipsis puede que estuvieran a unos diez pasos de la oficina del sheriff.

Lister chilló a Kryten para que saliera y, en ese preciso momento, apareció en el porche.

Los Apocalipsis se detuvieron. Kryten llevaba puesto el traje.

Su cara estaba iluminada por el reflejo blanco del ala de su Stetson. En el resplandor etéreo de su atuendo de perfecto blanco, parecía como si un foco gigantesco le estuviera apuntando mientras bajaba taconeando con soltura el tramo de escalones hasta la calle y se giraba para quedarse de frente a sus persecutores.

Lister vio la parte de atrás de la cabeza de Muerte inclinarse lentamente arriba y abajo cuando este se hizo cargo de la situación.

—Vaya, vaya, mirad esto, muchachos. El viejo sheriff Carton se ha puesto sus mejores trapos para morir.

Peste, se giró y sonrió a su padre enseñando los dientes.

—Va a estar hecho un verdadero pincel cuando le metamos en su pijama de madera.

Cuando Kryten habló, no le quedaba nada de su acento del Oeste.

—Perdonen, caballeros, pero no creo que vayan a estar por aquí para disfrutar de esa escena en particular. Gracias a los valientes sacrificios de mis compañeros, creo en mi modesta opinión que tengo la capacidad suficiente para deshacerme de ustedes de forma permanente. Y de este modo, si me perdonan el uso no poco contencioso del imperativo: ¡arriba las manos, gusanos comemierdas!

—¿Estás seguro? —dijo Muerte, sin alterarse lo más mínimo. Lister vio cómo se llevaba la mano a la espalda con toda tranquilidad y la abría. Algún tipo de mecanismo oculto expulsó una escopeta recortada sobre la palma en espera.

Lister gritó «¡Ahora!» pero el berrido solo sirvió para distraer a Kryten en el momento crucial y Muerte extendió el brazo al frente como un látigo y descargó los dos cañones en el pecho de Kryten.

El mecanoide se tambaleó hacia atrás al recibir los dos disparos y, en el instante de dilación que se produjo, todos los Apocalipsis habían echado mano de sus armas y estaban disparándole a bocajarro con la alegría desatada de un grupo de agentes del FBI en un recinto de culto religioso cerrado al público.

Sacudiéndose de forma lamentable con cada impacto, Kryten retrocedía agitando los brazos, como si un titiritero invisible estuviera tirando de él desde atrás.

Entonces estalló el silencio. Kryten se bamboleaba en el hedor quemado del humo de la pólvora. De modo increíble, parecía estar completamente intacto. Aturdido y sacudido, pero vivo.

Hubo una lluvia de sonidos metálicos cuando los Apocalipsis abrieron sus armas y vaciaron los casquillos usados en el suelo.

Mientras introducían otra ronda de balas en sus recámaras humeantes, Kryten pasó a la acción.

Despacio, casi pausadamente, llevó las manos a las empuñaduras de nácar negro de sus revólveres de palomas blancas.

En un sencillo arco continuo, los sacó de las pistoleras, echó hacia atrás los martillos con los pulgares y levantó las armas a la altura del pecho.

Apretó los gatillos con sus dedos de guantes blancos. Y las armas se convirtieron en palomas blancas.

Palomas de un blanco perfecto.

Levantaron el vuelo desde las manos de Kryten, como si fueran a cámara lenta y, mientras Lister observaba, se multiplicaron hasta que el aire se cubrió con el batir de las alas y la sinfonía del canto de las aves.

Sintió que el dolor le abandonaba. Su cuerpo decapitado se deshizo de las boleadoras, se puso de pie y recogió su cabeza. Se la encajó en el cuello y miró a su alrededor.

Donde habían estado los Apocalipsis, solo quedaban cuatro montones de ceniza negra, que el viento de las alas se iba llevando poco a poco.

Se dio la vuelta y miró a sus compañeros de tripulación. El Gato se estaba incorporando en el suelo, palpándose la frente en busca de agujeros.

Pero Rimmer todavía yacía en el charco de carne fundida. Y Kryten estaba inmóvil en el suelo.

Lister dio una palmada, temiendo la realidad que podía encontrarse al regresar.

TRECE

Se quitó el casco y echó un vistazo a la sala del quirófano. El Gato estaba a su lado, sentado en la cubierta, forcejeando con su propio casco. La abeja luminosa de Rimmer estaba colgando de la unidad de RV. Lister la cogió entre las manos. Derretida más allá de toda posible reparación.

Corrió hasta la camilla médica donde yacía Kryten. El mecanoide estaba inmóvil. Con cuidado, Lister le levantó la tapa del cráneo. Unas volutas de humo negro y feo emanaron del interior. Los circuitos estaban carbonizados y deformados.

El Gato miró por encima de su hombro.

—¿La cosa está tan mal como parece? —le preguntó.

Lister asintió con la cabeza.

—Peor aún. Kryten y Rimmer son los dos siniestro total. La cuestión es: ¿Kryten desinfectó el virus a tiempo de salvar el navegador?

El Gato salió de la sala como alma que lleva el diablo. Lister dejó la pieza del cráneo de Kryten de manera respetuosa y luego bajó tras él a saltos por la escalera.

Cuando llegó a la cabina, el Gato ya estaba dándole a los controles.

—¡Lo consiguió! ¡Estamos salvados!

Lister se sentó en la estación de navegación de Rimmer, tratando de no pensar en el hecho de que Rimmer ya no estaba, de que Kryten había curado el virus y, en lugar de librarse a sí mismo de la infección, se había decidido por salvar el ordenador de a bordo. Otro amigo más había sacrificado su vida por Lister. Más le valía asegurarse bien de que el gesto no caía en saco roto. Encendió la estación. El planeta hacia el que se precipitaban ocupaba toda la pantalla.

—Menos de quince minutos para el impacto. Estamos demasiado cerca para cambiar el rumbo. Será mejor que pises el freno a fondo en seguida.

—Colega, te saco tanta ventaja que no puedes verme ni con un telescopio atómico —el Gato alargó la mano y encendió los retros.

Llevaban ya varias horas avanzando con aceleración constante e incluso con los retrorreactores a toda máquina, su movimiento hacia delante apenas se veía dificultado.

El Gato se volvió hacia Lister, confundido.

—¿Qué está pasando, colega? Le estoy dando a la reversa al

máximo y no está funcionando.

—Sí funciona. Estamos reduciendo la velocidad.

El Gato repasó sus indicadores a toda prisa.

—Bueno, no estamos frenando lo bastante rápido como para ahorrarme una limpieza a fondo de mis calzoncillos.

—No, estate tranquilo. Creo que vamos a conseguirlo.

—¿«Creo»? Define «creo».

—Bueno, de acuerdo con el navegador nos detendremos completamente dentro de… tan solo menos de trece minutos. Ese es el tiempo que nos queda de suministro de combustible.

El Gato comprobó la lectura de combustible. Estaban al fondo de la parte roja. La predicción del navegador era que, a toda máquina, tenían tan solo menos de doce minutos de combustible.

—Vamos a ver, yo no soy ningún genio de las matemáticas, pero esos números no me dan buena espina.

Lister sacudió la cabeza.

—Siempre queda más combustible del que calculan los ordenadores.

—¿Estás seguro de eso?

Lister miró al Gato directamente a los ojos.

—Me estoy jugando la vida en ello.

Y luego ya no había otra cosa que hacer que esperar y ver cómo la superficie árida del planeta que se les venía encima revelaba sus características geográficas. Características geográficas de las que entrarían a formar parte si Lister no estaba en lo cierto.

Después de tres años que contaron como diez minutos, el Gato dijo:

—Eso es todo, colega. El indicador marca vacío.

Pero los retros seguían lanzando llamas. Veinte segundos… cuarenta segundos… y los reactores petardearon y dejaron de funcionar.

Lister se fijó en la lectura de la velocidad. No se habían parado.

Habían reducido la marcha drásticamente, pero la inercia todavía seguía acercándoles al campo gravitacional del planeta. Una vez que les atrapara, empezarían a acelerar de nuevo. Hacia una colisión letal inevitable.

Impacto en treinta y tres minutos.

—Bueno —el Gato lanzó las manos al aire—, esto pone la guinda a una semana perfecta.

—Todavía no estamos acabados.

—¿Que todavía no estamos acabados? Saca tu mapa de calles y

busca la Plaza de la Realidad. Es imposible que salgamos de esta de una pieza. O si lo hacemos, va a ser una pieza grande y plana.

—Aún hay... —y de repente, el Starbug giró de un modo violento a la derecha.

—¿Y ahora qué? —gritó el Gato con exasperación—. ¿Por si no tuviéramos pocos problemas, el giroscopio tiene que tocarnos las pelotas?

El Starbug guiñó de un modo igual de violento hacia la derecha.

—No es el giroscopio —Lister se puso en pie de un salto y plantó la mano en la escotilla de la cabina, al mismo tiempo que la nave daba otra sacudida—. Es el Wildfire. Vamos.

Entró dando tumbos en la sección central y empezó a meterse en su traje espacial. El Gato bajó detrás de él. Lister gritó:

—¡Ponte el traje!

El Gato se abalanzó sobre la taquilla y cogió el traje.

—¿De qué va eso del Wildfire?

Lister se subió el traje hasta la cintura.

—Es la nave de Ace; todavía está amarrada ahí fuera. Cuando el Escarabajo estaba frenando, el Wildfire no... —el Starbug dio otro bandazo—. Está dando vueltas a nuestro alrededor anclado en el otro extremo del cable. Y nos está arrastrando en sus giros.

El Gato sacó de un tirón su bombona de oxígeno alarmantemente ligera.

—¿Entonces cuál es el plan?

Lister se cerró el cuello y se puso los guantes.

—Vamos a intentar trepar por el cable. Si conseguimos llegar al Wildfire, lo cortaremos para soltarnos y ¡bingo! Nos habremos hecho con una nave en condiciones.

Lister cogió su bombona de oxígeno. Siete minutos de aire. El Gato tenía nueve. ¿Les bastaría con eso? Lister se encogió de hombros y se ató la bombona. Se habían quedado sin opciones. Selló los cierres del casco y se metió en la esclusa de aire.

En el exterior, la superficie del planeta se veía terriblemente grande.

El Wildfire Uno ciertamente estaba girando por encima de ellos como una piedra atada a una cuerda, pero con cada revolución el contrapeso del Starbug estaba reduciendo la velocidad de giro y la escalada ya no parecía tan letalmente imposible como Lister había temido en secreto.

Se subieron al techo con imanes de sujeción en las manos y en los pies y fueron deprisa al punto donde la nave del comandante Rimmer estaba anclada al Starbug.

Sería imposible propulsarse hasta el Wildfire sin correr el riesgo de que el cable rotatorio les partiera por la mitad. No podían hacer otra cosa que agarrarse al cable mientras giraba y trepar por él.

El Gato fue primero. A pesar de su pierna herida, le resultaba bastante fácil y estaba ya a medio camino antes de que Lister empezara el ascenso.

Lister no lo encontró tan sencillo.

El giro del cable era mucho más violento en el tramo final y un par de veces estuvo a punto de soltarse.

Cuando por fin llegó a la cabina del Wildfire, le quedaban cincuenta y un segundos de oxígeno.

Se lanzó sobre la cabina y se coló en el interior, encima del Gato. Recorrió deprisa con la vista el panel de control. Todo era inquietamente extraño.

—¿Dónde está el maldito control de la cubierta de la cabina? —vio la palanca a mano izquierda y pensó que o bien controlaba la cubierta de la cabina o bien el expulsor del asiento. En cualquier caso, tiró de ella.

La cabina se cerró, aplastándolo sobre el Gato.

Lister agotó su reserva de aire. Aspiró, pero no entró nada. Se le pasó por la cabeza que la nave podría no estar equipada con su propio regenerador de oxígeno.

Volvió a repasar los controles con la mirada, pero estaba empezando a sentirse mareado y su visión se estaba volviendo desenfocada.

Se inclinó para acercarse. Había un interruptor en el que ponía «RO». O bien ponía «RO» o bien «PQ», pero a Lister ya le daba igual. Lo activó de todos modos y se quitó el casco.

Y pudo respirar.

Dedicó unos pocos segundos a encontrar el sentido a los controles y cuando creyó que los había entendido, presionó el botón que soltaba el cable de amarre.

El Gato vio que Lister estaba respirando sin dificultad y se quitó el casco.

—¿Crees que serás capaz de pilotar este cacharro?

Lister se encogió de hombros.

—Parece que se explica solo. Todo está indicado: ignición terciaria, secundaria y primaria. Una gran parte está controlada por ordenador, de todas formas.

—Entonces, ¿volvemos al Enano Rojo?

Lister sacudió la cabeza.

—¿Qué nos queda allí, ahora?

—Mi colección de trajes entera, por ejemplo.

—Ya no está Holly, ni Kryten, ni Rimmer...

—Es verdad, pero viéndolo desde el lado positivo, ya no está Rimmer. Además, ¿a qué otro sitio más podemos ir?

—Podemos ir a cualquier momento.

—¿Eh?

—Ace dejó programada esta pequeña monada para hacer otro salto de dimensión. Pongámosla en marcha y veamos adónde nos lleva.

—¿Y adónde nos llevará?

—No lo sé. No creo ni que Ace lo supiera. A otro lugar, a otra dimensión. A algún punto a lo largo de nuestras propias líneas de destino en el que nuestras vidas tomaron un camino diferente. ¿Estás dispuesto a hacerlo?

El Gato se encogió de hombros.

—No he hecho ningún plan en concreto para el resto de esta realidad.

—De acuerdo entonces —Lister se inclinó hacia delante y encendió la ignición terciaria—. Veamos qué hay ahí fuera.

CATORCE

Una combinación de la intensa fuerza G y las nalgas generosas de Lister aplastándole dejó al Gato felizmente inconsciente durante el salto entre dimensiones. Cuando volvió en sí, se hallaba más que contento de estar de una pieza y, por lo visto, de seguir respirando.

—¿Lo hemos logrado?

Lister encorvó los hombros.

—Eso parece.

—¿Dónde estamos?

Lister echó un ojo al panel de control, pero los indicadores estaban apagados.

—Ni idea. El panel no funciona. No tenemos radar.

—Bueno, dondequiera que estemos, tenemos que salir de esta cabina, colega. Estoy tan chafado que van a tener que sacarme los testículos del asiento con un pico y una pala.

—Un momento —la pantalla de control parpadeó—. Estamos recuperando la línea. El radar muestra algo bastante grande cerca de nosotros, de unos diez kilómetros de largo y cinco de ancho. Si se trata de una nave, podría ser...

La pantalla del ordenador indicó la entrada de un mensaje.

Lister encendió el panel de comunicaciones.

— ...ficar. Repito: llamando a la nave sin identificar. Respondan, por favor...

Era la voz de Rimmer.

—Esta es la nave minera Enano Rojo. Han invadido nuestro espacio aéreo sin avisar, lo cual hemos de considerar como un acto de agresión. Por lo tanto, nos rendimos. De manera total e inequívoca. ¿Me reciben?

Lister sonrió enseñando los dientes y le dio al interruptor de «enviar».

—Rimmer, eres un capullo integral.

—¿Lister? Cambiando a visual.

La imagen de Rimmer apareció en la pantalla. Se acercó hacia delante, perplejo y confundido.

—¿Eres tú, Lister?

Kryten amaneció a su lado.

—¿Señor? ¿Es usted?

—Sí, soy yo.

Rimmer dijo:

—¿Cómo podemos estar seguros de que eres tú? Dinos algo que solo tú puedas saber.

Lister se puso a pensar.

—Sé que el gazpacho se sirve frío —probó.

Rimmer apretó los dientes y asintió con la cabeza con gesto de rabia.

—Pues sí que es él, el muy estúpido repelente.

Kryten parecía perplejo.

—No entiendo nada, señor. Usted está muerto.

—¿Muerto?

—Le enterramos hace unos años. A usted y al Gato. Los dos se quedaron atrapados en un juego letalmente adictivo. No hubo nada que pudiéramos hacer para salvarlos.

El Gato asomó la cabeza por encima del hombro de Lister.

—¿A quién estás llamando muerto, cabeza de mordedor para perros?

—¿Están los dos vivos? ¿Pero cómo?

—Os lo contaremos cuando estemos a bordo. Si no salimos pronto de esta nave, las castañas del Gato van a quedar irreconocibles del aplastamiento.

—Es que, veréis —Rimmer frunció el ceño—, habéis elegido un mal momento para aparecer. Estábamos a punto de...

Kryten le interrumpió.

—Ya habrá tiempo de sobras para eso, señor —se inclinó hacia la pantalla—. Diríjase al muelle de atraque cuatro siete cinco, señor. Tendré un bocadillo de salsa de vindaloo esperándole. Cambio y corto.

Kryten bajó la mano y puso fin a la transmisión.

Lister exhaló un suspiro con todo su cuerpo. Había encontrado una dimensión en la que el Gato y él habían muerto jugando a «Mejor Que La Vida». En la que Rimmer y Kryten nunca habían entrado en el juego para rescatarles. No era exactamente lo que había esperado encontrar, pero era mejor que la dimensión que habían dejado atrás. Al menos Kryten, Rimmer y seguramente Holly seguían estando vivos.

Lister tiró de la palanca de potencia y dio la vuelta al Wildfire en un arco lento y pausado. Desde donde le alcanzaba la memoria, lo único que había deseado era volver a casa.

Siempre había considerado que la Tierra era su hogar, pero cuando la horrible bestia roja surgió ante sus ojos, sintió un vuelco en el estómago y pensó que tal vez había estado equivocado.

Quizá este era su hogar.

Las turbinas traseras llamearon y el Wildfire giró con suavidad hacia el muelle de atraque.

EPÍLOGO

La diferencia – 2

Arnold J. Rimmer, de siete años y casi cinco séptimos de edad, está agachado en la línea de salida de la carrera de doscientos metros lisos de segundo curso.

La ropa de deporte que lleva, heredada de su hermano Howard, es dos tallas más grande. Pero Arnold se ha pasado las tres últimas tardes cosiendo y, aunque su habilidad con la aguja deja mucho que desear, con puntadas demasiado largas y desiguales, los pantalones cortos y la camiseta le quedan ajustados al cuerpo. Se ha rellenado los talones de las zapatillas de clavos con trozos de papel maché para que le queden ceñidas.

Hay otros siete chicos en la línea de salida y a nadie le cabe ninguna duda de que Rimmer les ganará a todos.

Tiene una injusta ventaja sobre ellos.

Mientras que el resto de su clase del año anterior ha pasado a tercer curso, el joven Arnold J. Rimmer ha sido considerado académicamente inadecuado para unirse a ellos.

Le han hecho repetir curso.

Todas las súplicas de su madre no han conseguido impresionar al director y se ha pasado los últimos tres trimestres en una clase en la que le saca dos palmos de altura al resto de los niños.

Y para el asombro de todo el mundo, Arnold ha empezado a destacar. La aritmética que un año antes había sido tan incomprensible para él, se ha convertido ahora en pan comido. Con la segunda pasada, ha llegado a entender su libro de Francés. Incluso ha empezado a cogerle el tranquillo a eso de tocar el piano.

Mira a su izquierda buscando al juez que dará la señal de salida y Bull Heinman le guiña un ojo. El año anterior, Rimmer había formado parte del grupo de patosos y enfermizos a la hora de jugar a fútbol. En la actualidad, él es el que elige los equipos. Es uno de los ojitos derechos de Bull.

Hoy en día, es un líder.

Cuando su madre no consiguió salvarle, tomo una dura decisión. Decidió, ya que no podía depender de sus padres, que era mejor que empezara a depender de sí mismo. Podía regodearse en la vergüenza y compadecerse de sí mismo por haber repetido curso o podía remangarse la camisa y dedicarse de lleno a convertirse en alguien de provecho.

Descubrió que los treinta centímetros que les sacaba a sus compañeros de clase no le hacían parecer ridículo, le hacían ser digno de admiración.

Y en lo que llevaba de día, ya había ganado siete medallas de oro. Si ganaba los doscientos metros lisos conseguiría batir el récord de la escuela. Con eso superaría todos los logros de todos sus hermanos.

Y no le guardarían rencor por ello. Estarían allí en la línea de meta, vitoreándole como posesos. Dándole palmaditas en la espalda cuando ganara y llevándole a hombros hasta lo más alto del podio.

Su madre también estaría allí, desde luego. Sin lanzar vítores. Nada tan indecoroso. Le vería romper la cinta amarilla y negra una vez más y, cuando él la mirara, le agraciaría con el familiar movimiento de cabeza. Luego se daría la vuelta y se iría a la carpa de bebidas y cuando él hubiera recogido su medalla, iría allí tras ella y su madre le tendría una limonada fría esperándole.

Y ella no le diría «enhorabuena» o «bien hecho», pero tal vez le atusaría un mechón suelto de su flequillo mientras sorbía su merecido refresco y con eso sería suficiente.

De repente, Rimmer se da cuenta de que el chico de su derecha está mascullando algo. Se gira. Es Bobby Darroch. Tiene los ojos apretados como un cachorro recién nacido. Rimmer no puede distinguir bien lo que está diciendo el niño, pero suena como si pudiera ser una oración susurrada.

Es un buen velocista, el pequeño Darroch. Rimmer suele elegirle el primero para los deportes de equipo, en parte por su rapidez y en parte porque los padres del muchacho se han divorciado justo antes de Navidad y le ha resultado muy doloroso el que su padre se fuera de casa.

El chico abre los ojos y echa un vistazo con nerviosismo a los espectadores. Rimmer le sigue la mirada y ve a un hombre que está saludando en su dirección.

Bobby aparta la mirada y la vuelve a clavar en la pista frente a él. Tiene los dientes apretados y los nudillos blancos en contraste con la tierra batida roja.

Entonces suena el silbato y Rimmer levanta las piernas de manera instintiva.

Antes de que el corredor más lento haya hecho su salida, Rimmer está tres zancadas por delante de su rival más cercano.

Puede oír los gritos escandalosos de sus hermanos mientras recorre la pista con fuertes pisadas, los brazos y las piernas bombeando rítmicamente en sincronía y la respiración cómoda y controlada.

Y a pesar de que no debe hacerse, al cruzar la marca de los cien metros, se arriesga a echar un ojo por encima del hombro.

Bobby Darroch está justo detrás de él. Tiene la cara morada del esfuerzo. Va mal equilibrado y cruza los brazos por delante del pecho. No le está siguiendo de cerca gracias a una buena técnica, le sigue de cerca por pura fuerza de voluntad.

Rimmer vuelve a mirar al frente. Se rearma de energía y tira. Cuando quedan treinta metros, mira hacia atrás. Darroch sin duda debe estar sacando las fuerzas de reservas que Rimmer no sabía que tenía. Está dos pasos más atrás, corriendo como si le fuera la vida en ello.

Pero no tiene ninguna oportunidad.

Incluso si mantiene ese ritmo descabellado, sencillamente no le queda pista suficiente para recortar la distancia entre ellos.

Y de pronto Rimmer se da cuenta de que Darroch tiene que ganar esta carrera. Simplemente tiene que ganarla.

Caerse al suelo y hacer que parezca un accidente no es lo más fácil de conseguir, pero Rimmer está decidido a hacer que le quede bien.

Echa el pie de delante ligeramente demasiado lejos y se las apaña para pisarse el talón con la puntera del pie de detrás.

La voltereta es lo bastante espectacular. Se cae de bruces contra la tierra batida a apenas unos metros de la cinta.

Y para su horror, la inercia le empuja deslizándole hacia delante, despellejándole las rodillas e impulsándole hacia la línea de meta.

Durante un momento horrible, da la impresión de que va a ganar la carrera de todos modos, pero el pequeño Darroch saca un esfuerzo extra de algún lugar secreto y rompe la cinta con el pecho tan solo unos centímetros antes que la nariz patinadora de Rimmer.

Darroch se desploma en el suelo, agotado, y Rimmer va a parar encima de él.

El chico del rostro morado abre los ojos y mira a Rimmer a la cara. Le sonríe y dice:

—Gracias, Ace.

Rimmer se aparta el flequillo.

—No digas tonterías, amigo mío. Has ganado con todas las de la ley —le ofrece la mano y los dos chicos se ayudan mutuamente a ponerse en pie.

Rimmer se mira las rodillas en carne viva. Prueba a apoyar el peso sobre el tobillo derecho y se estremece de dolor. Estará una semana cojeando.

Sus hermanos se agolpan en torno a él, diciéndole cuánto lo sienten e inspeccionándole las heridas. Por en medio de sus cabezas, ve a su madre.

Ella le está mirando, estupefacta. Ladea la cabeza ligeramente. Le está preguntando «¿por qué?».

Rimmer se limita a sonreírle y a encogerse de hombros.

Después de todo, perder es algo más que nada.

AGRADECIMIENTOS

A mi editor, Tony Lacey, por su paciencia y sus almuerzos inspiradores. A mi agente, Michael Foster, por sus ánimos, pero no por sus almuerzos. Agradecimiento especial a todos los representantes de Viking/Penguin, por su ridícula fe en que el libro saldría algún día. Gracias también a Karim y Ruth Painter por sus fuentes sobre las Cataratas del Niágara. Por último, muchas gracias a Anette McIntosh por solucionar mis errores de aritmética.
Y finalmente, a Kath. Sin Kath no habría libro.

RECONOCIMIENTO ESPECIAL

Como todo el que sabe algo sabe, *Enano Rojo* fue creado en colaboración con mi antiguo socio, Doug Naylor. Por los fragmentos de este libro inspirados en los episodios de Tv que escribimos juntos, estoy en deuda con él.

LAS AVENTURAS CONTINÚAN EN:

ENANO ROJO: LA NOVELA

Esta es una angustiosa llamada de socorro desde la nave espacial Enano Rojo. La tripulación murió a consecuencia de una fuga radioactiva. Los únicos supervivientes fueron David Lister, que estaba en animación suspendida cuando se produjo la catástrofe y su gata preñada, que quedó encerrada y a salvo, en la bodega.

Revivido 3 millones de años más tarde, los únicos compañeros de Lister son un ser que evolucionó a partir de la gata y Arnold Rimmer, el holograma de uno de los componentes muertos de la tripulación.

Mi nombre es Holly y soy la computadora de a bordo. Mi coeficiente intelectual es de 6.000, equivalente al de 6.000 monitores de gimnasia.

Fin del mensaje.

La novela basada en la famosa serie de culto homónima de la BBC, "Enano Rojo", con más de 3 millones de ejemplares vendidos en todo el mundo, es una historia repleta de acción, humor y paradojas temporales.

ENANO ROJO: MEJOR QUE LA VIDA

David Lister, sometido a un campo de estasis durante tres millones de años, revive a bordo de la nave minera Enano Rojo. Descubrirá que toda la tripulación murió a causa de una fuga radiactiva, y que después de tres millones de años, es el Último Humano Vivo.

Junto a sus compañeros Arnold J. Rimmer, el holograma de su superior muerto; Holly el ordenador de a bordo; un ser que evolucionó a partir de una gata preñada; y del mecanóide Kryten, emprenderán un periplo de retorno a la Tierra para descubrir el destino final de la Humanidad.

En esta segunda entrega de la serie «Enano Rojo», nuestros cuatro protagonistas se encuentran atrapados en el juego de realidad virtual «mejor que la vida», un juego tan adictivo que acaba matando al usuario, pero tendrán que escapar de él, puesto que la nave se dirige sin remisión a un peligro, y el ordenador se ha vuelto «inestable».

ENANO ROJO: ÚLTIMO HUMANO

Dave Lister se encuentra, tras una serie de desastres, desafortunadas elecciones personales y poco confiables amistades, en una nave prisión con destino a la más inhóspita colonia penal del espacio exterior. Pero Lister no es una persona cualquiera, de hecho ni siquiera es un ser humano cualquiera: Dave Lister es El Último Humano Vivo, aunque no sea el espécimen más representativo de la especie. Y sobre sus hombros descansa una misión: restaurar la raza humana a cualquier precio.

Acompañado de Arnold Rimmer, el holograma de su superior muerto, Kryten, un androide paranoico y Gato, miembro de una especie evolucionada a partir de los gatos terrestres, deberá luchar para llevar a cabo su misión.

www.ingramcontent.com/pod-product-compliance
Lightning Source LLC
Chambersburg PA
CBHW051243260626
47162CB00002B/578